LUGAR
EQUIVOCADO,
MOMENTO
EQUIVOCADO

GILLIAN McALLISTER

LUGAR EQUIVOCADO, MOMENTO EQUIVOCADO

Editado por HarperCollins Ibérica, S. A.
Avenida de Burgos, 8B - Planta 18
28036 Madrid

Lugar equivocado, momento equivocado
Título original: Wrong Place, Wrong Time
© 2022 by Gilly McAllister Ltd
© 2023, para esta edición HarperCollins Ibérica, S. A.
© De la traducción del inglés, Isabel Murillo

Diseño de cubierta: CalderónSTUDIO®
Imágenes de cubierta: Dreamstime.com y Shutterstock

ISBN: 978-84-9139-964-3
Depósito legal: M-14497-2023

Para Felicity y Lucy:
en cualquier multiverso
habría querido que fuerais mis agentes.

Día cero, justo después
de medianoche

Jen se alegra de que esta noche los relojes se atrasen una hora. Una hora extra, tiempo adicional para fingir que no sigue aún despierta a la espera de que llegue su hijo.

Ahora que ya es más de medianoche, es oficialmente treinta de octubre. Casi Halloween. Jen se repite que Todd tiene dieciocho años, que su bebé nacido en septiembre ya es un adulto. Que puede hacer lo que le venga en gana.

Ha dedicado prácticamente toda la tarde a tallar una calabaza. La coloca en el alféizar del ventanal, el que domina el camino de acceso a la casa, y enciende la luz que le ha instalado en el interior. La ha tallado por la misma razón por la cual hace prácticamente todas las cosas, porque piensa que debe hacerlo, pero le ha quedado bastante bonita dentro de su estilo tosco.

Oye en el descansillo de arriba los pasos de Kelly, su marido, y vuelve la cabeza. No es habitual que esté despierto a estas horas: él es la alondra tempranera y ella el ruiseñor que canta por las noches. Ve que sale del dormitorio en la planta de arriba. Su pelo, que en la penumbra adquiere una tonalidad negra azulada, está alborotado. No lleva absolutamente nada encima; luce tan solo una sonrisilla que le asoma por el lateral de la boca.

Baja por la escalera, directo hacia ella. El tatuaje que le adorna la muñeca captura la luz, una fecha: la del día en que dice que supo que la amaba, primavera de 2003. Jen observa su cuerpo. Una mínima parte del vello del pecho ha encanecido a lo largo del último año, cuando cumplió los cuarenta y tres.

—Veo que has estado ocupada. —Señala la calabaza.

—Todo el mundo ha hecho una —replica sin convicción Jen—. Todos los vecinos.

—¿Y eso a quién le importa? —dice él. Típica respuesta de Kelly.

—Todd aún no ha vuelto.

—Para él apenas ha empezado la noche —contesta. El suave acento galés apenas se percibe cuando pronuncia las dos sílabas de la palabra «no-che» y parece como si su aliento bajara rodando por la ladera de una montaña—. ¿No es a la una? ¿La hora límite?

Un intercambio habitual entre ellos. Jen se preocupa demasiado, Kelly quizá demasiado poco. Y justo cuando ella está pensando eso, él se da media vuelta y ahí está: el culo perfecto del que ella lleva casi veinte años enamorada. Vuelve a observar la calle, en busca de Todd, luego mira de nuevo a Kelly.

—Los vecinos pueden verte el culo —dice.

—Pensarán que es otra calabaza —contesta él, con ese humor siempre rápido y afilado como el filo de un cuchillo. La broma. Siempre ha sido la moneda de cambio entre ellos—. ¿Vienes a la cama? Me cuesta creer que lo de Merrilocks haya terminado —añade mientras se despereza.

Ha pasado la semana entera restaurando el tejado victoriano de una casa de Merrilocks Road. Trabajando solo, tal y como a Kelly le gusta. Escucha un *podcast* tras otro, apenas se ve con nadie. Complicado, insatisfecho, ese es Kelly.

—Sí, ya voy —responde ella—. Enseguida. Cuando sepa que ya está en casa.

—Llegará en cualquier momento, con un kebab en la mano. —Kelly mueve la mano en un gesto con el que le quiere restar importancia al asunto—. ¿Lo esperas para que te dé las patatas?

—Para —dice Jen con una sonrisa.

Kelly le guiña un ojo y vuelve a la cama.

Jen empieza a dar vueltas por la casa. Piensa en uno de los casos que tiene abiertos en el trabajo, el del divorcio de una pareja enfrentada principalmente por unos platos de porcelana, aunque en el fondo, claro está, es por una traición. No debería haberlo aceptado, tiene ya entre manos más de trescientos casos. Pero cuando, en el transcurso de la primera visita, la señora Vichare la miró y le dijo: «Si tengo que darle esos platos, habré perdido absolutamente todo lo que amo», Jen no había podido negarse. Le gustaría ser capaz de pasar más de todo —de los divorcios de desconocidos, de los vecinos, de las malditas calabazas—, pero es imposible.

Se prepara un té y se instala de nuevo junto al ventanal para continuar su vigilia. Esperará todo lo que sea necesario. Ambas fases de la maternidad —tanto los primeros años del hijo como los años que rondan su edad adulta— se caracterizan por la falta de sueño, aunque por razones distintas.

Compraron la casa precisamente por esa ventana, en el centro exacto del edificio de tres plantas. «Miraremos por ella como si fuéramos reyes», había dicho Jen, y Kelly se había echado a reír.

Fija la vista en la neblina de octubre, y allí está Todd por fin, fuera, en la calle. Jen lo ve justo en el momento en que se produce el cambio de hora y el teléfono retrocede de la 01:59 a la 01:00 en punto de la mañana. Disimula una sonrisa: gracias al cambio de hora, Todd no llega tarde. Ese es su Todd; las volteretas lingüísticas y semánticas que conllevan discutir la hora para llegar a casa por la noche le parecen más importantes que la razón por la que se le impone.

Anda a saltos por la calle. Es piel y huesos, no engorda jamás. Cuando camina, las rodillas se le insinúan formándole ángulos en los vaqueros. La neblina es incolora, los árboles y el pavimento negros, el aire tiene un blanco traslúcido. Un mundo en escala de grises.

La calle —el final de Crosby, Merseyside— no está iluminada. Kelly instaló en su día, delante de la casa, una farola que parece sacada de *Las crónicas de Narnia*. Fue una sorpresa, hierro forjado, carísima; no tiene ni idea de cómo se las ingenió para adquirirla. Se enciende cuando detecta movimiento.

Pero... espera un momento. Todd ha visto algo. Se para en seco, entorna los ojos. Jen sigue su mirada, entonces también lo ve: una figura que corre por la calle, que viene por el otro lado. Es mayor que Todd, mucho mayor. Se intuye por la forma del cuerpo, por los movimientos. Jen siempre se percata de este tipo de cosas. Por eso es buena abogada.

Posa la mano cálida sobre el frío cristal de la ventana. Algo va mal. Va a pasar algo. Jen está segura, sin saber exactamente por qué; su instinto huele el peligro, se siente igual que cuando hay fuegos artificiales, pasos a nivel y acantilados. Los pensamientos corren por su cabeza a la velocidad del clic de una cámara, uno tras otro, uno tras otro.

Deja la taza en el alféizar de la ventana, llama a Kelly y baja corriendo las escaleras de dos en dos; nota la aspereza de la alfombra del pasillo bajo los pies descalzos. Se calza y se detiene un segundo con la mano en el pomo metálico de la puerta.

¿Qué...? Pero ¿qué sensación es esa? Imposible explicarlo.

¿Será un *déjà vu*? No los ha experimentado casi nunca. Parpadea, y la sensación desaparece, tan insustancial como el humo. ¿Qué ha sido? ¿La sensación de la mano al entrar en contacto con el pomo de latón? ¿De ver la luz amarilla de la farola? No, no lo recuerda. Se ha ido.

—¿Qué pasa? —pregunta Kelly, que aparece justo en aquel momento detrás de ella y se está anudando un batín gris a la cintura.

—Todd... está..., está ahí fuera con... alguien.

Salen corriendo. El frío de otoño le hiela la piel. Jen corre hacia Todd y el desconocido. Y antes de que se dé cuenta de lo que está pasando, Kelly empieza a gritar:

—¡Para!

Todd corre, y en cuestión de segundos tiene agarrado al desconocido por la parte delantera de la chaqueta con capucha. Se cuadra delante de él, proyecta los hombros hacia delante, sus cuerpos están pegados. El desconocido se lleva la mano al bolsillo.

Kelly corre hacia ellos, presa del pánico, mira a derecha e izquierda, arriba y abajo de la calle.

—¡Todd, no! —grita.

Es entonces cuando Jen ve el cuchillo.

La adrenalina desarrolla su visión en cuanto ve lo que sucede. Una puñalada rápida, limpia. Y entonces, todo se ralentiza: el movimiento del brazo al retirarse, el tejido que se resiste hasta que acaba liberando el cuchillo. Junto con el arma emergen dos plumas blancas que flotan sin rumbo en el aire gélido, como copos de nieve.

La sangre empieza a salir a chorro, en grandes cantidades. Jen supone que debe de haber caído de rodillas al suelo, porque de pronto cobra conciencia de que la gravilla del camino se le está clavando en las piernas. Gatea hasta él, le desabrocha la chaqueta, nota el calor de la sangre en las manos, entre los dedos, deslizándose por las muñecas.

Desabrocha la camisa. El torso está empapado; las tres heridas, del tamaño de una ranura para insertar monedas, aparecen y desaparecen de su vista; es como intentar ver el fondo de un estanque rojo. Se queda helada.

—¡No! —El grito de Jen suena húmedo y sofocante.

—Jen —dice Kelly con voz ronca.

Hay mucha sangre. Lo deposita en la acera y se inclina sobre él para estudiarlo. Confía en estar equivocada, pero está segura, durante solo un instante, de que ya no está aquí. El modo en que la luz amarillenta de la farola le da en los ojos no es del todo correcto.

La noche está en completo silencio; después de lo que deben de ser varios minutos, parpadea, en estado de *shock,* y mira a su hijo.

Kelly ha apartado a Todd de la víctima y lo está abrazando. Kelly se encuentra de espaldas a ella, Todd de cara, y la mira por encima del hombro de su padre, con expresión neutra. Suelta el cuchillo. Cuando el metal impacta contra el pavimento helado, suena como la campana de una iglesia. Se pasa la mano por la cara, dejando un rastro de sangre.

Jen lo observa. Tal vez esté arrepentido, tal vez no. Es imposible saberlo. Jen es capaz de interpretar la expresión de prácticamente todo el mundo, pero nunca la de Todd.

Día cero, justo después de la 01:00

Alguien debe de haber llamado al teléfono de emergencias, porque de pronto la calle se ilumina con luces giratorias de color azul.

—¿Qué...? —le dice Jen a Todd.

El «¿qué?» de Jen lo incluye todo: ¿quién, por qué, qué demonios?

Kelly suelta a su hijo. Está blanco como el papel, pero no dice nada, como suele ser habitual en él.

Todd no la mira, ni a ella ni a su padre.

—Mamá —dice por fin. ¿Acaso los niños no recurren siempre primero a su madre? Jen quiere ir hacia él, pero no puede dejar el cuerpo. No puede abandonar la presión que está ejerciendo sobre las heridas. Sería peor para todos—. Mamá —vuelve a decir. Su voz suena fracturada, como el terreno seco que separa las aguas en dos. Se muerde el labio y aparta la vista, mira hacia la calle.

—Todd —dice ella. La sangre del hombre le empapa las manos como si fuera agua sucia de la bañera.

—Tuve que hacerlo —dice él, mirándola por fin.

La sorpresa deja boquiabierta a Jen. Kelly baja la cabeza. Las mangas del batín, allí donde Todd ha descansado las manos, están cubiertas de sangre.

—Tío —dice Kelly, tan bajito que Jen no está ni siquiera segura de que haya hablado—. Todd.

15

—Tuve que hacerlo —repite Todd con más énfasis. Su aliento proyecta una nube de vapor en el aire gélido—. No había otra opción. —Habla esta vez con rotundidad de adolescente.

El azul del coche de policía late más cerca. Kelly mira fijamente a Todd. Sus labios —blancos por la ausencia de sangre— articulan una palabra, una blasfemia silenciosa quizá.

Jen mira a su hijo, al criminal violento, al que le gustan los ordenadores y la estadística y —todavía— recibir un pijama cada año por Navidad, doblado a los pies de la cama.

Kelly gira inútilmente sobre sí mismo en el camino de acceso a la casa, con las manos en la cabeza. No ha mirado al hombre ni una sola vez. Sus ojos son solo para Todd.

Jen intenta contener las heridas que laten bajo sus manos. No puede abandonar a… la víctima. La policía ha llegado, pero la ambulancia aún no.

Todd sigue temblando, aunque Jen no sabe si es de frío o del *shock*.

—¿Quién es? —le pregunta.

Tiene muchas más preguntas, pero Todd se encoge de hombros y no responde. Jen desea zarandearlo, sonsacarle las respuestas, pero no salen.

—Van a arrestarte —dice Kelly en voz baja. Un policía viene corriendo hacia ellos—. Mira, no digas nada, ¿entendido? Haremos…

—¿Quién es? —insiste Jen.

La pregunta suena muy fuerte, un grito en la noche. Anima mentalmente al policía a disminuir la velocidad: «No corra tanto, por favor, denos un poco más de tiempo».

Todd vuelve la mirada hacia ella.

—Es… —responde y, por una vez, carece de una explicación locuaz, de una postura intelectual.

No tiene nada, solo una frase interrumpida, proyectada en el aire húmedo que se cierne sobre ellos en estos momentos finales, antes de que todo trascienda más allá de la familia.

El agente llega a su lado: alto, chaleco antibalas negro, camisa blanca, radio en la mano izquierda.

—Eco Tango dos cuatro cinco, estoy en la escena. La ambulancia está de camino.

Todd mira por encima del hombro en dirección al agente, una vez, dos veces, luego mira de nuevo a su madre. Este es el momento. El momento de las explicaciones, antes de que los invadan por completo con sus esposas y su poder.

La expresión de Jen se ha congelado, la sangre le calienta las manos. Se limita a esperar, teme moverse, le da miedo perder el contacto visual con su hijo. Lo rompe Todd. Se muerde el labio, baja la vista. Y ya está.

Otro policía aparta a Jen del cuerpo del desconocido. Se queda en el camino de acceso a su casa en zapatillas deportivas y pijama, con las manos húmedas y pegajosas, mirando a su hijo, luego también a su marido, quien, envuelto en su batín, intenta negociar con el sistema judicial. Debería ser ella la que tomara el mando de la situación. La abogada es ella, al fin y al cabo. Pero se ha quedado sin habla. Totalmente desorientada. Tan perdida como si acabaran de abandonarla en el Polo Norte.

—¿Puedes confirmarme cómo te llamas? —le pregunta el primer policía a Todd.

De los coches empiezan a salir más agentes, como hormigas de un hormiguero.

Jen y Kelly dan un paso al frente los dos a un tiempo, pero Todd hace algo, un gesto inapreciable. Extiende la mano hacia un lado para detenerlos.

—Todd Brotherhood —responde con languidez.

—¿Puedes explicarme qué ha pasado? —continúa el agente.

—Un momento —dice Jen, que vuelve de repente a la vida—. No puede interrogarlo en plena calle.

—Vayamos todos a comisaría —dice en tono apremiante Kelly—. Y...

—Lo he apuñalado —explica Todd interrumpiéndolo y señalando al hombre que sigue en el suelo. Hunde de nuevo las manos en los bolsillos y camina hacia el policía—. Por lo que supongo que debe arrestarme.

—Todd —dice Jen—. No hables más.

Las lágrimas le taponan la garganta. No puede estar pasando. Necesita una bebida fuerte, retroceder en el tiempo, vomitar. El cuerpo entero empieza a temblarle bajo aquel frío absurdo y confuso.

—No tienes por qué decir nada, Todd Brotherhood —explica el policía—, pero tu defensa podría verse perjudicada si no respondes cuando se te pregunta y...

Todd le ofrece las muñecas de forma voluntaria, como si estuviera actuando en una película, y en un abrir y cerrar de ojos y con un clic metálico le colocan las esposas. Mantiene la espalda erguida. Está frío. Se muestra inexpresivo, resignado, incluso. Jen no puede dejar de mirarlo, le resulta imposible dejar de mirarlo.

—¡No pueden hacer eso! —grita Kelly—. ¡Esto es un...!

—Espere un momento —le dice Jen al policía, presa del pánico—. ¿Podemos ir? No es más que un adolescente...

—Tengo dieciocho años —dice Todd.

—Por aquí —le pide el policía a Todd, señalando el coche patrulla e ignorando por completo a Jen. Habla entonces por la radio y dice: «Eco Tango dos cuatro cinco, preparad el calabozo, por favor».

—Pues lo seguiremos —dice desesperada Jen—. Soy abogada —añade innecesariamente, puesto que no tiene ni idea de derecho penal.

Sin embargo, en una situación de crisis como esta, el instinto maternal brilla con tanta fuerza y tanta evidencia como la calabaza en la ventana. Lo único que necesitan es averiguar por qué lo ha hecho, conseguir que lo dejen en libertad y luego buscar ayuda. Es lo que deben hacer. Es lo que harán.

—Iremos —dice—. Nos vemos en comisaría.

El policía finalmente los mira. Parece un modelo. Pómulos tremendamente marcados. Un auténtico estereotipo, ¿aunque acaso no todos los polis son jovencísimos últimamente?

—Comisaría de Crosby —dice, después entra en el coche patrulla sin pronunciar ni una palabra más y llevándose con él a su hijo.

El otro agente se queda con la víctima. Jen no puede soportar pensar en él. Lo mira de reojo, una sola vez. La sangre, la expresión del rostro del policía... Está muerto, seguro.

Se vuelve hacia Kelly, y jamás olvidará la mirada que le lanza su estoico marido. Le clava sus ojos azul marino. El mundo parece detenerse por un segundo y, sumida en aquel silencio paralizante, Jen se dice: «Kelly es la viva imagen de la desolación».

La comisaría tiene un cartel blanco en la fachada que la anuncia al público. «Policía de Merseyside-Crosby». Detrás se asienta un edificio cuadrado de los años sesenta, rodeado por un muro de ladrillo de escasa altura. Una marea de hojas de octubre se acumula contra él.

Jen detiene el coche delante, justo encima de las dobles líneas amarillas del suelo, y apaga el motor. Su hijo acaba de apuñalar a alguien, ¿qué importa ahora una multa de aparcamiento? Kelly sale del coche incluso antes de que esté aparcado del todo. Extiende el brazo hacia atrás —inconscientemente, imagina— en busca de la mano de Jen, que se aferra a ella como si fuera una balsa en alta mar.

Kelly abre de un empujón las puertas dobles de cristal y acceden a un vestíbulo con un cansino suelo de linóleo gris. El interior huele a anticuado. Como las escuelas, como los hospitales, como las residencias de ancianos. Como instituciones que implican uniformes y comida basura, el tipo de lugares que más odia Kelly. «Nunca jamás —le había dicho a Jen un día, en los inicios de su relación— me sumaré a esa carrera de ratas».

—Hablaré con ellos —le dice escuetamente Kelly a Jen. Está temblando. Aunque no parece que tiemble de frío, sino más bien de rabia. Está furioso.

—De acuerdo. Yo buscaré un abogado y daré los pasos iniciales para…

—¿Dónde está el comisario jefe? —le espeta Kelly al agente calvo que ocupa la recepción y que lleva un anillo con un sello en el dedo meñique.

El lenguaje del cuerpo de Kelly es distinto al habitual. Las piernas abiertas, los hombros levantados. Jen rara vez lo ha visto bajar la guardia de esta manera.

Empleando un tono aburrido, el agente les dice que esperen a ser recibidos.

—Dispone de cinco minutos —dice Kelly, y señala el reloj antes de dejarse caer en una de las sillas del vestíbulo.

Jen se sienta a su lado y le coge la mano. La alianza de boda le queda muy suelta. Debe de tener frío. Allí están sentados, Kelly cruzando y descruzando sus largas piernas, resoplando; Jen callada. Aparece un agente, va hablando en voz baja por teléfono.

—Es el mismo crimen que hace dos días, una herida clasificada en la Sección 18, con intención dolosa. En ese caso la víctima fue Nicola Williams, criminal en busca y captura.

Habla tan bajito que Jen tiene que aguzar el oído para oír qué dice.

Sigue sentada, escuchando. Una herida incluida en la Sección 18*, con intención dolosa, es una puñalada. Debe de estar hablando de Todd. Y de un crimen similar acontecido hace dos días.

Aparece por fin el agente que lo ha arrestado, el alto con los pómulos tan marcados.

---

* La Sección 18 hace referencia a esa dicha sección de la Ley de Delitos contra la Persona de 1861 en el Reino Unido, que describe el delito de infligir heridas graves a otra persona con la intención de hacerle daño. *(N. de la T.)*

Jen mira el reloj de detrás del mostrador de recepción. Son las tres y media de la mañana, o quizá las cuatro y media. No sabe si sigue con el horario de verano. Resulta desorientador.

—Su hijo pasará aquí la noche. No tardaremos en interrogarlo.

—¿Dónde? ¿Ahí atrás? —pregunta Kelly—. Déjeme pasar.

—No pueden verlo —replica el agente—. Son testigos.

La rabia se enciende en el interior de Jen. Es por este tipo de cosas, exactamente por este tipo de cosas, por lo que la gente odia el sistema judicial.

—Y ya no se hable más, ¿no? —le dice con acidez Kelly al agente. Levanta las manos.

—¿Perdón? —dice el agente con amabilidad.

—¿De modo que somos enemigos?

—¡Kelly! —exclama Jen.

—Aquí nadie es enemigo de nadie —contesta el agente—. Podrán hablar con su hijo por la mañana.

—¿Dónde está el comisario? —pregunta Kelly.

—Podrán hablar con su hijo por la mañana.

Kelly se sume en un silencio cargado y peligroso. Jen ha visto a muy pocas personas ser el blanco de Kelly cuando se pone así, pero no envidia en absoluto al policía. El recorrido de la mecha de Kelly suele ser muy largo, pero, cuando prende, el resultado es explosivo.

—Voy a hacer una llamada —dice Jen—. Conozco a alguien.

Saca el teléfono del bolso y, con mano temblorosa, recorre la lista de contactos. Abogados criminalistas. Conoce un montón. La primera regla del derecho es no meterse nunca en nada en lo que no estés especializado. La segunda es no representar nunca a un familiar.

—Ha dicho que no quiere a nadie —dice el agente.

—Necesita un abogado, no debería usted… —informa Jen.

El agente levanta las manos. Jen percibe que Kelly está entrando en ebullición.

—Voy a hacer una única llamada, y luego que él… —empieza a decir de nuevo Jen.

—Muy bien, acompáñeme hasta allí —dice Kelly, indicando con un gesto la puerta blanca que da acceso al resto de la comisaría.

—No está autorizado —replica el agente.

—Váyase a la mierda —espeta Kelly.

Jen lo mira sorprendida.

El agente no se toma ni siquiera la molestia de responder y se limita a mirar a Kelly con gélido silencio.

—De acuerdo, ¿y entonces qué? —dice Jen. Dios, Kelly acaba de mandar a la mierda a un poli. Un delito contra el orden público no es la mejor manera de apaciguar la situación.

—Como le he dicho, permanecerá con nosotros esta noche —responde tranquilamente el agente, ignorando a Kelly—. Les sugiero que vuelvan mañana. —Su mirada se traslada entonces a Kelly—. No puede obligar a su hijo a pedir un abogado. Ya lo hemos intentado.

—Pero si no es más que un niño —explica Jen, aunque sepa que legalmente ya no lo es—. No es más que un niño —repite, casi para ella misma, y piensa en su pijama de Navidad y en cómo, hace muy poco, cuando tuvo aquel virus que le provocó tantos vómitos, Todd quiso que se quedara a su lado. Pasaron toda la noche en el baño. Hablando de tonterías mientras ella iba limpiándole la boca con un paño húmedo.

—Eso les da igual, todo les da igual —dice Kelly con amargura.

—Volveremos por la mañana… con un abogado. —Jen intenta aliviar la situación, que hagan las paces.

—Cuando quieran. Vamos a enviar un equipo a su casa —dice el agente.

Jen asiente, sin pronunciar palabra. Forenses. Van a registrar la casa. El jardín.

Jen y Kelly abandonan la comisaría. Jen camina rascándose la frente hasta que llegan al coche. En cuanto entran, pone la calefacción a tope.

—¿De verdad que nos vamos a casa y ya está? —pregunta—. ¿Que nos vamos a quedar allí sentados mientras lo registran todo?

Los hombros de Kelly delatan su tensión. La mira, pelo negro por todas partes, sus ojos son tristes como los de un poeta.

—No tengo ni puta idea.

Jen mira a través del parabrisas un arbusto que resplandece con el rocío nocturno del otoño. Pasados unos segundos, se pone en marcha, porque no se le ocurre otra cosa que hacer.

En cuanto aparca, la calabaza los saluda desde el alféizar de la ventana. Debe de haber dejado la vela encendida. Los forenses, con sus trajes blancos, han llegado ya y los esperan como fantasmas en el camino de acceso, junto a la cinta policial que agita el viento de octubre. El charco de sangre ha empezado a secarse por los bordes.

Los dejan pasar a su propia casa y se sientan abajo para observar los movimientos de los equipos uniformados en el jardín; algunos se ponen a cuatro patas para buscar huellas en la escena del crimen. No hablan, se limitan a permanecer en silencio y con las manos cogidas. Kelly no se ha quitado el abrigo.

Al final, cuando los agentes que han examinado la escena del crimen se marchan y la policía acaba de registrar las cosas de Todd, llevándose algunas de ellas, Jen cambia de postura en el sofá y se queda tumbada, mirando el techo. Entonces aparecen las lágrimas. Cálidas, veloces y húmedas. Lágrimas por el futuro. Y lágrimas por el ayer, y por lo que no vio venir.

Día menos uno, 08:00 horas

Jen abre los ojos.

Debe de haber vuelto a la cama. Y debe de haberse quedado dormida. No tiene la sensación de haber hecho ninguna de las dos cosas, pero está en su habitación, no en el sofá, y por detrás de las persianas venecianas se ve luz.

Se tumba de lado. Se dice que no puede ser verdad.

Parpadea y mira la cama vacía. Está sola. Confía en que Kelly se haya levantado ya y esté haciendo llamadas. La ropa está esparcida por el suelo de la habitación, como si hubiera salido de ella evaporándose. Se levanta y la pisa sin prestar atención, se pone unos vaqueros y un jersey de cuello alto que la hace enorme, pero que igualmente le encanta.

Sale al pasillo y se queda delante de la habitación vacía de Todd.

Su hijo. Ha pasado la noche en un calabozo. No puede ni pensar en todo lo que le espera.

Muy bien. Podrá solucionarlo. Jen es excelente rescatando personas, lleva toda la vida dedicándose a esto, y ahora ha llegado el momento de ayudar a su hijo.

Podrá solventarlo.

¿Por qué lo habrá hecho?

¿Por qué llevaría un cuchillo encima? ¿Quién era la víctima, aquel hombre adulto que con toda probabilidad habría matado su hijo? De pronto, Jen empieza a vislumbrar pequeñas pistas en las últimas semanas y meses de Todd. Cambios de humor. Pérdida de peso. Secretismo. Cosas que ella había achacado a la adolescencia. Hacía tan solo dos días, Todd había recibido una llamada y había salido a hablar al jardín. Luego, cuando Jen le había preguntado quién era, le había dicho que no era asunto suyo y había tirado de mala gana el teléfono al sofá. Había rebotado una vez, después había caído al suelo y ambos se habían quedado mirándolo. Todd se había reído y se lo había tomado a broma, pero aquella pataleta había sido algo más que eso.

Jen observa fijamente la puerta de la habitación de su hijo. ¿Cómo era posible que hubiera acabado criando a un asesino? Rabia adolescente. Un crimen con arma blanca. Bandas de malhechores. Antifascistas. ¿Qué habría sido? ¿A qué palo de la baraja habría estado jugando?

No oye a Kelly por ningún lado. Cuando va por la mitad de la escalera, mira hacia el ventanal, hacia el lugar donde estaba hace tan solo unas horas, en el momento en que todo cambió. Todavía hay neblina.

La sorprende descubrir que abajo, en la calle, no se ven manchas: la lluvia y la niebla deben de haber eliminado la sangre. La policía ha pasado otra vez por aquí. La cinta ya no está.

Mira hacia la calle, flanqueada por árboles cuyas crujientes hojas otoñales les dan el aspecto de estar en llamas. Pero nota algo extraño en lo que ve. Debe de ser por los recuerdos de lo sucedido anoche. Hacen que la vista sea un poco siniestra. Ligeramente fuera de lugar.

Baja corriendo el resto de la escalera, cruza el vestíbulo con suelo de madera y entra en la cocina. Huele como anoche, antes de que todo pasara. A comida, a velas. A normalidad.

Oye una voz, justo por encima de ella, una voz masculina grave. Kelly. Mira hacia el techo, confusa. Debe de estar en la habitación de Todd. Registrándola, lo más probable. Comprende perfectamente ese impulso. La necesidad de encontrar lo que la policía no ha podido hallar.

—¿Kell? —grita. Sube corriendo de nuevo la escalera y cuando llega arriba, está jadeando—. Tendríamos que empezar a… ¿Qué abogado piensas que deberíamos…?

—¡Tres veintenas más Jen!* —dice una voz.

Viene de la habitación de Todd y es inequívocamente la de su hijo. Jen da un paso hacia atrás tan enorme que acaba tropezando con el primer peldaño de la escalera.

Y no son imaginaciones suyas: Todd sale de su habitación, vestido con una camiseta negra donde puede leerse «Soy científico» y pantalón de chándal. Es evidente que acaba de despertarse y su cara pálida es la única luz que alumbra la oscuridad.

—Ese aún no lo hemos hecho —dice con una sonrisa que le forma hoyuelos—. Y debo confesar que incluso he visitado una página web de juegos de palabras.

Jen se queda boquiabierta. Su hijo, el asesino. No tiene las manos manchadas de sangre. Ni muestra una expresión asesina. Sin embargo…

—Pero… —dice Jen—. ¿Cómo es posible que estés aquí?

—¿Qué?

Está exactamente igual que siempre. E incluso confusa, Jen siente curiosidad. Los ojos azules de siempre. El pelo negro y enmarañado de siempre. El mismo cuerpo, alto y delgado. Pero ha cometido un acto imperdonable. Imperdonable para todo el mundo excepto, tal vez, para ella.

¿Cómo es posible que esté aquí? ¿Cómo es posible que esté en casa?

---

* La frase en inglés es *Three score and Jen*, traducida literalmente como «Tres veintenas más Jen», y tiene su origen en una cita bíblica, *Three score and ten*, que hace referencia a que los días de nuestra vida llegan normalmente a los setenta años, es decir, tres decenas más diez. En el juego de palabras, se sustituye «ten» por «Jen». *(N. de la T.)*

—¿Qué? —repite él.

—¿Cómo has vuelto?

Todd arquea las cejas.

—Esto que preguntas es de lo más raro, incluso viniendo de ti.

—¿Te ha sacado tu padre? ¿Estás en libertad bajo fianza? —vocifera Jen.

—¿En libertad bajo fianza? —Levanta una ceja, una nueva costumbre.

En estos últimos meses, ha cambiado de aspecto. Más delgado de cuerpo, de caderas, pero con la cara más hinchada. Con esa palidez que se adquiere cuando se trabaja en exceso, cuando se abusa de comida rápida y se bebe poca agua. Jen no está al corriente de que Todd haga nada de todo eso, pero ¿quién sabe? Y luego está esa nueva costumbre, adquirida justo después de que conociera a su nueva novia, Clio.

—Voy a ver a Connor.

Connor. Un chico de su curso, pero otro amigo nuevo, justo de este verano. Jen había entablado amistad con su madre, Pauline, años atrás. Es como Jen: hastiada, malhablada, nada que ver con una madre natural, el tipo de persona que implícitamente da permiso a Jen para equivocarse. Jen siempre se ha sentido atraída hacia ese tipo de personas. Todas sus amigas son gente sin pretensiones, sin miedo a decir y hacer lo que piensan.

Recientemente, Pauline le dijo, hablando de Theo, el hermano menor de Connor: «Le quiero, pero, como tiene siete años, muchas veces se comporta como un gilipollas». Y, con sentimiento de culpa, se habían echado a reír como un par de tontas en la puerta del colegio.

Jen se acerca y observa con atención a Todd. No hay nada que indique la maldad que tiene dentro, no se aprecia ningún cambio en su mirada, y en la habitación no hay más armas que él mismo. De hecho, parece como si no hubiese pasado nada.

—¿Cómo has llegado a casa… y qué ha pasado?

—¿A casa?... ¿De dónde?

—De la comisaría —responde sin miramientos Jen.

No puede evitar mantenerse un poco alejada de él. A un paso más de lo habitual. Ya no sabe de lo que esta persona —su hijo, el amor de su vida— es capaz.

—¿Perdona? ¿De la comisaría? —pregunta él, tomándoselo a broma—. ¿De qué me hablas?

Todd cambia de expresión y arruga un poco la nariz, igual que hacía cuando era un bebé. Le quedan dos cicatrices minúsculas, resultado de los peores estragos del acné de la adolescencia. Por lo demás, su rostro sigue siendo infantil, inmaculado y cubierto con esa pelusa de melocotón de los jóvenes.

—¡De tu arresto, Todd!

—¿Mi arresto?

En condiciones normales, Jen sabe cuándo su hijo está mintiéndole, y en este momento ve claramente que no lo está haciendo. La mira con sus claros ojos crepusculares, con la confusión dibujada en sus facciones.

—¿Qué? —pregunta Jen en un susurro. Una sensación extraña le recorre la espalda, un conocimiento incierto, aterrador—. Lo vi... Vi lo que hiciste.

Señala la ventana del descansillo. Y es en ese momento cuando se da cuenta de lo que pasa. No es lo que se ve fuera: es la propia ventana. La calabaza no está. Ha desaparecido.

Empieza a temblar. Esto no puede estar pasando.

Aparta la mirada del alféizar de la ventana sin calabaza.

—Lo vi —vuelve a decir.

—¿Viste qué?

Sus ojos son tan similares a los de Kelly que Jen se descubre pensando, por enésima vez en su vida: «Son idénticos».

Se queda mirándolo y, por una vez, Todd le sostiene la mirada.

28

—Lo que pasó anoche, cuando volviste.

—Anoche no salí.

La conversación desenfadada, la petulancia, la actitud, todo ha desaparecido.

—Pero ¿qué dices? Me quedé levantada esperándote, llegabas con retraso, y entonces cambió la hora y...

Todd permanece callado un instante, aunque mantiene el contacto visual.

—La hora cambia mañana. ¿No es viernes hoy?

Día menos uno, 08:20 horas

Algún tipo de ascensor interno desciende en caída libre por el centro del pecho de Jen. Se aparta el pelo de la cara y, después de levantar un dedo para indicarle a Todd que en un segundo está de vuelta, va directa al cuarto de baño que hay en la parte posterior de la casa. Se estremece en cuanto le da la espalda, como si su hijo fuese un depredador que hay que tener vigilado.

Vomita en el inodoro, un tipo de vómito que hacía años que no sufría. Apenas sale nada, solo un ácido estomacal amarillo y pegajoso que se asienta en el fondo del agua. Piensa en el embarazo, cuando le explicó al doctor que vomitaba tantísimo que solo le salía bilis, y el doctor se sintió aparentemente obligado a decirle: «La bilis tiene un color verde intenso e indica problemas graves. Lo que usted vomita es ácido estomacal».

Todd no entiende lo que le está diciendo. Eso está claro. No lo negaría ni siquiera él. Pero ¿por qué? ¿Cómo?

La calabaza. La calabaza ha desaparecido. ¿Dónde está su marido? Se siente incapaz de pensar correctamente. El pánico le atraviesa el cuerpo, una presión enorme que no tiene dónde ir. Acabará vomitando otra vez.

Se sienta en las frías baldosas en blanco y negro.

Saca el teléfono del bolsillo y lo mira. Abre el calendario.

Es viernes, veintiocho de octubre. El reloj se atrasa mañana, efectivamente. El lunes será Halloween. Jen mira la fecha, una y otra vez. ¿Cómo es posible?

Está volviéndose loca. Se levanta y, con impotencia, empieza a deambular de un lado a otro. Es como si tuviera el cuerpo cubierto de hormigas. Tiene que salir de allí. Pero salir… ¿de dónde? ¿Salir… de ayer?

Busca el último mensaje que ha intercambiado con Kelly y pulsa la tecla de llamada.

Responde de inmediato.

—Escucha —empieza Jen en tono apremiante.

—A ver… —exclama él con languidez, esperando con sorna a ver con qué le sale ahora.

Jen oye que se cierra una puerta.

—¿Dónde estás? —pregunta ella, consciente de que debe de parecer que se ha vuelto loca, pero no puede evitarlo.

Un segundo.

—Estoy en el planeta Tierra, pero me parece que tú no estás ahí.

—Respóndeme en serio.

—¡Estoy en el trabajo! ¡Evidentemente! ¿Dónde estás tú?

—¿Arrestaron anoche a Todd?

—¿Qué? —Oye que deja algún objeto en un suelo que suena a hueco—. Mmm…, ¿por qué razón?

—No, es una pregunta. ¿Lo arrestaron?

—No —responde Kelly desconcertado.

A Jen le resulta increíble. Tiene el pecho empapado en sudor. Se rasca los brazos.

—Pero estuvimos…, estuvimos en comisaría. Y tú les gritaste. El reloj acababa de atrasarse una hora y yo…, yo había tallado la calabaza.

—¿Estás bien? De verdad te lo digo, tengo que acabar lo de Merrilocks —dice Kelly.

Jen inspira hondo. Ayer dijo que lo había acabado, ¿no? Sí, está segura de que lo dijo. Estaba en lo alto de la escalera, luciendo solo un tatuaje y una sonrisa. Lo recuerda. Puede recordarlo.

Se lleva una mano a los ojos, como si el gesto le sirviera para aislarse del mundo.

—No sé qué está pasando —dice. Rompe a llorar y las lágrimas forman un nudo que le impide hablar con normalidad—. ¿Qué hicimos? Anoche. —Apoya la espalda contra la pared—. ¿Tallé la calabaza?

—Pero qué…

—Creo que he sufrido algún tipo de ataque —explica en apenas un susurro.

Se sube el pantalón del pijama hasta las rodillas y se observa la piel. No hay marcas de haber estado arrodillada en la gravilla. Ni el más mínimo resto de tierra. No ve sangre bajo las uñas. La piel de gallina le recorre de repente los brazos, de arriba abajo, como a cámara rápida.

—¿Tallé la calabaza? —vuelve a preguntar.

Pero, mientras habla, empieza a caer en la cuenta de algo. Si todo esto no ha pasado…, tal vez es que se ha vuelto loca y su hijo no es un asesino. Nota que los hombros se le relajan mínimamente, y experimenta cierta sensación de alivio.

—No, dijiste…, dijiste que te daba palo… —responde Kelly con una risilla.

—Sí —dice débilmente Jen, visualizando cómo había quedado la calabaza.

Se levanta y se estudia en el espejo. Se mira a los ojos. Es el retrato de una mujer presa del pánico. Cabello oscuro, tez clara. Mirada atormentada.

—Bueno, tengo que irme. Seguro que ha sido un sueño —comenta, pero ¿cómo es posible que lo haya sido?

—Vale —responde Kelly. Tal vez está a punto de decir algo, aunque al final decide no hacerlo, porque solo repite «Vale», después añade a continuación—: Saldré pronto.

Y Jen se alegra de que su marido sea así, un hombre de familia, no el típico que va de *pubs* o a practicar deportes con los amigos, sino su Kelly.

Sale del cuarto de baño y va a la cocina. Al otro lado de la puerta del patio, la niebla cubre el jardín y borra por completo las copas de los árboles. Kelly reformó la cocina hace un par de años, después de que ella le dijera —borracha— que quería ser «una de esas mujeres que de una puta vez tienen la vida bien organizada, ya sabes, clientes felices, un niño feliz y un fregadero profundo de porcelana».

Y una tarde llegó Kelly con el fregadero en cuestión y le dijo: «Espero que, de forma inminente, tu vida esté organizada de una puta vez, Jen, porque aquí tienes el fregadero de tus sueños».

El recuerdo se desvanece. Jen siempre aconseja a los becarios que se estresan que respiren hondo diez veces y se tomen un café, de modo que eso es justo lo que va a hacer. Está entrenada para estas cosas. Dos décadas consagradas a un trabajo de mucha tensión acaban proporcionándote ciertas habilidades. Pero cuando se acerca a la isla de mármol de la cocina, sus pasos se ralentizan. En uno de los extremos hay una calabaza entera, sin tallar.

Se para en seco. Como si la calabaza fuese un fantasma. Cree que va a vomitar otra vez.

—¡Oh! —exclama, sin dirigirse a nadie, una palabra minúscula que se le escapa, una sílaba gigante de asimilación.

Se acerca a la calabaza como si fuera una bomba sin explotar y le da la vuelta, pero está entera, firme y sin tallar… Dios, lo de anoche no pasó. ¡No pasó! La inunda una sensación de alivio. No lo ha hecho. No lo ha hecho.

Todd está en su habitación. Abriendo y cerrando cajones, deambulando de un lado al otro. Suena una cremallera.

—¿Ya has vuelto al mundo real? —pregunta él cuando llega al pasillo, a los pies de la escalera.

El tono irónico que emplea sorprende a Jen. Se queda mirándolo. Su cuerpo. Está más delgado que hace unas semanas, ¿no?

—Casi —responde, de forma automática.

Traga saliva dos veces. Percibe un escalofrío en la espalda, como si estuviera enferma, la adrenalina que arde y le provoca una sensación enfebrecida de pánico.

—Bueno, mejor…

—Supongo que he tenido una pesadilla.

—Oh, qué mal rollo —dice simplemente Todd, como si aquello pudiera explicar tan fácil su confusión.

—Sí. Pero…, mira. En la pesadilla…, tú matabas a alguien.

—Joder —exclama, pero bajo la superficie de su expresión se produce un cambio, mínimo, como el pez que nada en las profundidades de un océano, invisible excepto por las olas que genera con sus movimientos—. ¿A quién? —añade.

A Jen le parece una pregunta inicial muy rara. Está acostumbrada a que los clientes no le cuenten toda la verdad, y eso es lo que parece que está pasando con su hijo en ese momento.

Todd se aparta el pelo oscuro de la frente. Con el gesto, la camiseta sube y deja al descubierto la cintura que ella sostenía cuando él era pequeño y se retorcía, aprendiendo a sentarse, a saltar, a andar. En aquellos tiempos pensaba que la maternidad era aburridísima, ingrata, horas y más horas dedicadas a las mismas tareas en diversos órdenes. Pero no lo era, ahora lo sabe; decir eso es como decir que respirar es aburrido.

—A un hombre adulto. De unos cuarenta años.

—¿Con estos brazos tan esmirriados? —replica Todd, al tiempo que levanta en un gesto teatral un brazo flacucho.

En una ocasión, Kelly le dijo a altas horas de la madrugada: «¿Cómo hemos hecho para criar a un bicho raro tan seguro de sí mismo?». Entonces habían tenido que hacer esfuerzos para controlar las carcajadas. Lo que más le gusta a Jen de Kelly es su humor tan mordaz. Y se alegra de que Todd lo haya heredado.

—Incluso con esos brazos —contesta Jen.

Pero entonces piensa: «No tuviste necesidad de músculos. Tenías un arma».

Todd se calza las zapatillas deportivas sin ponerse calcetines. Y cuando lo hace, Jen se acuerda de que esa escena tuvo lugar el viernes por la mañana. Recuerda que se quedó asombrada de que su hijo no notara el frío de octubre y preocupada por la posibilidad de que pudiera enfriarse los tobillos en la escuela. Preocupada también, de manera vergonzante, por que la gente pudiera pensar que era una mala madre, que era... ¿Qué era exactamente? ¿Anticalcetines? Dios, la de cosas raras que llegan a estresarla.

Pero se había preocupado. Lo recuerda.

Un escalofrío le recorre los hombros. Todd pone la mano en el pomo de la puerta y Jen recuerda el *déjà vu*. No. Está bien. Se siente bien. No tiene de qué preocuparse. Debe olvidarlo. No hay pruebas de que nada de todo aquello haya pasado.

Hasta que las hay.

—Cuando salga de clase iré directamente a casa de Clio. Si le va bien, cenaré allí.

Habla de forma concisa. Se lo está diciendo, no pide permiso; como siempre, últimamente.

Entonces sucede. Las palabras emergen de la boca de Jen con la misma naturalidad con la que un manantial brota de la tierra, la misma frase que pronunció ayer:

—¿Más ostras cultivadas? —dice.

La primera vez que Todd fue a cenar a casa de Clio habían comido ostras. Todd le había enviado una foto de una, justo después de haberla abierto, en equilibrio sobre la punta de sus dedos, con un texto que decía: «¿No decías que tenía que abrirme más?».

Espera la respuesta de Todd. Que está seguro de que cenarán algo más sencillo, como *foie gras*.

Todd le dirige una sonrisa que atraviesa la tensión.

—Estoy seguro de que cenaremos algo más sencillo, como *foie gras*.

No puede. No puede con esto. Es una locura. Tiene la sensación de que el corazón se le va a detener por un infarto.

Todd coge la mochila. Algo en el golpe que da contra su espalda la pone aún más nerviosa. Parece que pesa mucho.

El pensamiento emerge, plenamente formado, justo entonces. ¿Y si el arma está en la mochila? ¿Y si el crimen acaba produciéndose? ¿Y si no ha sido un sueño, sino una premonición?

Jen sufre un golpe de calor, luego de frío.

—¿Es tu ordenador lo que acabo de oír? —Dirige la vista hacia el techo—. Se ha oído un ruido.

Hacer que un adolescente corra a comprobar el estado de cualquier aparato es ridículamente fácil, y Jen experimenta una punzada de culpabilidad durante un solo segundo, mientras ve cómo los pies de su hijo tropiezan con las prisas de subir a investigar qué sucede. Es habitual, una compasión residual que siempre ha sentido por Todd —excesiva, a veces, como cuando se involucraba en el drama de la puerta del colegio siempre que era excluido de un acto social—, pero hoy le parece inapropiada. Lo ha visto matar.

Sea lo que sea lo que siente, no es suficiente para impedir el registro.

Bolsillos delanteros, bolsillos laterales. Estar activa le sirve de distracción. Oye que Todd canturrea mientras sube las escaleras, algo que hace siempre que está impaciente.

—¡Mierda! —dice.

Dos libros de química, tres bolígrafos sueltos. Jen lo va dejando todo en el suelo del vestíbulo y sigue buscando.

—¡No hay notificaciones! —grita Todd.

Vuelve a hablar con rabia. Desde hace poco, parece que esté siempre molesto por algo.

—Lo siento —dice ella, aunque piensa «Dame solo un puto minuto más, solo uno, solo uno»—. Debo de haber oído mal.

El fondo de la mochila está alfombrado por las migas de mil bocadillos.

¿Y esto qué es? ¿Allí detrás? Una funda, una funda de cuero. Está dura y fría como el hueso de la pierna, justo en la parte posterior de la mochila de su hijo. Sabe lo que es incluso antes de sacarlo.

Una funda de cuero de forma alargada. Suelta el aire, abre la parte superior y desliza un mango hacia fuera.

Y, en el interior…, un cuchillo. El cuchillo.

Día menos uno, 08:30 horas

Jen se queda allí, mirándolo, mirando la traición que tiene en la mano. No ha pensado qué haría si encontraba algo. En ningún momento ha pensado que encontraría algo.

Sujeta el siniestro mango negro. El pánico reaparece, una oleada de ansiedad que se disuelve en el mar, pero que siempre vuelve, siempre. Abre el armario de debajo de la escalera. En el interior se apilan zapatos, material deportivo y latas de comida que no caben en la cocina, pasa la mano con el cuchillo por encima de todos los trastos. Oye a Todd en el descansillo. Deja el cuchillo en el fondo, cierra el armario, se aparta y recoge las cosas para guardarlas de nuevo en la mochila.

Todd —con una sonrisa contrariada, con la sombra de un Kelly joven dibujándole las facciones— recoge la mochila. Parece que no se percata de la diferencia, de que ahora es más ligera. Jen lo estudia mientras abre la puerta. Su hijo, armado, o eso piensa él, y con intención dolosa. Su hijo, que ha clavado aquel cuchillo con tanta fuerza que ha abierto el torso de otra persona por tres partes. Todd lanza una mirada por encima del hombro, receloso, y Jen piensa por un segundo que sabe lo que acaba de hacer.

Se marcha, entonces Jen sube corriendo la escalera y observa el coche desde el ventanal. Cuando arranca, está segura de que los ojos de él miran por el retrovisor y de que sus miradas se cruzan durante un brevísimo instante, como la mariposa que se posa y, tras agitar las alas una sola vez, emprende el vuelo sin que ni siquiera te percates de ello.

—He encontrado un cuchillo en la mochila de Todd —dice Jen en el mismo momento en que su marido entra en casa.

No le explica el resto, todavía no. Ha pasado el día oscilando entre el pánico y la racionalización. No ha sido nada, ha sido un sueño, es algo, es una pesadilla viviente. Está loca, está loca, está loca.

El rostro de Kelly se vuelve inexpresivo de inmediato, tal y como Jen esperaba que pasaría.

Se acerca a ella, coge el cuchillo y lo sostiene con ambas manos, como si fuera un hallazgo arqueológico. Las pupilas se le han vuelto enormes.

—¿Qué ha dicho cuando lo has encontrado? —Su tono de voz es gélido.

—No lo sabe.

Kelly hace un gesto de asentimiento, sin apartar los ojos del largo cuchillo afilado, sin decir nada. Jen recuerda lo enfadado que se puso anoche y piensa que ahora solo parece encerrado en sí mismo.

—Es un cuchillo nuevo —dice, por fin, mirándola—. Lo mataré, joder.

—Lo sé.

—Sin usar.

Jen ríe, una carcajada seca, sin humor.

—Efectivamente.

—¿Qué?

—Es solo que…, que anoche vi que Todd apuñalaba a alguien con esto.

—¿Qué…? —empieza a decir Kelly, pero el ritmo de la palabra no sigue adelante; no es una pregunta, solo una declaración de incredulidad.

—Ayer, estuve esperando levantada a Todd y… apuñaló a alguien en la calle. Tú estabas conmigo.

—Pero… —Kelly se acaricia la barbilla—. Yo no estaba. Y tú tampoco. Dijiste que fue un sueño. —Esboza una sonrisa veloz—. ¿Has ido de visita a loquilandia? —pregunta, porque es así como se refiere siempre a la neurosis.

Jen se aparta. En el exterior, su vecino pasea al perro. Jen sabe que su teléfono móvil está a punto de sonar, lo recuerda de ayer, pero lo hace antes de que le dé tiempo a decírselo a Kelly. Necesita pensar en algo que esté a punto de pasar para demostrarle a Kelly que dice la verdad, aunque no puede, no puede pensar en nada excepto en que se ha despertado aquí, en un universo alternativo y escalofriante.

—Estaba despierta —dice.

Aparta la mirada del vecino y piensa en todas las cosas que podrían considerarse pruebas circunstanciales de que lo de ayer no pasó: la calabaza suave y sin tallar, la presencia de su hijo en la habitación, la ausencia de sangre y de la cinta policial en la calle. Pero entonces piensa en el cuchillo. Ese cuchillo es la única prueba tangible que posee.

—Mira, anoche yo no vi nada. Le preguntaremos a él al respecto. Cuando vuelva —dice Kelly—. Se trata de un delito. De modo que… podemos decirle eso.

Jen asiente, pero no dice nada. ¿Qué va a decir?

—Sal de debajo de mis pies —ordena Kelly.

Se lo dice al gato, Enrique VIII, llamado así por lo obeso que está desde el día que lo rescataron.

Jen, tumbada en el sofá de la cocina, esboza una mueca. Kelly ha dicho exactamente lo mismo que dijo el viernes por la noche. La noche del primer viernes. Y recuerda que entonces acabó claudicando, le dio de comer al gato y dijo: «De acuerdo, pero que sepas que te tengo calado».

Jen se levanta y pasa por delante de Kelly. No puede. No puede quedarse allí sentada y dejar que se repita un día que ya ha vivido.

—¿Adónde vas? —le pregunta Kelly con sorna—. Se te ve tan estresada que incluso has levantado una brisa al pasar por mi lado. —Entonces, dirigiéndose al gato, que no para de maullar, dice—: De acuerdo, pero que sepas que te tengo calado.

Abre un paquete de Felix. El corazón de Jen se le acelera en el pecho. Nota que el pánico le provoca un rubor que le asciende por el cuello hasta las mejillas.

—Todo esto ya ha pasado —murmura—. Ha pasado antes. Pero ¿qué está sucediendo?

Se sienta de nuevo en el sofá y empieza a dar tirones a la ropa que lleva puesta, intenta escapar de su cuerpo, intenta expresar algo imposible. Si aún no había perdido la cabeza, ciertamente parecería que la estaba perdiendo ahora.

—¿El cuchillo?

—No, el cuchillo no, el cuchillo lo he encontrado hoy —explica, sabiendo que esto no tiene ningún sentido para nadie excepto para ella—. Todo lo demás. He experimentado todo lo que está pasando. He vivido dos veces este día.

Kelly suspira cuando acaba de darle la comida a Enrique VIII y abre la puerta del congelador.

—Esto es una locura incluso viniendo de ti —ironiza él.

Jen ladea la cabeza y lo mira desde el sofá.

La primera vez que vivieron esa noche discutieron sobre las vacaciones. Jen siempre quería viajar, Kelly se negaba a volar. Hacía mucho tiempo —le había contado en los inicios de su relación—, había volado en un avión que había descendido cinco mil pies debido a las turbulencias. Desde entonces no había vuelto a volar. «No eres ni de lejos una persona ansiosa», le había dicho Jen. «Bueno, estoy en ello», había replicado él, antes de sacar un Magnum del congelador.

—Sé que estás a punto de coger un Magnum —le dice Jen ahora, cuando la mano de Kelly ya está en el congelador.

—¿Cómo lo has adivinado? —pregunta Kelly—. Es una vidente —le comenta al gato.

Kelly se marcha de la cocina. Jen sabe que va a subir a ducharse.

Cuando pasa por su lado, Kelly le acaricia la espalda tan levemente que Jen se estremece. Lo mira a los ojos.

—Tranquila —dice él.

Jen desearía no haber tenido tanta ansiedad en el pasado. Levanta la mano para capturar la de él, como ha hecho mil veces. Aquella mano es su ancla, una mujer sola, en alta mar. Y se va. Si está preocupado por el cuchillo, o por todo lo que ella ha estado diciendo, no lo menciona. No es su estilo.

Jen pone *Anatomía de Grey* y se recuesta en el sofá, sola, e intenta relajarse.

Jen y Kelly se conocieron hace casi veinte años. Él se presentó en el bufete de abogados del padre de Jen preguntando si querían algún trabajo de decoración. Llevaba un pantalón vaquero de cintura baja y, cuando su mirada se posó en Jen, esbozó una sonrisa lenta, consciente. Su padre rechazó la oferta, pero Jen fue a comer con él, más por casualidad que por otra cosa. Coincidieron a la salida, a las doce del mediodía, llovía, y vieron que en el *pub* de enfrente tenían una oferta de dos por uno. Durante el almuerzo, durante el pudin, y luego durante el café, Jen no paró de repetir que debía regresar al trabajo, pero fue como si tuvieran muchas cosas que decirse. Kelly le formuló pregunta tras pregunta, mostrando mucho interés. Es el mejor oyente que Jen conoce.

Jen recuerda casi todos los detalles de aquella cita. Era finales de marzo, un día absurdamente frío y húmedo, pero mientras Jen había estado sentada allí con Kelly, en una mesita de un rincón de aquel *pub,* el sol había salido de detrás de las densas nubes, solo un par de minutos, y los había iluminado. Entonces, justo en aquel momento, su calor la había invadido, como en primavera, aunque solo minutos después empezara a llover.

Habían compartido un paraguas desde el *pub* hasta el despacho. Y había dejado que él se lo llevara, un acto totalmente deliberado; y cuando el lunes siguiente Kelly había aparecido de nuevo por el despacho para devolvérselo, se había olvidado las llaves sobre la mesa de ella.

Aquella fecha ha acabado definiendo el sentido del tiempo de Jen. Todos los marzos lo nota. El aroma de un narciso, la inclinación del sol a veces, verde y fresca. Una ventana abierta le hace pensar en ellos, juntos en la cama, con las piernas entrelazadas, los torsos apartados el uno del otro, como dos sirenas felices. Y todas las primaveras vuelve allí: a aquel marzo lluvioso, con él.

Como tantas veces ha hecho, Jen encuentra consuelo viendo *Anatomía de Grey,* en el ala cardiotorácica del hospital Seattle Grace, así como en liberarse del sujetador. A lo mejor todo esto es culpa suya, piensa, mientras mira la tele sin verla realmente. La maternidad siempre le ha resultado muy dura. Fue un auténtico *shock.* Una reducción inmensa del tiempo para dedicarse a sí misma. No hacía nada bien, ni trabajar ni ser madre. Había estado apagando fuegos en ambos aspectos de su vida durante una década, acababa de salir del agujero hacía poco. Pero tal vez el daño ya estuviera hecho.

Es un sueño, eso es todo, se dice. Sí. La convicción le arde en el pecho. Por supuesto que fue un sueño.

Apaga *Anatomía de Grey.* Las noticias sustituyen automáticamente la serie. Recuerda este fragmento, cuando informan de que se están revisando los ajustes de privacidad de Facebook. Luego hablarán sobre un fármaco para la epilepsia que están testando con ratones de laboratorio. No puede considerarse una prueba de viaje en el tiempo, pero sale la noticia: «Un nuevo test de un fármaco con...».

Apaga el televisor, sale de la cocina al pasillo. Arriba se oye la ducha, como sabía que sucedería. Tiene que ser capaz de utilizar todo este material para convencer a alguien. ¿No?

Saca el cuchillo del armario de debajo de la escalera y lo examina. Está nuevo, como ha dicho Kelly.

Con el cuchillo en el regazo, se sienta en el peldaño inferior a la espera de que llegue Todd. Lo espera levantada una vez más. Aunque ahora, espera además una explicación. Espera la verdad.

—He encontrado esto —dice Jen, y algo pequeño y malicioso en su interior se alegra de estar manteniendo esta nueva conversación, y no la que ya ha vivido.

Le ofrece el cuchillo a Todd. Él no lo coge.

Hay un millón de detalles reveladores: frunce el ceño, se pasa la lengua por los labios, cambia el peso del cuerpo al otro pie. No dice nada y lo dice todo.

—Es de un colega —replica por fin.

—Es la mentira más antigua de la historia —dice Jen—. ¿Sabes cuántas veces oyen los abogados esa frase?

Traga saliva para apaciguar la acidez de estómago. La falta de honestidad se lo ha confirmado. Sucede. Sucede, mañana.

—¿Qué haces tragando saliva de esa manera? —pregunta Todd, encogiéndose de hombros con indolencia.

Últimamente está siempre así, piensa Jen cuando baja la vista hacia el suelo y se esfuerza por no volver a vomitar. Un chico lleno de secretos. Su presencia indiferente le resulta siniestra en estos momentos, esta noche.

—Hablaré con él —dice Kelly desde lo alto de la escalera.

Siempre había pensado que seguirían adelante sin que pasaran estas cosas, todas estas cosas de adolescente. Todd fue un bebé fácil, un niño feliz. El único drama que habían tenido había sido el verano anterior, cuando una chica, Gemma, lo había dejado por ser demasiado «raro». Había vuelto a casa destrozado y no había pronunciado palabra durante veinticuatro horas, tiempo en el que Jen y Kelly no habían conseguido entender nada. Pero la noche siguiente se había sentado en la cama de Jen, mientras Kelly estaba fuera, había cruzado las piernas, le había contado lo que había ocurrido y le había preguntado si ella creía que era verdad. «Por supuesto que no», le había respondido, a la vez que, sintiéndose culpable, se preguntaba si habría alguna manera de decírselo... ¿La habría, quizá? No es que fuera muy raro, pero sí un poco friki. Le había enseñado algunos de los mensajes que le había enviado a la chica. «Intensos» sería la mejor palabra para describirlos. Cartas larguísimas, memes de temas científicos, poemas, mensajes y más mensajes sin respuesta. Gemma le había ido dando largas, eso estaba claro —«Gracias por lo que dices», «Hablamos mañana», «No, hoy ando un poco liada»—, y a Jen le había sabido mal por su hijo.

Y ahora esto: cuchillos, asesinatos, arrestos.

Kelly evalúa en silencio a su hijo, que tiene la cabeza ligeramente inclinada hacia atrás. Le gustaría que explotase, que la situación escalase de alguna manera, pero es evidente que ha decidido no hacerlo. De repente, Todd está enfadado. Su mandíbula se tensa.

Levanta las manos, pero no dice nada más.

—Así que si miro tu extracto bancario..., ¿veré que no lo has comprado tú? ¿No aparecerá? —pregunta Kelly.

Todd acepta el desafío y levanta la vista hacia la escalera sin alterarse. Pasados unos segundos, interrumpe el contacto visual con su padre y se quita la chaqueta. Se quita también las zapatillas y se queda descalzo sobre el suelo de madera.

—No —contesta, y le da la espalda a Jen para colgar la chaqueta, algo que normalmente nunca hace.

—Entendemos que quieras sentirte... protegido —dice Kelly—. Anda, ven conmigo. Vayamos a dar un paseo.

—¿Qué? ¿Que entendemos qué? —pregunta Jen, que mira sorprendida a Kelly.

Todd se aparta violentamente de ella, sube corriendo la escalera y pasa de largo de Kelly.

—¿Qué pensáis que voy a hacer? ¿Mataros? —lanza, tan bajo que Jen se pregunta si lo habrá oído mal. Se le revuelve todo el cuerpo.

—Si no me cuentas de dónde lo has sacado, y por qué, no vas a ir a ningún lado. En muchos días. Ni siquiera a la escuela —amenaza.

—¡Perfecto! —grita Todd.

Entra en la habitación y cierra la puerta con tanta fuerza que tiembla toda la casa. Jen mira a Kelly, sintiéndose como si acabara de recibir un bofetón.

Kelly se pasa la mano por el pelo.

—¡Mierda! —dice—. Vaya follón.

Golpea con fuerza el armario que hay junto a la escalera. Cae un papel, que recoge mientras se rasca la frente. El papel es una oferta de trabajo importante que Kelly rechazó en su día porque le exigían que entrase en nómina y no podría seguir siendo autónomo, algo que no está dispuesto a hacer nunca.

—¿Qué le ha pasado? —dice Jen.

—No tengo ni puta idea —le espeta Kelly—. Dejemos el tema.

No está dirigiendo la rabia a Jen, lo sabe. Es su carácter, repentino y volátil cuando acaba desatándose. En una ocasión, estalló contra un hombre en un bar porque le tocó el culo a Jen. Y cuando le dijo que se verían las caras fuera, Jen no podía dar fe a sus oídos.

Asiente, está tan conmocionada que se ha quedado sin palabras, tan presa del pánico que teme lo que pueda estar por llegar.

—Ya nos ocuparemos… —Kelly agita la mano— mañana de todo esto.

Jen asiente de nuevo, complacida de tener instrucciones que seguir. Sube a la habitación con el cuchillo y lo guarda bajo la cama.

Los caminos de Todd y ella se cruzan de nuevo más tarde, cuando él baja a por algo para beber y ella está a punto de subir a acostarse. Normalmente a estas horas está ocupada con la colada y otras tareas banales, pero esta noche no. Lo observa sin que los rodee el ajetreo de la vida normal.

46

Todd se llena un vaso de agua del grifo, lo acaba de un solo trago y vuelve a llenarlo. Saca el teléfono del bolsillo, toca la pantalla sin dejar de beber, medio sonríe por alguna cosa que ve y lo guarda.

Jen finge estar ocupada con algo. Todd pasa por su lado con el vaso en la mano, aunque justo antes de subir a su habitación comprueba con la mirada que la puerta esté bien cerrada. Sube un peldaño, se vuelve y repite la comprobación. Para asegurarse. Parece que esté verificándolo por miedo. Jen se queda helada mientras observa la escena.

Mientras intenta conciliar el sueño, se sorprende pensando que Todd está aquí, a salvo en casa, castigado. Y que ella tiene el cuchillo. Tal vez ha conseguido pararlo. Lo que quiera que sea. Tal vez cuando se despierte sea mañana. El día después. Cualquier cosa, pero que no sea otra vez hoy.

Día menos dos, 08:30 horas

Jen se despierta, tiene el cuerpo sudado. Ve el móvil en la mesita de noche, pero no lo consulta. En su interior habita el impulso perverso de mantener vivas las esperanzas.

Se cubre con el batín de Kelly, húmedo todavía en algunas partes después de que él se lo haya puesto al salir de la ducha, y baja por la escalera. El parqué está iluminado por el sol, que lo vuelve lustroso. Mientras camina, la luz acaramelada le calienta primero la punta de los dedos y luego los pies enteros.

Que no vuelva a ser viernes, por favor. Cualquier cosa menos eso.

Asoma la cabeza en la cocina, esperando encontrarse a Kelly. En cambio está vacía. Y limpia, además. La encimera se halla despejada. Parpadea. La calabaza. No está. Entra en la cocina y gira sobre sí misma con impotencia, buscándola. Pero no está por ningún lado. A lo mejor es domingo. A lo mejor todo ha terminado.

Saca el móvil del bolsillo del batín, contiene la respiración y mira.

Veintisiete de octubre. El día antes del día antes.

La sangre le aporrea la frente, que está caliente y tensa, como si alguien hubiera encendido un radiador. Debe de estar loca, tiene que estarlo. La calabaza no está porque ni siquiera la ha comprado.

Por lo que parece es jueves, ocho y media de la mañana. Todd debe de estar de camino al instituto. Kelly, en Merrilocks. Y ella…, ella debería estar trabajando. Mira el jardín, la hierba dorada por el

48

sol de primera hora de la mañana. Se prepara y se bebe un café que para lo único que le sirve es para ponerla más nerviosa.

Si la cosa funciona como imagina, mañana será miércoles. Después martes. ¿Y después qué? ¿Seguirá retrocediendo en el tiempo eternamente? Vuelve a vomitar, esta vez en el fregadero de la cocina; escupe café solo con azúcar, pánico e incomprensión. Luego, descansa brevemente la cabeza en el borde de cerámica y toma una decisión. Necesita hablar con alguien que la entienda: con su amigo de toda la vida y compañero de trabajo, Rakesh.

En la calle donde están situadas las oficinas de Jen siempre soplan corrientes de aire, es como un túnel de viento en el centro de Liverpool. Las ráfagas de aire de octubre le levantan el abrigo y lo pegan a sus muslos, haciéndola parecer una bailarina indecente. Más tarde, se pondrá a llover, gotas enormes que harán que el ambiente se vuelva gélido.

A Jen le habría gustado vivir en un lugar más próximo al centro, pero Crosby era lo más cerca que había aceptado Kelly. Odia el ruido de las ciudades, no le gusta el ajetreo, el bullicio. Tampoco los *Scousers* (como se conoce popularmente a los habitantes de Liverpool), excepto tú, le había dicho en una ocasión, en broma, cree ella. Kelly dejó atrás su pueblo natal cuando conoció a Jen. Sus padres habían muerto, sus compañeros de estudios eran unos vagos, dice, y apenas vuelve nunca por allí. La única conexión que mantiene es una excursión anual en la que se va de *camping* con algunos viejos amigos el fin de semana de Pentecostés. A él le habría gustado vivir en plena naturaleza, decía, pero Jen lo había obligado a instalarse en Crosby, con ella. «Pero si los pueblos de las afueras de las ciudades están llenos de gente», le había dicho. A menudo hablaba así. Humor negro combinado con cinismo.

Empuja y abre la puerta de vidrio caliente, el vestíbulo está iluminado por el sol, luego se dirige hacia el pasillo donde está el despacho de Rakesh. Rakesh Kapoor, su mejor aliado y su amigo de siempre, fue médico antes de ser abogado. Ridículamente sobrecualificado, lógico hasta extremos insospechados. Jen piensa que es el tipo de hombre en el que se convertirá Todd. Y pensar eso le provoca una oleada de tristeza.

Lo encuentra en la cocina, removiendo el azúcar de una taza de té. La cocina es un espacio pequeño, sin alma, de color morado oscuro con una puesta de sol típica colgada en la pared. Jen recuerda que su padre eligió aquel tono morado cuando alquilaron el local, tres años atrás, dieciocho meses antes de su fallecimiento. El tono se llamaba «uva ácida». «Perfecto para el vestíbulo de un despacho de abogados», había comentado Jen, y su padre, que por lo general era un hombre muy serio, había estallado en una repentina y bella carcajada.

Rakesh la saluda enarcando levemente las cejas oscuras y levantando la taza llena. Igual que Jen, no es una persona mañanera.

—¿Tienes un minuto? —le pregunta.

La voz le tiembla de miedo. No la creerá. La mandará encerrar, la encerrará en un loquero. Pero ¿qué otra cosa puede hacer?

—Por supuesto.

Salen al pasillo, entran en el despacho de Jen y ella se sienta encima de la desordenada mesa. Rakesh se queda en el umbral, aunque acaba cerrando la puerta cuando ve que ella duda. Su trato con los pacientes habría sido excelente. Amable pero hastiado, prefiere vestir con chalecos y trajes que nunca son de su talla. Dejó la medicina porque no le gustaba la presión. Afirma que la abogacía es peor, pero que no quiere abandonar una segunda carrera profesional. Se hicieron amigos el mismo día en que ella lo contrató cuando, durante la entrevista, Rakesh le confesó que su principal debilidad profesional eran los dónuts de la oficina.

El despacho de Jen da al este y está iluminado por el sol matutino. Una de las paredes está cubierta con estanterías llenas de dosieres dispuestos de manera aleatoria, rosas, azules y verdes, con los bordes descoloridos por el sol, un claro indicio de que deberían ser archivados, un trabajo que Jen considera mucho menos interesante que ver clientes.

—¿Qué te parecería atenderme como en una consulta médica? —le pregunta a Rakesh con una risita, a la que sigue una inspiración profunda.

—¿Sin la titulación al día? —replica con frivolidad y tan rápido como siempre.

—Conmigo cuentas con un total descargo de responsabilidad.

Rakesh se quita la americana y la cuelga en el respaldo del sillón verde oscuro que Jen tiene en una esquina. Un gesto de profesionalidad, pero también adecuado. Jen y Rakesh llevan prácticamente una década comiendo juntos a diario. Compran patatas al horno en un furgón que lleva por nombre Mr. Potato Head. Rakesh colecciona los cupones de cliente habitual —que tienen forma de patata— durante todo el año y, por Navidad, consigue toneladas de patatas gratis. Tiene la fecha marcada en el calendario como «La fiesta de las patatas».

—¿Qué enfermedad padecerías si te encontraras atrapado en un bucle temporal? ¿Como Bill Murray en *El día de la marmota*? —pregunta Jen, pensando en el tiempo que hace que vio esa película—. A nivel de enfermedad mental, me refiero.

Rakesh no dice nada de entrada. Simplemente se queda mirándola. Jen nota que se ruboriza, tanto por vergüenza como por miedo.

—Diría que... estrés —responde por fin, y une las manos por la punta de los dedos—. O un tumor cerebral. O... epilepsia del lóbulo temporal. Amnesia retrógrada, traumatismo craneal...

—Nada bueno.

Rakesh se queda de nuevo sin responder y, desde su sitio, en el otro lado del despacho, transmite tan solo una pausa expectante, típica de los médicos.

Jen duda. Si mañana será ayer, ¿qué importa, en realidad?

—Estoy prácticamente segura —empieza a decir con precaución, sin mirarlo directamente— de que me desperté el veintinueve de octubre, luego de nuevo el veintiocho y hoy el veintisiete.

—Pues de ser así, te diría que necesitas una agenda nueva —responde él alegremente.

—Pero el veintinueve pasó algo. Todd... comete un crimen. Pasado mañana.

—¿Crees que has estado en el futuro? —pregunta Rakesh.

El miedo de Jen ha ido hirviendo a fuego lento hasta transformarse en una especie de pánico ardiente, de bajo nivel. Se siente agotada.

—¿Crees que estoy loca?

—No —responde Rakesh con calma—. Si lo estuvieras, no me lo preguntarías.

—Bueno, pues entonces —dice Jen con un suspiro— me alegro de haberlo hecho.

—Cuéntame exactamente qué pasó.

Rakesh cruza el despacho para situarse más cerca de ella, junto a la ventana, desde donde se domina la calle. Jen adora esa anticuada ventana. Cuando eligió aquel despacho, insistió en que pudiera abrirse. En verano, nota el aire cálido y oye a los músicos callejeros. En invierno, las corrientes de aire la enfrían. Considera que ser consciente del tiempo que hace es bueno, y mucho mejor que estar encerrada en un despacho estéril siempre a dieciocho grados.

Rakesh se cruza de brazos y su alianza de boda captura los rayos de sol. La estudia con atención. De repente, Jen se siente cohibida bajo su mirada, como si estuviera a punto de descubrir algo horroroso, algo letal.

—Empieza por el principio.

—O sea, este sábado.

Rakesh espera un momento antes de hablar.

—De acuerdo.

Abre las manos, como queriendo decir «Lo que tú digas»; el sol bajo hace que la cara le quede a la sombra.

Guarda silencio durante más de un minuto después de que ella acabe de hablar, después de que termine de contarle todos los detalles, incluso las cosas más raras: la calabaza, su esposo desnudo. Debido a la ansiedad, ha perdido toda la dignidad y le da igual lo que su amigo pueda pensar de ella.

—¿Así que estás diciéndome que «hoy» ya ha pasado antes y que ahora está volviendo a pasar, de un modo más o menos igual? —pregunta de forma incisiva, capturando por completo la lógica, o falta de lógica, de la situación de Jen.

—Sí.

—¿Y qué hicimos? ¿La primera vez que experimentaste el día de hoy? ¿El primer veintisiete de octubre?

Jen se recuesta en el asiento. Una pregunta muy inteligente. Lo mira fijamente a la cara unos instantes. Para responder esto necesita relajarse. Expulsa el aire de los pulmones, con los ojos cerrados, durante un segundo. Entonces sale de ella algo que se arrastra desde la parte posterior de su cerebro hacia delante.

—¿Llevas unos calcetines estrafalarios? —dice—. Creo que, tal vez…, nos reímos de tus calcetines cuando fuimos a comer patatas. Son de color rosa.

Rakesh parpadea y se sube la pernera del pantalón.

—Efectivamente —contesta con una carcajada, y le muestra unos calcetines de color cereza con la palabra «Usher» bordada. Así es. El pasado fin de semana asistió a una boda y se los regalaron como recuerdo.

—No es muy infalible, ¿verdad? —dice Jen.

—Mira. Lo más probable es que se trate de estrés —explica rápidamente Rakesh—. Eres coherente. Conoces la fecha. Y si no, apostaría por algo como…, no sé. Ansiedad. Tienes cierta tendencia, de todos modos, ¿no? O depresión, que puede hacer que todos los días te parezcan iguales, que no sales de esa rueda de… Psicosis no es.

—Gracias. Espero que no.

—Lo que quiero decir es que… —aclara Rakesh con una nota de humor en la voz— no tengo ni puta idea.

—Tampoco yo —reconoce ella, sintiéndose mejor después de haber hablado con alguien, al menos.

—Quizá simplemente estás confusa —añade él—. A mí me pasa constantemente en pequeños detalles. No recuerdo haber venido hasta aquí en coche el otro día. No podría decirte, ni aunque me mataran, qué camino seguí. Y no es disociación, ¿no te parece? Es la vida. Intenta dormir más. Come verdura.

—Sí.

Jen se aparta de la dirección de su mirada y abre con fuerza hacia arriba la ventana de guillotina. Pero lo suyo no es eso. Eso es despiste. No es esto.

Tampoco es estrés. Por supuesto que no lo es.

Contempla Liverpool, que se extiende a sus pies. Está aquí. Está aquí y ahora. El aroma otoñal a chimenea se filtra por la ventana. El sol le calienta el dorso de las manos.

—Tengo un amigo que tocó el tema de los viajes en el tiempo en su tesis doctoral —dice Rakesh.

—¿Ah, sí?

—Sí. Hizo un estudio sobre si es posible quedarse atrapado en un bucle temporal. Le hice una corrección de estilo. Estudió… ¿Cómo se llamaba eso exactamente? —Rakesh se apoya en la pared, se cruza de brazos y el traje se le arruga a la altura de los hombros—. Física teórica y matemáticas aplicadas. Conmigo, en Liverpool. Y luego siguió estudiando…, una locura. Ahora está en la John Moore.

—¿Cómo se llama?

—Andy Vettese. —Rakesh busca en el bolsillo del pantalón y saca una cajetilla de tabaco empezada—. Toma, quédate con esto, por favor. Estoy volviendo a caer.

—Y eso que dices que eres médico —comenta con despreocupación Jen, tendiendo la mano para aceptar la cajetilla.

Sonríe a Rakesh cuando ve que da media vuelta para marcharse, pero en lo que está pensando es en cómo es posible que esté en realidad aquí, el jueves. Está más tranquila después de haberlo comentado con alguien de confianza, se siente más capaz de evaluarlo todo objetivamente.

Entonces, ¿cómo sucedió? ¿Cómo lo hizo? ¿Ocurre mientras duerme?

¿Y qué tiene que hacer para salir de este bucle?

Mira la cajetilla arrugada. Tiene que cambiar cosas, cambiar cosas para detener esto. Para salvar a Todd y salir del bucle.

—Si me acuerdo, la próxima vez que nos veamos me pondré otros calcetines —dice Rakesh con una sonrisa enigmática y una mano en el pomo de la puerta.

Se marcha y ella espera un segundo antes de gritar, en dirección al pasillo:

—¡Déjalo! —Está deseosa de cambiar alguna cosa; lo que sea, siempre que sea para mejor—. ¡Es tan dañino…!

—Lo sé —dice Rakesh, de espaldas a ella, sin volverse.

Jen enciende el ordenador y empieza a buscar información sobre bucles temporales. ¿Por qué no investigar al respecto? Es lo que cualquier buen abogado haría.

Dos científicos, llamados James Ward y Oliver Johnson, han escrito un documento sobre «La paradoja de la predestinación: retroceder en el tiempo para observar un suceso que, a su vez, ha causado uno mismo». Jen toma nota.

Para entrar en un bucle temporal, dicen que es necesario crear una «curva temporal cerrada». Y aportan una fórmula física. Algo que, por suerte, desarrollan a continuación. Al parecer, el fenómeno se produce cuando sobre el cuerpo se ejerce una fuerza gigantesca. Ward y Johnson defienden que para crear un bucle temporal esa fuerza tiene que ser superior a la de la gravedad.

Sigue leyendo. La fuerza tendría que ser equivalente a mil veces su peso corporal.

Descansa la cabeza entre las manos. No entiende nada de nada. Y mil veces su peso es… mucho. Sonríe con tristeza. Una cantidad que no merece la pena considerar.

Vuelve a Google y pincha, desesperada, en un artículo que lleva por título «Cinco consejos fáciles para escapar de un bucle temporal».

¿Es posible…, es posible que existan esas cosas? La verdad es que en Internet encuentras cosas para todos los gustos. Los cinco consejos son un batiburrillo: averigua por qué, cuéntaselo a un amigo y métalo en el bucle contigo (¡claro!), documéntalo todo, experimenta… e intenta no morir.

El último consejo resulta perturbador. Ni se le había ocurrido. Y cuando piensa en ello, es como si una sensación inquietante se hubiese creado en el despacho. «Intenta no morir». ¿Y si es a eso a lo que conduce todo este fenómeno? A un lugar más oscuro aún que la primera noche, a algún tipo de sacrificio maternal, a realizar un trato con los dioses.

Apaga la pantalla. Tiene que haber una manera de conseguir que Kelly la crea: es su mayor aliado, su amante, su amigo, el hombre ante quien puede mostrar su personalidad más tonta y más simple. Intentará demostrárselo. Entonces, Kelly podrá ayudarla.

Natalia, la becaria, pasa por delante del despacho de Jen empujando un carrito cargado de archivadores de anillas que Jen ya ha visto pasar por allí en otra ocasión. Está a punto de estampar el carrito contra las puertas cerradas del ascensor. Jen cierra los ojos al oír el golpe por segunda vez.

Tiene que salir de ahí.

Diez minutos más tarde, se encuentra en la parte posterior del edificio y se ha fumado ya cuatro cigarrillos de la cajetilla de Rakesh; a la porra con la salud.

Sabe, en el fondo, en un lugar que no consigue identificar, que es su trabajo, ¿no? Impedir el asesinato. Averiguar por qué se produce y evitarlo.

Y como si el universo quisiera mostrarse de acuerdo con ella, se pone a llover justo cuando apura su quinto pitillo. Gotas enormes que vuelven el ambiente gélido.

Jen está tumbada de nuevo en el sofá azul de la cocina. Ha salido temprano del trabajo. ¿No debería haber impedido el asesinato el hecho de haberle quitado el cuchillo a su hijo y, por lo tanto, acabado con el bucle temporal?

¿Existe una realidad alternativa donde el asesinato siguió produciéndose? ¿Existe otra Jen, una que no ha retrocedido en el tiempo y que continúe avanzando?

Todd no está en casa. «Con amigos», ha dicho, igual que la última vez; más mensajes breves, más distancia entre ellos.

Jen hace una búsqueda de Andy Vettese por Internet. Es, efectivamente, profesor de física en la Universidad John Moore de Liverpool. La búsqueda resulta fácil. Está en LinkedIn, en la página web de la universidad, tiene una cuenta de Twitter con el nombre de @AndysWorld y la dirección de correo electrónico aparece, además, en la bio. Podría escribirle.

Se incorpora cuando oye la puerta de entrada.

—¡No puedo entretenerme! —vocifera Todd, que irrumpe en la cocina envuelto en una nube de aire frío y movimiento adolescente, e interrumpe las dudas de Jen ante un mensaje de texto.

—Vale —replica ella.

Eso no es lo que dijo la última vez. La última vez le preguntó si existía algún motivo por el que no quería estar nunca en casa.

Y se lleva una sorpresa cuando ve que el enfoque más suave funciona.

—Vengo de casa de Connor y ahora voy a casa de Clio —le explica Todd, mirándola a los ojos.

Salta de un pie a otro mientras manipula un cargador de móvil, rebosante de energía, rebosante del optimismo de alguien cuya vida está tan solo empezando. No es la conducta de un asesino, piensa Jen.

Connor. El hijo mayor de Pauline. Ese chico tiene algo que Jen no sabe identificar muy bien. Algún matiz. Fuma y suelta tacos, cosas, ambas, que Jen hace también de vez en cuando, pero que resultan ofensivas cuando se observan desde el punto de vista implacable de la maternidad.

Se apoya en un codo y mira a Todd. Se perdió su vuelta a casa la otra vez. Estaba en el trabajo.

Llevaba las últimas semanas inmersa en un caso, lo que significaba que Jen se había perdido la vida familiar más de lo habitual. Es lo que suele suceder cuando, en un caso de compensación subsidiaria, se acerca el momento de ir a juicio. La necesidad y la congoja de los clientes invaden los límites de Jen, débiles ya de por sí, y se pasa el día atendiendo llamadas y durmiendo prácticamente en el despacho.

Gina Davis era la clienta que la había mantenido ocupada durante el mes de octubre, aunque no por los motivos habituales. Se había presentado por primera vez en el despacho de Jen en verano con una petición de divorcio de su marido, que la había abandonado una semana antes.

—Quiero que no vea nunca más a los niños —le dijo Gina, que se había rizado con esmero su melena rubia y lucía un traje chaqueta inmaculado.

—¿Por qué? —había replicado Jen—. ¿Hay algo de lo que preocuparse?

—No. Es un gran padre.

—¿Entonces…?

—Para castigarlo.

Tenía treinta y siete años, estaba desconsolada y rabiosa. Jen experimentó una afinidad inmediata con ella, era de esas mujeres que no ocultan sus emociones. De esas mujeres que pregonan en voz alta y clara el tabú.

—Quiero hacerle daño —le confesó a Jen.

—No puedo cobrarle por esto —había dicho ella.

No era correcto, pensó, sacar beneficio de aquello. Gina no tardaría en recapacitar y querría pararlo.

—Pues hágalo gratis —respondió Gina.

Y eso fue lo que hizo Jen. No porque el bufete de su difunto padre no necesitara dinero, sino porque Jen sabía que, al final, Gina lo dejaría correr, aceptaría la sentencia provisional, aceptaría el reparto de bienes y seguiría adelante con su vida. Pero no había cambiado de idea, por mucho que Jen le hubiera dicho que lo pensara durante el verano y se lo hubiera desaconsejado en el transcurso de las muchas reuniones que habían mantenido a lo largo del otoño. Habían charlado, además, sobre todo tipo de cosas: los hijos, las noticias, incluso sobre *La isla de las tentaciones*. «Repugnante pero atractivo», había dicho Gina, y Jen había reído y respondido con un gesto de asentimiento.

Jen mira a Todd y se pregunta, de pronto, si estará enamorado, como lo está Gina. Se pregunta quién es realmente para él esa tal Clio. Qué significa. La locura del primer amor no puede pasarse por alto, por supuesto, sobre todo teniendo en cuenta lo que hará de aquí a dos días.

Jen no conoce a Clio. Después de que Gemma lo dejara plantado en verano, Todd se volvió automáticamente muy reservado con respecto a su vida amorosa, avergonzado, cree Jen, porque su relación no había durado. Avergonzado por aquella noche en la que le enseñó todos los mensajes que Gemma no le había respondido.

Justo cuando se prepara para volver a salir, Todd mira, una sola vez, hacia la puerta de entrada. No es una mirada rápida, impulsada por la curiosidad. Es otra cosa. Desconfianza, como si estuviera esperando que allí hubiera alguien, como si estuviera nervioso. Jen no se habría dado cuenta jamás de aquel detalle de no estar estudiándolo con tanta atención. Es un gesto tan veloz que su expresión se recupera casi de inmediato.

—¿Qué es eso? —pregunta Todd, mirándola y señalando la pantalla del ordenador.

—Oh, estaba leyendo una cosa muy interesante sobre bucles temporales, ¿sabes de qué va?

—Me encanta el tema —confiesa Todd.

Se ha puesto gomina en el pelo y se lo ha peinado hacia arriba creando una especie de tupé. Lleva una camiseta de *snooker* de aspecto retro. Últimamente le ha cogido interés, dice que le gustan las matemáticas implícitas en eso de darles a las bolas. Jen lo mira, mira a su hijo condenadamente guapo.

—¿Qué harías… si te vieras atrapado en uno de esos bucles? —le pregunta.

—Normalmente el problema siempre radica en un detalle minúsculo —responde Todd con indiferencia.

—¿Qué quieres decir?

—Lo del efecto mariposa. Que una cosa minúscula puede cambiar el futuro.

Todd acaricia al gato y, durante un solo segundo, parece de nuevo un niño. Su pequeño, que cree a pies juntillas en los bucles temporales. A lo mejor se lo cuenta. Para ver qué dice.

Pero, por el momento, no puede. Si de verdad esto está pasando, el trabajo de Jen no es otro que impedir el asesinato. Averiguar los hechos que lo han desencadenado e intervenir. Y entonces, un día, cuando lo consiga, se despertará y ya no será ayer.

Y por eso no se lo cuenta a Todd.

Él se marcha y Jen comprueba que no hay nadie esperándolo ni siguiéndolo. Entonces sale también de casa para seguirlo.

Día menos dos, 19:00 horas

Jen va dos coches por detrás de Todd y se siente paradójicamente aliviada al descubrir que es un conductor incompetente: por lo que parece, no ha mirado por el retrovisor ni una sola vez, y, por lo tanto, no la ha visto.

Aminora la velocidad cuando llega a una calle llamada Eshe Road North. Un agente inmobiliario la describiría como «frondosa», como si en las urbanizaciones no crecieran plantas. En las escaleras de acceso de algunas casas hay calabazas, talladas con antelación e iluminadas, recordatorios grotescos de todo lo que está por llegar.

Todd aparca el vehículo con cuidado. Jen sigue avanzando hasta que, unas viviendas más allá, encuentra una calle secundaria, sin alumbrado, por lo que confía en poder pasar desapercibida; sale del coche y se abrocha la gabardina. El aire nocturno tiene ese tacto siniestro de principios de otoño. Telarañas húmedas, la sensación de que algo está llegando al final antes de que estés realmente preparado para dejarlo atrás.

Su hijo camina decidido por la calle, las zapatillas deportivas blancas levantan las hojas del suelo. A Jen le resulta muy extraño estar viendo esto; las cosas que pasaron mientras ella desempeñaba sus labores de abogada, mientras estaba ocupada y exageradamente preocupada por el trabajo y no lo suficiente por el hogar.

Se queda en el cruce de la calle secundaria con Eshe Road North hasta que Todd entra de repente en una casa. Es grande, apartada de la calle, con un porche amplio y una buhardilla a todas luces reformada. Este tipo de lugares sigue intimidando a Jen, que se crio en una casa adosada de dos habitaciones que tenía unas ventanas tan desvencijadas que el viento que se colaba a través de ellas por las noches le alborotaba incluso el pelo. Su padre, viudo, ni se enteraba de las corrientes de aire, y, de todos modos, aceptaba demasiados trabajos de asistencia legal gratuita y no suficientes casos privados como para arreglarlo, aunque quisiera.

Encoge los hombros para protegerse del frío, una mujer con una gabardina fina en una calle lluviosa, mirando los árboles cubiertos con sus chaquetas de color naranja quemado y pensando. Pensando en Todd, en su padre, en hoy, en mañana y en ayer.

Deambula de un lado a otro de la calle. Todd ha entrado en el número 32. Mientras espera, busca en Internet la dirección, pero tiene los dedos tan helados que le cuesta teclear. La casa aparece como las oficinas de Cutting & Sewing Ltd., propiedad de Ezra Michaels y Joseph Jones. Es una empresa de reciente creación que no ha presentado aún cuentas anuales.

Y poco después de que la casa haya engullido a Todd, sale otra persona.

Jen se dirige hacia allí.

La figura cruza la verja del jardín justo en el momento en que pasa ella, y, de pronto, se encuentra frente a frente con un hombre muerto. No, no es eso. Con un hombre que morirá en dos días. La víctima.

Día menos dos, 19:20 horas

Jen lo habría reconocido en cualquier parte, por mucho que en este momento tenga luz en la mirada y color en las mejillas. Este hombre, perfectamente vivo —al que le queda, sin embargo, muy poco tiempo de vida—, tiene el aspecto de alguien que tal vez en su día fuera atractivo. Debe de rondar los cuarenta y cinco, quizá algo más. Luce una barba oscura y tiene orejas de elfo, con los extremos afilados.

—Hola —saluda Jen de manera espontánea.

—Hola, ¿necesita algo? —responde él con cautela.

Su cuerpo se queda completamente quieto, excepto sus ojos negros, que recorren la cara de Jen. Intenta pensar alguna cosa. Necesita el máximo de información posible. ¿Acaso la sinceridad no es siempre la mejor política? Con los clientes, con los adversarios en el trabajo, y también con los enemigos de tu hijo, seguro.

—Todd es mi hijo —dice simplemente—. Me llamo Jen.

—Oh. ¿Es usted Jen, Jen Brotherhood? —replica él. Al parecer, la conoce—. Soy Joseph.

Su tono de voz es grave, aunque habla en tono autoritario, como un político.

Joseph Jones. Tiene que ser él. El propietario de la empresa registrada en esta dirección.

—Un buen chico, Todd. Está saliendo con la sobrina de Ezra, ¿no es eso?

—¿Ezra es...?

—Mi amigo. Y también mi socio.

Jen traga saliva, intenta digerir la información.

—Mire, simplemente me preguntaba... Estoy un poco preocupada por él. Por Todd. Lo siento, solo... pasaba por aquí —explica, sin convicción.

—¿Está preocupada? —Ladea la cabeza.

—Sí..., ya sabe. Preocupada por que no esté con malas...

—Todd está en buenas manos. Hasta luego.

Una despedida instantánea por parte de todo un profesional. Hace un gesto, como queriendo decir «¿Hacia dónde va?». No hay duda sobre ese gesto, significa: «Elija, porque usted se larga de aquí, le guste o no».

Jen no hace nada, de modo que él pasa por su lado, dejándola allí, sola, en la niebla, preguntándose qué está pasando. Si el futuro ha continuado sin ella. Si hay otra Jen en alguna otra parte. Dormida o tan conmocionada que es incapaz de actuar. En un mundo donde Todd está probablemente en prisión preventiva, arrestado, acusado, condenado. Solo.

Decide llamar al timbre. La depresiva ausencia de un mañana la hace sentirse fatalista. Y pensar en Todd bajo custodia policial la transforma en una mujer desesperada.

—Solo quería saber si está bien —le comenta Jen al desconocido que le abre la puerta. Debe de ser Ezra. Algo más joven que Joseph. Un hombre fornido con la nariz torcida.

—¿Mamá? —dice Todd desde las profundidades de la casa.

Emerge a la penumbra del pasillo. Se le ve pálido y atormentado.

Jen piensa que la casa debió de ser bonita en su día, pero ahora está en el lado *shabby* del estilo *shabby chic*. Baldosas de cerámica de época victoriana. Varios trozos de moqueta solapados como papel de periódico en el suelo del pasillo.

—¿Qué…? —empieza Todd, abriéndose paso entre todo eso. Transmite su perplejidad con una sonrisa tensa.

Una chica muy guapa abre con la cadera una puerta y sale del salón que hay en el otro extremo del pasillo. Debe de ser Clio. Jen adivina que son pareja por su forma de caminar hacia Todd.

Tiene nariz romana. Un flequillo muy corto, a la última moda. Vaqueros descoloridos, rotos por la rodilla, piel bronceada. Una camiseta rosa con aberturas. Incluso sus hombros resultan atractivos, dos melocotones. Es alta, casi de la altura de Todd. Jen se siente como una estúpida de cien años.

—¿Qué sucede? —dice Todd—. ¿Qué ha pasado?

Su voz suena tajante, enojada. Le habla con altivez. ¿Cómo es posible que no se haya dado cuenta hasta ahora?

—Nada —responde débilmente Jen—. Solo que… he recibido tu mensaje. Me has enviado… tu localización —miente.

Mira otra vez más allá de su hijo, hacia el resto de la casa. La piel bronceada y las sonrisas blancas de Clio y de Todd parecen fuera de lugar entre aquellas paredes —enlucidas y nada más— y la puerta del salón: mugrienta, con el pomo descolgado. Jen frunce el entrecejo.

Todd saca el teléfono del bolsillo.

—¿Yo?

—Oh, lo siento. He dado por sentado que querías que viniese.

Todd la mira entrecerrando los ojos y levanta el teléfono.

—No. No te he enviado nada. ¿Por qué no me has llamado?

Y cuando mueve el brazo de esa manera, Jen recuerda el movimiento preciso del apuñalamiento. Contundente, limpio, intencionado. Se estremece.

—Eres Jen —dice Ezra.

Jen parpadea. Reconocimiento: es lo mismo que cuando Joseph ha pronunciado su nombre. Todd les debe de haber hablado de ella.

—Así es —contesta—. Lo siento. No tengo por costumbre dejarme caer por…

Está intentando recopilar el máximo de información posible antes de que se produzca el despido inminente por parte de Todd. Mira a su alrededor en busca de pruebas. No sabe qué está buscando; no lo sabrá hasta que lo encuentre, supone.

Ezra está de pie, apoyado en un armario.

—¿Mamá? —dice Todd. Sonríe, pero sus ojos transmiten un adiós urgente.

La casa no huele a hogar. Eso es. No hay olor a cocina ni a colada. Nada de nada.

—Lo siento…, pero, antes de irme, ¿les importaría dejarme pasar al baño? —pide Jen.

Lo único que quiere es entrar. Echar un vistazo. Ver qué secretos puede esconder la casa.

—Por Dios, mamá —se queja Todd, y su cuerpo entero refleja un resoplido de exasperación adolescente.

Jen levanta la mano.

—Lo sé, lo sé, lo siento. Será solo un segundo. —Dirige una sonrisa a Ezra—. ¿Dónde está?

—Estás a cinco minutos de casa.

—Son cosas de la edad, Todd.

Él se queda paralizado por la vergüenza, pero Ezra le indica la puerta del salón sin decir palabra. Sí. Ya está dentro.

Jen pasa entre Todd y Clio y llega a una estancia en la parte posterior de la casa, una combinación de cocina y sala de estar. Es cuadrada, con otra puerta a la derecha. En las paredes no hay fotos. Más enlucido sin nada de nada. Sobre la pared del fondo cuelga una gran pieza de tela estampada con un sol y una luna cosidos. La levanta y mira en busca de…, ¿de qué? ¿De un armario secreto? Que, por supuesto, no encuentra.

Jen abre la puerta que da acceso al aseo de la planta baja, abre el grifo. Sale de nuevo y camina lentamente, trazando un círculo, por la cocina. No hay prácticamente nada. Las baldosas del suelo se ven gastadas. Las encimeras están llenas de migas. Ese olor a humedad, el olor de las casas viejas y desocupadas. En el frutero no hay fruta. Ni notas pegadas a la nevera. Si Ezra vive aquí, no parece que pase mucho tiempo en casa.

En la pared de la izquierda hay colgada una pantalla de televisor de gran tamaño. Abajo, una Xbox. Y encima de la consola, un iPhone, encendido y, por suerte, desbloqueado. Lo coge y va directa a los mensajes. Y allí encuentra los mensajes de Todd a, imagina, Clio:

> Todd: Me siento atraído por ti como por un enlace covalente, ¿lo sabías?

> Clio: LOL.
> Eres un friki.

> Todd: Soy tu friki, ¿verdad?

> Clio: Eres mío xx para siempre.

Jen lee los mensajes. Retrocede un poco más; se siente culpable, pero no lo suficiente como para parar.

> Clio: Aquí tienes tu actualización matutina: un café, dos cruasanes y he pensado mil veces en ti.

> Todd: ¿Solo mil?

Clio: Mil y una, ahora.

Todd: Pues yo me he comido mil cruasanes y solo he tenido unos pocos pensamientos.

Clio: Me parece perfecto, la verdad.

Todd: ¿Puedo decir algo en serio?

Clio: Espera un momento,
¿no estabas hablando en serio?
¿Te has comido DOS mil cruasanes?

Todd: Haría, literalmente, cualquier cosa por ti. X

Clio: Yo también. X

«Cualquier cosa». A Jen no le gusta nada esa expresión. «Cualquier cosa» implica todo tipo de cosas. Implica crimen, implica asesinato.

Quiere seguir leyendo, pero oye pasos y para. Deja el móvil sobre la consola. A Clio le gusta de verdad. Posiblemente incluso lo ama. Suspira y vuelve a recorrer la estancia con la mirada, pero no hay nada más.

Tira de la cadena, cierra el grifo y sale.

* * *

Una vez en el coche, busca los datos de Andy Vettese. Necesita ayuda. Le envía un correo por impulso, después de haberse visto despedida por su hijo, avergonzado de ella.

Estimado Andy:

No nos conocemos. Soy compañera de bufete de Rakesh Kapoor y me gustaría hablar sobre algo que estoy experimentando y que, según tengo entendido, ha estudiado usted. No quiero decir más por miedo a parecerle inestable, pero le pediría, por favor, que me respondiera a este correo…

Saludos cordiales,
Jen

—¿Qué tal el trabajo? —pregunta Kelly en cuanto Jen cruza la puerta de casa.

Kelly lija un banco que está restaurando. La típica actividad solitaria que tanto le gusta. Jen sabe cómo quedará la pieza una vez terminada: la pintará con espray en un tono verde salvia de aquí a dos días.

—Mal —responde, mintiendo a medias. Tiene que intentar decírselo otra vez.

Kelly se acerca y distraídamente le quita el abrigo, una de esas cosas a las que Jen nunca se acostumbrará y que tanto le gustan; el cuidado y la atención que aporta siempre a su matrimonio. Le da un beso. Sabe a chicle de menta. Sus caderas se tocan, sus piernas se entrelazan. Sucede con fluidez. Jen nota que el ritmo de la respiración se le ralentiza de forma automática. Su marido siempre ejerce ese efecto sobre ella.

—Tus clientes están pirados —dice, manteniéndose inalterable, con la boca posada aún sobre la suya.

—Estoy preocupada por Todd —dice ella. Kelly se aparta—. No es él.

—¿Por qué lo dices?

Se escucha el clic de la calefacción, la caldera se enciende con una llama suave.

—Me preocupa que ande con malas compañías.

—¿Todd? ¿Qué mala compañía pueden ser los amantes del juego Warhammer?

Jen no puede evitar reírse ante aquella respuesta. Le gustaría que Kelly mostrara al mundo exterior ese aspecto de él.

—La vida es demasiado larga para preocuparse por eso —añade.

Es una frase de ellos, que se remonta a varias décadas atrás. Jen está segura de que quien la dijo por primera vez fue él, y él está seguro de que fue ella.

—Esa tal Clio. No lo tengo muy claro.

—¿Sigue viéndose con Clio?

—¿Qué quieres decir?

—Creía que había dicho que lo habían dejado. Bueno, da igual, mira, tengo algo para ti.

—No gastes dinero conmigo —dice Jen con cariño. Kelly siempre es muy generoso cuando tiene dinero en el bolsillo y le compra regalos a menudo.

—Me ha apetecido —comenta—. Es una calabaza —añade.

Eso distrae por completo a Jen.

—¿Qué? —dice.

—Sí, ¿no habías dicho que querías una?

—Iba a comprarla yo mañana —musita.

—¿Te parece bien? Mira, está aquí.

Jen mira por detrás de él, hacia la cocina. Y allí está. Pero no es la misma calabaza. Esta es enorme y gris. Verla le produce escalofríos. ¿Y si está cambiando demasiados detalles? ¿Y si está cambiando cosas que no tienen nada que ver con el asesinato? ¿No es eso lo que pasa siempre en las películas? Que los protagonistas cambian demasiadas cosas; no pueden resistir la tentación, se vuelven avariciosos, juegan a la lotería, matan a Hitler.

—Se supone que la calabaza tenía que comprarla yo.

—¿Qué?

—Kelly. Ayer ya te dije que estaba viviendo los días en marcha atrás.

La sorpresa irrumpe como un amanecer en las facciones de Kelly.

—¿Qué?

Se lo explica igual que se lo ha contado a Rakesh, de la misma manera que ya se lo ha contado a Kelly. La primera noche, el cuchillo en la mochila, todo.

—¿Y ahora dónde está el cuchillo?

—No lo sé…, en su mochila seguramente —responde con impaciencia, ansiosa por no tener que repetir conversaciones que ya han mantenido.

—Mira. Esto es ridículo de la hostia —dice Kelly. A Jen no le sorprende la reacción—. ¿No crees que deberías ir a que te viera un médico?

—Tal vez —reconoce Jen en un susurro—. No lo sé. Pero es verdad. Todo lo que te estoy contando es verdad.

Kelly se queda mirándola, luego mira la calabaza, luego vuelve a mirarla a ella. Sale al pasillo a por la mochila de Todd. La vacía teatralmente en el suelo. No cae ningún cuchillo.

Jen suspira. Lo más probable es que Todd todavía no lo haya comprado.

—Olvídalo —dice—. Si no piensas creerme.

Da media vuelta. Es inútil, incluso con él. Y mientras sube por la escalera reconoce que ella tampoco lo creería si él le contara algo así. ¿Quién lo haría?

—No… —Lo oye que dice desde los pies de la escalera, pero interrumpe la frase.

Aquella frase dejada a medias es una decepción. En determinados momentos, a Kelly le gusta la vida fácil, y este es claramente uno de ellos.

Se ducha, rabiosa. Muy bien. Si dormir es lo que hace que se despierte en el día de ayer, pues no dormirá. Esa va a ser su siguiente táctica.

Kelly se queda dormido de inmediato, como siempre. Pero Jen se sienta en la cama. Ve que el reloj marca las once, luego las once y media, que es cuando Todd vuelve a casa. A medianoche, mira sin parar el teléfono cuando las doce de la noche pasan a las doce y un minuto y cambia la fecha, así de golpe, del veintisiete al veintiocho, como debe ser.

Baja y ve las noticias continuas de la BBC, que dan paso a las noticias de ámbito local, en las que hablan sobre un accidente de tráfico que tuvo lugar en el cruce de dos calles casi a las once de la noche de ayer. Un coche dio una vuelta de campana y el conductor salió ileso. Ve que el reloj da la una, después las dos, después las tres.

Le empiezan a escocer los ojos, la adrenalina y la rabia que le ha inspirado Kelly comienzan a apaciguarse. Da vueltas por el salón. Se prepara dos cafés y, después de tomar la segunda taza, se sienta en el sofá, solo un segundo, mientras siguen repitiéndose las noticias. El accidente, el tiempo, los periódicos de la mañana. Cierra los ojos, solo un segundo, solo un segundo, y...

Ryan

Ryan Hiles tiene veintitrés años y va a cambiar el mundo.

Es su primer día de trabajo, su primer día como agente de policía. Lo ha pasado mal durante el proceso de selección y las entrevistas. Ha sobrevivido al centro regional de formación de la policía, doce semanas en Manchester, una ciudad deprimente. Ha hecho cola junto con los demás oficiales en el pasillo con parqué en espiga, encerado y pulido, y le han hecho entrega de un uniforme envuelto en una funda de plástico transparente. Una camisa blanca. Una chaqueta negra. El número de agente —el 2648— en los hombros.

Y aquí está por fin. En el vestíbulo. Tiene el pelo mojado porque no para de llover, pero, por lo demás, está listo. Anoche se probó el uniforme en el cuarto de baño de casa, después de esperar mucho tiempo a que llegara ese momento. Se encaramó al retrete para poder verse entero en el espejo. Y allí estaba: un policía. Encima del retrete, sí, pero un policía de verdad.

Aunque más que el uniforme, Ryan tiene ahora lo que siempre ha querido: capacidad. Y más concretamente, capacidad para cambiar las cosas. Y se encuentra —ahora, en este preciso instante— en comisaría, a la espera de ser presentado al oficial de policía que será su tutor.

—Le ha sido asignado el agente Luke Bradford —le comunica en tono aburrido la agente que atiende el mostrador de recepción.

Es mayor, a buen seguro tiene más de cincuenta, aunque Ryan nunca ha sido muy bueno adivinando la edad de la gente. Tiene el pelo del color de la pizarra. Ella le señala la fila de sillas atornilladas todas juntas de color azul pálido, y Ryan toma asiento junto a un hombre que asume que es un criminal o un testigo: un muchacho joven, con una cola de caballo, mirándose las manos.

Fuera, la lluvia apalea la comisaría. Ryan la oye deslizándose por los alféizares de las ventanas. Está lloviendo tanto que sale incluso en las noticias. El octubre más húmedo desde que hay registros. Los trenes no circulan, los parques y los jardines son un barrizal de hojas y agua.

El agente Luke Bradford llega veinte minutos después. Ryan inspira y espira hondo tres veces cuando ve que se acerca. Ya está. Esto es el principio.

Bradford estruja la mano de Ryan al estrechársela. Es tal vez unos cinco años mayor que Ryan; todavía es agente, por lo que debe de ser jovencillo. Aun así, tiene la piel cetrina, ojeras y huele a café. Su pelo oscuro muestra algunas canas en las sienes y por encima de las orejas. Ryan es atlético —es lo que se dice a sí mismo—, y traga saliva cuando mira a Bradford y se percata de la incipiente barriga que sobresale con claridad por encima de su pantalón negro.

—Pues aquí estamos, bienvenido. Dios, ¿todavía sigue la jodida lluvia? —Bradford mira en dirección al aparcamiento—. Primero, pase de revista, luego a atender las urgencias.

Da media vuelta y guía a Ryan hacia las entrañas del lugar al que llamará «trabajo».

Pase de revista. Bradford utiliza lenguaje de la vieja escuela. Aun así, será su primera sesión informativa. Ryan siente una punzada de excitación, como si le estuvieran clavando agujas y alfileres en el estómago.

—Enchufa el hervidor —le dice Bradford.

—Ah, sí, por supuesto —contesta Ryan, confiando en que se le vea dispuesto y con ganas.

—Al novato le toca preparar el té. —Señala la sala de reuniones—. Averigua qué quiere todo el mundo. —Le da una palmada en la espalda y lo despide.

—De acuerdo.

No pasa nada, se dice Ryan. Preparar el té es cosa de niños.

Pero resulta que lo del té es complicado. Quince tazas. Diferentes intensidades, diferentes niveles de azúcar, diferentes tipos de leche. Sacarina, azúcar de verdad…, de todo y más. Cuando sirve las últimas tazas, le tiemblan las manos, le arden los nudillos. Y cuando llega a la sala de reuniones justo en el momento en que empieza el pase de revista, cae en la cuenta de que no se ha preparado té para él.

La sargento, Joanne Zamo, debe de rondar los cincuenta y tiene una de esas sonrisas generosas que ocupan toda la cara. Empieza pasando lista de todos los trabajos activos, ninguno de los cuales entiende Ryan. Es el único agente nuevo; el resto ha sido repartido por el norte. Mira a su alrededor y estudia a los quince polis con sus quince tazas de té. Confiaba en poder encontrar un colega, alguien de su edad.

Ryan dejó los estudios a los dieciocho y estuvo durante varios años realizando tareas administrativas que conseguía a través de amistades. Logró luego un curro estupendo en el que se dedicaba a ordenar artículos de papelería y en el que nadie esperaba que hiciera nada productivo, pero, aun así, querían pagarle. Le pareció estupendo durante una temporada; sin embargo, al final resultó que ordenar archivadores y paquetes de folios A4 no era suficiente para Ryan. Así que un lunes por la mañana, hacía seis meses, se despertó y pensó: «¿Esto es todo?».

Entonces decidió presentarse a oposiciones para ser policía.

Zamo está repartiendo la lista de trabajos por radio.

—Bien —añade—. Veamos, ¿a quién tenemos por aquí como recién reclutado? Tú. —Sus ojos castaños se posan en Ryan—. ¿Tu tutor es Bradford?

75

—Así es —dice Bradford, antes de que a Ryan le dé tiempo a responder.

—Perfecto…, tú eres Eco. —Mira entonces fijamente a Ryan—. Y tú, Mike.

—¿Mike? —repite Ryan—. Lo siento, pero no. Me llamo Ryan. Ryan Hiles.

Un aleteo de pestañas de Bradford. Un escalofrío que Ryan no alcanza a comprender. Un segundo. Y entonces la sala entera estalla en carcajadas.

—Eco Mike —dice Bradford, riendo, como si fuera el remate del chiste. Tiene una mano apoyada en el marco de la puerta y otra en la barriga—. ¿No aprendiste el alfabeto fonético en la academia de Manchester, o acaso es que hoy en día ya no os enseñan estas cosas?

—Oh, sí sí —contesta Ryan, colorado como un tomate—. No, es que, solo es que… Lo siento, pensaba que… Lo de Mike me ha dejado confundido por un momento.

—De acuerdo —dice la sargento, sin dejarse impresionar por las risas desenfrenadas.

Y justo cuando paran, empiezan de nuevo, una oleada procedente de donde se ubica el departamento de investigación criminal. Magnífico.

—Eco Mike dos cuatro cinco —dice Bradford, que tiene claramente ganas de ponerse en marcha. Avanza hacia Ryan—. Yo me encargaré de la primera respuesta, después te dejaré gestionar la segunda —añade, metiéndole prisa para salir de una vez de la sala.

Ryan no se atreve a preguntar a qué se refiere.

Recorren un pasillo enmoquetado en color verde que huele a aspiradora. Llegan a una taquilla y Bradford le pasa a Ryan una radio.

—Bien. Es tuya. Las llamadas entran con el siguiente formato: Eco Mike, tu número de vehículo. Y tú respondes con tu número de identificación… El tuyo, por lo que veo en el hombro, es el 2648, ¿no?

—Entendido —dice Ryan—. Entendido.

Todos los agentes pasan sus primeros dos años dedicados a atender las llamadas al 999. Y por el teléfono de emergencias puede entrar cualquier cosa. Un robo. Un asesinato.

—Bien. Estupendo —dice Bradford—. En marcha.

Hace un gesto que significa tanto «Por aquí, por favor» como «Por Dios, espero que no seas un puto imbécil», y Ryan cruza la recepción y vuelve a estar bajo la lluvia.

—Esto es EM dos cuatro cinco, ¿entendido? Tal y como ha dicho Zamo —explica Bradford, indicando el coche patrulla.

Las bandas. Las luces. Ryan no puede dejar de mirarlo.

—Entendido —dice—. Claro.

Abre la puerta del lado del acompañante y entra. Huele a colillas.

—Eco Mike dos cuatro cinco, dos cuatro cinco Eco —dice la radio.

—Eco Mike dos cuatro cinco, adelante —responde Bradford, empleando un tono monótono.

No ha puesto aún el coche en marcha, está todavía manipulando la palanca de cambios. Comprueba entonces que las luces funcionen y toca a continuación un interruptor enorme del salpicadero que los baña en un tono azul. Ryan permanece sentado con las piernas cruzadas, escuchando la radio.

—Sí, gracias. Tenemos un aviso de un hombre mayor que al parecer está borracho y no para de gritar obscenidades a los peatones.

Ryan mira el reloj. Son las ocho y cinco de la mañana.

—Eco Mike dos cuatro cinco, recibido, vamos de camino. —Bradford arranca por fin el coche y mete la primera—. Debe de ser el Viejo Sandy —comenta.

Ryan, aterrado ante la posibilidad de que la frase tal vez esconda otra letra del alfabeto policial, no comenta nada.

—Un vagabundo, un buen tipo —dice Bradford, que mira por el retrovisor antes de moverse—. Lo más probable es que baste con darle una nueva advertencia. Y que tengamos que llamar a una ambulancia si realmente está mal. El vodka es lo suyo. Lo bebe a litros.

La verdad es que tiene un cuerpo con una capacidad de resistencia impresionante.

Ryan observa el tráfico mientras esperan en un semáforo. Es una experiencia totalmente distinta a conducir un coche particular. Sería fácil pensar que todo el mundo es un conductor ejemplar; es una escena que parece sacada de *El show de Truman,* donde todo el mundo está actuando. Las manos al volante en las dos menos diez. Los ojos mirando al frente.

—Resulta sorprendente lo bien que se comporta toda la gente —comenta Ryan, y Bradford no dice nada. Ryan continúa pensando en el Viejo Sandy y su vodka. Y, naturalmente, en su propio hermano—. ¿Conoces su historia? —pregunta—. ¿La del Viejo Sandy?

—No tengo ni idea.

—Tal vez podríamos preguntarle.

—¡Ja! —exclama Bradford sin desviar la mirada de la calle—. Sí, si hiciéramos eso con todo el mundo seríamos los putos héroes, ¿verdad?

—Sí —replica Ryan en voz baja.

La lluvia ha difuminado los perfiles del exterior, las calles reflejan las luces de freno y el cielo blanco.

—Primera regla de este trabajo: casi todas las llamadas que se reciben en el 999 son aburridas o tienen que ver con idiotas. Normalmente, ambas cosas —explica Bradford sin alterarse—. A los idiotas es imposible salvarlos.

—Entendido, estupendo —dice Ryan con sarcasmo.

—Segunda regla: los nuevos reclutas siempre son muy blandos.

Llegan a la playa y Bradford aparca sin problemas en un espacio libre. Ryan no se digna a responder sus comentarios.

—Vamos, Mike —dice Bradford al salir.

Ryan se sonroja de nuevo. El mote perdurará, lo sabe. Estas cosas funcionan así. En una ocasión, acudió a una despedida de soltero donde a uno de los solteros estuvieron llamándole «el gilipollas del primer piso» todo el fin de semana simplemente por la planta del hotel donde estaba situada su habitación con respecto a las del resto. Ryan nunca supo cómo se llamaba de verdad.

El Viejo Sandy no es tan viejo. Tiene la cara sonrosada y manchada de un alcohólico, pero el cuerpo ágil. Cuando se aproximan, está despotricando sobre Dios. El océano agitado ofrece un telón de fondo apocalíptico, y la costa fuera de temporada, un escenario siniestro.

—Muy buenas, Viejo Sandy —dice Bradford.

Al reconocerlo, Sandy deja de vociferar y se aparta el pelo mugriento de la frente.

—Eres tú —le dice sinceramente a Bradford—. Confiaba en que fueses tú.

Al final, resulta que se llama Daniel, no Sandy. Y que la policía lo llama Sandy por la arena, *sand* en inglés, porque duerme en la playa.

Ryan observa la lluvia y suspira, mientras se dirige a atender la siguiente llamada.

Seis incidentes más tarde. Uno, un caso de violencia doméstica: la decimocuarta llamada de la esposa que nunca tiene el valor suficiente para presentar cargos en contra del marido. Ese fue el más deprimente, aunque también, y a pesar de que no esté bien decirlo, el más interesante. El resto…, bueno. Un hombre que orinó en el buzón de una funeraria. Una pelea entre dos propietarios de perros por los excrementos. Un cajero que se había tragado un billete de diez libras. En serio. «Rutinario» sería la mejor palabra para definirlo.

Ryan regresa con Bradford a comisaría a las seis de la tarde, con el uniforme empapado y agotado, como si no hubiera dormido en toda la noche.

—Nos vemos por la mañana, Mike —dice Bradford, riendo para sus adentros mientras entran.

Pero Ryan no puede todavía fichar y marcharse: antes de irse a casa debe completar un formulario de formación sobre cómo se ha gestionado cada llamada. Está deseando poder disfrutar de la tranquilidad de una pequeña sala de reuniones, tener la oportunidad de reflexionar, de poner orden en sus pensamientos. De poderse tomar por fin una condenada taza de té. Siente como si su cerebro estuviese tan agitado como una de esas esferas de nieve. Pensaba que sería…, pensaba que sería diferente a esto.

Entra en el vestíbulo, pasa por delante de la agente que atiende la recepción —distinta, pero con la misma cara de aburrimiento— y sigue un pasillo cuyo lateral está recorrido por una cinta electrificada que al contacto actúa a modo de botón del pánico. Espera ver de refilón a un sospechoso siendo interrogado, o los calabozos, o cualquier cosa, realmente. Cualquier cosa excepto llamadas al 999. Seis llamadas al día. Cuatro días de trabajo, tres libres. Cuarenta y ocho semanas al año. Dos años. Ryan no quiere tomarse la molestia de calcular cuántas llamadas significa eso, aunque sabe que son muchas. Tal vez hoy haya sido una anomalía, un mal día. Tal vez sea simplemente que Bradford está hastiado. Tal vez mañana será más interesante. Tal vez, tal vez.

Abre la puerta que da acceso a una sala de reuniones vacía. Tiene dos puertas, está insonorizada. Acerca una silla a una mesa metálica barata, de esas que se ven en los salones municipales donde se celebran actos sociales. Saca una libretita del bolsillo de la chaqueta, coge un bolígrafo del bote de plástico rojo que hay en la esquina de la mesa y anota la fecha en la parte superior de la hoja. En teoría, tendría que redactar siempre estos informes, pero Bradford le ha dicho que es una gilipollez de la escuela de formación.

Empieza a escribir sobre Sandy, pero se detiene porque quiere pensar. Porque quiere pensar cómo puede cambiar las cosas.

Mirando hacia atrás, se da cuenta de que su hermano empezó a «descarriarse», como decía su madre, hacia el final de la adolescencia. Comenzó abollando coches y luego escaló hasta llegar a vender droga. De una simple calada hasta ir a por todo, a la misma velocidad que se pasa de cero a cien. ¿Qué diría Bradford al respecto? Lo más probable es que pensara que su hermano era otra pérdida de tiempo para la policía. Un conjunto de hechos predecible: sin un modelo masculino que imitar, sin expectativas. Su madre había hecho todo lo que había podido, pero no siempre estaba presente, tenía dos trabajos. Su hermano, por gracioso que pudiera parecer, había querido ayudar económicamente. Eso era todo. Y así lo había hecho durante un tiempo, había llevado dinero a casa, aunque todo el mundo se preguntaba de dónde saldría.

Ryan golpea el cuaderno con la punta roma del bolígrafo. Tal vez él sí esté cambiando las cosas para la gente como su hermano. El Viejo Sandy se alegró realmente de verlos, le dio la impresión de que conocía bien a Bradford. Tal vez lo estén ayudando, aunque no del modo que Ryan habría esperado.

A la mierda con esto, se dice Ryan. Ya se ocupará del cuaderno mañana. No está ahora de humor para hacerlo.

Abre la puerta que da acceso a la sala de reuniones. Justo en aquel momento, entra un gigantón. Viste de traje. Alguien de investigación criminal, quizá. Ryan experimenta un estallido de positividad en el pecho. Sí, sí, sí, aquí dentro hay muchas oportunidades. De hacer algo interesante y cambiar las cosas. Que es lo que él quiere hacer. ¿Acaso no es eso lo que desea todo el mundo?

—Hola —saluda Ryan al hombre, que es alto, bastante más de metro ochenta, fornido, además. Parece un villano de videojuego.

—¿Es tu primer día?

Ryan asiente.

—Sí…, llamadas de emergencia.

—Ja, ja, ja. —El hombre ríe. Le tiende una mano amistosa—. Pete, pero todo el mundo me llama «Músculos».

—Encantado de conocerte —dice Ryan—. ¿Estás en investigación criminal?

—Muy a mi pesar, sí. —Se apoya en la pared pintada de color magnolia. Saca un paquete de chicles y le ofrece uno a Ryan, que lo acepta. La menta le explota en la boca—. ¿Has tenido algún trabajo interesante? ¿Quién es tu tutor?

—Bradford.

—Uf.

—Sí. —Ryan sonríe—. De momento aún no ha habido ninguna llamada interesante.

—Ya, seguro que no. ¿Así que no eres de aquí? Ese acento...

—No, vengo cada día de Manchester —responde.

—¿Ah, sí? ¿Y qué te ha traído hasta aquí, entonces? ¿El atractivo de las interminables y fascinantes llamadas a emergencias?

—Algo así —dice Ryan—. Y el «querer cambiar las cosas», ya sabes —sentencia, haciendo un entrecomillado con los dedos.

—Pues pronto te arrepentirás.

Músculos se aparta de la pared y sale al pasillo. Ryan lo sigue. Justo antes de llegar a la puerta que da a la Oficina de Atención al Cliente, Músculos se vuelve.

—¿Sabes qué? No conocer la jerga puede ser buena cosa —dice—. Ya averiguarás por qué.

—¿Te has enterado de lo de Mike? —pregunta Ryan.

—Exactamente —responde Músculos, sin esforzarse por ocultar una sonrisa.

—Sí..., no estoy todavía muy al corriente de la jerga, pero lo estaré.

—Vale, pero no te esfuerces en ser muy bueno en eso —comenta enigmáticamente Músculos. Masca el chicle unos segundos más con la mirada fija en la puerta, pensativo—. No todos los buenos policías hablan como ellos.

Día menos tres, 08:00 horas

Jen tiene los ojos abiertos. Está en la cama. Y es veintiséis de octubre.

Es el día menos tres.

Se acerca al ventanal. Está lloviendo. ¿Cuándo acabará todo esto? Lo de ir hacia atrás… ¿será para siempre? ¿Hasta que deje de existir?

Necesita conocer las reglas. Es lo que cualquier abogado haría. Comprender la ley, el marco operativo, para poder entonces jugar a ese juego. Lo único que sabe a ciencia cierta es que nada de lo que ha hecho hasta el momento ha funcionado. Y lo único que puede deducir de su retroceso en el tiempo es que no ha conseguido detener el crimen. Seguro. Detener el crimen, detener el bucle temporal. La clave está ahí.

Mira rápidamente el correo, en busca de una respuesta de Andy Vettese, pero no hay nada. Baja y ve que Todd está buscando algo.

—Encima de la tele —dice Jen.

Sabe que está buscando la carpeta de física. Lo sabe porque es su madre, también porque eso ya ha pasado.

—Ah, gracias. —Le lanza una sonrisa cohibida—. Hoy toca física cuántica.

Dios, ya es más alto que ella. Con lo pequeño que era…, recuerda cuando lo llevaba corriendo al colegio por las mañanas, cómo levantaba el bracito en vertical para buscar con su mano cálida la de ella. Cómo se frustraba cuando ella no podía cogérsela porque estaba buscando alguna cosa en el bolso o tenía que pulsar el botón para que el semáforo cambiara. Lo culpable que se sentía siempre. Es una locura la de cosas por las que las madres llegan a sentirse culpables.

Ahora, le saca más de un palmo y se niega a mirarla a los ojos.

Tal vez era acertado sentirse culpable, piensa desesperada. Tal vez no tendría que haber hecho jamás otra cosa más que darle la mano. Y así podría pensar en mil crímenes maternales más: haberlo dejado ver demasiada tele, haberlo educado para que se durmiera solo, de todo, piensa con amargura.

—¿Sabes quién es Joseph Jones? —le pregunta.

Espera con atención su reacción. No para ver si se lo dice, sino para comprobar si miente al respecto, que es lo que cree que hará. El instinto de madre supera con creces el del abogado.

Todd infla las mejillas y conecta el teléfono al cargador que hay encima de la isla de la cocina.

—No —responde, luego frunce estudiadamente el entrecejo. Jamás ha puesto a cargar el teléfono allí antes de ir a clase. Lo deja cargando durante la noche—. ¿Por qué? —dice.

Jen lo observa. Muy interesante. Podría haberle dicho fácilmente: «Es un amigo del tío de Clio», pero ha decidido no hacerlo. Tal y como ella esperaba.

Jen duda, no quiere empezar una discusión, prefiere planificar bien su momento.

—No tiene importancia —explica.

—Vale. Jen, la misteriosa. Más una pregunta que un axioma. Me voy a la ducha.

Todd deja el teléfono cargándose. Jen se queda en la cocina, sin una teoría, sin una esperanza, y con la única persona que podría ayudarla, mintiéndole.

Mira las escaleras. Dispone de entre cinco y veinte minutos. A veces, Todd se da unas duchas largas y contemplativas, a veces rápidas, y corre tanto para vestirse después que la ropa se le queda pegada a la piel húmeda. Intenta entrar en el teléfono, pero falla dos veces cuando le pide el PIN.

Sube corriendo. Mirará en la habitación. Necesita encontrar algo de utilidad.

La habitación de Todd es como una cueva oscura, pintada de verde botella. Las cortinas están cerradas. Una cama de matrimonio con una colcha de cuadros bajo la ventana. Enfrente de la cama, una tele. En la esquina hay un escritorio, debajo de las escaleras que suben al dormitorio de Kelly y Jen. La habitación está ordenada, pero no es acogedora: el ambiente típico de muchos hombres en sus espacios. En el escritorio hay una lámpara negra y un MacBook, nada más; apoyada en la pared del fondo, una bicicleta estática.

Abre el ordenador y falla también dos veces la contraseña. Mira a su alrededor, pensando en cómo aprovechar el tiempo.

Frenética, abre los cajones del escritorio, los de las mesitas de noche, mira debajo de la cama. Retira la colcha y palpa el fondo del armario. Sabe que va a encontrar algo. Lo presiente. Algo que no le gustará. Algo que no podrá olvidar jamás.

Registra la habitación. Será incapaz de dejarla como estaba, pero le da igual.

Ha perdido ya seis minutos. Una unidad del tiempo oficial: una hora dividida en décimas partes. Sus ojos se posan en la Xbox. Siempre está conectado a ella. Seguro que ahí habla con gente. Valdrá la pena echarle un vistazo.

La enciende, presta atención al sonido de la ducha y entra en la parte de los mensajes. Es un universo oscuro. Mensajes intercambiados con gente sobre juegos espeluznantes, juegos de combate, juegos donde ganas puntos para comprar cuchillos con los que apuñalar a otros jugadores…

Busca los mensajes enviados más recientemente, que son dos. Uno enviado a Usuario78630 y otro a Connor18. El primero dice: «De acuerdo». Y el enviado a Connor dice: «¿Lo entrego a las once de la noche?».

Le preguntará a Pauline sobre Connor. Para ver si anda metido en alguna cosa. Parece demasiada casualidad que hayan empezado a pasar más tiempo juntos justo ahora que Todd se está descarriando. Y eso de las entregas a las once de la noche… no suena nada bien.

Apaga la consola y sale de la habitación. Segundos después, Todd abre la puerta del cuarto de baño.

Se cruzan en el vestíbulo de la planta de arriba. Su hijo lleva solamente una toalla en la cintura.

Jen lo mira a los ojos, pero él no le sostiene la mirada mucho tiempo. Calibrar su estado de ánimo resulta imposible. Recuerda la expresión que tenía la noche del asesinato. No había remordimiento por ningún lado, ni siquiera un poco.

¿Qué sentido tiene ir al bufete si, cuando se despierte mañana, será ayer? Por primera vez desde que Jen es una mujer adulta, comprende que trabajar no tiene sentido. Reflexiona sobre todo ello mientras le da de comer a Enrique VIII.

Intenta llamar a un número que ha encontrado a nombre de Andy Vettese, pero no obtiene respuesta. Vuelve a realizar una búsqueda en Internet. Ayer le concedieron un premio científico por un artículo sobre los agujeros negros. Redacta nuevos mensajes de correo para otras dos personas que han escrito tesis sobre viajes en el tiempo.

Piensa en cómo convencer a su marido sobre lo que está pasando.

Suspira y encuentra un bloc lleno de notas sobre un caso que en estos momentos no le importa mucho. Lo único que escucha es el zumbido de la calefacción.

Coge el bloc y escribe: «Día menos tres».

Y debajo de eso, escribe: «Lo que sé».

«El nombre de Joseph Jones, su dirección».

«Clio podría estar implicada».

«¿Entregas de Connor?».

No es gran cosa.

Por primera vez en muchos años, Jen va a buscar a su hijo a la escuela. Las verjas verdes están repletas de padres. Grupitos, solitarios, gente bien vestida, gente vestida de cualquier manera…, la mayoría. Por lo general, Jen solía pasarse el rato junto a la verja pensando, de forma paranoica, que todo el mundo hablaba sobre ella; hoy, en cambio, se da cuenta de que le habría gustado haber hecho aquello más a menudo. Para los principiantes, resulta fascinante.

Ve de inmediato a Pauline. Está sola. Últimamente insiste en ir a buscar a Connor para asegurarse de que ha ido a clase —al parecer, ha sido amonestado por hacer novillos—, y luego van los dos a recoger a Theo, el pequeño. Lleva una cazadora vaquera y un fular enorme, está mirando el teléfono con las piernas cruzadas al nivel de los tobillos.

—He pensado que tendría que probar eso de ir a buscar a los hijos al colegio —le dice Jen.

—Qué honor verte por aquí —responde Pauline, levantando la cabeza y sonriendo—. Aquí todo el mundo es gilipollas. Te lo digo de verdad…, mira, la madre de Mario con un bolso Mulberry. ¡Para ir a buscar a los niños al cole!

Pauline es una de las amigas que con más facilidad hizo Jen. Jen se ocupó de su divorcio, hace tres años, y consiguió separarla de forma limpia y eficiente de Eric, su marido infiel. Pauline se presentó en el bufete de Jen para realizar una consulta inicial con fotos de la infidelidad de Eric en la mano. Jen la conocía del colegio, pero no habían hablado nunca. Le sirvió un té a Pauline y, muy profesionalmente, estudió los mensajes condenatorios de Eric a su amante y le dijo que aceptaba el caso.

—Siento mucho que hayas tenido que ver todo esto —le había dicho Pauline, después de guardar el teléfono y beber un sorbo de té.

—Sí, claro, siempre es bueno tener las… evidencias —había dicho Jen. Y sin poder evitarlo y a pesar de su traje chaqueta y del entorno corporativo que la rodeaba, se había percatado de su titubeo—. Por…, por gráficas que sean.

Pauline la había mirado a los ojos solo un segundo.

—¿Así que es posible adjuntar fotos de pollas a la demanda de divorcio? —le había dicho, y allí mismo, en el despacho de Jen, habían estallado en carcajadas.

—Esa fue la primera vez que reí desde que encontré aquellas fotos —le había confesado con sinceridad Pauline a Jen un tiempo después.

Y así fue como nació su amistad, fruto de la tragedia y del humor, como sucede a menudo. En su momento, Jen se había alegrado mucho de que Connor y Todd se hubieran hecho amigos. Hasta ahora.

—Pues aquí me tienes, ya ves, sin arreglar —dice Jen.

Pauline sonríe y raya el suelo con una de sus zapatillas Converse.

—¿No trabajas hoy?

Todd aparece a lo lejos, andando a grandes zancadas al lado de Connor, uno de los únicos estudiantes que es más alto que él. También más delgado, un auténtico palo.

—No.

—¿Qué tal van las cosas? ¿Qué tal está ese marido tan enigmático que tienes?

—Oye —empieza Jen, pasando de largo de la conversación coloquial.

—Ay, ay —dice Pauline—. Ese «oye» tan de abogada no me gusta en absoluto.

—No es nada preocupante. —Jen le resta importancia—. Todd anda, creo, tal vez... anda metido en algo.

—¿En qué? —pregunta Pauline, que de pronto se ha puesto seria.

A pesar de su gran sentido del humor, Pauline es una madre formidable cuando hay que serlo. Toleraría el tabaco y las palabrotas, cree Jen, pero nunca nada peor. Basta con verla ahora: aquí presente para comprobar que Connor no falta a clase.

—No lo sé, es solo que Todd se comporta de manera un poco extraña últimamente. Y me preguntaba si Connor también.

Pauline ladea la cabeza mínimamente.

—Entiendo.

—Eso.

Empiezan a congregarse más padres junto a la verja. Chavales de once y quince años saludan a sus padres y Jen piensa que ella solo ha ido a buscar a su hijo en contadas ocasiones, que siempre ha puesto por delante examinar con detalle sus proyectos en el despacho, evaluar becarios, crear fajos de documentos. Ganar dinero. Se pregunta, ahora, para qué le ha servido.

—Lo veo bien... —dice Pauline despacio, y Jen se siente de repente tremendamente agradecida con su amiga, que ha sabido leerla entre líneas y ha optado por no sentirse ofendida—. Pero deja que investigue un poco —añade, justo antes de que lleguen Connor y Todd.

—Hola —saluda Connor a Jen.

Connor lleva un tatuaje que parece un collar —cuentas de rosario, tal vez—, y que desaparece por el interior del cuello de la camiseta. Los tatuajes son una decisión personal, se dice Jen. Deja de ser tan esnob.

Saca entonces una cajetilla de tabaco del bolsillo, y Jen comprueba con alivio que Pauline pone mala cara. Enciende el mechero sin dejar de mirar a Jen. La llama le ilumina el rostro por un breve momento. Y entonces, Connor le guiña un ojo, un gesto tan rápido que pasaría desapercibido si no estuvieras fijándote.

Ha sido una tarde difícil. Todd se ha ido en cuanto ha llegado a casa. «Voy a casa de Clio», ha dicho. Se ha enfadado porque Jen ha ido a buscarlo a la escuela y también estaba molesto con Kelly. «¿No podríais tener algún *hobby*?», les ha dicho al ver que estaban todos en casa a las cuatro de la tarde.

Cuando se ha marchado, Jen se ha puesto a mirar el perfil de Clio en Facebook. Tiene un par de años más que Todd, pero sigue estudiando. Cursa el bachillerato artístico en un instituto cercano. Su página está meticulosamente pensada. Fotografías de ella en las que parece una modelo, una cantidad extrañamente elevada de memes políticos, muchas flores. Temas adolescentes bastante inocuos. Jen va a ir a verla, lo ha decidido. Hablará con ella.

Ordena la casa y piensa mientras en lo que Pauline puede averiguar. Limpiar no tiene sentido, lo reconoce, pero friega igualmente las superficies de la cocina y saca los platos del lavavajillas. Cuando se despierte, en el día de ayer, nada de todo esto estará hecho, ¿pero acaso las tareas de la casa no provocan siempre una sensación así?

Pauline la llama veinte minutos más tarde.

—He hablado con Connor —dice. Siempre habla sin ningún tipo de introducción, directa al grano—. Y he hecho algunas averiguaciones.

—Dispara.

Nota los brazos helados cuando cierra las cortinas de las puertas del jardín.

—He mirado el teléfono de Connor. Nada sospechoso. Algunas fotografías inapropiadas. Sigue el ejemplo de su padre.

—Por Dios.

—¿Y qué pasa con Todd?

—Al parecer, conoce a unos hombres mayores, un tío y un amigo de su nueva novia. Hay un ambiente extraño en su casa. Además, son propietarios de una empresa llamada Cutting & Sewing Ltd. Es nueva, sin volumen de ventas, sin registros contables. Puede que sea una tapadera. No es muy normal que dos tíos funden una empresa dedicada al corte y confección, ¿no te parece?

—Sí, tienes razón. ¿Y eso es todo?

Jen suspira. Es evidente que no, pero el resto es increíble. Un inframundo oscuro que termina con un asesinato que ella tiene que comprender. Se aparta de las puertas del jardín, espantada.

Y es entonces cuando se le ocurre. Así, de repente. La noticia que vio ayer, el accidente de tráfico. Sucede esta noche y aparecerá en las noticias de mañana. Puede utilizarlo para convencer a la persona en quien más necesita confiar. Si pudiera convencer a Kelly, tal vez conseguiría romper el ciclo, romper el bucle temporal, y se despertaría mañana.

—Seguimos en contacto —le dice a Pauline—. No te preocupes. Seguramente no es nada —añade, preguntándose por qué siempre ha sentido la necesidad de hacer eso. De ser persona de trato fácil, de no preocupar a la gente, de ser buena.

—Eso espero —contesta Pauline.

Kelly entra en la cocina, mucho después, pasadas las diez de la noche.

—¿Qué? —dice con curiosidad al ver la cara que pone Jen—. ¿Qué pasa?

—¿Me acompañarías a un sitio? —dice ella.

—¿Ahora? —replica él. Se queda mirándola unos instantes—. ¿Estás otra vez en loquilandia? —pregunta con una sonrisita cautelosa.

Después de conocerse y de viajar en una autocaravana por toda Gran Bretaña, pasaron unos años viviendo en la campiña de Lancashire, solos los tres, en una casita con tejado de pizarra gris situada en el fondo de un valle que en verano atrapaba la niebla como si fuera algodón de azúcar. La casa favorita de Jen. Kelly había acuñado ese término en aquellos tiempos, cuando ella llegaba a casa y descargaba sobre él todos los detalles de su jornada de trabajo. Jen no necesitaba absolutamente a nadie más.

—Totalmente —responde.

—Pues vamos. Daremos un paseo.

Sus miradas se cruzan y Jen se pregunta qué podría estar a punto de poner en marcha, se pregunta si el futuro es distinto ahora. Se pregunta si juntos podrían empeorarlo, si existe algún futuro alternativo desarrollándose mientras ella está aquí, inmóvil, en la cocina de su casa, un futuro en el que Todd es quien resulta asesinado, en el que se da a la fuga, en el que ataca a más de una persona.

Jen abre la puerta. La idea es emocionante. Presentarle una prueba real, tangible.

El aire es gélido y húmedo, igual que aquella primera noche. Huele al moho del otoño.

—Tengo algo que decirte y sé cómo vas a reaccionar, porque ya te lo he dicho antes —dice.

Nota el calor de la mano de Kelly en la suya. El suelo está resbaladizo por la lluvia. Jen va mejorando en sus explicaciones.

—¿Es sobre trabajo?

Kelly está acostumbrado a que Jen le comente cosas relacionadas con el trabajo, a que teorice con él, aunque lo que hace básicamente es escuchar. Justo la semana pasada, Jen le preguntó su opinión sobre el señor Mahoney, que pretendía darle a su exesposa toda su pensión, solo para ahorrarse peleas. Kelly se había encogido de hombros y le había dicho que evitar el dolor tenía un valor incalculable para mucha gente.

—No.

Y entonces, en plena oscuridad, se lo cuenta todo hasta el mínimo detalle. Una vez más. Le cuenta lo de la primera vez, luego lo del día anterior, y después lo del día anterior a ese. Kelly escucha, mirándola a los ojos, como siempre hace.

Cuando termina, Kelly se queda un momento sin decir nada. Simplemente apoyado contra la señal de tráfico, cerca de donde tiene que producirse el accidente, perdido en sus pensamientos. Parece llegar finalmente a una conclusión, y dice:

—¿Te creerías todo esto si te lo contase yo?

—No.

Kelly suelta una carcajada.

—Por supuesto.

—Te prometo —dice entonces Jen—, por todo lo que somos, por toda nuestra historia, que te estoy diciendo la verdad. Todd asesinará a un hombre este sábado…, por la noche. Y yo estoy retrocediendo en el tiempo para impedirlo.

Kelly guarda silencio un minuto. Empieza a lloviznar de nuevo. Se retira el pelo de la frente cuando lo nota mojado.

—¿Por qué estamos aquí?

—Porque quiero demostrártelo. Pronto pasará un coche —explica, señalando la calle oscura y tranquila—. Perderá el control y volcará. Salió anoche en las noticias. Mi mañana. El conductor se dará a la fuga, ileso. Es un Audi negro. Dará una vuelta de campana allí. No se acercará hasta donde estamos ahora.

Kelly se acaricia la mandíbula.

—Muy bien —dice con cierto desdén, confuso.

Se apoyan los dos en la señal de tráfico, el uno junto al otro.

Y justo cuando Jen empieza a pensar que el coche no aparecerá, aparece. Jen es la primera que lo oye. Un rugido a lo lejos, veloz.

—Ya llega.

Kelly la mira. Llueve con más fuerza. El pelo de Kelly empieza a gotear.

Entonces, dobla la esquina. Un Audi negro, rápido, fuera de control. El conductor es un imprudente, está borracho, o ambas cosas. El motor suena como una ametralladora cuando pasa por delante de ellos. Kelly lo observa, clava la mirada en el coche. Su expresión es hermética.

Kelly se sube la capucha con una mano, para protegerse del aguacero, justo en el momento en el que el coche da la vuelta de campana. Un crujido metálico, un derrape. Suena el claxon.

Y luego, nada. Una bofetada de silencio cuando el coche empieza a humear. Sale entonces el conductor, asustado. Tendrá unos cincuenta años y camina despacio hacia ellos.

—Ha tenido suerte de salir vivo de esta —dice Jen.

Kelly la mira. Sus ojos reflejan incredulidad, pero también irradia de él una extraña sensación de pánico.

—Lo sé —dice el hombre, que se toca las piernas, como si fuera incapaz de creer que está bien de verdad.

Kelly niega con la cabeza.

—No entiendo nada.

—Ahora está a punto de salir un vecino para ofrecerle ayuda —comenta Jen.

Kelly espera, sin decir nada, con un pie apoyado en la señal de tráfico y los brazos cruzados. Se oye un portazo.

—¡He llamado a una ambulancia! —dice una voz a escasos metros de distancia de donde están ellos.

—¿Me crees ya? —le pregunta Jen a Kelly.

—No se me ocurre otra explicación —responde Kelly, pasados unos segundos—. Pero esto es…, esto es mental.

—Lo sé. Por supuesto que lo sé. —Se cuadra delante de él para poder mirarlo a los ojos—. Pero te lo prometo. Te prometo que lo que te digo es verdad.

Kelly hace un gesto, en dirección a la calle, y echan a andar, pero no hacia su casa. Pasean sin rumbo, juntos, bajo la lluvia. Jen piensa que tal vez esté empezando a creerla. De verdad. ¿Y eso serviría de algo? Si el padre de Todd la cree…, podría ser que Kelly se despertara también en el día de ayer, como ella. Es una posibilidad remota, pero tiene que intentarlo.

—Todo esto es descabellado —dice Kelly entonces. Sus ojos capturan la luz de las farolas mientras caminan—. Era imposible saber lo de ese coche. ¿Verdad?

Jen nota que está intentando encontrarle el sentido.

—Imposible, literalmente.

—No entiendo cómo… —Su aliento crea vaho al salirle de la boca—. Es que no puede ser que…

—Lo sé.

Giran a la izquierda, recorren entonces un pasaje, pasan por delante de su restaurante favorito de comida hindú e inician una lenta media vuelta para volver a casa.

Al final, él le coge la mano.

—Si esto es verdad, debe de ser terrible —dice.

Ese «si»… A Jen le encanta. Es un pequeño paso, una pequeña concesión de marido a esposa.

—Es terrible —replica, con voz ronca.

Y cuando piensa en los días de pánico y aislamiento que acaba de pasar, se le humedecen los ojos y una lágrima acaba rodándole por la mejilla. Se observa los pies, que recorren las calles en perfecta sincronía. Kelly debe de haberla mirado, porque de pronto se para y le seca la lágrima con el pulgar.

—Lo intentaré —dice simplemente en voz baja—. Intentaré creerte.

Cuando llegan a casa, Kelly retira uno de los taburetes que tienen junto a la barra de los desayunos, se sienta en él con las rodillas separadas y apoya los codos en la barra. La mira y enarca las cejas.

—¿Tienes alguna teoría? ¿Sobre ese tal… Joseph? —pregunta.

Enrique VIII salta a la isla de la cocina y Jen lo coge, su pelaje suave, su cuerpo tan gordito y maleable, lo envuelve con las manos, como si estuviera cogiendo una taza y quisiera calentarse con ella.

Está tan contenta de estar aquí. Con Kelly. Compartiendo con él un mismo punto en el universo, confiando en él.

—Bueno…, no. Pero la noche en que Todd lo apuñala…, es como si de pronto viese a ese tal Joseph y cayera presa del pánico. Y entonces, lo hace.

—De modo que le tiene miedo.

—¡Sí! —exclama Jen—. Eso, exactamente eso. —Mira a su marido—. ¿Así que me crees?

—A lo mejor es solo que te sigo la corriente —responde Kelly con languidez, pero Jen no cree que sea eso.

—Mira, he escrito unas notas. —Se levanta para ir a buscar el cuaderno. Kelly la sigue y se sientan los dos en el sofá de la cocina—. Son…, bueno, la verdad es que son más bien escasas.

Kelly mira la hoja y se echa a reír, un minúsculo sonido de exhalación.

—Válgame Dios, muy escasas, sí.

—Para, o no te diré los números que tocan en la lotería —dice Jen, y resulta tan agradable reír sobre el tema… Resulta tan agradable estar de nuevo aquí, inmersos en esa dinámica tan fácil que reina entre ellos…

—Vale, de acuerdo. Mira. Anotemos todos los motivos que se nos ocurran que pudiera tener Todd para hacer esto. Incluso los más locos.

—Autodefensa, pérdida de control, conspiración —dice Jen—. Trabajar como…, no sé, como matón a sueldo.

—No estamos en una película de James Bond.

—Vale, tacha eso.

Kelly ríe y tacha la palabra «matón».

—¿Extraterrestres?

—¡Para! —dice Jen, sin poder dejar de reír.

La noche avanza y siguen haciendo listas. De todos sus amigos, de todos los conocidos de Todd con los que Jen podría hablar.

Jen se acaba derrumbando en el sofá tenuemente iluminado. Se recuesta sobre Kelly, cuyo brazo serpentea de inmediato para abrazarla.

—¿Cuándo…? No sé cómo decirlo…, ¿cuándo te vas?

—Cuando me duermo.

—Pues mantengámonos despiertos.

—Ya lo he intentado.

Sigue allí, escuchando la respiración de Kelly, que va ralentizándose. Nota que a ella le pasa lo mismo. Pero hoy se marcha feliz. Se siente feliz de haber vivido el día de hoy, con él.

—¿Tú qué harías? —le pregunta, y se vuelve para mirarlo.

Los labios de Kelly se repliegan sobre sí mismos y su rostro adopta una expresión que resulta imposible de interpretar.

—¿Estás segura de que quieres saberlo?

—Por supuesto que sí —responde, aunque durante un único segundo se pregunta si realmente desea saberlo.

El sentido del humor de Kelly puede ser muy negro, pero a veces, solo a veces, también su interior puede serlo. Si Jen tuviera que describirlo, diría que ella siempre espera lo mejor de la gente, y Kelly espera lo peor.

—Lo mataría —dice Kelly en voz baja.

—¿A Joseph? —replica Jen, boquiabierta.

—Sí. —Aparta la vista de lo que quiera que estuviera mirando para mirarla a ella a los ojos—. Sí, mataría con mis propias manos a ese tal Joseph si pudiera salir impune.

—Para que Todd no pudiera hacerlo… —dice Jen, casi en un susurro.

—Exactamente.

Jen se estremece. Esa idea tan incisiva, ese perfil del que hace gala a veces su marido, la ha dejado helada.

—Pero ¿podrías?

Kelly se encoge de hombros y desvía la mirada hacia el oscuro jardín. No tiene intención de responder a la pregunta, Jen lo sabe.

—Así que mañana —murmura, atrayéndola hacia él contra su cuerpo—, ¿será ayer para ti y mañana para mí?

—Eso es —dice con tristeza Jen, pero pensando que quizá no será así, que quizá por el hecho de habérselo contado ha conseguido evitar ese destino.

Kelly guarda silencio; se está quedando dormido. Los parpadeos de Jen se van prolongando.

Pero esta noche están aquí, juntos, aunque mañana vuelvan a separarse, como dos pasajeros a bordo de dos trenes que viajan en direcciones opuestas.

Día menos cuatro, 09:00 horas

Cuatro días atrás.

Y, lo que es peor, la libretita está en blanco.

En la cocina, Jen grita de frustración. Por supuesto que está en blanco. Pues claro que lo está. Porque aún no ha escrito nada en la puta libreta. Porque está viviendo en el pasado.

Kelly entra en la cocina y muerde una manzana.

—Dios —dice, poniendo muy mala cara—, está ácida. Ten, prueba. ¡Es como comerse un limón!

Le ofrece la manzana, con el brazo extendido, sus ojos felices, rodeados de arruguitas.

—¿Te acuerdas del paseo que dimos anoche? —le pregunta Jen desesperada.

—¿Qué? —replica él entre bocado y bocado—. ¿Cuándo?

Es evidente que no lo recuerda. Contárselo no ha servido de nada. Doce horas antes, habían estado sentados aquí, juntos, trazando un plan. El accidente del coche, la convicción reflejada en sus facciones cuando la miraba. Todo aquello había desaparecido, relegado no al pasado, sino al futuro.

—No tiene importancia.

—¿Estás bien? Tienes una pinta horrible —dice.

—Ah, la vida conyugal. Siempre tan romántica.

Pero, por dentro, su cabeza funciona a toda velocidad. Si la libreta está en blanco quiere decir, por supuesto, que las llamadas y los mensajes que le ha enviado a Andy Vettese no han sido todavía creados. Comprueba la carpeta de elementos enviados: nada. ¡Claro! No es de extrañar que no le haya respondido. Qué complicado es acostumbrarse a una vida vivida marcha atrás. Porque incluso creyendo que entiende el proceso, no lo entiende. Tropieza continuamente.

Necesita irse, alejarse de este Kelly que no sabe nada sobre mañana, ni sobre pasado mañana, ni sobre todo lo que llega después. Necesita alejarse de libretas que desaparecen y de cuchillos en el interior de mochilas, también de la escena del crimen que se cierne en silencio sobre ella, a la espera.

Necesita ir a trabajar. Ver a Rakesh, además de a Andy Vettese.

Las diez de la mañana. Un café solo con azúcar, su despacho y Rakesh. En todos estos años, Rakesh habrá estado allí miles de veces; a menudo se pasa a primera hora y se queja de que no le apetece ponerse a trabajar. Esa es la base sobre la que han construido su amistad: la queja.

—¿Podrías intentar ponerte en contacto con Andy de mi parte? —le pide Jen.

Acaba de contarle de nuevo a Rakesh todo lo que le está pasando. Ha sido una explicación rápida, aparentemente falsa y casual. Lo ha contado ya tantas veces que se ha cansado de su aspecto trágico. Es como aquel que ha sufrido tanta muerte y tanta destrucción que al final se vuelve inmune.

Aun así, da la impresión de que Rakesh cree que Jen está segura de que todo lo que sucede es verdad, igual que sucedió la otra vez que se lo contó. Se muestra pasivo, serio, tal vez esté diagnosticándola de algo, aunque no le dice de qué.

—No consigo comunicar con él, y necesito hacerlo —dice Jen, con sinceridad pero con urgencia.

Necesita hablar con Andy hoy: es todo lo que tiene.

Rakesh une las manos por la punta de los dedos, con ese gesto tan característico de él.

—Estoy seguro de que nunca te he hablado de Andy —dice con una sonrisa.

—Lo harás… de aquí a unos días.

—Ya —responde Rakesh, mirándola directamente, clavándole los ojos castaños.

Lleva un chaleco de punto, hoy de color granate, y sujeta una taza de café. En el bolsillo del pantalón se dibuja la forma de una cajetilla de tabaco. Hay cosas que no cambian nunca.

Jen no puede evitar devolverle la sonrisa.

—Llámale, por favor. Queda cerca, ¿no? ¿La John Moore? Puedo ir a verlo a su despacho, lo que sea.

—¿Qué me das a cambio? —bromea Rakesh, apoyado en el umbral de la puerta.

—Vaya, ¿estamos negociando?

—Eso siempre.

—Te prepararé el cuadro de gastos de lo de Blakemore.

—Dios, hecho —dice de inmediato—. Eres de lo más fácil. Te habría ayudado por una simple patata.

—No me vengas con esas y dame el paquete de tabaco para que recuperes la salud. —Señala el bolsillo. Rakesh parpadea y saca la cajetilla.

—Vaya. Vale. De acuerdo. —Retrocede hacia el pasillo—. Lo llamo ahora mismo. —Levanta la mano, un gesto de despedida—. Ya te diré algo.

—Gracias, gracias —dice Jen, aunque no crea que pueda ya oírla.

Descansa los codos sobre la mesa en la que ha estado trabajando durante las dos últimas décadas, sintiéndose momentáneamente aliviada al saber que podrá hablar con un experto.

El sol le calienta la espalda. Había olvidado por completo aquel pequeño milagro de calor. Unos pocos días de octubre que, por un segundo, casi habían parecido verano.

Dice Andy que estará en el centro de Liverpool en dos horas. Jen, como una tonta, trabaja en el cuadro de gastos que le ha prometido a Rakesh.

Jen y Andy quedan para verse en una cafetería que a Jen le gusta mucho. Es un local sin pretensiones, barato, donde sirven un café bueno y potente. Su aire retro le parece romántico: un té que cuesta peniques y no libras, sándwiches de jamón en la carta, bancos de vinilo gastado para sentarse.

De camino hacia allí, zigzagueando entre gente que va de compras y músicos callejeros desafinados, se le acumulan en la cabeza los muchos detalles en los que ha sido una madre ineficaz para Todd: cuando le daba de comer demasiado para que durmiera más, cuando le daba el biberón mientras veía los programas matinales de la tele, aburrida, sin mirarlo a los ojos. Aquella vez que le gritó con frustración porque no quería echar la siesta. Lo pronto que volvió al trabajo porque su padre la presionaba, razón por la cual Todd empezó a ir a la guardería muy pequeño, demasiado pequeño. ¿Empezaría a plantar la semilla allí? ¿Ha sido una madre nefasta o simplemente un ser humano? No lo sabe.

Andy ya ha llegado, está sentado detrás de una mesa de formica; Jen lo reconoce al instante por su foto de LinkedIn. Es de la edad de Rakesh, pelo alborotado, ondulado y canoso. Una camiseta donde puede leerse «Franny y Zooey». J. D. Salinger, ¿no?

—Gracias por recibirme —dice enseguida Jen.

Toma asiento delante de él, que ya ha pedido dos cafés solos. En la mesa hay también una lechera diminuta de acero inoxidable, que él señala. Ninguno de los dos la utiliza.

—Encantado —saluda Andy, aunque no parece estarlo.

Se le nota hastiado, un poco como ella cuando se ve forzada a ofrecer asistencia jurídica gratuita en una fiesta. Es comprensible.

—Imagino que todo esto es…, que debe de ser muy poco ortodoxo —dice Jen, echándole azúcar al café.

—Ya se sabe —comenta él, recostándose en la silla y encogiéndose levemente de hombros. Tiene un pequeño rastro de acento norteamericano—. Sí. —Entrecruza las manos y descansa la barbilla sobre ellas, mirándola—. Pero Rakesh es un buen amigo.

—No lo entretendré mucho rato —dice Jen, aunque no piensa lo mismo; le gustaría que estuviera sentado con ella todo el día, e idealmente hasta pasar a ayer.

Andy arquea las cejas y no añade nada. Bebe café, deja la taza en la mesa y la mira con unos ojos tranquilos de color avellana. Hace un movimiento sin decir palabra, el tipo de gesto que se hace cuando invitas a alguien a cruzar una puerta.

—Adelante —dice escuetamente.

Jen empieza a hablar. Se lo cuenta todo. Absolutamente todo. Habla rápido, gesticulando, con una cantidad de detalles desquiciante. Todos los pormenores. Habla de calabazas, de maridos desnudos, de Cutting & Sewing Ltd., del cuchillo, de que ha intentado mantenerse despierta, del accidente de tráfico, de Clio. De todo.

Silenciosamente, una camarera rellena las tazas con café de una cafetera humeante y Andy le da las gracias, aunque solo con la mirada y una pequeña sonrisa. No interrumpe a Jen ni una sola vez.

—Creo que eso es todo —dice cuando ha terminado.

El vapor asciende y baila entre los fluorescentes del techo. La cafetería está casi vacía este día, sea el día que sea, a media mañana, en mitad de semana. Jen se siente de repente tan cansada, consciente de que, aunque sea temporalmente, la carga ha dejado de pesar sobre ella, que piensa que podría quedarse dormida allí mismo, en la mesa. Se pregunta qué pasaría si lo hiciera.

—No es necesario que le pregunte si cree usted que está contándome la verdad —dice Andy, después de lo que parece un momento de reflexión.

La expresión «si cree usted», enunciada en ese tono pasivo-agresivo, agita a Jen. Es el habla de los médicos, de los oponentes legales, de los parientes pasivo-agresivos, de los líderes de Slimming World...

—Lo creo —replica ella—. Por si sirve de algo decirlo.

Se restriega los ojos, intentando pensar. «Vamos —se anima—. Eres una mujer inteligente. Esto no es tan complicado. Se trata del tiempo, tal y como lo conoces, aunque marcha atrás».

—De aquí a dos días le concederán un premio —dice, pensando en el artículo que leyó sobre él, cuando dedujo que era por eso por lo que no le había respondido—. Por su trabajo sobre los agujeros negros.

Cuando abre los ojos, descubre que Andy se ha quedado paralizado, con el café a medio camino de la boca, y que la taza de poliestireno ha adoptado una forma elíptica por la presión. Tiene la boca abierta, los ojos fijos en ella.

—¿El Penny Jameson?

—Creo que sí. Lo vi mientras investigaba sobre usted en Google.

—¿Y lo gano?

Jen siente que en su interior se enciende una chispita de triunfo. Ya lo tiene.

—Lo gana.

—El ganador de ese galardón no se ha publicado todavía. Sé que estoy entre los finalistas. Pero no lo sabe nadie más. No... —Saca el teléfono, teclea un segundo y lo deja rápidamente sobre la mesa, bocabajo—. Esa información no es de dominio público.

—Pues me alegro.

—De acuerdo, Jen —dice Andy—. Tiene usted toda mi atención.

—Bien.

—Muy interesante.

Andy se muerde el labio inferior. Tamborilea con los dedos sobre el teléfono.

—¿De modo que es científicamente posible? —pregunta Jen.

Andy separa las manos y luego las reposiciona alrededor de la taza.

—No lo sabemos —responde—. La ciencia es mucho más parecida a un arte de lo que cabría pensar. Lo que usted dice viola la ley de la relatividad general de Einstein, pero ¿quién está en posición de afirmar que ese teorema debería controlar nuestra vida? No se ha demostrado que el viaje en el tiempo sea imposible —continúa—. Si nos situamos por encima de la velocidad de la luz...

—Sí, sí, una fuerza gravitatoria mil veces superior a mi peso corporal, ¿no es eso?

—Exactamente.

—Pero... yo no sentí en ningún momento nada de ese estilo. Si me permite la pregunta, ¿cree que también he seguido hacia delante, en el tiempo? ¿Que en algún lugar estoy viviendo la vida en la que Todd fue arrestado?

—¿Piensa que podría haber otra Jen?

—Supongo.

—Espere un momento. —Coge el cuchillo del bote con los cubiertos que tiene al lado—. ¿Podría utilizarlo?

—¿Utilizarlo?

—Un corte diminuto. —El resto lo deja implícito.

Jen traga saliva.

—Entiendo. De acuerdo.

Coge el cuchillo y se hace, sinceramente, el corte más superficial y patético posible en el lateral de un dedo. Apenas un rasguño.

—Más profundo —dice Andy.

Jen hunde un poco más el cuchillo en el corte. Sale una gota de sangre.

—Ya está. —Se seca con un pañuelo de papel—. ¿Vale? —Se mira la herida, de un centímetro de longitud.

—Si ese corte no está ahí mañana…, diría que cada día se está despertando en el cuerpo de ayer. Que pasa de lunes a domingo, de domingo a sábado…

—¿Más que viajar en el tiempo?

—Eso es. Dígame. —Se adelanta en el asiento—. ¿Experimentó algún tipo de sensación de compresión cuando sucedió esto? ¿O solo el *déjà vu*?

—Solo el *déjà vu*.

—Qué curioso. El pánico que sintió por su hijo…, ¿cree que fue eso lo que provocó esa sensación?

—No lo sé —responde Jen en voz baja, casi para sí misma—. Es una locura. Es de locos. No entiendo nada. Aún no lo he llamado por teléfono. Lo hago… esta semana, pero más adelante. Le dejo un montón de mensajes.

—Me parece —dice Andy, acabando el café— que ya entiende las reglas del universo en el que involuntariamente se encuentra inmersa.

—No tengo esa sensación —contesta Jen, y Andy permite que vuelva a escapársele una sonrisilla.

—Teóricamente es posible que, de algún modo, haya creado una fuerza tan grande que la mantiene atascada en una curva temporal cerrada.

—Es teóricamente posible, de acuerdo. ¿Y cómo hago para salir de ella?

—Dejando de lado la física, la respuesta evidente sería la de llegar al comienzo del acto criminal, ¿no? Regresar al hecho que llevó a Todd a cometer el crimen.

—¿Y entonces qué? ¿Si pudiera hacer una suposición? —Levanta las manos en un gesto que indica que no pretende atacarlo—. Aquí no se juega nada. Haga un supuesto. ¿Qué cree que ocurriría?

Andy, con la mirada fija en la mesa, se muerde el labio inferior y finalmente levanta la vista.

—Que impediría que se produjera el crimen.

—Dios, eso espero —dice Jen con los ojos llenos de lágrimas.

—¿Me permite formularle una pregunta que podría parecerle graciosa? —dice Andy. El ambiente se paraliza cuando Andy la mira a los ojos—. ¿Qué piensa usted que le está pasando?

Jen duda, y está a punto de decir —de hecho, de forma graciosa— que no lo sabe, que por eso lo ha forzado a reunirse con ella. Pero algo se lo impide.

Piensa en los bucles temporales, en el efecto mariposa, en cambiar una cosa minúscula.

—Me pregunto si yo, solo yo, sé algo que podría impedir el asesinato —responde Jen—. Algo que está en algún lugar profundo de mi subconsciente.

—Conocimiento. —Andy asiente con la cabeza—. Esto no tiene nada que ver con viajes en el tiempo, ciencia o matemáticas. ¿No es esto, simplemente, que usted atesora el conocimiento, y el amor, necesario para impedir un crimen?

Jen piensa en el cuchillo que encontró en la mochila de Todd, piensa en Eshe Road North.

—En cada día que he revivido, hasta ahora, he descubierto algo, haciendo algo distinto…, siguiendo a alguien o siendo testigo de algo que no vi la primera vez. Simplemente prestando más atención a los pequeños detalles.

Andy juega con la taza de café vacía. Esboza una mueca, sin dejar de pensar, con la mirada clavada en la ventana de detrás de Jen.

—Bien, en este caso sería correcto decir que cada día está averiguando algún detalle que tiene relevancia para el crimen.

—Tal vez. Sí.

—De modo que cuando retrocede en el tiempo…, quizá se salta un día. Quizá se salta una semana.

—Es posible, sí. ¿Quiere decir, entonces, que cada uno de esos días debería estar buscando pistas?

—Sí, quizá sí —responde simplemente.

—Confiaba en que..., en que pudiera facilitarme un truco. Para salir. No sé, dos cartuchos de dinamita y un código, algo.

—Dinamita —repite Andy riendo.

Se levanta y le tiende la mano para estrechársela. Jen cierra los ojos con el contacto, solo un segundo. Es real. La mano es real. Ella es real.

—Hasta la próxima —dice, abriendo los ojos.

—Hasta entonces —contesta Andy.

Jen sale de la cafetería detrás de él, sumida en sus pensamientos, reflexionando sobre el significado de todo esto. Llama a Todd, quiere saber dónde está. Quiere saber si está haciendo alguna cosa que ella hubiera podido pasar por alto la primera vez que vivió este día, sintiendo una energía renovada y ganas de averiguar cómo puede cambiar las cosas para salvarlo.

—¿Hola? —responde Todd.

No se oye nada de ruido de fondo. Jen, atrapada en un túnel de viento de Liverpool, intenta esquivar con el cuerpo la ráfaga.

—Solo me preguntaba dónde estabas —le dice.

—En Internet —dice Todd, y Jen no puede impedir sonreír. Sonreírle a él, a su encantador hijo.

—¿En Internet? ¿En casa? —pregunta.

—Tengo una semana de vacaciones, así que estoy en casa, conectado a nuestra VPN, en mi cama, en Crosby, Merseyside, Gran Bretaña —responde con sorna.

Jen levanta la vista hacia el cielo y piensa: «Bueno, ya veremos». Tal vez vea agosto antes que noviembre. Pero llegará al inicio del problema, sea cual sea.

Ya ha salido la luna, una luna tempranera que ha aparecido a la hora de comer y que se cierne sobre los dos, independientemente de la versión de sí mismos que sean. Ella está en el pasado. Y Todd, viviendo unos cambios que le llevarán a matar a un hombre de aquí a cuatro días.

—Llegaré pronto —dice.

—¿Y tú dónde estás?

—En el universo —dice, y Todd se echa a reír, un sonido tan perfecto para ella que bien podría ser música.

Jen está de nuevo en Eshe Road North, con la esperanza de encontrar a Clio. Da por sentado que no vive con su tío, pero piensa que tal vez él podrá darle la dirección de su casa.

Jen cree que la clave está en Clio. Todd la conoció hace un par de meses, por lo que sabe, aunque considera que sería correcto sumarle algunas semanas más, por aquello de la discreción de los adolescentes. No puede ser casualidad que allí empezara todo, junto con su amistad con Connor. Un cambio amorfo, difícil de describir. Malhumor, secretismo, esa palidez extraña que tiene a veces.

De modo que aquí está, llamando a la puerta. Casi al instante, se dibuja una figura femenina detrás del cristal esmerilado. Le sube el corazón a la garganta.

Se abre la puerta y Jen no puede evitar quedarse maravillada ante la belleza de Clio. Ese flequillo corto tan chic, los ojos juntos. Lleva el pelo alborotado, sin peinar, pero le queda bien, nada que ver con la cara de loca que tendría Jen si llevara ese pelo.

—Hola —saluda Jen.

Clio mira por encima del hombro, un gesto rápido y automático, pero Jen lo detecta y se pregunta por su significado.

—Soy la madre de Todd —dice, comprendiendo, después de unos segundos de duda, que a pesar de que ella ha conocido a Clio, Clio no la ha conocido a ella.

—Ah —dice Clio, y sus llamativas facciones muestran sorpresa.

—Simplemente me preguntaba… —empieza Jen. Baja la vista. Clio ha retrocedido un poco. No para dejar pasar a Jen, sino como si se dispusiera a cerrar la puerta. Jen recuerda la expresión extrovertida y curiosa de la primera vez que la vio, cuando llevaba aquellos vaqueros rotos y estaba en aquel mismo recibidor. Pero la cara de Clio ahora, cuando Todd no está presente, es totalmente distinta—. Simplemente me preguntaba si podríamos charlar un momento. —Hace un gesto dirigiéndose a ella—. No tiene nada que ver contigo, la verdad. Vuestra relación… me parece bien. ¿Puedo pasar, solo un momento? ¿Vives aquí? —pregunta, sin dejar de hablar ni un segundo.

—Mire, no puedo… —dice Clio.

Jen observa el recibidor. El abrigo de Clio está colgado junto a la puerta que da al armario que Ezra cerró. Encima del abrigo hay un bolso de Chanel, que a Jen le parece auténtico. Esos bolsos cuestan como mínimo cinco mil libras, ¿no? ¿Cómo puede permitírselo? A menos que sea falso, claro.

—No es nada malo —asegura Jen, sin poder despegar los ojos del bolso.

Clio frunce el entrecejo. Su boca empieza a articular una disculpa delicada.

—De verdad que… —dice, frotándose las manos con nerviosismo. Retrocede otro paso—. Lo siento muchísimo, de verdad. Pero es que no puedo…

—¿No puedes qué? —contrataca Jen, perpleja.

—No puedo hablar sobre el tema con usted.

—¿Sobre qué tema? —dice Jen, recordando de repente que Kelly creía que habían roto—. ¿Lo habéis dejado? —Las facciones de Clio reflejan algo que Jen no logra identificar. Como si acabara de comprender alguna cosa, pero es imposible saber qué—. Explícate, por favor —añade patéticamente.

—Cortamos, pero luego volvimos, ayer. Es… complicado.

—¿En qué sentido?

Clio se encoge y se aparta de Jen, se cruza los brazos por encima del vientre y dobla el cuerpo, como una persona frágil o enferma.

—Lo siento —dice, con una voz apenas audible y retrocediendo un paso más—. Nos vemos pronto, ¿vale?

Y cierra la puerta, dejando a Jen fuera, sola.

Se oye el pestillo de seguridad, y, a través del cristal esmerilado, Jen observa cómo desaparece Clio.

Se vuelve para marcharse. Cuando lo hace, ve pasar un coche patrulla. Muy muy despacio. Es su velocidad lo que hace que Jen se quede mirándolo. Las ventanillas están subidas, el conductor mira al frente, el acompañante —que Jen está segura de que es el guapo policía que arresta a Todd— la mira fijamente. Al echar a andar hacia el coche, derrotada por la reacción de Clio, perpleja por el misterio al que se enfrenta, el coche da media vuelta y marcha en dirección opuesta.

Cuando sube a su vehículo, piensa en lo que Andy le ha dicho. En lo del subconsciente, en ese algo que ella sabe, en las cosas que puede haber visto y desdeñado por insignificantes y en lo que ha venido a hacer aquí. No hay nada más, piensa mientras se aleja. Tendrá que preguntar a su hijo.

—Tengo algo sobre lo que quiero conocer tu opinión —dice Jen para iniciar la conversación, mientras camina hasta la tienda de la esquina con Todd.

Él se comprará una barrita de Snickers. La última vez, ella compró una botella de vino, pero esta noche no está de humor. Hacen juntos ese recorrido a menudo. Todd por su insaciable apetito adolescente y… Jen por lo mismo, de hecho.

En la tienda de la esquina habrá un hombre con un sombrero de fieltro, y ese sombrero de fieltro es la carta que Jen se guarda bajo la manga. Impredecible, gráfica, real. Se alegra de haberse acordado de aquel detalle. Podrá utilizarlo para convencer a Todd y entonces, si no pasa nada, averiguar qué haría él en esta situación. Su hijo cerebrito.

—Dispara —dice Todd tranquilamente.

Toman una calle secundaria. El aire nocturno huele a la cena de otras casas, algo que a Jen le parece tremendamente nostálgico y que la lleva a pensar en las vacaciones de *camping* con sus padres cuando era pequeña. Siempre recordará las luces anaranjadas de las otras caravanas, el sonido metálico de los cubiertos, el humo de las barbacoas. Cuánto echa de menos a su padre. También a su madre, supone, aunque apenas se acuerda de ella.

—¿Qué harías si pudieses viajar en el tiempo? ¿Irías hacia delante o hacia atrás? —pregunta Jen, y Todd la mira, sorprendido.

—¿Por qué lo preguntas?

Pero, típico de él, antes de que le dé tiempo a responder, Todd continúa:

—Retrocedería en el tiempo —dice, y su aliento forma anillos de humo en la noche.

—¿Cómo es eso?

—Para poder aplicar las cosas que he aprendido.

Sonríe, una sonrisa muy personal dirigida a la acera. Jen ríe. Estos chicos de la generación Z son inescrutables.

—Y entonces —continúa—, me enviaría mensajes. De mi yo pasado a mi yo futuro. Utilizando un temporizador. Hay páginas web que te permiten hacer eso.

—¿Mandarte mensajes de correo electrónico a ti mismo?

—Sí, ya sabes. Te enteras bien de qué acciones e inversiones van a subir como la espuma. Y entonces retrocedes en el tiempo y escribes un correo programado, de mí a mí mismo, diciendo, por ejemplo: «En septiembre de 2006 compra acciones de Apple».

«Me enviaría mensajes».

Es algo que podría probar, sí. Un correo, enviado, programado, para ser recibido a la una de la mañana del día que sucede, el veintinueve, entrando en el treinta. Escribirá las instrucciones. «Sal, impide un asesinato». ¿Podría físicamente detener a Todd si tuviera una alerta programada?

—Eres muy inteligente.

—Gracias.

—Tal vez estés pensando por qué te pregunto esto —dice Jen.

—La verdad es que no —contesta alegremente Todd.

Jen empieza a explicarle su viaje al pasado, omitiendo por el momento el crimen.

Lo mira todo el rato, mientras siguen caminando y charlando. Si tuviera que predecir su respuesta, diría que no va a necesitar convencerlo. Lo conoce. Lo conoce bien. Todd —que en muchos sentidos sigue siendo un niño— cree incuestionablemente en los bucles temporales, en los viajes en el tiempo, en la ciencia, en la filosofía, en las «mates guais» y en las cosas excepcionales que le pasan en su vida, que, en su joven mente, sigue aún considerando que es extraordinaria.

Todd se queda unos segundos sin decir nada, estudiando sus zapatillas mientras continúan andando, con las facciones arrugadas por el frío. La mira, arqueando las cejas.

—¿Hablas en serio?

—Completamente. Totalmente.

—¿Has visto el futuro?

—Lo he visto.

—De acuerdo, mamá. ¿Y qué pasa? —pregunta jovialmente, y Jen está segura de que piensa que está bromeando—. ¿Caen meteoritos, hay otra pandemia o qué?

Jen no dice nada. Mantiene un debate interno sobre lo sincera que debe ser.

Todd la mira y capta su expresión.

—No hablas en serio.

—Sí que hablo en serio, de verdad que sí. Estás a punto de comprarte una barrita de Snickers. En la tienda de la esquina habrá un hombre con un sombrero de fieltro.

—Vale. —Asiente una sola vez—. Un bucle temporal. Un sombrero de fieltro. De acuerdo.

Jen le sonríe, sin que le sorprenda que haya aislado el elemento del futuro que él no puede controlar, que pertenece a otra persona: el sombrero.

Es justo lo que imaginaba que su hijo haría. Es mucho más fácil de convencer que Kelly.

—¿Y sabes por qué? —pregunta.

—Porque de aquí a cuatro días sucede algo. Algo que creo que debo impedir.

—¿Qué?

—No…, no es nada bueno, Todd. De aquí a cuatro días, matas a un hombre —responde.

Y esta vez es como encender una hoguera. Una pequeña chispa que prende a toda velocidad. La cabeza de Todd se levanta de golpe y se queda mirándola. Jen se acalora como si estuviera realmente al lado del fuego. ¿Y si contándoselo está provocando que suceda? A buen seguro, ser consciente de que puedes matar tiene que ser dañino para cualquiera.

No. Ha decidido hacerlo y necesita llevarlo a cabo. Su hijo sabrá gestionarlo. Le gustan los hechos. Le gusta que la gente sea directa con él.

Todd se pasa casi un minuto entero sin decir nada.

—¿A quién? —dice, la misma pregunta que formuló la última vez.

—Para mí era un desconocido. Pero tú lo conocías.

No reacciona. Llegan a la tienda, que se encuentra justo al lado de un establecimiento de comida china para llevar, y se quedan fuera. Todd la mira finalmente a los ojos. Y Jen se sorprende al ver que están húmedos. Una humedad muy leve. Podría no ser nada. Podría ser simplemente la intensidad de las luces de las tiendas, el aire frío.

—Yo nunca mataría a nadie —dice, y deja de mirarla a los ojos.

Jen abre los brazos.

—Pero lo haces. Se llama Joseph Jones.

Ahora también ella tiene lágrimas en los ojos. Todd la observa, levanta un dedo y entra en la tienda. Tiene razón, por supuesto, él nunca mataría a nadie, a menos que no tuviera otra elección. Lo

114

conoce: intentaría mejorar la situación, confesaría. Haría una lista larguísima de cosas antes de matar. Esta tal vez es la pieza de información más útil que Jen ha encontrado hasta el momento.

Segundos después, Todd sale de la tienda y su lenguaje corporal ha cambiado por completo. Es infinitesimal. Como si alguien hubiera pulsado momentáneamente una pausa para detener sus movimientos y luego lo hubiera puesto de nuevo en marcha. Un leve balbuceo.

—Un sombrero de fieltro —dice. Un instante—. Aquí y ahora.

—¿Me crees entonces?

—Supongo que has visto entrar al hombre del sombrero de fieltro desde la otra punta de la calle.

—No... Todd, sabes que no lo he visto.

—Yo jamás mataría a nadie. Nunca, nunca, nunca.

Levanta la vista hacia el cielo, y Jen está segura —todo lo segura que puede estar, dadas las circunstancias— de que ve decepción, pero también comprensión, en sus facciones. Como sucede con alguien a quien acaban de hacerle una revelación. Como sucede con alguien a quien acaban de contarle el final cuando no está más que al principio. Su reacción la pilla por sorpresa. No es el viaje en el tiempo lo que la supera, sino la maternidad.

Todd se aparta de ella. Jen lo conoce. Se ha encerrado en sí mismo en cuanto le ha contado los detalles.

—¿Por qué rompiste con Clio?

—No es asunto tuyo. Pero ya volvemos a estar juntos.

Jen suspira. Regresan andando envueltos en un silencio gélido.

Kelly abre la puerta antes de que a Jen le dé tiempo a sacar la llave. Todd pasa por su lado sin hablar y sube a su habitación. Lo interesante es que no le cuenta a su padre lo que ella acaba de contarle. En condiciones normales, está segura de que los dos se cachondearían de ella.

Kelly está preparando una tarta. Cuando Jen se sienta detrás de la barra de los desayunos, Kelly vierte la masa en la bandeja y abre el horno. El calor y el vapor del horno titilan de forma tan violenta que es como si Kelly desapareciese ante sus ojos.

Por la noche, busca en Google cómo enviar por correo electrónico un mensaje programado, lo escribe y lo envía a la nada. Antes de quedarse dormida, reza para que funcione. Reza por un futuro en el que pueda impedir el crimen y consiga romper de ese modo el bucle temporal.

Día menos ocho, 08:00 horas

Lo del correo electrónico no ha funcionado. El corte que se hizo con el cuchillo ha desaparecido.

Y, por primera vez, Jen ha retrocedido más de un día. Ha retrocedido cuatro días. Es veintiuno de octubre. Se sienta en la cama y piensa en Andy. Por lo visto, tenía razón.

O tal vez todo se esté acelerando, acabe dando un salto atrás de varios años y su existencia termine por completo.

«No. No pienses así, concéntrate en Todd».

Y como si le hubiesen dado entrada en escena, lo oye cerrar de un portazo la puerta de su habitación.

—¿Adónde vas? —le grita.

Oye que sube las escaleras hasta el piso de arriba, donde está el dormitorio de Jen y Kelly, entonces aparece, con una sonrisa enorme dibujada en la cara. «Risas a tutiplén», como diría él.

—Papá me ha dicho que vaya a correr —responde—. Reza por mí.

—Te tengo siempre en mis pensamientos —dice Jen, cuando oye que se van.

Se alegra de verlo así. Sonrosado y feliz.

En pocos minutos, todavía en camisón, entra en la habitación de Todd. Empieza a registrar de nuevo los cajones del escritorio, los de las mesitas de noche, mira debajo del colchón. Bajo la cama.

Mientras busca, repite para sus adentros lo que sabe hasta ahora: «Todd conoce a Clio a finales de verano. En los días previos al crimen, Kelly me dijo: "¿Sigue viéndose con Clio? Creía que había dicho que lo habían dejado". Hace unos días, Todd me confirmó que habían roto, pero que volvían a estar juntos».

Platos, tazas, resmas y resmas de apuntes escolares descargados de Internet e impresos. Detrás del armario, un papel que habla sobre astrofísica.

«Clio tiene miedo a hablar conmigo —añade, pensando que puede ser importante—. Además, ese coche patrulla dando vueltas por allí». Finalmente, después de veinte minutos de búsqueda, encuentra algo que le parece mucho más tangible que sus pensamientos.

Está en lo alto del armario, hacia el fondo, aunque no está cubierto de polvo, lo que da a entender que no lleva mucho tiempo allí.

Un paquetito de forma alargada y de color gris sujeto por una goma elástica. Jen salta de la silla y lo sopesa en la mano. Drogas, piensa que deben de ser drogas. Con mano temblorosa, retira la goma elástica y luego el envoltorio de papel burbuja.

No son drogas.

El paquete contiene tres objetos.

Una placa de la policía de Merseyside. No la identificación entera, sino solo la funda de cuero con el escudo de Merseyside. Con un número y un nombre bordados: Ryan Hiles, 2648.

Jen la toca. Está fría. La acerca a la luz. ¿Cómo es posible que un adolescente tenga una placa de policía? No sigue ese pensamiento por el callejón por donde quiere adentrarse, aunque es evidente que no indica nada bueno.

Luego, doblada perfectamente en cuatro pliegues, una hoja de tamaño A4, con las esquinas arrugadas y la fotografía de un bebé de unos cuatro meses. En la parte superior, la palabra «DESAPARECIDO» en mayúsculas de color rojo. En una esquina se ve el agujerito de una chincheta.

Jen parpadea, sorprendida. Desaparecido. ¿Bebés desaparecidos? ¿Placas de policía? ¿En qué mundo oscuro se ha sumergido Todd?

El último objeto es lo que parece uno de esos teléfonos con tarjeta prepago. Está apagado. Sin poder evitar el temblor en los dedos, Jen pulsa el botón de encendido y la pantalla se ilumina con un verde neón. No hay contraseña. Es un teléfono anticuado, con tapa, no un teléfono inteligente. Claramente, no estaba destinado a ser descubierto. Mira los contactos. Hay tres: Joseph Jones, Ezra Michaels y una persona llamada Nicola Williams.

Localiza rápido los mensajes de texto, prestando en todo momento atención a un posible regreso de Todd y de Kelly.

Horas de las reuniones con Joseph y Ezra. 11 de la noche aquí, 9 de la mañana allí.

Pero con Nicola es distinto:

> Teléfono prepago 15/10:
> Encantado de poder charlar.
> ¿Nos vemos el 16?

> Nicola W 15/10:
> Sí, podré estar allí.

> Teléfono prepago 15/10:
> ¿Te alegras de poder ayudar mañana?

?

> Nicola W 15/10:
> Me alegro, sí.

119

Teléfono prepago 17/10:
Llámame.

Nicola W 17/10: P. S. Está en su lugar, pero nos vemos esta noche.
Nicola W 17/10: Encantada de vernos.
Me alegro de hacerlo, pero necesitas currártelo.
Teniendo en cuenta lo que ha pasado.

Teléfono prepago 17/10:
Sí. Entendido.

Nicola W 17/10:
Vuelve allí.

Teléfono prepago 17/10:
Hay bebé o no hay bebé.

Nicola W 18/10:
Todo conforme.
Cuando tengamos bastante, podemos entrar.

Jen mira fijamente los mensajes. Son una mina de oro. Mensajes con fecha planeando alguna cosa. Tiene que ser capaz de averiguar qué. Tiene que ser capaz de seguir a su hijo estos días, de integrarse en el proceso.

Mira y remira los objetos, en busca de más cosas, pero no hay nada.

Se sienta en la silla de despacho de Todd. Las catástrofes se le apelotonan en la cabeza. Policías muertos. Niños muertos. Secuestros. Rescates. ¿Será su hijo un esbirro, un subordinado encargado de llevar a cabo los trabajos sucios de una banda?

Se levanta y devuelve el paquete exactamente al lugar donde estaba y vuelve a sentarse. Observa la habitación recién registrada de su hijo. Le tiemblan las rodillas. Las mira, estremeciéndose levemente, pensando que todo es culpa suya. Que tiene que serlo.

Nicola Williams. ¿Por qué le sonará tanto ese nombre?

Busca a Joseph, Clio, Ezra y Nicola en Facebook. Están todos, excepto Nicola, y los tres son amigos entre ellos. El perfil de Joseph es nuevo, pero parece un hombre de lo más normal. Le interesan las carreras de caballos y tiene opiniones sobre el Brexit. El de Ezra es más antiguo, con fotos de perfil que se remontan a hace diez años, pero por lo demás es privado.

Arregla la habitación, hace la cama de Todd, alisa la almohada, pero nota un bulto, como si hubiera algo debajo. No ha mirado allí. Solo ha mirado bajo el colchón, como en las películas. Palpa con la esperanza de haber dado con más información; sin embargo, lo único que encuentra es el Oso de la Ciencia. El osito de peluche que tiene Todd desde los dos años, con un quemador Bunsen blandito de color azul y un tubo de ensayo. Debe de seguir durmiendo con él. Se le rompe el corazón, aquí en la habitación de su hijo, pensando en aquella noche con el norovirus, limpiándole la boca con el trapito de franela, y en la otra noche, la del asesinato. Su hijo, medio niño, medio hombre.

El vestíbulo de la comisaría de Crosby está igual que aquella primera noche, rebosa cansancio, olor a cena de cantina y a café. Jen llega allí a las seis de la tarde, en busca de Ryan Hiles. Le parece el paso siguiente más lógico. Todd y Kelly creen que ha ido al supermercado.

Le han dicho que espere y toma asiento en una de las sillas metálicas. Fija la mirada en la puerta blanca que queda a la izquierda del mostrador de recepción. Al fondo del pasillo, ve un policía alto y delgado que deambula de un lado a otro tranquilamente mientras habla por teléfono y ríe.

La recepcionista es rubia. Tiene los labios cortados, la línea entre la piel de la cara y la boca desdibujada e inflamada, como suele suceder con la gente que tiene la costumbre de humedecerse los labios constantemente.

Se abren las puertas automáticas, pero no entra nadie.

La recepcionista ignora las puertas. Teclea a toda velocidad, sin apartar la mirada de la pantalla.

Está anocheciendo; parece un día normal del mes de octubre a las seis de la tarde para cualquier persona. La brisa transporta el olor a humo de las chimeneas cuando las puertas automáticas vuelven a abrirse y cerrarse sin que entre nadie. Jen une las manos sobre el regazo y piensa en la vida normal. En la continuidad de un día después de otro. Mira las puertas que se abren, dubitativas, para cerrarse de nuevo, e intenta no preguntarse si Todd sigue adelante en algún lugar, en el futuro, sin ella. Si se estará enfrentando a una vida en la cárcel. Ni el mejor abogado del mundo podría sacarlo de allí.

—¿Puede facilitarme su nombre? —pregunta la recepcionista, que parece satisfecha con mantener la conversación desde un extremo a otro del vestíbulo.

—Alison —responde Jen, que no está preparada para revelar su identidad sin saber dónde está Ryan Hiles y por qué Todd tiene su placa. Lo último que desea es complicar aún más el futuro de Todd—. Alison Bland —se inventa.

—Muy bien. ¿Y qué le…?

—Estoy buscando a un agente. Tengo su nombre y su número de placa.

—¿Y por qué quiere verlo? —La recepcionista marca un número en el teléfono.

Jen no menciona que tiene la placa, no quiere entregar pruebas, vincular las huellas dactilares de Todd a una atrocidad. A las atrocidades de otro.

—Solo quiero hablar con él.

—Lo siento, pero no está permitido que un ciudadano se presente aquí, dé el nombre de un policía y quiera hablar con él —dice la recepcionista.

—No es... No es nada malo. Solo quiero hablar con él.

—No podemos hacerlo. ¿Tiene que informar de algún acto criminal?

—Es que... —dice.

Iba a decir que no, pero luego duda. Tal vez la policía pueda ayudarla. Que el asesinato no se haya cometido aún no significa que no se haya cometido ningún acto criminal. El cuchillo..., comprar un cuchillo como ese es un acto criminal. Es un riesgo —porque es posible que aún no lo haya adquirido— que está dispuesta a asumir. Si investigan a Todd por un delito menor, tal vez podría impedir que se produjera el asesinato.

Se le enciende en el interior una lucecita. Lo único que necesita es un cambio. Apagar una cerilla de un sinfín de cerillas encendidas. Mantener en pie un dominó que si no se caería. Entonces, quizá, se despertará y será mañana.

—Sí —dice al final, ante la sorpresa evidente de la recepcionista—. Sí, me gustaría informar de un acto criminal.

Veinticinco minutos más tarde, Jen está en una sala con un agente de policía. Joven, con los ojos azul claro de un lobo. Cada vez que sus miradas se cruzan, Jen se queda sorprendida ante la excepcionalidad de aquellos ojos, con el borde azul oscuro, estanques azul celeste en el centro, pupilas diminutas. El color, por alguna razón inexplicable, hace que parezcan vacíos. Va recién afeitado y el uniforme le queda un poco grande.

—Muy bien, cuénteme —dice.

Entre ellos hay dos vasos de plástico blanco con agua. La sala huele a tóner de fotocopiadora y a café rancio. El escenario es excesivamente vulgar para la reacción que Jen espera provocar.

—Solo tomaré nota —añade.

No es lo que quiere Jen. No quiere a un agente joven que tome notas meticulosas y no responda preguntas. Jen quiere a un inconformista. Alguien que se salte las normas, alguien a quien se le haya muerto la mujer y tenga problemas con el alcohol: alguien que pueda ayudarla.

—Estoy bastante segura de que mi hijo anda metido en algo —contesta simplemente. Pasa de largo del nombre falso que ha dado en la entrada, confiando en que no le pregunte al respecto, y va directa al grano—: Se llama Todd Brotherhood.

Entonces es cuando sucede. Lo reconoce. Jen está segura de ello. Cruza velozmente por sus facciones como un fantasma.

—¿Qué le hace pensar que anda metido en algo?

Le cuenta al agente lo de la empresa de corte y confección, el encuentro de su hijo con Joseph Jones y lo del cuchillo. Espera que, en el caso de que Todd haya adquirido ya el arma, la policía la encuentre, lo arreste e impida de este modo el crimen.

El bolígrafo del agente se detiene, solo un instante, al oír la palabra «cuchillo». Sus ojos de hielo, del color de la llama del gas, se fijan en ella y descienden de nuevo hacia el papel. Jen percibe en el ambiente el cambio. Ha encendido la mecha. La mariposa ha agitado las alas.

—Muy bien, ¿y dónde está el cuchillo? ¿Cómo sabe que lo ha comprado?

—En estos momentos no estoy segura, pero lo he visto en su mochila —responde, omitiendo el detalle de que lo ha visto… en el futuro.

—¿Ha salido alguna vez de casa con ese cuchillo?

—Supongo que sí.

—De acuerdo, pues… —dice el agente, dándole la vuelta al bolígrafo—. Muy bien. Por lo visto, habrá que hablar con su hijo.

—¿Hoy? —pregunta Jen.

El policía termina de escribir y la mira. Mira también el reloj de la pared.

—Interrogaremos a Todd.

Jen se estremece a pesar del calor que hace en la sala de interrogatorios. ¿Y si lo que acaba de hacer tiene alguna consecuencia no buscada? A lo mejor Joseph Jones debería morir, si es verdad que está relacionado con delitos espantosos, y lo que debería haber hecho era ayudar a Todd a salirse con la suya. ¿Cómo se supone que puede saber qué es lo más acertado?

—Sí, puedo ir a buscarlo y traérselo —contesta, preguntándose cómo sonará lo que acaba de decir.

Lo extraño que debe de parecer. Porque incluso ahora, sumida en el caos, sigue preocupándose sobre cómo los demás la juzgarán como madre.

—Con que me facilite su dirección es suficiente —replica el agente.

Se levanta y extiende la mano en dirección a la puerta. Una despedida instantánea. «Arréstelo, por favor, para que no pueda hacer nada más», se dice Jen.

—¿Y hoy no pueden hacer nada? —pregunta, tanteándolo de nuevo.

Necesita que lo arresten esta noche, antes de que ella se duerma, para así tener la oportunidad de impedir el crimen. Mañana no existe, para ella no existe.

El policía hace una pausa antes de responder y baja la vista con la palma de la mano todavía extendida.

—Haré lo posible. Mire, normalmente, si un chico lleva encima cuchillos o navajas es porque anda metido en alguna banda de delincuentes.

—Lo sé —musita Jen.

—Hablaremos con su hijo, pero para sacar a los chicos de esos entornos antes hay que averiguar por qué se han metido.

—Es lo que estoy intentando hacer —dice Jen, luego se para, justo cuando llega a la puerta de la sala; entonces decide preguntar—: ¿Ha desaparecido algún bebé en la zona recientemente?

—¿Perdón? —dice el agente—. ¿Me está hablando de bebés desaparecidos?

—Sí. Recientemente.

—No puedo comentar otros casos —responde, sin revelar nada.

Jen se marcha y, cuando cruza las puertas de cristal grabado con una rejilla fina y sale, lo huele. No es lo que esperaba: petricor. La lluvia sobre el suelo seco. El regreso del verano. Ese olor, ese olor intangible: a césped cortado, a perifollo, a tierra caliente y compacta, que siempre le recuerda a la casa del valle, al pequeño bungaló blanco. A lo felices que fueron allí, lejos de la ciudad. Antes.

De camino de regreso a casa piensa en Ryan Hiles y el bebé desaparecido. Sigue visualizando el pequeño cartel. Hay algo en ese bebé que le resulta conocido. Una familiaridad instintiva, como si fuera un pariente lejano, alguien a quien ahora conoce como persona adulta…, alguien con quien quizá ha coincidido, aunque no se le ocurre quién. Jen siempre ha sido malísima con los parecidos de los bebés.

Se quedó embarazada de Todd sin buscarlo, solo ocho meses después de conocer a Kelly. Fue un *shock,* pero Kelly siempre decía en broma que durante aquel año tuvieron sexo para toda una década, lo cual era verdad. La pequeña autocaravana y la ropa esparcida por el suelo son sus únicos recuerdos de aquella época. Las caderas de él contra las suyas, cómo una noche le dijo con ironía que estaba seguro de que todo el mundo debía de ver los balanceos de la furgoneta. Y que a ella le traía sin cuidado.

Eran veinteañeros. Ella tomaba la píldora y la mayoría de las veces utilizaban condones. E imaginaba que era precisamente la imposibilidad del embarazo lo que la había llevado a querer seguir adelante con el bebé. Eso, y una frase muy concreta que había pronunciado Kelly: «Espero que el bebé tenga tus ojos». Justo en aquel momento, e igual que debían de haber hecho millones de mujeres antes que ella, Jen pensó: «Pues yo espero que tenga los tuyos». El espermatozoide había coincidido con el óvulo, los pensamientos del uno habían coincidido con los del otro, y al instante se había sentido preparada. Como si hubiera madurado en el espacio de los dos minutos que dura un test de embarazo y hubiera empezado a pensar en una generación futura y dejado de pensar en sí misma.

Pero no estaba preparada, en absoluto.

Nadie la había avisado de que el parto era como un accidente de tráfico. Hubo un momento en el que estuvo segura de que iba a morir, y aquella convicción nunca había llegado a abandonarla del todo, incluso después de recuperarse. Le parecía increíble que las mujeres tuvieran que pasar por aquello. Y que decidieran repetirlo una y otra vez. Le parecía increíble que pudiera existir un nivel de dolor como aquel.

Había iniciado el viaje de la maternidad con dolor, pero también con miedo a lo que pudieran pensar las enfermeras, los médicos y las otras madres.

Todd no había sido lo que muchos calificarían como «bebé difícil». Siempre había dormido bien. Pero un bebé fácil sigue siendo difícil, y Jen —que siempre había exhibido una tendencia pronunciada a recriminárselo todo— se vio inmersa en algo que en otras circunstancias podría haber quedado descrito como tortura. Aunque describirlo como tal era tabú. Una noche, mientras lo miraba, se había preguntado: «¿Y cómo sé yo que te quiero?».

Jen veía que era susceptible a «querer tenerlo todo». Una mujer con un trabajo que le quitaba todo lo que era capaz de dar. Con un padre reprimido. Vulnerable a las opiniones de los demás, a leer una cantidad enorme de cosas en las nimiedades que dice la gente. Con esa sensación de incompetencia que corría por su interior y que la empujaba a decir que sí a eventos de negocios banales y a asumir más casos de los que, siendo realista, podía gestionar, y que todo el conjunto la había conducido, en la maternidad, a la desgracia.

Había querido dormir en la misma habitación que Todd para que él pudiera oír su respiración, había querido darle el pecho, había querido, deseado, ansiado, hacerlo perfectamente, y a lo mejor esto era la compensación por lo que debería haber sentido, pero no había sentido.

Había intentado contarle todo esto a una enfermera pediátrica, pero se había mostrado incómoda y le había llegado a preguntar si es que quería suicidarse.

«No», le había respondido sombríamente Jen. No quería suicidarse. Quería recuperar lo anterior. Había ido en coche al trabajo a ver a su padre, había deambulado como una zombi por el despacho. En el vestíbulo, su padre la había abrazado con más fuerza de la necesaria, pero no le había dicho nada. Había sido incapaz de decirle nada: si estaba haciendo un buen trabajo, si necesitaba ayuda... Un hombre típico de su generación, pero aun así le había dolido.

Como sucede con todos los desastres, la sensación se había ido evaporando, y el amor había florecido, enorme y bello, cuando Todd había empezado a hacer cosas: a sentarse, a hablar, a tirarse por encima galletas de chocolate. Y hasta hacía muy poco, mientras que sus amigos se sumían en el malhumor de la adolescencia, él había seguido igual. Con sus juegos de palabras, sus risas, sus historias, solo para ella. Al principio, el amor que sentía por él había quedado eclipsado por lo duros que habían sido aquellos primeros días, pero ya no. Eso era todo. Una explicación tan grande y tan pequeña como eso.

Pero le había dado miedo tener más hijos. Mira hacia la calle que se extiende delante de ella, y piensa que el bebé de aquella imagen es una niña. Nota en el vientre un granito de arrepentimiento por no haber tenido otro hijo. Un hermano para Todd, alguien a

128

quien contarle sus confidencias, alguien que hubiera podido ayudarlo ahora, mucho más que ella.

No puede permitir que suceda. No puede permitir que el asesinato se produzca. No puede permitir que su hijo lo pierda todo. Su pequeño bebé fácil, que sin querer fue testigo del llanto frecuente de su madre… No soporta que este sea su final. No soporta que sea malo. Tiene que conseguir que él, que él, sea bueno, y también ella.

Día menos ocho, 19:30 horas

—¿Lista? —le dice Kelly a Jen cuando llega a casa.

Está en la cocina, calzado con las zapatillas deportivas y cubierto con el anorak, y una sonrisa en la cara. No se da cuenta de que ella tiene los ojos húmedos.

—¿Para…?

—¿Para la noche de los padres? —dice, encerrando la frase entre signos de interrogación.

Enrique VIII se pasea por los pies de Kelly.

La noche de los padres.

Tal vez sea esto. Tal vez esta sea la razón por la que ha retrocedido más de un día. Como dijo Andy. La reunión es una oportunidad, del tipo que sea. Recuerda que la temía, pero esta noche le da alas. Vamos, a ver si me doy cuenta ya de lo que sea que tenga que darme cuenta, a ver si soluciono esto y termina de una vez.

—Claro —dice risueña—. Sí, lo había olvidado.

—Ojalá se me hubiera olvidado también a mí —dice Kelly—. Para no tener que ir.

Kelly odia también ese tipo de cosas, aunque por motivos distintos, en su caso relacionados con el *establishment*. La última vez ella hizo un selfi de los dos en el coche con la intención de colgarlo en Facebook, pero él se lo impidió.

Le abre la puerta.

—¿Qué tal en el trabajo?

Jen baja la vista hacia su camiseta y su pantalón vaquero.

—Bien..., tenía una reunión con una antigua clienta, un segundo divorcio —dice cuando se marchan, restándole importancia, como si fuese normal repetir clientela.

Kelly no se toma la molestia de seguir preguntando al respecto.

El salón de actos del instituto está dispuesto con mesas colocadas siguiendo un patrón tan regular que parece que sea una instalación del ejército. Detrás de cada una de ellas hay un profesor sentado, con dos sillas de plástico vacías enfrente. Jen piensa en Todd, en casa solo, jugando con la Xbox, sin saber que está a las puertas de ser arrestado por posesión de un cuchillo que quizá todavía ni siquiera tiene.

La primera vez que vivió esta reunión todos los informes fueron brillantes, por suerte. El señor Adams, el profesor de física, describió a Todd como «una joya». Jen recuerda que se pasó todo el tiempo distraída por cuestiones de trabajo, pensando en qué hacer con el divorcio de Gina y en cómo convencerla de que su futuro ex debía tener acceso a los niños, pero la expresión utilizada por el profesor había logrado perforar la membrana de los negocios y Jen había sonreído cuando Kelly había contestado secamente: «Como sus padres».

Jen se encuentra ahora sentada delante del mismo hombre. El salón está perfectamente iluminado y el suelo resplandece.

Jen y Kelly decidieron que Todd estudiara aquí, en un «buen instituto de secundaria». No querían que Todd fuese a la escuela privada, que pasase a formar parte de la institución. Y se decidieron por este, el Instituto de Secundaria Burleigh, un lugar repleto de profesores cargados de buenas intenciones, pero con aulas espantosamente anticuadas y baños grotescos. A veces, y hoy en particular, Jen pensaba que deberían haber elegido otro lugar, un lugar donde la velada con los padres estuviera complementada con cafés Nespresso y asientos confortables. Pero, tal y como Kelly había dicho

131

en una ocasión: «Si pasa sus años de formación en un coro cantando salmos con un montón de gilipollas, acabará pegándose una hostia más adelante».

—Sí, listo, comprometido —está diciendo el señor Adams.

Jen fija su atención en él. Es un hombre paternal, con orejas grandes, pelo blanco, facciones bondadosas. Está resfriado, huele inequívocamente dulce; el aroma a aceite Olbas que impregna un pañuelo. Un detalle que la vez anterior se le pasó por alto. Da igual, pero se le pasó por alto. ¿Junto con qué más?

—¿Alguna cosa que debiéramos saber?

El señor Adams se queda mirándolos, sorprendido.

—¿Como qué?

—¿Tiene…, tiene alguna amistad nueva, trabaja menos, hace algo que no sea propio de él?

—Quizá un poco de falta de sentido común algunas veces, en el laboratorio.

Kelly ríe para sus adentros, el primer sonido que emite desde que han llegado, su introvertido esposo de siempre. Busca la mano de Jen y juega con la alianza. Después de esta sesión con el señor Adams, se acercará con Kelly a la mesa de los cafés, se servirán dos tés y a Kelly se le caerá una taza. Lo absurdo de saberlo todo de antemano.

—Bueno, pero es lo que sucede siempre con las mentes más brillantes —continúa el señor Adams—. Sinceramente, es una joya.

El corazón de Jen se ilumina con rayos de sol por segunda vez. Nunca te cansas de oír maravillas de un hijo. Sobre todo ahora.

Echan las sillas hacia atrás, rascando el suelo, y se acercan a la mesa sostenida con caballetes que hay al fondo. Jen se plantea la posibilidad de cogerle la taza a Kelly antes de que la derrame. Le observa las manos.

—Estas cosas no sirven para nada —dice Kelly por lo bajo, mientras se pelea con las bolsitas de té—. Son distópicas. Es como estar inmerso en algún tipo de sistema de evaluación descabellado.

—Lo sé —asiente Jen, pasándole la leche—. Juicio a la vista.

132

Kelly esboza una sonrisa triste. «¿Cuánto falta para que podamos irnos?», parece decir.

—¿Cuánto falta para que podamos irnos? —pregunta por fin.

—Poco —le promete Jen—. ¿Crees que es un buen chico? —pregunta—. Sinceramente.

—¿Qué?

—¿Crees que estamos fuera de peligro? Muchos adolescentes acaban yendo por mal camino.

—¿Y Todd no va por mal camino? —dice una voz por detrás de Jen.

Cuando se vuelve, ve que es Pauline, enfundada en un vestido morado y envuelta en una nube de perfume.

—¿Quién sabe? —responde Jen, con un suspiro. Se había olvidado por completo de aquella interacción. De que habían coincidido aquí.

Kelly se marcha en dirección a los lavabos. Pauline arquea las cejas.

—Me pregunto si tu marido me odia —dice—. Siempre desaparece.

—Odia a todo el mundo.

Pauline ríe.

—¿Qué tal está Todd?

—Pues no lo sé —reconoce Jen—. Tengo la sensación de que vamos camino de algún tipo de… de rebelión.

—El profesor de Connor me acaba de decir que no entrega nunca los deberes —dice Pauline.

—¿Nunca? —repite Jen, pensando.

¿Será esto relevante? ¿Será relevante esta pequeña pieza de información, tan pequeña que Pauline se olvida evidentemente de mencionarla unos días más tarde, cuando Jen le pregunta?

—A saber. Adolescentes. Tienen sus propias leyes —dice Pauline—. Theo sí que continúa con un expediente sin tacha. Me voy… Me llaman de geografía. Reza por mí.

133

Jen le da una palmada en el hombro cuando se marcha. Kelly reaparece y sigue con el té. Cuando se lo pasa a Jen, cae directo al suelo, una explosión de líquido beis, con bolsita y todo. Jen se queda mirando las burbujitas que forma.

A continuación, se reúnen con el señor Sampson, el tutor del curso de Todd. Tiene el aspecto de no ser mucho mayor que Todd. Cabello peinado con raya al lado y la expresión de aquel que parece ansioso por complacer a los demás.

—Hola —saluda rápida y escuetamente, mientras Jen bebe un sorbo de té.

De pronto, horrorizada, piensa en lo que el señor Sampson dirá en el futuro. El día después del crimen, y al siguiente. El día más uno. El día más dos. Una reacción opuesta a la del día menos uno, el día menos dos. «Un buen chico, nunca imaginé que llevaría eso dentro —dirá con tristeza. Jen cae ahora en la cuenta—. Debía de ser infeliz en algún sentido».

—¿No ha notado nada? —le pregunta ahora Jen al señor Sampson.

—¿Que tal vez está un poco más retraído?

—¿Usted cree? No andará metido en nada, ¿verdad? —pregunta Jen—. En cualquier cosa rara, no sé..., a veces me pregunto si se estará descarriando un poco.

Kelly la mira, sorprendido, pero Jen sigue concentrada en el tutor. El señor Sampson duda, aunque solo un poco.

—No —responde, pero la palabra contiene una elipse invisible que cuando termina de hablar queda enarbolada en el aire. Bebe de su taza de café. Al tragar, esboza una mueca—. No —repite, ahora con más firmeza, pero no mira a Jen a los ojos.

Ryan

Es viernes, el quinto día de trabajo de Ryan, y hace cinco minutos que ha cambiado todo. Ha llegado a la comisaría y aquel hombre, ese tal Leo, le ha dicho que hoy no iba a trabajar con las llamadas de emergencia. Lo ha guiado hasta una sala de reuniones grande en el fondo de la comisaría, más bien una sala de juntas, y Ryan ha observado con curiosidad cómo cerraba con pestillo la puerta.

Leo rondará los cincuenta, delgado, pero con facciones flácidas, entradas pronunciadas. Habla con una brevedad que parece provocada por el hartazgo, como si no estuviese acostumbrado a hablar con tontos. Similar a Bradford, pero no a expensas de Ryan. O no por el momento. A diferencia de Bradford, cuya reputación ya sabe Ryan que es la de ser un agente raso avinagrado, Leo está considerado, en términos generales, como un genio loco. Mucho peor, en muchos sentidos, pero también mucho más interesante.

Se les ha sumado Jamie, que tendrá unos treinta años. Y no solo van vestidos de civil, sino que casi parecen pordioseros. Jamie lleva pantalón de chándal, una camiseta manchada y una gorra de béisbol de color negro. Leo parece que vaya a entrenar a un equipo de fútbol.

Ryan se siente bastante incómodo, sentado delante de los dos hombres y con una mesa gigante entre ellos.

135

—Perdón, pero ¿qué es...? —empieza a preguntar.

—Ya llegaremos a eso —lo corta Leo. Tiene acento barriobajero y en el dedo meñique de la mano izquierda lleva un sello que emite un sonido metálico al chocar contra la mesa de madera—. ¿De dónde dijiste que eras, Ryan?

—De Manchester... —responde Ryan, preguntándose si estarán a punto de echarlo—. ¿Puedo solo preguntar si...?

Jamie se quita la gorra y se pasa la mano por el pelo. Deja la gorra en la mesa, con un gesto muy deliberado, le parece a Ryan, justo encima del equipo de grabación. Ryan sigue el movimiento con la mirada.

—Lo de responder a las llamadas de emergencias es muy aburrido, ¿verdad? —dice Leo.

—Por supuesto.

—Mira, ¿te apetecería hacer algo más interesante? Lo llamamos investigación.

—¿Investigación?

—Necesitamos información sobre una banda de crimen organizado que opera en Liverpool.

Día menos nueve, 15:00 horas

Que sea el día menos nueve tiene todo el sentido del mundo para Jen.

Ha ido al instituto. Está aquí, el día antes del acto con los padres, para ver si puede obtener alguna idea sobre lo que escondían las dudas del señor Sampson la otra noche; para verlo en privado. La gente siempre tiende más a la confesión en privado.

—Ha mencionado una pelea, creo recordar —le está diciendo a Jen.

El señor Sampson imparte geografía. Detrás de él hay una pared que parece un tributo a los paisajes del mundo que más le gustan: el desierto blanco en Egipto, una cueva de cristales en México. Está apoyado en su mesa, de frente a Jen.

—¿Cuándo? ¿Y con quién? —pregunta Jen.

Mira a su alrededor, el aula que recibe a Todd cada mañana pero que ella nunca ha visto en persona, que nunca había tenido tiempo de visitar por culpa de su trabajo. Moqueta moteada en verde. Pupitres blancos para dos estudiantes. Sillas de plástico azul. Jen se enteró de que su madre había muerto en un aula igual que esta. La llamó a su despacho el director. No volvió hasta pasados varios días. Su padre apenas habló del tema. «Lo sucedido no se puede cambiar», dijo en una ocasión. Reprimido, infeliz a veces, un abogado muy típico. Jen estaba decidida a ser una madre distinta.

Abierta, sincera, humana, aunque quizá la hubiera cagado tanto como él. ¿No es eso lo que dice Larkin?

Suena el teléfono en el interior del bolso, que descansa en la silla. Los ojos del señor Sampson se desvían hacia allí. Jen mira quién es.

—Trabajo —dice, rechazando la llamada.

El teléfono vuelve a sonar al instante.

—Cójalo —le pide el señor Sampson, agitando la mano.

Jen atiende la llamada a regañadientes. No ha venido aquí para esto.

—Aquí hay alguien que desea verte —dice Shaz, la secretaria de Jen.

El señor Sampson se entretiene con alguna cosa en su mesa.

—Llegaré tarde —dice Jen.

—Es Gina. ¿Qué le digo?

Jen pestañea. La clienta que no quiere que su marido tenga acceso a sus hijos. Recuerda entonces una cosa, un pequeño detalle de la vida de Gina.

—Vaya —dice, intentando pensar.

Eso es: la última vez que se vieron, Gina se volvió hacia ella al llegar a la puerta del despacho y le dijo: «Debería haberlo visto venir. Es justo a lo que me dedico para ganarme la vida. Investigadora privada. Para desgracia mía». Y Jen había asentido lentamente para darle a entender que la comprendía.

No puede ser casualidad que Jen se haya despertado justo este día, el día en el que Gina está en su despacho. A lo mejor, la pista no se encuentra en la visita al señor Sampson.

—Voy enseguida —dice—. Dile que espere. —Cuelga y se vuelve hacia el señor Sampson—. Lo siento, lo siento mucho —se disculpa precipitadamente—. ¿Cuándo fue esa pelea?

—¿Hará una semana quizá? Dijo que había tenido una discusión de pareja. Eso es todo lo que…

—¿Con quién?

—No lo dijo. Se lo comentaba a alguien. Simplemente lo oí de pasada.

—¿Con quién estaba hablando?

—Con Connor.

Los mismos nombres. Los mismos nombres salen a relucir una y otra vez. Connor, Ezra, Clio, el mismo Joseph.

—Dijo también algo sobre un bebé.

—¿Qué?

—No estoy seguro…, lo oí de pasada. Algo sobre un bebé.

—Ya. Habría estado bien saberlo antes —dice Jen, una de las primeras veces que dice exactamente lo que piensa a alguien así, a alguien más allá de su familia o sus amigos.

Y resulta liberador. A partir de ahora, también podrá decirles a sus clientes que se vayan a la mierda.

—Ya… —contesta con nerviosismo el señor Sampson.

Jen mira por la ventana. Hay niebla, pero el tiempo sigue siendo templado. El verano está aún al alcance de la mano. Observa la neblina moviéndose como una marea por encima de las pistas de deporte.

Le estrecha la mano con amabilidad e impotencia, sin decir nada, con ese silencio impenetrable que tan típico sería de Kelly. No tener que asumir las consecuencias de tus actos resulta terapéutico. Este encuentro carece de contexto, es como un sueño, como una conversación con un borracho, que sabes que nunca recordará.

—Hablaré con él mañana —dice el señor Sampson, y Jen confía en que esto tal vez pueda ayudarlo en algún momento del futuro.

De camino al coche, la niebla se transforma en una llovizna que luego se transforma en lluvia. Jen busca con la mirada a Todd y lo localiza de inmediato. Mientras observa, llega también Connor. Va tarde. Se queda quieta con una mano en el tirador de la puerta del coche, mirando, confiando ver algo.

Sin embargo, no pasa nada. Él cierra el coche y se fuma un cigarrillo de camino hacia el edificio. El tatuaje queda escondido debajo de un jersey de cuello alto. Al llegar a la puerta del instituto, se vuelve hacia Jen y levanta la mano para saludarla. Ella le devuelve el saludo, pero está sorprendida; no era consciente de que la hubiera visto.

La placa del policía, el cartel del bebé desaparecido y el teléfono no estaban en el armario de Todd cuando Jen volvió a casa. Buscó y rebuscó, pero todo había desaparecido. De entrada pensó que era posible que aún no lo tuviera, pero luego recordó que los mensajes del teléfono se remontaban al quince de octubre. Sin embargo, no encontró nada por ningún lado, por lo tanto no tenía nada que enseñarle a Gina, a la que ahora se dispone a ver con más de una hora de retraso.

Gina está sentada en el sillón de la esquina del despacho de Jen, envuelta en una gabardina beis y con expresión taciturna.

—Lo siento mucho, lo siento muchísimo —dice Jen—. Estoy viviendo un auténtico drama familiar.

Deja el paraguas, empapando la moqueta con un reguero de gotas.

—No pasa nada, no te preocupes —replica cordialmente Gina.

Jen siempre ha procurado no traspasar con sus clientes la frontera que separa lo profesional de la amistad, pero en el transcurso de las últimas semanas, con Gina, la ha traspasado. Incluso se han intercambiado mensajes de texto. Da igual —al fin y al cabo, Jen es la propietaria del bufete—, pero ahora empieza a preguntarse si todo ha sucedido por alguna razón.

Intenta recordar lo que dijo la última vez en aquella reunión.

—¿Puedo tan solo preguntarte —empieza, quitándose el abrigo a la vez que enciende el ordenador, esforzándose por asumir el papel de Jen, la asesora profesional— cuál es tu plan si logras que tu exmarido no tenga acceso a vuestros hijos?

—Volvería conmigo, ¿no te parece? —responde Gina—. Para poder ver a los niños.

140

Jen se muerde el labio.

—Pero…, Gina, las cosas no funcionan así.

Gina mira a su alrededor con el pánico reflejado en los ojos.

—Sé que estoy loca. —Baja la cabeza—. Me has ayudado a darme cuenta de ello.

Jen no puede evitar que se le forme un nudo en la garganta. Se ve perfectamente reflejada en esa desesperación, en esa negación. En esa necesidad de ejercer un control que linda con la locura.

—Para eso estoy aquí —dice Jen, con voz ronca—. Pero, ya sabes, es mejor pasar página, ¿no? Seguir adelante.

—Dios mío, ya empiezo otra vez con la ansiedad —dice Gina, que agita las manos para darse aire en la cara.

—La razón por la que estoy haciendo todo esto gratuitamente —dice con amabilidad Jen— es, en verdad, porque no tengo intención de hacerlo.

—Lo entiendo —dice Gina. Cruza y descruza las piernas. Tiene la ropa arrugada—. Lo sé, lo sé. Me di cuenta —se seca los ojos— cuando estuvimos hablando sobre esa mierda de *La isla de las tentaciones*. Pensé en que esas chicas jamás suplicarían. Qué triste, ¿verdad? Tener que aprender lecciones de un puto programa de televisión.

—Es muy informativo —contesta secamente Jen.

Gina baja la vista.

—Solo necesito…, no sé. Solo necesito un poco de tiempo, ¿de acuerdo?

—De acuerdo, bien —dice Jen—. Bien.

Ha ido mejor que la otra vez, piensa.

—¿Te apetece distraerme con tu drama familiar? —dice con voz débil Gina.

—¿De verdad? —replica Jen, con una sonrisa temblorosa mientras mira a Gina, que se endereza en el sillón.

—Dispara —le pide Gina.

Jen duda. Es poco ético y lo más probable es que además sea

141

peligroso. Pero... tan útil. Porque está aquí, en este día, en esta reunión. Y seguro que si está aquí es por alguna razón.

Ya ha decidido preguntarle a Gina por lo del cartel, la placa del policía y los mensajes del teléfono de prepago. «Hay bebé o no hay bebé». ¿Qué significa eso? Se supone que todavía no sabe a qué se dedica Gina —no se lo ha contado aún—, pero obvia ese detalle y, por lo que parece, Gina no se da ni cuenta de ello.

Jen le explica que Todd se está comportando muy raro últimamente y que ha encontrado el paquete con la placa de policía y el cartel.

—¿Y no lo tienes aquí? —pregunta Gina. Su mirada, en total estado de alerta, descansa sobre Jen.

—No. Lo siento. El paquete lo tenía mi hijo..., pero ya no lo tiene. —Se muerde el labio—. Estoy segura de que anda metido en algo oscuro. Y necesito averiguar de qué se trata.

Gina la mira a los ojos y parpadea, una sola vez. El teléfono móvil empieza a sonarle, pero lo ignora.

—Entendido. Quieres que yo...

—Sí.

—Veamos, seamos claras. ¿Quieres que yo averigüe lo que pueda sobre ese agente de policía, Ryan, y sobre el bebé desaparecido? ¿Y sobre Nicola Williams?

—Exactamente —responde Jen, maravillada ante el lenguaje corporal erguido de Gina, pensando en lo distintos que somos en el trabajo en relación a cómo nos sentimos por dentro.

—Déjalo en mis manos —dice Gina, y a Jen le habría gustado poder besarla. Por fin. Un poco de ayuda. Gina la mira a los ojos—. Y gracias. Por..., ya sabes. Por *La isla de las tentaciones*.

—Tranquila —dice Jen, con los ojos húmedos.

—¿Necesitas enseguida la información?

—Lo ideal sería hoy mismo —responde Jen—. ¿Te va bien? Te pagaré lo que necesites para tenerlo para esta tarde.

Gina agita la mano en un gesto desdeñoso.

142

—¿Cómo lo llamáis vosotros...? Libre de honorarios profesionales.

—Así es —dice Jen—. Libre de honorarios profesionales. Por el bien público.

Porque, al fin y al cabo, ¿impedir que se produzca un asesinato no es precisamente eso?

Jen se queda en el despacho y utiliza las diversas herramientas que tiene a su disposición para buscar información.

Le envía un correo a la bibliotecaria que trabaja para el bufete, le pide que busque detalles sobre cualquier bebé que haya desaparecido recientemente en Liverpool. Se envía a sí misma unos cuantos artículos: batallas legales, gente que ha mentido diciendo que han secuestrado a sus hijos, una mujer cuyo bebé le fue arrancado literalmente de los brazos delante de un supermercado y que luego fue devuelto en la consulta de un médico.

Jen trabaja metódicamente con cada artículo. Ninguno de los bebés se parece al del cartel. Hay algo en él que le resulta muy especial, algo muy familiar. Debe de ser un instinto maternal.

Busca a continuación información sobre Nicola Williams, pero es un nombre tan común que no encuentra nada con lo que poder seguir adelante. Debería haber anotado el número. Memorizarlo.

Nicola. Nicola Williams.

Espera un momento. Aquella primera noche. En la comisaría. ¿No fue Nicola Williams el nombre que oyó en comisaría la noche que arrestaron a Todd? ¿El de la persona que había sido apuñalada dos noches antes?

Jen hunde la cabeza entre las manos. ¿Lo era? Cree que está segura de que lo era, pero no puede avanzar en el tiempo..., solo puede ir hacia atrás. Y buscarlo por Internet no tiene sentido: el crimen no se ha producido todavía.

Imagínate que Nicola fuera la víctima... La idea le produce

escalofríos. ¿Dónde estaba Todd? ¿Qué hizo el día menos dos? ¿Estará relacionado con el suceso? No consigue recordar. Todo está confuso.

No lo sabe. Simplemente, no lo sabe.

Jen sale del despacho y conduce sin rumbo. La lluvia se ha intensificado. No quiere ir a casa. No quiere regresar a la escena del crimen, no quiere sentarse en su casa sin poder resolver todo esto. Conduce lentamente hacia la costa. Sabe que ir a la playa con lluvia es una locura, pero Jen siente que está loca. Quiere sentir cada gota de lluvia en la piel. Quiere recordar que sigue aquí, que sigue viva, aunque no del modo en que estaba acostumbrada.

Aparca en la playa de Crosby. Está desierta. La lluvia serpentea por el camino que lleva hasta el mar, horadando líneas que ya tienen varios centímetros de profundidad. El pelo se le queda pegado al cuero cabelludo en cuestión de segundos. Huele a salmuera. El viento le proyecta los granos de arena contra la cara.

Pasa por delante de un vagabundo sentado al lado de un parquímetro. Está empapado, y Jen se siente tan culpable al verlo que le da un billete de cinco libras mojado.

En la playa hay una exposición de esculturas de Antony Gormley. *Otro lugar.* Muchísimas estatuas de bronce que miran hacia el mar. Jen se acerca a ellas, el sonido del aguacero es tan potente como el paso de un tren. Es el único ser humano en la playa.

Los pies se le hunden en la arena blanca, que se compacta igual que la nieve.

Se detiene al lado de una de las figuras, hombro con hombro, y contempla el horizonte difuminado y lluvioso; está pasando el tiempo con una estatua en lugar de hacerlo en la compañía de otra persona. Ojalá. Ojalá pudiera estar en esto con alguien. Está segura de que lo resolvería mucho más fácilmente si no estuviera siempre sola. El cuerpo de la estatua está helado al contacto, su boca no dice nada. Juntas observan todas y cada una de las figuras de bronce, todas en un momento distinto, en un lugar distinto, solas, mirando al mar en busca de respuestas.

Esa noche, tarde, Jen sale y vuelve a Eshe Road North con la simple esperanza de poder ver alguna cosa. Las cosas malas, los actos criminales, solo suceden de noche, razón por la cual decide quedarse sentada cerca, desde un lugar donde pueda observar la casa.

Aún no ha tenido noticias de Gina.

Ezra sale del edificio a las diez y cuarto y entra en su coche. Viste una especie de uniforme: pantalón verde oscuro, chaqueta verde, chaleco reflectante.

Jen lo sigue, a distancia, con las luces encendidas, una conductora normal, una simple coincidencia. Siguen así un rato, por una calle paralela a la costa, hasta llegar a una rotonda con varios cruces.

Lo sigue hasta el puerto de Birkenhead. Ve que baja del coche, coge un portapapeles que le entrega otro hombre y observa cómo con una mano se cuelga al cuello una placa de identificación mientras que con la otra se palpa la camisa en busca de un cigarrillo. Se instala en el puesto para verificar el paso de vehículos y se queda allí, sin hacer otra cosa que fumar.

Jen se lleva una decepción. De modo que simplemente trabaja aquí.

Deja el motor al ralentí y ve que aparece un Tesla. El ambiente en el puerto es tempestuoso y el viento levanta hojas del suelo. El lugar está concurrido, con coches que entran y salen, pero el Tesla efectúa una maniobra distinta: hace señales con las luces y desaparece lentamente por una calle secundaria. Ezra lo sigue a pie. Jen pone la primera y los sigue. Aparca junto a la acera, confía en pasar por una residente de la zona, después apaga las luces.

Sale del Tesla un chico —de la edad de Todd, pero rubio y más bajito— con un paquete de forma alargada bajo el brazo. Ezra lo saluda estrechándole la mano y, juntos, se agachan delante del Tesla. Jen necesita unos minutos para entender qué están haciendo: están retirando las placas de matrícula del Tesla y montando otras.

El chico se marcha a pie y Ezra guía el Tesla hasta la barrera del aparcamiento y lo deja a la espera de ser cargado a bordo de un barco.

Así que Ezra es un trabajador portuario corrupto. Coge coches robados, les cambia la matrícula y los envía a otro lugar para ser vendidos, todo a cambio de una buena cantidad de dinero que debe de cobrar bajo mano. Imagina que el chico rubio será un esbirro de la organización, a quien le deben de pagar una miseria para que robe coches con la promesa de seguir prosperando en la banda. ¿Y si Todd trabaja también para Ezra y Joseph? La cosa sale mal, por alguna razón, y Joseph acaba muerto. Jen no quiere creerlo, pero eso no significa que no sea la verdad.

Espera un minuto más antes de irse. Adelanta al chico, que va andando por la acera. Lo estudia con atención. Camina con la mirada fija al frente. No puede tener más de dieciséis años, un adolescente, un bebé, con toda la vida por delante, sin la menor idea del daño que le está haciendo a su madre, que lo espera en casa pegada a una ventana.

Es casi medianoche y Gina le ha enviado fotos de doce bebés desaparecidos en Inglaterra en el transcurso del último año. Ninguno de Merseyside o alrededores. Y ninguno parecido al bebé del cartel. Algunos tienen el pelito más claro, otros los ojos más grandes, aunque es difícil saber con seguridad qué los diferencia. De pronto, a Jen se le pasa por la cabeza la terrible posibilidad de que el bebé no esté aún desaparecido.

Repasa los mensajes de Gina. Se los ha ido enviando mientras ella estaba distraída en el puerto.

Nada sobre Nicola. Es un nombre demasiado común.
Pero sí que tengo algo sobre Ryan: está muerto.

El pánico abrasa el cuerpo de Jen como si acabara de sumergirse en aceite caliente. Llama rápidamente a Gina, pero no contesta. La llama otra vez y otra y otra. Pero Gina no lo cogerá hoy; la oportunidad ha pasado. Tendrán que empezar de cero mañana, mañana, mañana, ayer.

Día menos doce, 08:00 horas

Doce días atrás y Jen abre los ojos justo el mismo día en que Nicola Williams envió un mensaje al teléfono de prepago de Todd diciendo: «Está en su lugar, pero nos vemos esta noche». Así que Jen está decidida a seguir a Todd todo el día, a no perderlo de vista. A la porra los investigadores privados. Es la mejor manera. No puede volver a empezar de cero con Gina. Perderlo todo mientras duerme es desesperante.

Sigue a Todd hasta el instituto con la intención de esperar fuera, todo el día, en el aparcamiento. Tarde lo que tarde en salir. No tiene absolutamente nada mejor que hacer. Su único objetivo hoy es conseguir que Todd no tenga ninguna oportunidad de verse a solas con Nicola.

Mientras espera y sin perder de vista el coche de Todd y las puertas del edificio, envía algunos correos de trabajo. Busca información sobre bebés desaparecidos en la zona y en los registros de últimas voluntades para averiguar algo sobre Ryan, pero no descubre nada.

Hacia las once empieza a llover, goterones que caen como pequeñas monedas y que desaparecen en el parabrisas. El aparcamiento se transforma en un río en movimiento. Lo había olvidado. Mediados de octubre había sido tremendamente lluvioso.

Jen observa la lluvia que golpea el parabrisas mientras piensa en

148

el tiempo, en su hijo y en el efecto de ola que puede generarse a partir de una sola gota de lluvia.

Piensa en las implicaciones que podrían tener los cambios que efectúe hoy. Ojalá las entendiera.

Y a lo mejor puede. Aunque antes tendrá que volver a repetir una explicación tediosa.

Llama al despacho de Andy y le sorprende que le responda a la primera.

—No me conoce —empieza a decir, dubitativa.

—No, es evidente que no —responde Andy con cierto tono socarrón.

Le explica con la máxima brevedad posible la situación complicada en la que se encuentra mientras, al otro lado del teléfono, él mantiene un silencio desconcertado y crítico.

—Y eso es todo —dice Jen para terminar.

Pasa un instante.

—Bien —dice Andy—. Recibo llamadas como la suya de vez en cuando, por ello no puedo decirle que esté sorprendido.

—Normalmente de gente que quiere burlarse del tema, ¿no? —dice Jen.

Ella también lo ha visto. Justo esta mañana ha leído un hilo en Reddit de una persona que afirmaba haber viajado en el tiempo desde 2022 hasta 2031. No se ha creído nada de nada, a pesar de que ella esté experimentando algo muy similar. El tipo en cuestión ni siquiera podía demostrarlo. Decía que en 2031 habría una guerra nuclear, cosa que nadie puede refutar de todos modos.

—Sí, exactamente. Es difícil saber a quién creer y a quién no —le responde Andy.

Jen no lo soporta; no soporta que nadie —incluso aquel hombre, virtualmente desconocido para ella— piense que está loca, necesitada o que es una falsa enferma, que es de las personas que se dedican a llamar a profesores y burlarse de ellos.

—Sí, claro. Mire…, a finales de octubre será usted finalista de un galardón que acabará ganando —dice—. El Penny Jameson. Sé que esto no va a ayudarme mucho hoy, pero… bueno. Ya lo tiene. Resulta ganador.

—Ese premio es…

—No es de dominio público. Lo sé.

—No estoy al corriente de que sea finalista. Pero sí que sé que soy candidato, cosa que usted no debería saber.

—Sí —afirma Jen—. Es todo lo que tengo, mi prueba de que digo la verdad.

—Me gusta su prueba —replica él sucintamente—. Y la acepto encantado. —La claridad de los científicos—. Acabo de buscar información sobre el galardón por Internet. No sale por ningún lado.

—Eso es justo lo que me dirá la próxima vez.

Otro instante de silencio mientras Andy parece estar reflexionando.

—¿Dónde? ¿Dónde nos conocemos? —Su tono es claramente más afable.

—En una cafetería del centro de Liverpool. Yo sugiero el lugar de encuentro. Lleva usted una camiseta donde puede leerse «Franny y Zooey».

—Mi J. D. Salinger —replica sorprendido—. Dígame, ¿está usted al otro lado del cristal de mi despacho?

—No —responde Jen con una carcajada.

—Debe de ser exasperante, entonces, tener que pasar por todo este…, este cuestionario de seguridad cada vez que habla conmigo.

—Sí que lo es —contesta sinceramente Jen.

—¿En qué puedo ayudarla?

—Cuando nos vemos en Liverpool, de aquí a una semana, me explica que el poder de mi subconsciente me lleva a revivir unos días determinados.

—… Sí —dice Andy.

Y Jen comprende sorprendida, allí, en el interior de su coche y bajo la lluvia, que lo importante no es la experiencia de aquel hombre, sino tener a alguien compasivo escuchándola activamente al otro lado de la línea. Un lugar seguro donde sacar a la luz sus pensamientos. ¿Y no es justo esto lo que todo el mundo necesita? ¿Gina? ¿Incluso Todd?

—Pues eso es lo que me está pasando. Hay veces que me salto varios días. Y creo que aquellos que vuelvo a revivir son importantes de una u otra manera.

—Bien, pues me alegro de que esté solucionándolo dentro del espacio de tiempo que tiene a su disposición —replica. Jen capta el sonido de una mano mesándose una barba—. ¿Y... tiene más preguntas?

—Sí. Quería preguntarle... Supongamos que, en unos días, o en unas semanas, soluciono todo esto.

—Sí.

—Lo que quiero saber realmente es hasta qué punto las cosas que ya he hecho seguirán ahí, por decirlo de algún modo. Por ejemplo, en el transcurso de uno de estos días que he revivido le dije a Todd que en el futuro cometería un asesinato. Pero ahora estoy de nuevo en un momento temporal previo a que esa conversación existiera. Lo que quiero saber es... ¿ha existido?

Andy se para un momento a pensar, y Jen se alegra de ello. Necesita a alguien que reflexione bien sobre las cosas. Alguien que no hable para llenar silencios, que diga lo que sea por decir algo. Andy responde por fin:

—El efecto mariposa, ¿no? Imaginemos que le toca la lotería el día menos diez y que sigue retrocediendo en el tiempo, al día menos once, día menos doce, etcétera. Si, en un momento dado, soluciona usted lo del crimen y se despierta el día cero, ¿seguirá siendo la ganadora de la lotería del día menos diez?

—Exactamente, eso es lo que quiero saber.

—No creo. No creo que las cosas que está haciendo ahora sigan ahí. Creo que avanzará a partir del día en que lo solucione y que solo seguirán ahí los cambios de ese día en adelante. Y borrarán el resto. Es lo que imagino.

Toc, toc, toc. Las gotas de lluvia siguen cayendo. Jen las ve aterrizar y luego extenderse, formando riachuelos. Abre la ventanilla y saca la mano, simplemente para sentir la lluvia sobre la piel, para sentir una lluvia real, la misma lluvia que ya ha experimentado otro día.

—Y... supongamos que no lo soluciono.

—Creo que todo acabará aclarándose. Tenga fe, Jen. Existe un orden de cosas que a veces ni siquiera sabemos que existe.

Ese hombre, el hombre amable e inteligente que conversa con ella desde el otro lado de la línea, se convierte en un gurú para Jen. Un anciano y sabio maestro, un Gandalf, un Dumbledore.

—Pero... ¿y si sigo retrocediendo cuarenta años, hasta el olvido, y entonces se acabó? —pregunta.

Ese es quizá ahora su mayor miedo. Traga saliva pensando en esa posibilidad terrible y catastrófica. Cómo le gustaría tener un cerebro que no se torturase continuamente.

—Piense que eso es lo que hacemos todos, solo que en la otra dirección —le responde Andy, una respuesta que no alivia en absoluto la ansiedad de Jen.

—¿Le importa si le cuento todo lo que he averiguado? ¿Solo para ver si detecta usted algo? —dice Jen.

—Adelante. Tengo incluso papel y lápiz. Y, además, pronto voy a ser coronado como uno de los grandes físicos de Gran Bretaña, si su premonición es correcta.

—Lo es —afirma Jen—. De acuerdo, pues ahí va.

Y se lo cuenta todo. Le cuenta lo del cartel del bebé desaparecido, lo del policía muerto, lo del teléfono de prepago y lo de los mensajes a Nicola Williams. Le cuenta lo del trabajador portuario y que sospecha que se trata del crimen organizado. Le cuenta que es posible que Nicola Williams también haya sido apuñalada. Le facilita todas las fechas, todo lo que sabe. Mientras habla, oye el sonido del tapón de un bolígrafo. Aunque probablemente se trate de una pluma, un clic duro, inconfundible.

—Y eso es todo —dice por fin, sin aliento, después de haberle revelado toda la información.

—De modo que si lo ponemos en orden cronológico... —dice Andy.

—Vale, sí. Todd conoce a Clio en agosto. El tío de la chica dirige una especie de..., no sé. Círculo criminal.

—Muy bien, entonces..., en octubre. —Jen oye que mueve papeles—. Dice que Todd parece pedir ayuda a una persona llamada Nicola Williams. Tal vez le propone un encuentro, y entonces ella es atacada.

—Sí. Entonces, en este momento, diecisiete de octubre, el bebé ya ha desaparecido, también es probable que el policía esté muerto y le hayan robado su placa de identificación.

Jen se recuesta en el asiento. Lo que era un océano tempestuoso es ahora tan transparente que puede ver incluso el fondo rocoso.

—Eso es.

—Muy bien. Pues, por lo que parece, Nicola es la pieza que falta. Es la persona de la que tiene menos datos. Una persona que parece tener una relación directa con Todd y que, además, resultó herida dos noches antes del crimen.

—Efectivamente. Sí, tengo que encontrar a Nicola —dice Jen.

A las tres y media, Jen sigue a Todd hasta casa y llega a la puerta dos minutos después que él.

Todd se vuelve hacia ella. Tal vez esté un poco pálido, pero, por lo demás, se le ve alegre. Dice:

—¿Sabías que una mosca es capaz de acelerar a mayor velocidad que un cohete?

—Estoy bien, gracias, he trabajado solo media jornada —dice ella con sarcasmo.

—Perfecto, mamá, pues mira esto. —Deja la mochila en el suelo y empieza a revolver el contenido. Su rostro tiene una expresión transparente y risueña. Ni el más mínimo indicio de crimen organizado, bandas, violencia, policías muertos, nada de nada—. Ten.

—Le pasa un examen, calificado con sobresaliente, y sus dedos le rozan la mano, ligeros como una pluma.

Jen se queda mirándolo. Un examen de biología. Tiene solo un recuerdo vago de este momento. La otra vez, la tarde del otro día, respondió con un indiferente «buen trabajo». Los sobresalientes de Todd son la regla, no la excepción. Pero esta vez lo lee con atención.

—Qué maravilla —dice pasados unos minutos. Todd parpadea, sorprendido, y aquel parpadeo le rompe un poco el corazón a Jen. Siempre lo ha intentado, aunque hay que ver qué cara de sorpresa—. ¿Cuánto tardaste en hacerlo?

—Oh, nada, poco rato.

—A mí me resultaría imposible. Ni siquiera sé qué es la fotosíntesis.

—Ya. —Ríe—. Tiene que ver con plantas, mamá.

Todd mira el examen, lo lee de nuevo y en sus facciones se dibuja una sonrisa. Tiene tanta confianza en sí mismo. Algo ha hecho bien, al menos. Confía en que Todd nunca tenga que pasar noches de insomnio dudando de si es un buen padre, de su intelecto, de su propia persona.

—¿Y qué harás esta noche para celebrarlo? —le pregunta.

Todd se queda mirándola.

—Pues nada.

—¿No tienes planes? —insiste Jen.

—¿Estoy ante un tribunal? —dice Todd, levantando las manos.

—¿No has quedado con nadie? ¿Con Clio? ¿Con Connor?

—La curiosidad puede contigo, ¿a que sí? Ya estaba preguntándome cuándo empezarías a ponerte metijona con Clio.

—Pues hoy mismo, mira tú qué bien —contesta Jen.

Todd se va hacia la cocina.

—Es solo un rollo.

—¿Un rollo?

—No creo que sea algo serio.

—¿Qué? Pero si era… ¿tu novia?

—Ya no. —Todd tensa la mandíbula y no levanta la vista del móvil.

Kelly entra en aquel momento en la cocina. Su mirada sigue a Todd. Parece estar inmerso en sus pensamientos, aunque no lo dice.

—Tengo un trabajo —comenta mientras se pone la chaqueta.

—Vale —dice vagamente Jen—. ¿Qué ha pasado con Clio?

—Sin comentarios —responde tenso Todd. Kelly se dispone a coger unas latas del armario y maldice por lo bajo—. Esas Coca-Colas son mías —dice Todd.

—Vale, pues —contesta Kelly—. Ya me compraré una yo.

—Adiós —se despide Todd de Kelly, quizá con una brusquedad excesiva—. Me parece que voy a celebrar la nota del examen fundiéndome el cerebro en la Xbox —le suelta a Jen.

Coge una naranja del frutero y se la lanza con una carcajada tan potente que resuena en el corazón de ella como un tambor. «Te quiero, te quiero, te quiero», piensa, y coge la naranja al vuelo.

—¿Crees que estará haciendo la fotosíntesis en estos momentos? —dice, mostrándole la naranja.

—No utilices palabras que no sabes qué quieren decir —replica Todd, que se acerca y le alborota el pelo a su madre.

«Sea lo que sea lo que hayas hecho —piensa Jen—, nunca dejaré de quererte».

Todd no sale de casa en toda la tarde. Jen entra en su habitación a medianoche y lo encuentra dormido. Se queda despierta hasta las cuatro, para asegurarse, y finalmente se mete en la cama. Es imposible que hoy haya visto a Nicola Williams. Imposible.

Ryan

La mejor parte del entretenido curso de formación de Ryan en Manchester fue la insinuación de lo que sería aquella interesante, larga y variada carrera profesional que tenía por delante. Negociación con rehenes, formación sobre prevención del terrorismo, misiones secretas…, había muchísimas maneras de desarrollarse como agente de policía. Les había dado una charla un agente especializado en formación sobre la legislación relativa al uso razonable de la fuerza y él había estado allí, en primera fila del salón de actos. El agente había pronunciado una de las frases más interesantes que Ryan había oído en su vida: «Los polis, para resumir, pueden dividirse perfectamente en dos tipos: los que pueden matar cuando lo necesitan y los que no pueden».

A Ryan se le había erizado incluso el vello de los brazos. ¿De qué tipo sería él? ¿Podría apretar un gatillo si la situación lo exigía?

Y de este modo, hoy, pensando en aquella charla tan interesante, se lleva una doble decepción cuando Jamie le comunica que no solo lo están apartando del trabajo de calle relacionado con las llamadas de emergencias para destinarlo a investigación, sino que además no queda ningún despacho libre para él, y que, en consecuencia, tendrán que instalarle una mesa en el armario de la limpieza, que si le irá bien. Ryan está encantado de trabajar en un armario, sí, pero haciendo qué.

Mira a su alrededor. Aquello está helado. No hay calefacción y fuera hace frío. Suelo de linóleo gris. Hileras de estanterías, una mesa de despacho con una bandeja portapapeles instalada provisionalmente allí. Un tablero de corcho y un cubo con una fregona junto a la pared. Eso es todo. La verdad es que hay que agradecer que hayan retirado el resto de material de limpieza.

Leo entra en el armario, estresado.

—Dios, hay que ver lo pequeño que es esto —comenta—. ¿No queda ninguna celda libre? —Coge sin ningún cuidado un papel de la bandeja. Está escrito, pero lo vuelve por la cara que sigue en blanco—. Veamos. Cierra esa puerta —le dice a Jamie, que se aparta del umbral.

Por fin le darán alguna explicación, piensa Ryan.

—Así que… —empieza a decir.

—Esto es lo que sabemos. —Leo le habla de esa manera tan típica suya—. En esta zona operan dos bandas de crimen organizado, ¿de acuerdo? Se solapan, aunque, hablando *grosso modo,* podríamos decir que una se dedica a mangar coches y la otra a importar droga. Después, el dinero que ganan se canaliza. —Puntea el papel con un bolígrafo y luego dibuja una flecha hacia arriba—. Gracias a nuestras labores de vigilancia tenemos los nombres de tres proveedores que todavía no hemos arrestado. Pero estamos buscando a los importadores, un escalón por encima.

Ryan asiente con entusiasmo:

—Sí, entendido.

—Pasemos a lo siguiente —continúa Leo—. La banda tiene dos brazos: droga y robos. La droga entra, y los mismos trabajadores del puerto hacen la vista gorda con lo que sale, que es el otro brazo: coches robados. Luego hay otros tipos, pensamos —dibuja una caja alejada de las flechas, arrastrando el bolígrafo por el papel—, que se dedican a robar coches. Lo hacen de noche, los llevan hasta el puerto y los coches desaparecen, antes incluso de que sus propietarios se despierten, rumbo a Oriente Medio.

Luego blanquean el dinero. Las dos operaciones no se entrecruzan nunca.

—Evidente —dice Ryan.

—¿Es… evidente?

—Mi hermano…

—Sí, el hermano —dice Leo—. Cuéntanos más sobre el hermano.

Se adelanta en su silla y los ojos le brillan de forma extraña.

—Ya lo comenté en el proceso de evaluación con los de Recursos Humanos —explica Ryan, entrando en pánico.

Leo hace un gesto de impaciencia.

—Lo sé. Lo he investigado. Y no desconfío de ti. Tu hermano nos va a resultar útil. ¿Quién mejor para averiguar quién es quién en una banda que alguien que ha sido testigo de cómo opera esa gente?

—Entiendo… —dice despacio Ryan.

—Así que… ¿sus operaciones también irían por separado?

—Sí, siempre. Por ejemplo, jamás se utilizaría un coche robado para importar droga. Te enchironarían de inmediato.

—Claro —dice Leo—. Claro. ¿Puedes contarnos más sobre él? Era bastante mayor que tú, ¿no? ¿Pero del mismo padre? —Preguntas y más preguntas.

—No te molestes, Leo —dice secamente Jamie—. Su cabeza funciona en un solo sentido, cuando funciona.

—Respuestas, por favor.

—Sí —contesta Ryan—. Bueno, sí…, algo mayor que yo, sí. Se metió en algún asunto. No sé, estábamos…, estábamos enfadados, supongo. Él siempre… Los dos siempre… hemos tenido ambición. Pero él se desvió un poco. Necesitaba dinero y empezó a traficar con drogas.

—¿Qué drogas? Solo para poder hablar…, ya sabes. Habilidades requeridas.

—Bueno…, creo que fue avanzando de la forma más habitual: porros, después cocaína, luego caballo y toda su parafernalia.

—¿Y traía el caballo a casa? —Leo mira fijamente a Ryan.

—A veces.

—¿Lo viste?

—Sí, claro —dice Ryan, parpadeando.

—Si ahora tuviéramos aquí caballo, ¿cómo lo abrirías?

—Como un *cracker* navideño —responde Ryan, sin ni siquiera tener que pensárselo.

—¡Exactamente! —exclama Leo. Da un puñetazo en la mesa. Asusta a Ryan. Debe de ser uno de esos genios locos, está claro. O puede que solo esté chiflado.

—Lo ayudé mucho. El caballo te invade la vida, ¿no? Yo sentía curiosidad. Al final —Ryan suelta una carcajada desesperada—, cortaba la droga con él.

—Bien. Es bueno saberlo.

Ryan no dice nada, está tan confuso como siempre.

Leo mira de reojo a Jamie y continúa.

—Tenemos un trabajo para ti, para después de tu investigación —dice. Coge la taza de té y la apura en tres ruidosos tragos. La deja en la mesa—. Si es que estás interesado.

—Mucho —reconoce Ryan, mirando directamente a Leo.

—Necesitamos un tipo inteligente. ¿Sabes por qué? Esta banda debe de tener algún cerebrito dentro. Alguien que les solucione los temas. Algún tipo de gregario.

—Supongo.

—Y nosotros necesitamos también un cerebrito —dice Leo, que extiende el brazo para tocarle el hombro a Ryan— para analizar la información. No solo eso, sino que necesitamos un cerebrito que sepa bien cómo funciona esta mierda. Conocemos a tres de los traficantes, pero a ninguno de los ladrones de coches. Necesitamos nombres, caras, cómo se relacionan entre ellos. Un gran árbol genealógico de esos criminales. ¿Te apuntas? —Señala el tablero de corcho—. Así que tu tarea consistirá en observar cada minuto de las grabaciones de ese circuito cerrado y ver quién trae los coches. ¿Entendido?

—Sí, claro, entendido —dice Ryan, que cobra conciencia del latido de su corazón. Un tamborileo nítido, potente y excitado en el interior del pecho.

—Entonces, cuando sepamos quiénes son y conozcamos sus movimientos, los pillaremos con las manos en la masa. Ya sabes, lo más similar a tenderles una trampa, aunque manteniéndonos siempre dentro de la legalidad —explica sin problemas.

La excitación recorre las piernas y los brazos de Ryan; tiene ganas de levantarse y empezar a dar brincos. Por fin algo importante de verdad. Algo que puede hacer muy bien. Algo con lo que puede ayudar a cambiar el mundo.

Leo coge el corcho y lo coloca sobre la mesa. Ryan está encantado con todo este dramatismo. Con los intríngulis del trabajo policial. Leo clava un papel en el corcho y escribe allí un nombre.

—Este tipo trabaja en el puerto. Y es un corrupto. Hace la vista gorda y permite la entrada de los coches robados. Lo tenemos justo en la esquina de las imágenes del circuito cerrado. Aún no le hemos echado el guante porque queremos ver qué tipo de eslabón es en la cadena. ¿Entendido?

Ryan mira el papel: Ezra Michaels.

—Averigua quién le trae los coches a Ezra, ¿de acuerdo? —dice Leo.

—Y entonces... —empieza Ryan, mirando esperanzado a Leo—. En cuanto sepamos un poco más sobre ellos..., o sea... —Señala la ropa andrajosa de Leo, la gorra de Jamie—. Creo que he pillado bien cuál es vuestro departamento, ¿no? ¿La secreta?

—Sí —dice simplemente Leo, transmitiendo algo que, hasta el momento, no se había dicho—. Infiltrados.

Día menos trece, 19:00 horas

Un coche patrulla ha seguido hoy a Todd hasta casa. Jen está segurísima. Piensa en el coche que pasó dos veces por delante de casa de Clio.

Son las siete de la tarde y Todd y Kelly están sentados el uno frente al otro. La lámpara de la barra de los desayunos está encendida; más allá de las puertas, el cielo parece peltre iluminado.

Los árboles tienen más hojas. Lo que hace unos días era una alfombra de hojas secas en el jardín es ahora un amasijo de banderas rojas, de vuelta a su lugar en las copas.

—Buenas tardes, mi señora —dice Todd a modo de saludo—. Estábamos hablando de lo del gato de Schrödinger.

Jen ha pasado la mañana en el trabajo, fingiendo normalidad. Ha tenido una reunión con una clienta nueva, que de aquí a unos cuantos encuentros más le dirá que al final no quiere dejar a su esposo. Esta vez, Jen ha tomado muchas menos notas.

Todd se ha pedido comida china y está comiendo directamente de la caja, como un norteamericano, con la única diferencia de que en este caso no se trata de un envoltorio de cartón de aspecto *kitsch* con palillos incorporados, sino de un táper de plástico. Bendito sea.

Kelly mira a Jen desde el otro lado de la barra.

—No digas que «estábamos» —dice con una carcajada—. Estabas tú. Yo estaba comiendo alitas.

161

—No estoy muy segura de que tu padre sea tu mejor público —dice Jen, y escucha esa pequeña exhalación perfecta que es la risa de su marido.

—¿Qué ha pasado con ese trabajo sobre Venus y Marte? —pregunta Kelly.

Todd saca el móvil del bolsillo y se lo pasa a Kelly. La primera vez que Jen vivió este día, estaba en el despacho. No sabía nada sobre aquel trabajo.

Kelly mira el teléfono unos segundos y exclama:

—¡Ah! ¡Un sobresaliente! ¡Una A! Una A de «astro de la astrofísica».

—Una A de Alexander Kuzemsky —dice Todd.

—¿Podrías hablar más clarito? —le suplica Jen.

—Es un gran físico —explica Todd—. Aquí lo tienes. —Le pasa el teléfono.

—Buen trabajo —dice Jen con sinceridad.

Empieza a leerlo con interés, preguntándose en parte si tal vez contiene algún dato científico que pueda ayudarla, pero Todd recupera enseguida el teléfono.

—No es necesario que te tomes la molestia, en serio.

—¡Me interesa de verdad!

—Normalmente nunca te interesa —contrataca Todd.

Una piedra de culpabilidad le aterriza en el estómago. Culpabilidad maternal, esa cosa contra la que ha intentado luchar gran parte de su vida, pero que siempre —siempre— sigue estando ahí. «Normalmente nunca te interesa».

—¿Estás bien? —pregunta Kelly, riendo—. Pareces la parca.

Todd resopla sobre su comida mientras Jen se prepara su plato.

Kelly se levanta porque le suena el móvil. Jen mira hacia el recibidor, pensando en Todd.

—¿Por qué lo dices? —pregunta Jen.

—Porque normalmente no prestas atención a mis cosas —contesta Todd.

—¿Tus cosas? —repite Jen, con la sensación de que de repente se ha paralizado el mundo. Todd no dice nada, pincha una albóndiga de pollo y se la mete entera en la boca—. ¿Crees que no te escucho?

De pronto, empieza a tomar conciencia de la situación, se siente como cuando estás andando entre la neblina: no la ves aun estando dentro, pero percibes su presencia.

Todd, con la mirada fija en el plato y la frente arrugada, está reflexionando su respuesta.

—Es posible —dice por fin.

La mira. Los ojos son de Kelly. Pero todo lo demás es de ella. Cabello oscuro, indomable, piel clara. Un hambre insoportablemente atroz. Lo ha creado ella. Y mira: piensa que ella no lo escucha. Y lo dice así, como si fuera un hecho consumado.

—A ti no te interesa —añade.

—Ah —musita ella.

—A mí me importa la física —dice—. Por lo tanto, no es tan gracioso que Alexander Kuzemsky me importe. Me importa mucho, la verdad.

Jen experimenta la espeluznante sensación de estar equivocada en una discusión. Totalmente equivocada. Su cabeza hace malabares. No están hablando de planetas. Están hablando de su relación.

Todd, con sus graciosos hechos científicos y la cabeza en las nubes. Jen, con su irónica incapacidad de entender de qué le habla su hijo. Siempre ha visto su relación así. A Kelly y a ella les resultaba inexplicable que hubieran podido hacer un niño tan cerebrito, inteligente en un sentido totalmente distinto a ellos, ambos tan terrenales, y Todd tan... no terrenal. Pero Todd no es algo que hayan hecho. No es un objeto. Ahora está aquí, justo delante de ella, diciéndole quién es. Y ella ha permitido que sus propias inseguridades, su propia ignorancia, hayan convertido el intelectualismo de su hijo en algo de lo que reírse. En alguien de quien reírse.

163

—Dios. —Hunde la cabeza entre las manos—. De acuerdo. Lo veo. Lo siento. No es… Lo siento mucho —termina, sin convicción.

—Vale —dice él.

—Todo lo que haces me parece interesante —añade ella. Derrama lágrimas con el fatalismo temerario de aquel que no estará aquí mañana; una proclama en el lecho de muerte, una llamada desde un avión secuestrado. Una mujer que por mucho que pueda conectar, conectar y conectar con su hijo, ya da igual, porque no durará—. Nunca he querido a nadie tanto como te quiero a ti. Y nunca querré a nadie igual —dice con los ojos llenos de lágrimas—. Me he equivocado si no he sabido demostrártelo. Porque es verdad… Es la verdad más grande de mi vida.

Todd parpadea. Su expresión genera ondas de tristeza, como una piedrecilla lanzada a un estanque.

—Gracias —dice—. Es solo que…, ya sabes.

—Lo sé —dice Jen—. Lo sé.

—Gracias —repite Todd.

—De nada —contesta Jen en voz baja, justo cuando vuelve a entrar Kelly.

—Me he comido todas las albóndigas, porque esta última también es mía —dice Todd con una sonrisa.

La broma es una evasiva, una armadura para protegerse e impedir que el otro miembro de la familia pueda ser testigo de aquel momento tan íntimo, pero Jen ríe de todos modos, por mucho que lo que desee sea llorar.

—Era un cliente —dice Kelly, aunque no tenga necesidad de dar explicaciones.

Jen mira de nuevo a Todd. Se mete en la boca la última albóndiga y le sonríe con la mirada. Jen le acerca la mano para alborotarle el pelo, y él se deja hacer, como un animalito abandonado.

Todd tira directamente el táper a la basura, algo por lo que Jen normalmente se quejaría, pero que hoy decide no hacer.

—¿Adónde vas esta noche? —le pregunta ella.

164

—A jugar al *snooker* —responde él, lanzándole un beso al aire. Jen asiente rápidamente.

—Bueno, pues que te diviertas. —Y añade—: Yo también voy a salir. A tomar una copa con Pauline.

—¿Ah, sí? —dice Kelly sorprendido.

—Sí, ya te lo dije. —Mentira—. ¿A qué billar vas? —le pregunta a Todd, confiando en que parezca simple curiosidad.

—Al Crosby.

Jen le sonríe. Porque la verdad es que, vaya donde vaya, ella estará allí.

La entrada al bar recreativo Crosby es una puertecita negra y anónima de la calle principal, con un neón anticuado en lo alto y una bandera británica ondeando por encima. Es un edificio de los años veinte con ventanas con parteluz, ladrillo rojo y tres chimeneas en el tejado.

Jen estaciona en el aparcamiento de la parte de atrás, un espacio que comparten dos restaurantes, el bar recreativo y un Travelodge. Cuando sale del coche, huele a carne a la parrilla, un olor que el aire otoñal empuja desde algún extractor. Ha cenado comida china, pero ahora mismo se comería también una hamburguesa.

Prueba a abrir la puerta trasera del bar, aunque parece una salida de incendios. Pero está cerrada, y con llave. Da la vuelta al edificio y mira a través del cristal, con las manos a ambos lados de la cara. El interior está oscuro. No se ve nada. Podría quedarse aquí, piensa, mientras el cristal le enfría la frente. Está cansada. Está tremendamente cansada. Podría quedarse aquí y dejar de existir. Convertirse en una parte más del club de *snooker*, en un adorno decorativo. Y dejar de ser un ser humano vivo y torturado.

Se enciende una luz en el interior, rojiza, débil, que ilumina precisamente lo que hay delante de ella: una escalera pintada de negro. Desgastada, manchada, vieja y, lo que es más importante, vacía.

Empuja la puerta y sube lo más silenciosamente posible. La escalera acaba en un descansillo con dos puertas cerradas, una a cada lado. El lugar perfecto para sentarse a escuchar. El lugar perfecto para correr peligro.

Contiene la respiración. Al cabo de unos segundos, oye el clic de las bolas. El golpe sordo del extremo de un taco contra el suelo.

A su espalda, una ventana estilo *art déco* deja pasar el resplandor de las farolas. El suelo está pintado de negro, inestables tablas de madera vieja que crujen cuando se mueve.

—La semana que viene, seguro —dice Todd.

Un clic. Debe de haber tirado él. Jen se inclina hacia la bisagra de la puerta y mira a través, confiando en que, con la oscuridad, nadie vea aquel único ojo.

—A lo mejor podemos irnos el verano que viene —dice Clio. Porque sin duda alguna aquella voz soñadora es la de Clio.

Todd entra y sale de su campo de visión. Sujeta el taco como una vara, justo igual que lo sujetaría un mago en su videojuego favorito, descansando su peso sobre él y con la otra mano en la cadera. El corazón le da un vuelco en el pecho mientras mira a su hijo. Está actuando. Está segura.

Va bien peinado, sus zapatillas lucen de un blanco inmaculado y camina alrededor de la mesa de *snooker,* entrando y saliendo del ángulo de visión de Jen. Está en modo fanfarrón.

—Si todavía estáis juntos —dice una voz masculina.

Jen está casi segura de que es Joseph, aunque no puede verlo.

—Seguro que lo estaremos —dice Todd.

Los nervios le rasgan la voz. Jen lo nota. Y está segura de que solo lo detecta ella; es como el temblor de una tecla de piano después de ser pulsada.

—Buen tiro —dice otra voz, quizá la de Ezra.

—Espero no interrumpir.

Esta vez es una voz femenina. Jen cambia de posición para poder ver. Por una puerta oscura que hay en el lado opuesto de la sala

166

acaba de entrar una mujer. Debe de ser de la edad de Jen, tal vez algo mayor. Tiene el pelo canoso y lo lleva recogido en una pulcra cola de caballo. Viste con ropa informal: pantalón de chándal y camiseta. Camina como si estuviera en continuo estado de alerta, rebosa de energía, como una atleta.

—Nicola —dice Joseph—. Qué agradable sorpresa.

Nicola. Jen consigue contener un grito con gran esfuerzo.

—Mucho tiempo sin vernos.

—Tienes razón. —Joseph entra entonces en el campo de visión de Jen y se apoya sobre su taco. Nicola lo sigue—. Te presento a Todd, y esta es Clio. A Ezra ya lo conoces. Nicola solía trabajar para nosotros.

—Nicola Williams, en carne y hueso —dice Ezra.

Jen frunce el ceño. Continúa sentada allí, en la escalera, escuchando la conversación. Todd acaba de ser presentado a Nicola. Pero Todd ya le ha enviado un mensaje a Nicola. ¿No? Repasa mentalmente las fechas de los mensajes. Sí, se lo ha enviado. Sí. Le envió un mensaje el día quince diciéndole: «Encantado de poder charlar». Hoy es dieciséis. Pero se ven el diecisiete, ¿no?

Jen cambia de posición lo más silenciosamente posible, fuerza la vista para poder ver más allá del resplandor verde de la mesa de *snooker*. Clio está sentada en el mullido sofá rojo que hay junto a la pared del fondo. Piernas doradas, flequillo corto, maravillosa. Jen parpadea, sin dejar de mirar, a la espera de que acabe la conversación.

—¿Hay sitio para una más? —pregunta Nicola.

Le coge el taco a Todd, que se sienta. Aparentemente es una velada de lo más normal. La novia de Todd, su familia. Pero la aparición de Nicola parece fuera de lugar, tal vez porque Jen sabe que Todd está mintiendo, tal vez no. Percibe una corriente subterránea siniestra, como un tiburón bajo el agua.

Jen cambia de nuevo de posición para mirar a Todd, que está sentado en el sofá con Clio. No está tan pegado a ella como la otra noche. Pero, de todos modos, está con ella. Entonces, ¿termina con ella esta noche?

De pronto, suena la música. Un rap marcado por el ritmo del bajo que ahoga las voces. Jen estira el cuello y ve que sale de una máquina de discos que no había visto, un aparato de aspecto retro de color rojo con luces blancas iluminando la vitrina.

Se sienta mientras dura la canción, esperando que acabe pronto, pero a continuación suena otra. Todd está hablando con Joseph, y Clio se levanta y se suma a ellos, con Nicola, pero es imposible oír lo que dicen. Parece una conversación informal, aunque se nota que Todd está incómodo. Lo nota Jen por sus andares sigilosos alrededor de la mesa, parece un león.

De pronto, Jen se da cuenta de que lo de la música no es casualidad. Es para que no escuche nadie. Cualquier persona que pueda estar espiándolos, como ella u otros, piensa, recordando las vueltas del coche patrulla.

Pasada una hora, Joseph se pone el abrigo. Todd recoge y va guardando las bolas tranquilamente. Cuando Joseph se marcha con Nicola, Jen entra por la puerta que queda a su izquierda, que descubre que da acceso a los aseos. Permanece en un cuarto de baño con decoración retro, prestando atención al sonido de pasos.

Las paredes del baño están decoradas con un papel pintado *vintage* de motivos de conchas marinas en color rosa y una textura que se ha vuelto vellosa con el paso del tiempo. Entre los dos lavamanos, también en rosa, hay sendas cajas de madera con artículos de aseo, y en la pared, un espejo grande con marco dorado.

Se apoya en los lavamanos y reflexiona sobre lo que sabe:

Todd conoce a Clio en agosto.

En este momento siguen juntos, pero mañana lo dejan. Sin embargo, luego, cinco días antes del crimen, vuelven a estar juntos.

Ayer le pidió a Nicola ayuda para alguna cosa.

Hoy, Nicola se presenta en el club de *snooker*. Todd finge que no la conoce. Queda claro que Nicola conoce al tío de Clio, que «solía trabajar para él».

168

De aquí a unos días, un chico rubio robará un coche para Ezra. Es evidente que en la familia de Clio hay delincuentes. El bolso de Chanel. Y de aquí a unos días más, Nicola resulta herida. Luego Todd se convierte en asesino.

Mira hacia la calle mientras sigue reflexionando sobre la cronología de los hechos. La ventana está abierta y deja entrar una corriente de aire frío. Espera al menos diez minutos antes de plantearse marchar, pero entonces oye una voz, además de risas, fuera. Sin pensárselo dos veces, se encarama a la estructura que sostiene los dos lavamanos, se arrodilla sobre la superficie dura y mira por la abertura. Es Todd. Está al teléfono. Ha llegado a su coche, aparcado también atrás. Se apoya con los codos en el techo —es altísimo— y habla animadamente.

Jen fuerza el oído para escuchar. Fuera reina el silencio. Tendría que poder oír algo. Palpa la pared para poder apagar la luz y quedarse allí sentada con más tranquilidad, de nuevo sin ser vista, de nuevo en otra ventana.

—He estado a punto de llamarte al teléfono secreto. Estoy intentando darle puerta a Clio. —Se le oye decir—. No te preocupes. Tu trabajo sucio está a salvo conmigo. —Su tono de voz es ácido, como un limón.

Una pausa. Jen deja de respirar.

—Sí…, ya, ¿quién sabe? —añade.

No tiene ni idea de con quién está hablando, no puede deducirlo. No es un colega. No es un igual.

Todd vuelve a reír, una carcajada dura, amarga e irónica.

—No. Eso es justo lo que estaba intentando decir. Estamos llegando a la última parada, ¿no?

Echa la cabeza hacia atrás, mira al cielo. Ha salido la luna, un holograma blanco en la oscuridad. La temperatura está cayendo en picado. Jen tiene frío, allí arrodillada entre los lavamanos, escuchando a su hijo, quien al parecer piensa que están «llegando a la última parada». ¿Qué significará esa expresión curiosamente adulta? ¿Será

169

esta la razón por la cual, en tan solo dos semanas, se convierte en un asesino?

Todd baja la vista, como si estuviera viendo caer lentamente una pelota, entonces mira directamente hacia la ventana donde está Jen. Jen no puede apartar la vista cuando sus miradas se cruzan, pero él la desvía enseguida. No la ha detectado. Es un cristal esmerilado y ha apagado la luz.

—Sí, vale —contesta Todd.

Otra pausa.

—Pregunta a Nicola. Nos vemos en casa —dice Todd.

Es como si el mundo se detuviera, solo un segundo. Nos vemos en casa. Nos vemos en casa. Nos vemos en casa.

Solo puede ser una persona: su marido.

Día menos trece, 20:40 horas

Todd entra en el coche, pone el motor en marcha y se va, dejando a Jen en el cuarto de baño, a oscuras, con las rodillas húmedas por el agua acumulada en la superficie del lavamanos.

«Nos vemos en casa».

La persona al otro lado del teléfono es Kelly.

«Pregunta a Nicola».

Kelly conoce a Nicola. No Todd. Todd no mentía cuando se la han presentado.

«He estado a punto de llamarte al teléfono secreto».

El teléfono con tarjeta prepago es de Kelly. Quien ha enviado mensajes a Nicola es Kelly.

—Has estado hablando por teléfono con Todd —dice Jen en el instante en el que cruza la puerta.

Todd no ha llegado todavía a casa. A lo mejor se ha entretenido con Clio. Y Jen no puede esperar. ¿Qué más da? No tiene mañana. Tiene que preguntárselo ahora.

Kelly lleva un pantalón vaquero desgastado y camiseta blanca. Está sentado en el sofá de terciopelo. Lo colocaron junto al ventanal del salón. Cabe justo, no queda ni un centímetro de espacio libre para maniobrar. Rieron muchísimo cuando lo encajaron allí empujándolo a golpes. Kelly sugirió que utilizaran lubricante y Jen no podía parar de reír con la ocurrencia.

Deja caer el bolso en el suelo. Reina el silencio, las luces están atenuadas.

Por lo que parece, Kelly necesita un momento para pensar. Y esos tres segundos le parten el corazón a Jen.

—Sé que anda metido en algo chungo..., y tú también —dice.

Evidentemente, Kelly decide decantarse por la negación rotunda.

—Tiene un problema de mujeres. —La mirada de Kelly no se altera en absoluto cuando pronuncia estas palabras, estas mentiras—. ¿Jen? —Se acerca hacia ella.

—Te he oído —dice.

—Hablábamos de Clio.

—¿Quién es Nicola?

—¿Qué? No conozco a ninguna Nicola.

—Kelly —dice Jen, con la sensación de que el mundo explota a su alrededor—. Sé que los conoces. ¿Quién es Joseph Jones?

—Ni idea —responde con rapidez Kelly, sin dudar ni un instante. Busca con qué entretenerse; se levanta y enciende la lámpara del techo. Su enigmático marido, ¿misterioso o... mentiroso?—. Lo siento, no sé a qué te refieres —dice, volviéndose hacia ella.

Y cuando se gira, Jen vislumbra el brillo del sudor en el nacimiento del pelo, allí donde le da la luz.

—Sé que mientes —afirma a la espalda, cuando Kelly se aparta de nuevo.

Se está calzando, se está poniendo una chaqueta.

—No tengo ganas de discutir —dice.

Abre la puerta y se va de casa. El marco tiembla del portazo que da.

Ryan

Ryan está en su elemento. Por fin siente que sirve para alguna cosa.

Tiene enfrente, como en las películas, un tablero de corcho más grande que el anterior y que pidió al departamento de compras hace tres días. Mide metro veinte de largo por noventa centímetros de alto (no ha recibido aún la autorización para poder colgarlo). Lo tiene apoyado en la pared y está sentado, con las piernas cruzadas, delante de él.

Ha recopilado la información de las cámaras de vigilancia durante dos meses. Empezó transportando una tele en un carrito hasta su armario. Y luego se pasó horas revisando, con ojos legañosos, las cintas de las cámaras de vigilancia del puerto. Cinta tras cinta tras cinta, tardes y fines de semana. Examinó las cintas con detalle, tomando nota de cualquiera que visitara las instalaciones más de una vez, de cualquiera que hablara con Ezra o que se marchara con él. Ryan escribió todas sus notas en pósits y las fue pegando en el corcho.

A final de mes, tenía ya una lista de habituales.

—¿Podrías mirar si estas caras concuerdan con alguna que tengamos en el sistema? —le preguntó a un analista un viernes por la noche, señalaba los fotogramas de las caras que había congelado e impreso.

—Me pongo a ello —respondió el analista, tal cual.

Y ya los tiene: ya tiene a los esbirros.

El equipo de la secreta le ha proporcionado también los nombres de los proveedores de droga. Un agente se ha infiltrado en la banda. Entró como comprador en prueba. Vestido como un pordiosero, según palabras de Leo, pidió caballo. La transacción se cerró, observada en todo momento por el equipo de Leo, y acabó informando del nombre del traficante, que está ahora en el tablero de Ryan.

Lo hizo cinco veces más. Cinco compras de prueba más. Entonces dijo que se había mudado, pero que conocía a más gente interesada en comprar, que querían probar pasando droga. El traficante le presentó al proveedor, cuyo nombre también fue a parar al tablero de Ryan.

—Ryan —dice Leo, entrando en el armario—. Eres un genio consumado.

Es el mejor trabajo que Ryan ha tenido en su vida. El más divertido. El más satisfactorio. Y también el más autónomo. Nota que en su interior se infla una burbuja de orgullo, se siente orgulloso tanto de él como de su tablero.

—Esto no es más que el principio —le dice a Leo—. No es más que una parte de la imagen global. El tipo de arriba tiene unas diez operaciones distintas en funcionamiento.

Observan en silencio el tablero.

Leo no dice nada durante un minuto, quizá más. Uno de los otros agentes pasa en aquel momento por delante del armario.

—¿Tienes un segundo? —le dice a Leo al asomar la cabeza por la puerta.

—No —ruge Leo, luego cierra la puerta.

La vida es buena cuando te ilumina el sol de Leo, terrible si estás a su sombra, como tanta gente aquí.

—En nuestro último trabajo —recuerda Leo, pensativo, como si el reciente intercambio no hubiera tenido lugar—, el tío de

174

arriba era tremendamente sencillo. Tremendamente normal. Simplemente normal. Pasaba desapercibido. No estaba ni siquiera en nómina de nadie, trabajaba por cuenta propia. Sus ingresos ni siquiera le obligaban a realizar la declaración de la renta. No viajaba.

—Parece imposible —dice Ryan.

—Exacto, pero bueno, mira esto, por favor —responde Leo—. Hemos estado creando una leyenda. —Se sienta en la silla chirriante mientras Ryan retira del panel a varios de los esbirros y los cambia de sitio—. A lo mejor deberíamos encontrarte un despacho mejor —dice con una carcajada.

—Eso estaría bien.

—Muy bien, pues. Leyendas. ¿Listo para que te imparta una lección?

—Listo.

—Cuando los agentes se infiltran, se meten en un personaje que nosotros hemos creado tiempo atrás, ¿entendido?

—Entendido.

—Porque cuando alguien compra caballo, los criminales siempre sospechan de la brigada antidroga. Por eso creamos una leyenda con antelación. Vive en tal sitio, conduce tal coche, trabaja ahí, hace esto, hace lo otro. Tenemos una historia, ¿vale? Y dejamos constancia de ella por todas partes, en Internet, donde sea. Luego el agente se mete en el personaje. Y ahora estamos trabajando en una de ellas.

Se rasca las mejillas y bebe de la taza de té de Ryan, un gesto que ofende a Ryan, aunque no dice nada. Leo hace cosas de este estilo cuando piensa. Y Leo es brillante cuando piensa, razón por la cual todo el mundo se lo tolera.

—Leo —dice Jamie, abriendo la puerta. Se lo ve estresado, con los pelos de punta—. Tenemos un problema.

—¿Qué pasa? —Leo está jugando con una de las chinchetas de Ryan, que vuelve a pinchar en el tablero—. ¿Es que no puede la gente dejar de interrumpir de una puta vez?

—Anoche, dos esbirros de la banda robaron un coche en una de esas mansiones pijas de Wallasey —explica Jamie—. Hemos elaborado un informe.

—Muy bien.

—Se rumorea que creían que su objetivo era una de las casas desocupadas, pero no lo era...

Ryan vuelve la cabeza para mirar a Jamie.

—En la parte posterior del coche había un bebé. Lo secuestraron. El coche fue al puerto... con el bebé dentro.

Día menos veintidós, 18:30 horas

Jen está en su santuario: el despacho. Deseaba estar aquí, en el trabajo, en un entorno tranquilo y organizado donde lo tiene todo controlado o donde, al menos, puede imaginar que lo tiene todo controlado. Saber que Kelly está implicado reverbera en su interior. Es como si estuviera a bordo de una barca, como si el suelo bajo sus pies fuera inestable y resbaladizo. Kelly. Su Kelly. El hombre a quien puede contarle cualquier cosa. Es evidente, sin embargo, que eso no funciona en ambos sentidos. ¿Cómo pudo fingir que iba a ayudarla a solucionarlo todo la noche en que la creyó?

Abajo, la calle está llena de gente comprando y disfrutando del último calor del verano. Primeros de octubre se ve diferente por la tarde. La luz de pan de jengibre del exterior. Las hojas del color de la miel. El último aliento del verano. Abre la ventana. El frío se entreteje en el aire como un hilo fino, una única gota de tinte en el agua que no tardará en extenderse.

Suspira y sale al pasillo. En primavera, después del fallecimiento de su padre, renovó por completo la decoración del bufete. Lo que en su día fuera el despacho de su padre —con una placa en la puerta con la leyenda «Socio directivo», como él quería— es ahora una pequeña cocina, una decisión que tomó para no seguir viendo aquella puerta o, peor aún, para no tener que instalar allí su propio despacho.

177

Su padre había sido un buen abogado. Incisivo, cauto, capaz de aceptar y afrontar malas noticias sin dejarse engañar. Duro, lo habría descrito así, con la perspectiva que da el dolor. Y también estoico. En una ocasión, después de terminar una semana laboral, Jen se enteró de que había dormido allí dos noches para sacar el trabajo adelante, y que ni siquiera lo había mencionado.

Ha retrocedido en el tiempo mucho más de lo que había imaginado en un principio. Su mayor temor es pasar por alto el desencadenante del crimen. Ojalá pudiera preguntarle a su padre qué hacer. Kenneth Charles Eagles. Conocido por todos con el nombre de KC. Si Jen y Kelly hubieran tenido una hija, le habrían puesto de nombre Kacie. KC. A su padre le habría gustado.

Había muerto solo, hacía dieciocho meses. Un aneurisma, a última hora de una tarde. Estaba sentado en su sillón con una bolsa de cacahuetes y una botella de cerveza a medias. Durante los primeros días, Jen tuvo que apartar de su cabeza los últimos momentos de su padre, e intentar que el barco navegara preferentemente en un único sentido. Pero ahora ya es más capaz de asumirlo, de estar en el mismo lugar en que él siempre estuvo. Aunque hoy, más que nunca, lo echa de menos. Sabe que su padre no habría simpatizado en absoluto con teorías de viajes en el tiempo —cree que le habría dado miedo contárselo, temiendo su reacción—, pero lo echa igualmente de menos, del mismo modo que un niño siempre echará de menos esa mano de un padre que lo guía por el buen camino, su modo de mantener los problemas alejados de él, aunque sea solo de forma temporal.

Se prepara un té y sale de la cocina. Rakesh pasa por delante de su despacho con otra abogada, Sara.

—El marido —va diciendo Sara— nos ha pedido que reduzcamos a la mitad la pensión que le pasa con la excusa de que ella va siempre en chándal. Ha eliminado cualquier tipo de subsidio en concepto de ropa. Ni peluquería, ni sujetadores. Argumenta que solo utiliza ropa interior vieja y grisácea.

La risa de incredulidad de Rakesh resuena como la campana de una iglesia.

Jen sonríe débilmente. Aquí, rodeada de adictos al trabajo y al humor negro, siempre se siente como en casa.

Envía unos cuantos correos, pasando retazos de información, dando consejos. Cosas que podría hacer con los ojos cerrados, cosas que lleva dos décadas haciendo.

A las siete de la tarde, el que pronto será el exmarido de una de las clientas de Jen le hace llegar más de veinticinco cajas con sus cuentas bancarias. Se las entrega un hastiado mensajero con una camiseta marrón. La otra vez, se quedó un buen rato para empezar a trabajar con ellas, indexar el contenido y amontonarlas pulcramente en su despacho. Rakesh había asomado la cabeza por la puerta y le había preguntado si estaba construyendo un fuerte.

Pasa ahora, justo a la misma hora que la otra vez. Pero hoy, como no quiere ordenar cajas y como tampoco quiere volver a casa, le pregunta a Rakesh si le apetece tomar una copa.

—Por supuesto —responde, mascando chicle—. ¿Qué es todo esto? ¿Vas a construir un fuerte?

Jen sonríe para sus adentros. Cuanto más retrocede en el tiempo, se le va haciendo más complicado recordar los días. Y de forma graciosa, resulta agradable ver que sus predicciones se hacen realidad.

—Lo construiré el lunes —contesta—. Material del otro bando. Las cuentas del marido.

—¿A qué se dedica? ¿Trabaja para el puto Banco de Inglaterra?

—No es más que una táctica clásica —explica Jen, cambiando de lugar una caja para abrirse camino hasta él—. Enviar muchísimas cajas con la esperanza de que nadie las mire.

—Pues el lunes me aseguraré de que no te quedas enterrada viva debajo. Necesito vino en vena —dice Rakesh, cogiendo el abrigo de Jen.

—¿Has tenido un mal día?

—Le he enviado una demanda a mi cliente. Para que la firmara, nada más. Y al lado del punto cuatro de conducta inadmisible ha escrito, en bolígrafo: «Y también se masturbaba siempre en los calcetines». Como si fuera un añadido imprescindible. Ahora tengo que volver a enviárselo. No podemos presentar esto a los tribunales.

—Una queja justa —dice Jen—. Un gran detalle encontrarse eso en los calcetines.

—No eres tú quien tiene que verlo en el juicio.

—Intenta no seguirlo a los baños.

Cuando salen, con la chaqueta en el brazo porque están realmente muy a principios de otoño, piensa en lo agradable que es encontrarse de nuevo aquí, en el trabajo, donde la gente pasa las horas más íntimas de su vida. Jen lleva más de una década trabajando con Rakesh. Sabe que al mediodía casi siempre come patatas y que da la cabezadita de las tres delante de la página web del *Daily Mail*. Sabe que dice «joder» cada vez que le suena el teléfono y que, en una ocasión, durante una audiencia particularmente complicada, el sudor le traspasó los pantalones hasta el punto de que dejó una marca en la silla.

Y es tan agradable también, esta noche, alejarse de los residuos de su vida familiar. Dejar de lado el misterio y desear con inocencia una copa de vino con su viejo amigo, hablar sobre cómo se pelean sus clientes por quién se folló antes a otro, beber dos copas —no, tres—, fumar un pitillo tras otro en la terraza del bar y reír absolutamente por todo. Es tan agradable fingir.

Jen ha bebido demasiado para poder conducir y vuelve andando a casa. Son poco más de las nueve. Serpentea por la acera y observa su casa iluminada, justo delante. Piensa en su marido, a quien le ha dicho que se quedaría a trabajar hasta tarde.

Es abogada matrimonialista, piensa con humor taciturno, pero la traición que se vive en su casa se le ha pasado por alto. No la ha visto venir. Por ningún lado.

Intenta reordenar los hechos, sabiendo todo lo que ahora sabe. El vino la ha ayudado a relajarse. Hace frío, pero nota el cerebro elástico y libre. Por una vez, se siente tolerante y abierta, no neurótica y cerrada.

El teléfono de prepago es de Kelly. Y, por lo tanto, el cartel del bebé desaparecido y la placa del policía deben de ser suyos también. ¿Pero por qué estaba el paquete en la habitación de Todd?

Cuando se acerca a su casa, oye voces. Vienen de fuera, al aire libre. Suenan demasiado fuertes para venir de dentro. Se detiene al llegar junto al coche de Kelly. Desprende cierto calor. Acerca la mano al capó: acaba de utilizarlo.

Las voces son de su marido y su hijo, los protagonistas de sus pensamientos, y están gritando, suenan apremiantes.

Están en el jardín de atrás. Jen corre hacia la verja lo más silenciosamente posible. Y se para. Descansa un dedo en el gélido pestillo negro, totalmente sobria de repente.

—¿Por qué me has contado esto? —pregunta Todd.

Jen se inquieta cuando se da cuenta de que la voz de su hijo está perturbada por lágrimas de pánico.

—Porque tengo que pedirte una cosa —responde Kelly—. ¿Vale? De lo contrario, no te lo habría dicho.

—¿Qué?

—Que tienes que romper con Clio.

—¿Qué?

—Tienes que hacerlo —dice Kelly—. Puedo pedirle ayuda a Nicola, pero tú no puedes seguir viéndote con Clio, tal y como están las cosas.

A Jen se le revuelve el estómago. De pronto siente náuseas, y no tienen nada que ver con la bebida.

—Esto levantará aún más sospechas —dice Todd—. Eso sin tener en cuenta que me va a partir el corazón, joder.

Jen nota que le flojean las piernas. El dolor, el dolor, el dolor en la voz de su bebé.

—Lo siento —dice Kelly—. Lo siento, lo siento. Lo siento mucho. ¿Cuántas veces tengo que decirlo?

—¡Es la cosa más jodida que me ha pasado en la vida! —exclama Todd.

Solo que no solo lo dice, sino que es un grito. Un grito de angustia.

Un golpe sordo, un puñetazo en una mesa, tal vez.

—¡Lo he intentado! —dice Kelly. Su voz suena ronca, rota por la emoción. Jen solo lo ha oído así un puñado de veces. Una de ellas en comisaría, después de que Todd fuera arrestado. Y no le extrañó. Estaba intentando impedirlo. Y no lo consiguió—. Lo he intentado de verdad. Joseph lo sabe o está a punto de averiguarlo todo, Todd, y tenemos que alejarnos de él. Sin que él sepa el porqué.

—Y a los daños colaterales que les den, ¿no? —replica Todd—. A mí que me den.

Jen recuerda que Clio no quiso comentar con ella la ruptura y se pregunta si Todd le contaría a Clio algo de esta conversación. Algo que no debería haberle dicho.

—Bien —dice Kelly en voz baja.

Jen se muere de ganas de abandonar su posición junto a la verja, donde sigue fría y sola, para ir a zarandear a su marido. Eso fue retórico, le diría. Todd no se te está ofreciendo en sacrificio, idiota.

—No hay nada que indique que él lo sabe —dice Todd.

—Pero en el instante en que él lo sepa, vendrá aquí y...

—Todo esto es hipotético. No puedo creer que me hayas involucrado en esto. ¿En mentiras? ¿En secuestrar niños?

El cuerpo de Jen se queda paralizado, con la piel de gallina. El bebé.

—Es esto o mucho mucho peor —dice Kelly con un matiz negro como la tinta en su voz.

—Oh, claro, mantenerlo en secreto cueste lo que cueste. ¡Mandarme a mí y a mi primer amor a la puta mierda, destrozar la pareja! —grita Todd.

La puerta de atrás se cierra de un portazo. Pasos escaleras arriba. Jen permanece junto a la verja, intentando recuperar el aliento.

Preguntarles al respecto no tiene sentido. Le mentirán, está claro. Y lo que también está claro es que en el corazón de su relación hay un secreto que harán cualquier cosa por mantener. Cualquier cosa, excepto contárselo a Jen.

En el ambiente gélido de la noche, tres semanas antes de que su hijo se convierta en un asesino, Jen oye que su marido rompe a llorar en el jardín. Su llanto se vuelve cada vez más apagado, como el de un animal herido que agoniza lentamente.

Día menos cuarenta y siete, 08:30 horas

En tres semanas pueden pasar muchas cosas. Es el salto hacia atrás más grande que ha dado hasta el momento.

Ocho y media de la mañana. Día menos cuarenta y siete. Casi siete semanas atrás en total.

De camino a la planta baja, Jen se detiene un momento en el ventanal. Las calles están completamente distintas. El marrón sepia de finales de verano, los céspedes secos por la falta de lluvia. La brisa que le acaricia los brazos es cálida. Se pregunta qué pensaría Andy de esto.

Anoche se acostó con Kelly. Y su marido desempeñó de forma admirable su papel de normalidad. Jen no tendría ni idea de lo sucedido de no haberlo oído.

Cuando llegó, él estaba tumbado en la cama con las manos detrás de la cabeza, los codos proyectados hacia los lados. La caricatura del esposo relajado.

—¿Ha ido bien el trabajo? —preguntó.

—Mucha documentación. ¿Y qué has hecho tú?

—Oh, ya sabes —había respondido él—. Me he duchado, he cenado, todo de lo más excitante.

Recuerda esta frase de la otra vez que vivió aquel día. Había pensado que Kelly le respondía con cierta sequedad, pero lo que sucedía era que debajo de sus palabras vibraba la ira. La de un hombre que había perdido el control de la situación.

184

Se había acostado a su lado, al lado de su esposo el traidor, porque no sabía qué otra cosa podía hacer. Él la había abrazado como hacía siempre, pegando su cuerpo caliente al de ella. En cuanto se había quedado dormido, Jen había observado la piel de sus brazos. Aparentemente no era distinta, pero ahora sabía que estaba hecha de un material diferente al que imaginaba.

Ha retrocedido cuarenta y siete días. Vuelve a sentirse amargamente aislada, como los primeros días. Lleva las uñas de los pies pintadas de rosa; se las pintó así a mediados de agosto, para lucirlos durante los últimos días de calor con las sandalias.

Es mitad de septiembre. ¿Y qué sabe? Sabe que Kelly piensa que Joseph está a punto de descubrir algo y que por eso le ha pedido a Todd que deje de verse con Clio. La deja, pero luego vuelve con ella. Sabe que Kelly le pide ayuda a Nicola Williams. Nicola sufre un ataque y después aparece Joseph y Todd lo mata.

Sabe más de lo que sabía, pero, en muchos sentidos, tiene la sensación de que cada vez sabe menos. Todo está muy confuso. En aquel momento suena el timbre y sus elucubraciones quedan interrumpidas.

Verifica de nuevo la fecha. Sí, es el primer día de clase, el primer día de curso de Todd. Intenta ponerse en acción.

—¿Quién es? —grita.

—¡Es Clio! —responde Todd.

Jen se aparta de la ventana y entra en su cuarto. ¿Sucedió también esto la otra vez? Son las ocho y media…, tendría que haberse ido ya de casa. Vestida, calzada, un día entre semana típico, café con leche en la mano, divorcios a punto. Pero el secreto está aquí, en el seno de su vida familiar. «En el instante en que él lo sepa, vendrá aquí y…». Eso había dicho Kelly.

—¡Ya voy yo! —dice Jen.

Aunque va con un pantalón corto andrajoso de cuando estaba embarazada —Dios, ¿no podría haberse puesto algo más mono para dormir en septiembre?— y una camiseta en la que se le transparentan las tetas, piensa ir a abrir personalmente la puerta. Se pone encima un batín y baja las escaleras de dos en dos.

—Hola —dice Clio.

Y ahí está. La mujer de la que se ha enamorado su hijo, con rupturas y reconciliaciones. La mujer de la que su padre le obliga a separarse. La mujer que, a buen seguro, está en el centro de todo.

Jen no sabe qué decir de entrada.

—Jen, ¿no? —dice Clio.

En un gesto encantador, le tiende la mano a Jen para estrechársela. Tiene los dedos largos y bronceados del verano, el contacto es leve, su piel seca pero suave, muy similar aún a la de una niña. Está igual que en octubre. El mismo flequillo, unos ojos enormes con un blanco que rebosa salud.

—Sí, encantada de conocerte —dice Jen.

—Yo no empiezo hasta mañana, pero le he dicho a Todd que lo acompañaría —le explica Clio.

—Bueno, ya es suficiente —dice Todd.

Lleva la mochila en la espalda igual que cuando tenía cinco años, ocho, doce. También él está bronceado. Con un aspecto mucho más saludable que en octubre. Menos agobiado. Jen no puede dejar de mirarlo y pensar en sus lágrimas de lo que fue su «anoche», su rabia. Una discusión explosiva, y ahora esto: un paso enorme hacia atrás. ¿Qué significará?

Kelly sale de la cocina, pero cuando ve a Jen se queda parado.

—¿No vas a trabajar? —le pregunta—. No quería despertarte...

—Creo que estoy enferma —responde Jen de manera espontánea—. He apagado la alarma. Tengo la garganta muy inflamada.

—Haz novillos. Que les den a los abogados —dice Kelly.

—Un ejemplo impresionante de falta de ética profesional por parte de papá —comenta Todd.

Kelly vuelve la mirada hacia Todd.

—Trabaja duro y llegará el día en que tú también podrás hacer novillos —dice Kelly.

No es la frase lo que hace reflexionar a Jen, lo que la lleva a querer pulsar la tecla de pausa para asimilar el momento. Sino la mirada que intercambian Kelly y Todd. Cariño puro. Sin ningún tipo de crueldad oculta. Los ojos de los dos brillan.

¿Cuándo fue la última vez que los vio interactuar así? No lo recuerda.

Todd le da un empujón a su padre, un empujón en broma. La mirada de Jen se posa en ellos.

A lo largo de toda su carrera, Jen ha observado tanto la ausencia de cosas como su presencia. Las evidencias se encuentran con frecuencia en aquello que la gente no dice. En lo que se excluye. Como en el caso del hombre que manipula sus cuentas bancarias para intentar enterrar sus enormes beneficios entre veinticinco cajas de documentos confidenciales con la esperanza de que los abogados no se tomen la molestia de estudiarlas.

Pero en su casa se le pasó por alto la ausencia de esta conversación fácil. Una pista en sí misma.

Por eso está en este día, piensa. Para observar el contraste. La discusión que oyó escondida detrás de la verja cambió algo entre ellos, produjo una fractura. Y aquí está ahora, lo tiene delante. ¿Verdad que las cosas son totalmente distintas?

—Bueno, pues encantada de conocerte —le dice Clio a Jen cuando Todd la arrastra para irse—. Y encantada de volver a verte —añade, mirando a Kelly.

Y es esta frase lo que aleja la atención que Jen tenía puesta en Clio para volcarla en Kelly.

Su mirada se cruza con la de su esposo en cuanto Todd cierra la puerta. No se oye el coche; deben de haber decidido ir dando un paseo para disfrutar del sol.

—¿Encantada de volver a verte? —le pregunta.

—¿Qué?

Está ya de camino a la cocina. Le toca la espalda. Es legítimo. Se dice que es perfectamente legítimo preguntarle por qué Clio le acaba de decir eso. Pero ¿por qué siente la necesidad de pensar de esta manera? Se detiene. Porque su marido puede ser evasivo, esa es la respuesta que sale de lo más hondo de su ser.

—¿Conocías ya a Clio?

—Sí, de un día que estaba aquí comiendo con Todd.

—¿Ah, sí?

—Fueron solo cinco minutos. Creo que la sometí a un auténtico interrogatorio —dice con una sonrisa encantadora.

Jen adivina que está pensando a toda velocidad.

—No me lo dijiste. Nunca me has mencionado que la habías conocido.

Kelly se encoge lacónicamente de hombros.

—No consideré que fuera importante.

—Pero sabías que para mí sí que sería importante —replica Jen. No acostumbra a plantarle cara a su marido de esta manera. Siempre ha querido ser…, no sabe muy bien. Llevadera. Una persona con la que convivir sea fácil—. Sabes perfectamente bien que me he preguntado mil veces cómo sería esta chica.

Y a punto está de añadir que sabe también que conoce al amigo del tío. Que más adelante le pedirá a Todd que deje de verla, pero se contiene. Porque Kelly no haría más que responderle con mentiras.

—Es una chica agradable —dice.

Cuanto más presiona ella, más la esquiva él. No se había dado cuenta hasta ahora de que fuera tan elusivo. Responde a una pregunta distinta. Responde ahora a la pregunta original. Kelly entra en la cocina y abre una lata de Coca-Cola. El pop de la anilla suena como un disparo y Jen se sobresalta.

Jen piensa qué hacer, se viste y se calza unas zapatillas deportivas.

—¡Voy a buscar algo para la garganta! —grita al salir.

—¡Ya iré yo! —responde Kelly, atento como siempre—. O, espera un momento, ¿no teníamos esas pastillas que…?

—Tranquilo, no pasa nada —dice ella, cerrando con fuerza la puerta antes de que él siga poniendo más objeciones.

Va en coche hasta el instituto y aparca en una calle lateral a la espera de que aparezcan Todd y Clio. Lo hacen pasados solo cinco minutos, como en *El show de Truman,* cogidos de la mano con los brazos dorándose al sol. Clio lleva un mono de color caqui con el que Jen parecería una limpiadora gorda. Todd, un pantalón vaquero ceñido, zapatillas deportivas sin calcetines y una camiseta blanca. Parecen salidos de un anuncio de complementos vitamínicos.

Jen se ofrecerá a acompañar a Clio hasta casa en coche y se esforzará por no parecer una loca por haberlos seguido hasta allí.

Espera a que Clio se despida de Todd. Y, naturalmente, se besan. Sabe que no debería estar mirando, que parece una pervertida fisgando escondida en el coche, pero no puede evitarlo. Sus cuerpos están unidos desde los pies hasta los labios, de arriba abajo, como si los hubieran pegado. Los observa un segundo y piensa en Kelly. Aún se besan así de vez en cuando. Kelly es muy bueno para estas cosas. Para mantener la química, para conservar su interés. Aunque, de todos modos, no es lo mismo.

Cuando por fin se separan, cuando Todd se marcha con una sonrisa de suficiencia y un balanceo, Jen sale de la calle lateral y se sitúa a la altura de Clio.

—Pasaba por aquí —dice—. ¿Quieres que te lleve?

La expresión de Clio es de confusión.

—¿No vas de camino al trabajo? —pregunta.

Mira a Jen con indecisión, con un pie en la calzada y el otro a punto de saltar de la acera. Jen se siente como si fuera una delincuente a punto de raptar a la novia de su hijo, pero piensa en la posibilidad de disponer de cinco minutos en el coche durante los cuales podrá preguntarle de todo. Es demasiado tentador como para pasarlo por alto.

—No, no. He venido solo a dejar una cosa para Todd que se había olvidado. Vuelvo ya para casa.

—Entonces, claro, por supuesto —dice encantada Clio.

Jen se alegra de ver que la chica parece una persona acomodaticia, igual que ella. Porque en este momento, Clio podría muy fácilmente imponer unos límites, pero no lo hace. Entra en el coche y se sienta a su lado. Huele a dentífrico —tal vez el de Todd, piensa sombríamente Jen— y a desodorante. Un olor saludable. Lleva el pantalón del mono enrollado, dejando al descubierto unos tobillos delicados, finos y bronceados. Jen los mira y siente una oleada de nostalgia de aquel entonces, cuando quiera que fuera eso; de una época desconocida. Cuando frecuentaba *pubs,* cuando se besaba con chicos, cuando era delgada (nunca). Cuando lo tenía todo por delante.

—¿Hacia dónde vamos? —pregunta Jen.

No da más explicaciones sobre su presencia en la puerta de la escuela. En algunos aspectos, se inspira en su marido, que es tan bueno mintiendo que esconde sus secretos a plena luz del día. De hecho, no ha habido ni explicaciones elaboradas ni detalles. Simplemente una ausencia total de ambas cosas. El mejor tipo de mentiroso. El más listo.

—A Appleby Road —responde Clio.

Una calle por detrás de Eshe Road North. Tiene sentido.

—Ah, ¿no vivías en Eshe Road? —pregunta Jen tranquilamente, mientras arranca el coche.

—No, no —dice Clio, aunque parece sorprendida de que Jen sepa dónde vive. Y tiene razón: Jen no ha estado nunca allí. En ningún caso se supone que haya estado allí—. Mi madre y yo vivimos en Appleby.

Clio no da más explicaciones, lo mismo que la otra vez. Jen la mira un instante de reojo al detenerse para acceder a una rotonda. Sus miradas se cruzan solo un segundo. Clio es la que rompe el contacto visual. Busca el móvil en el bolsillo del pantalón y se ve obligada a curvar las caderas para poder sacarlo.

—Kelly debe de pensar que vivo en Eshe Road —dice Clio, riendo.

Jen intenta no reaccionar.

—¿Por qué?

—Porque siempre estoy allí, ¿a que sí? —Se para un momento antes de continuar—. Kelly, Ezra y Joseph se conocen desde hace mucho tiempo, ¿no?

—Sí, sí, claro —dice Jen—. Así que… ¿Así que fue Kelly quien te presentó a Todd?

—Sí, exacto —replica Clio—. Bueno…, cuando un día fui con Joe a llevarle algo a Kelly, Todd abrió la puerta… y entonces… ¿No te lo ha contado nunca?

—La verdad… es que Kelly tiene tantos amigos —dice Jen, una frase que es lo más contrario a la verdad— que siempre se me olvidan estas cosas.

Clio gira los ojos hacia la izquierda y mira por la ventanilla del lado del acompañante, sin comprender la relevancia de la información que acaba de compartir.

Perpleja, Jen pasa el resto del trayecto en silencio. Deja a Clio en casa de su madre, que sale al camino de acceso y saluda de lejos a Jen. No se parece en nada a Clio. Clio debe de haber salido a su padre, como Todd.

Dos horas más tarde, Jen está haciendo yoga por primera vez en su vida: parece un perro bocabajo en el interior del coche de Kelly, con la cabeza debajo de los asientos y el culo, le parece, muy cerca de las ventanas de los vecinos.

Jen necesita encontrar el teléfono de prepago, el teléfono que ahora sabe que es de Kelly. Quiere utilizarlo para llamar a Nicola.

Y eso es lo que está haciendo, aprovechando que él ha salido a correr.

Pero en el coche no encuentra nada. Un par de tazas de café de plástico, una clavija, una botella de Sprite por abrir. En cierto sentido se alegra de que no haya escondido el teléfono aquí, debajo de los asientos o en el maletero, con la rueda de recambio. Kelly nunca ha sido un hombre de clichés, y eso le gusta, le gusta que no se esté comportando como suelen hacer todos los mentirosos. Le gusta pensar que, por debajo de todo este caos, todavía lo conoce.

Menea la cabeza y decide volver a casa, donde continúa con su búsqueda. Bolsas de herramientas, el armario para secar la ropa, abrigos viejos. En todas partes.

Kelly regresa a casa, y Jen interrumpe de inmediato la búsqueda e intenta ordenar lo que haya podido desordenar. Mientras él se ducha, coge su teléfono normal y activa la función «Buscar mi dispositivo» para poder seguirlo después. Tendrá que hacerlo todas las mañanas, ya que retrocede en el tiempo, pero lo hará. Hará todo lo que tenga que hacer.

Son las ocho menos cinco de la tarde. Kelly y Jen no han cenado aún. Jen está esperando su momento, el momento adecuado para enfrentarse a Kelly con... con todo, la verdad. Y está pensando por dónde empezar.

Todd está arriba con su Xbox. Jen oye los sonidos de los juegos por encima de su cabeza, como si fueran rayos y truenos.

—¿No piensas nunca que cada vez vive más... aislado? —pregunta Jen.

Está sentada en uno de los taburetes de la barra y Kelly tiene los codos apoyados en la encimera, mirándola.

—No, qué va —dice Kelly—. Yo era igual a su edad.

—¿Con videojuegos?

—Bueno... No me gusta decírtelo, pero seguro que está mirando páginas porno.

Kelly levanta las manos con las palmas abiertas hacia Jen. Es tan fácil. ¿Por qué es tan fácil interactuar con él así, con ese humor que siempre han compartido? En la cafetería, durante su primera cita, Kelly había estado muy callado, se había mostrado muy reservado, pero al final de la tarde, en la cama, no habían parado de reír.

—Pero ¿qué dices? ¿Mientras la guerra sigue arrasando en *Call of Duty*?

—Claro. Con el porno en los auriculares. Y *Call of Duty* como tapadera. —Se levanta y empieza a abrir y cerrar armarios, sin energía—. No tenemos comida.

—Se me ha quitado el hambre.

—Venga, es de lo más natural, Jennifer.

—¿El qué? ¿Ver mujeres con tetas falsas fingir orgasmos?

—A mí me enseñó mucho.

Kelly se vuelve y arquea una ceja, y, a pesar de todo, Jen siente calor en el estómago. Esa mirada oscura, exclusiva para ella. Ha sido un buen marido, o eso imaginaba. No precisamente ambicioso, algo frustrado a veces, pero interesante, con infinidad de matices, sexi. ¿No era eso lo que ella siempre había querido?

—Podría ir a buscar un curri —propone Kelly, pensando en comida mientras ella sigue deconstruyendo mentalmente su matrimonio.

Jen oye que vibra un teléfono. Un sonido tan habitual en su casa que en condiciones normales lo pasaría por alto. De forma inconsciente, Kelly se lleva la mano al bolsillo delantero del pantalón y, cuando se vuelve, Jen ve que su iPhone está en el bolsillo de atrás. Lo observa con atención. Dos teléfonos. Y los lleva ambos encima. Jamás se habría dado cuenta. ¿Por qué tendría que hacerlo? El teléfono de prepago es minúsculo, como un guijarro. Kelly lleva un vaquero holgado, de cintura baja, como siempre.

Jen echa la cabeza hacia atrás en un gesto de asentimiento contrario; lo evalúa con la mirada.

—Vale —dice.

El restaurante de comida india está a tres calles de su casa. Les encanta, aunque es caro (quizá sea por eso). Está totalmente revestido en madera, como si fuera una cabaña de vacaciones de Center

Parcs, y bellamente iluminado. Jen y Kelly dicen que nunca podrían ir a comer allí porque los camareros los han visto demasiadas veces ir a recoger la comida para llevar en vestido de noche (pijama).

—Pues voy —dice Kelly.

Sí, la otra vez fue así, ¿verdad? Kelly se fue y volvió a casa cargado con aromáticas bolsas de comida india. ¿Había vuelto más tarde de lo que tocaba? Le parece que no. Y es que no todo tiene por qué ser una pista, ¿no?

—Te acompaño.

—No. Ya voy yo. Tú relájate. Mira un poco de porno —añade, echando un vistazo por encima del hombro cuando se marcha.

Abre la puerta riendo. Como si no pasara nada de nada.

O va a hacer una llamada o es que ha quedado con alguien. Jen llega a esa conclusión. Por lo tanto, en cuanto se marcha, se acerca al ventanal para verlo alejarse. No enciende la luz. Y se queda allí, invisible, observándolo caminar.

Alguien lo espera varias casas más abajo. Kelly lo saluda levantando la mano. Jen cambia de posición para poder seguir observando; está tan pegada a la ventana que su aliento empaña el cristal. Fuerza la vista para intentar averiguar quién es.

El sol acaba de ponerse. Jen está mucho más próxima al verano de lo que lo estaba ayer. El cielo sigue plateado por detrás de las casas oscuras, sumergidas ya en la sombra. Ve que Kelly agarra al tipo por el hombro. El tipo de gesto que haría un profesor. Un mentor, un terapeuta.

O un viejo amigo.

Es un eco casi perfecto de la noche en la que todo empezó. Se vuelven y Jen ve que la persona a la que Kelly acaba de saludar es Joseph.

Caminan por la calle un par de metros, y entonces Joseph dice alguna cosa. Se paran y una pequeña bolsa marrón, del tamaño de la palma de la mano de Kelly, pasa de Joseph a este último. No la abre ni mira su contenido. Se la guarda en el bolsillo del pantalón, toca de nuevo el hombro de Joseph y levanta la mano cuando se marcha. Joseph echa a andar en dirección a su casa. Jen se desplaza hacia un lado para que no la vea. Joseph levanta la vista hacia la ventana cuando pasa por delante.

Todd sale de su habitación justo cuando Jen está reflexionando sobre lo que acaba de ocurrir; concluye que todo eso de hablar de que no tenían comida en casa era para preparar la escena, un trabajo tan meticuloso como el de un arquitecto. Kelly estaba esperando que aquel teléfono vibrara, que señalara la llegada de Joseph. Qué siniestro puede llegar a ser revivir tu vida. Ver cosas que en su momento se te pasaron por alto. Percatarte de la terrible relevancia de hechos que no sabías que se estaban produciendo a tu alrededor. Descubrir las mentiras que te ha contado tu marido. Jen siempre habría dicho que Kelly era el hombre más franco del mundo. ¿Pero acaso no transmiten esa sensación los mejores mentirosos?

—¿Hay peligro de que aparezca algo de comida por aquí o tengo que llamar a Servicios Sociales? —bromea Todd por detrás de ella.

—¿Sabes quién es… ese? —Jen señala hacia la calle.

Considera que esto es mejor que preguntárselo a Kelly. Todd está menos conectado con Joseph de lo que pensó en un principio y faltan casi dos meses para que lo mate. Por lo tanto, quizá no le mienta.

Todd aguza la vista.

—Es el coche del amigo del tío de Clio.

—¿Cómo es que papá lo conoce? Estaban hablando hace un momento.

Todd se mueve hacia ella, apenas un paso. Jen lo mira fijamente. Por la cabeza de su hijo acaba de pasar algo importante, aunque no sabe qué.

—¿Se conocen? —insiste.

Miran los dos hacia la calle. Está oscureciendo. Su marido acaba de realizar una transacción justo allí delante, con todo el descaro. Jen intuye que es relevante, que tiene que ver con la discusión que en un futuro tendrán Kelly y Todd. A lo mejor el fin de todo esto está cerca.

—Necesito saberlo —le dice a Todd.

—Mira…, no quiero causar problemas matrimoniales, en serio.

—Esto no es una telenovela, Todd —le espeta Jen.

—Aunque te sorprenda, ya lo sé. Y sí, papá conoce al tío de Clio y a su amigo. Me pidió que no te lo dijera.

Todd rasca la moqueta con el pie descalzo.

—¿Qué? ¿Por qué?

—Dice que son viejos amigos y que a ti no te gustaban. Y que tampoco te gustaría saber que él volvía a estar en contacto con ellos.

—¿Te pidió que me mintieras?

—¿Así que sí que te gustan?

—No tengo ni idea de quiénes son esos hombres.

Jen está totalmente confusa. En pocas semanas, Kelly le dirá a Todd que no puede seguir viéndose con Clio, que no puede seguir relacionándose con esa gente. Aun así… Se pasan paquetes bajo la luz de las farolas, intercambios que arreglan de forma voluntaria a través de teléfonos de prepago.

Kelly tiene algún tipo de relación con Joseph. Clio y Todd han empezado a salir y eso ha complicado las cosas. Y Kelly…, Kelly pensaba que aquello quedaría en nada, que podría ocultarlo durante el breve tiempo que durara; luego, cuando se hizo evidente que no iba a ser así, le dijo a Todd que cortara. Y el porqué.

Ese «porqué» es la pieza que falta. Y Jen está casi convencida de que, a día de hoy, Todd desconoce el porqué. Solo lo sabe Kelly.

Todd levanta las manos.

—No sé más que eso.

—¿Es problemático ese Joseph? —dice Jen con curiosidad, mientras en su cabeza estalla un castillo de fuegos artificiales de preguntas.

—Tal vez sea un chanchullero. No lo sé. Supongo que es un tío listo.

—¿Por qué lo dices?

Todd esboza una mueca.

—No sé. No trabaja, pero tiene dinero. De verdad que no lo sé.

—¿Y Clio sabe más cosas?

—No.

—Preguntaré a papá.

Jen coge una chaqueta, se calza unas zapatillas y emerge a la noche cálida y bochornosa, el último suspiro del verano. Se alegra de poder hacer eso lejos de Todd. Porque está claro que ya sabe demasiado.

Corre por la calle en dirección al restaurante indio, sintiéndose culpable por haber interrogado tan exhaustivamente a Todd, sintiéndose culpable por si lo ha dejado preocupado con sus preguntas y notándose cómplice, de alguna manera, del dolor de su madre. Es solo un maldito niño. Es natural que haya mentido con tal de conservar una novia tan atractiva.

Los pasos de Jen resuenan mientras recorre las calles, medio andando, medio corriendo. El aire es bochornoso, la puesta de sol monocroma, grisácea por las nubes que la cubren. Alguna que otra hoja de septiembre empieza a caer en la acera. Marrón, trilobulada, como las del dibujo de un niño. Caerán muchas, muchísimas más, pero ella no las verá.

Jen dobla la esquina de la calle del restaurante y se detiene cuando ve a Kelly. Está de espaldas a ella, apoyado en una señal de tráfico. Tiene las piernas cruzadas por delante de él. Está al teléfono. Hablando por el teléfono de prepago que Jen descubrió en la habitación de Todd en octubre. Cae en ese momento en la cuenta de que el descubrimiento fue posterior a la pelea entre padre e hijo... ¿Por qué acabaría el teléfono en la habitación de Todd? ¿Se lo quitaría Todd a Kelly?

—Lo he hecho —está diciendo—. Así que tú también tendrás que entrar en el juego.

Jen se queda a la espera, sin decir nada. Retrocede unos pasos y permanece escondida en la esquina, desde donde puede seguir oyéndolo.

—Te la traeré. Es una copia de la llave, está en Mandolin Avenue, no muy lejos. Ahora tengo que dejarte. Tengo que disimular en casa.

La segunda frase le duele a Jen más que la primera. Contiene un grito y se ve obligada a apoyarse en la pared porque el mundo empieza a girar a su alrededor. Se dispone a cargar con toda la caballería contra él, a sorprenderle, a gritarle, cuando oye que dice:

—Gracias. Gracias, Nic.

Mientras espera a que su mentiroso marido doble la esquina cargado con la cena, Jen intenta serenarse. Necesita pensar. Quiere estar segura de recopilar el máximo de información posible antes de enfrentarse a él.

Los pasos de Kelly se ralentizan cuando la ve.

—¡Hola!

Su sonrisa es fácil pero cautelosa. No es tonto. Se imagina que Jen sabe algo.

—¿Qué está pasando?

Kelly capta al instante a qué se refiere Jen y sabe que esa pregunta enciende una alarma.

—¿La llamada? ¿Nic? No... —dice, una conjetura—. No pienses que...

—Enséñame qué llevas en los bolsillos.

Kelly mira hacia la calle, mira luego en dirección al restaurante indio. Luego baja la vista. Se muerde el labio, deja las bolsas de la comida en el suelo y hace lo que se le pide. Jen se acerca a él.

Dos teléfonos y el paquetito marrón que contiene la llave caen en manos de Jen.

Jen no dice nada y se queda a la espera de una explicación.

—Es… Es el teléfono de mi clienta, Nicola. Y esto es de su coche.

—¡Deja de mentir! —vocifera Jen. Sus palabras retumban en la calle, el eco las distorsiona. La sorpresa es tan grande que las facciones de Kelly se distienden—. Me estás mintiendo —dice, con un sollozo que no puede contener.

Pese a todas sus buenas intenciones, ha acabado cayendo en la escena doméstica que pretendía a toda costa evitar. Con él es imposible no emocionarse.

Kelly se pasa la mano por el pelo y da media vuelta. Está enfadado.

—Teléfonos con tarjeta prepago y transacciones ilegales, Kelly.

No dice nada, se limita a morderse el labio y a mirarla.

—De acuerdo…, sí. El paquete no es del coche de una clienta.

—¿De quién es entonces?

Vuelve a quedarse en silencio. A Kelly le gusta que las pausas se prolonguen y prefiere no decir nada en situaciones en las que otros hablarían. Ya tomará la palabra antes el otro. Pero esta vez, Jen también espera y se limita a seguir mirándolo, a aguardar en el silencio y la oscuridad de la calle.

Kelly estudia su expresión. Está intentando calibrar cuánto sabe. Está intentando averiguar cómo jugar su carta.

—El coche es robado, pero no es…, no es lo que piensas —dice finalmente.

—Entonces, ¿qué es?

—No puedo decírtelo.

—¿Por qué?

Vuelve a quedarse en silencio, baja de nuevo la vista. Está pensando, evidentemente.

—¿Qué? Dímelo o tendremos un problema, Kelly. —Levanta una mano—. Y no bromeo.

—Sé perfectamente bien que no bromeas —replica él con tensión—. Y yo tampoco.

—Dime qué cojones está pasando o voy a…

—Es que… —Camina con nerviosismo, un círculo inútil sobre sí mismo que solo sirve para descargar energía—. Jen, yo…

Se ha puesto colorado. Está llegando al límite, Jen lo sabe. Su marido es una persona tranquila, pero incluso él tiene un límite. Le basta con recordar lo que hizo en comisaría la noche en que empezó todo.

—Solo dime para quién es esta llave. Solo dime quién es el tipo con el que acabas de verte.

—Te… Te lo diría si pudiese.

—No quieres decirme en qué andas metido. Tan simple como eso, ¿no? Estás respondiéndome como en una de esas entrevistas de mierda: «Sin comentarios», ¿verdad, Kell?

—No es ni la mitad de sencillo de lo que te imaginas.

—Pues yo no puedo quedarme tan tranquila viendo cómo pasan cosas ilegales delante de casa.

—Lo sé, lo sé.

—Bebés desaparecidos. Coches robados.

—¿Bebés desaparecidos? —repite Kelly. Los ojos le brillan, la miran fijamente y su expresión cambia del enojo al pánico.

—El bebé desaparecido.

Kelly calla, respira con dificultad y la mira de nuevo.

—Si te digo algo…, ¿confiarás en mí?

Jen abre los brazos en medio de la calle.

—Por supuesto.

Kelly se acerca a ella y la agarra por los hombros con desesperación.

—No investigues sobre ese bebé.

Nada podría haber sorprendido más a Jen que aquella frase.

—¿Qué?

—Sea lo que sea que hayas averiguado, para.

—¿Quién es Joseph Jones?

—No investigues tampoco a Joseph Jones —dice con un tono de voz tan viperino y afilado como una serpiente.

Guardan silencio unos segundos, Jen todavía entre sus brazos.

—Kelly…, estás pidiéndome que…

—Para, te digo. Sea lo que sea que estés haciendo, para.

Jen aborrece el tono que está utilizando. Despierta en ella una emoción antigua. Su cuerpo desea correr, ansía huir: miedo.

—¿Por qué? —dice en un susurro.

La mecha de Kelly se acaba por fin.

—Estás en peligro, Jen —dice.

Se aparta de él, horrorizada. Tiene la piel de gallina. Empieza a temblar, se siente muy sola. ¿En quién confiar?

Kelly la mira. Detrás de aquella tristeza, Jen está segura de ver en sus facciones una emoción que no ha encontrado nunca allí, que es incapaz de interpretar.

Le dice que no vuelva a casa con ella si no está dispuesto a contarle nada más, y Kelly no lo hace y se marcha. Jen no sabe adónde, y casi ni le importa. Las bolsas de la comida siguen en el suelo, sus perfiles marrones se inflan ligeramente con el viento. Las coge y regresa a casa con Todd. Por una vez, no tiene hambre.

Ryan

Ryan está relajándose antes de la charla sobre emergencias que está previsto que les imparta la sargento Joanne Zamo.

Leo, Jamie y Ryan están de pie, al fondo de la sala de conferencias.

—Esta va dedicada a ti —dice Jamie, justo antes de que Zamo empiece a hablar—. GCO son las siglas del Grupo contra el Crimen Organizado.

—Gracias —dice Ryan—. Esa ya la sabía.

—Veamos —dice Zamo. Lleva traje, zapatos negros planos y sostiene un café en la mano. Tiene todo el peso del cuerpo apoyado sobre una pierna y está pensando, mirando hacia el suelo con expresión preocupada, aunque probablemente sin fijarse en nada en concreto—. Los de investigación nos han pasado un nuevo informe. ¿Está todo el mundo listo?

La sala de conferencias rebosa adrenalina de un modo excepcional. Un poli cuyo nombre Ryan desconoce acaba de instalar un tablón con varias cosas colgadas. Otros dos están al teléfono y hablan cada vez más alto.

—Bien —dice Zamo—. Los de investigación nos han dicho que los del GCO estaban vigilando una casa deshabitada. Vieron un BMW parado en el camino de acceso de la casa contigua, con las llaves puestas y el motor encendido. Y se lo llevaron. —Frunce los labios y le aparecen hoyuelos a ambos lados de la boca—. Lo que no sabían era que el vehículo pertenecía a una madre primeriza que pretendía salir a dar una vuelta en coche para ver si conseguía hacer dormir a su pequeña. La instaló en la sillita, la dejó allí unos segundos y entró de nuevo en su casa para ir a buscar el móvil…

El corazón de Ryan le da un vuelco. Visualiza la escena. El pánico. El terror. La mujer viendo que el coche empieza a moverse. Corriendo detrás de él. Llamando a emergencias…

—Cinco horas después y el coche no ha sido visto. Pero tenemos vigilancia en el puerto, que es adonde se dirigía.

Ryan piensa en el bebé, en compañía de criminales. O a bordo de un barco, en aguas internacionales, en la sillita de un coche, solo.

—Los de investigación están trabajando con el reconocimiento automático de matrículas, pero sospechamos que habrán cambiado las placas. Hemos dado orden de detener todas las salidas de barcos. Hay que encontrar a la pequeña Eve.

Leo le lanza a Ryan una mirada que este es incapaz de interpretar.

Ryan supone que su trabajo en este momento consiste en estudiar su tablón y dilucidar los nombres, e imagina que enviarán entonces a más agentes de investigación para capturarlos y ver si consiguen localizar el coche y el bebé.

Ryan mira el cartel con la foto del bebé desaparecido que cuelga del tablón. Lo acaricia con la punta del dedo. El papel es suave y fino.

Es una niña preciosa. Ryan siempre ha querido tener hijos. Dos, un niño y una niña. Sabe que está anticuado, pero es lo que siempre ha deseado. Dos hijos y una esposa que lo haga reír. Construir su propia unidad familiar a partir de los escombros que fue su crianza. Si los que has dejado atrás no suman, crea otras personas por delante de ti.

Tiene cuatro meses. Y unos ojos preciosos, como un pequeño y tierno leoncito. Y su trabajo es encontrarla.

* * *

—Hola, Ryan —dice Leo una hora más tarde—. Disculpa el retraso. He estado liado pidiendo autorizaciones para tener más infiltrados. —Bebe un poco de café.

Ryan también querría un café. Se siente cansadísimo. Está preocupado porque cree que empieza a preferir el café de comisaría, y que pronto empezará a beber el café de casa en tazas de plástico.

—¿Adónde se llevarán al bebé? —le pregunta Leo—. En tu opinión.

—Al lugar más fácil. Les da igual lo que pueda pasarle.

—De acuerdo…, ¿al puerto?

—Cumplirán con la orden, sea cual sea. Es su prioridad. También es posible que se deshagan del bebé por el camino. Y seguro que no tomarán carreteras principales ni autopistas por lo del reconocimiento automático de las matrículas. Irán por vías rurales. Es lo que mi hermano habría hecho —dice Ryan, unas palabras que suenan para él como una traición. Su hermano mayor. Podría decirse que siempre había protegido a Ryan, pero ahora mira. «Los federales andan siempre vigilando», solía decir a menudo.

—Eres un activo de gran valor —dice Leo—. Por lo de tu hermano. ¿Lo sabías?

Ryan se encoge de hombros; se siente incómodo.

—Yo no…

—No hay ninguna necesidad de ser modesto —sentencia Leo. Se levanta de la silla—. Lo que quiero decir es que conoces de qué va todo esto y, aun así, estás aquí. Te criaste allí —extiende la mano izquierda, separándola del costado—, y has llegado aquí.

—Gracias —dice Ryan, con la voz tomada—. La verdad es que…, en cierto sentido, Kelly me enseñó muchas cosas. Supongo que es lo que hacen los mejores criminales.

Día menos sesenta, 08:00 horas

—Buenos días, preciosa —dice Kelly.

Entra en la habitación en calzoncillos. Jen se sobresalta.

Podría gritar. El último día que pasó con aquel hombre lo dejó en la calle. Una riña. Una esquina oscura y siniestra, traiciones, crímenes. Y ahora —trece días antes— le da los buenos días adormilado, con una expresión tan amable como el sol de agosto que luce en el exterior.

—Buenos días —murmura ella, porque no se le ocurre qué otra cosa decir.

Coches robados, bebés robados, policías muertos, no investigues sobre Joseph Jones, no intentes encontrar al bebé. Los gritos de angustia de su hijo en el jardín de atrás.

Y ahora esto. Kelly, en calzoncillos, sonriéndole.

Pero no se le pasa ni una; deja de vestirse y, con el pantalón vaquero a medio subir, pregunta:

—¿Qué ocurre?

—No, nada. Tengo que salir temprano. Es el día de rotación de becarios —responde, un hecho del que no se da cuenta hasta que lo dice.

El poder del subconsciente. Veinte años en el mundo legal le han servido para que supiese de inmediato, en el mismo segundo en que ha visto la fecha, que era el día de relevo de becarios.

¿Y qué más cosas sabe?

Todd entra en la habitación y… Dios. La de pequeños detalles que se te pasan completamente por alto cuando vives con alguien que está haciéndose mayor. Es un par de centímetros más bajo ahora que en octubre. Y también menos ancho de torso. Coge un perfume de la cómoda de Jen, abre el tapón y lo huele. Kelly se pone una camiseta.

—Tienes pinta de chiflada —le dice Todd sin emoción a Jen—. Pobre becario.

Jen rechaza el comentario con un manotazo, aunque no era su intención. Podría quedarse aquí con su hijo toda la eternidad. Y, aunque la avergüence reconocerlo, también con su marido. Podría pausar la escena: Todd olisqueando ese perfume, Kelly con la cabeza asomando por el cuello de la camiseta. Caminar alrededor de ellos como si fueran estatuas. Amarlos, simplemente amarlos, y nunca adentrarse en la oscuridad y las mentiras que los acechan, seguir aquí sumida en una bendita ignorancia.

Kelly se ducha, Jen aprovecha para comprobar su iPhone y activar de nuevo la aplicación de seguimiento de localización con la misma indiferencia con que desayuna.

Hay abogados que muy de vez en cuando a lo largo de su carrera profesional tienen momentos de genialidad. La práctica del derecho es mayoritariamente rutinaria: formularios, presupuestos, intentar obtener el máximo de todo el mundo causando el menor daño posible, pero también hay veces en las que se enciende la bombillita, y Jen vive hoy uno de esos momentos. Hoy es el día de cambio de becarios, y este es el hecho importante de la jornada. Porque en el bufete de Jen habrá una nueva becaria que no sabe cómo se llama el marido de Jen.

Y según informa el localizador del iPhone, Kelly no está deshollinando ninguna chimenea por el barrio, sino en el Grosvenor Hotel, en el centro de Liverpool.

Hasta la fecha, Jen ha estado intentando llevar a cabo personalmente las labores de espionaje. En cambio, ahora puede enviar a un becario a que lo haga por ella.

La que le han asignado se llama Natalia. Es una clásica abogada en formación: organizada, tremendamente alegre, pulcra tanto en su trabajo como en su aspecto. Lleva el pelo recogido con una goma elástica tan perfectamente que Jen dedica un segundo, en su despacho iluminado por el sol, a admirarlo. Parece de verdad una cola de caballo.

Jen sabe que la vida de Natalia sufrirá una implosión a primeros de octubre. Un día llegará a casa y descubrirá que su novio se ha largado, que ha hecho las maletas. Ni lo hablará con ella, sencillamente se esfumará. Ella se lo contará a Jen después de varios días de lágrimas y falta de productividad.

—Tengo una tarea para ti —empieza Jen.

Lo dice con un tono que tal vez resulte excesivamente familiar. Pero, aunque el tiempo no cuadre, ha estado ocho semanas trabajando con Natalia, han compartido una *pepperoni* en Domino's Pizza mientras Natalia lloraba y decía que odiaba a Simon. Y si el tono que ha empleado ha dejado sorprendida a Natalia, lo disimula bien.

Jen le muestra en el ordenador una fotografía de su marido. Es curioso que tenga tan pocas.

—Veamos, tal vez te parezca algo poco ortodoxo —dice.

—Perfecto. Haré cualquier cosa —responde Natalia animadamente.

—Este hombre está en estos momentos en el Grosvenor Hotel. —Señala la pantalla—. Supuestamente con alguien. Necesitamos saber de qué están hablando.

Natalia parpadea. Hasta sus párpados son perfectos. Jen sabe que es raro fijarse en eso, pero lo son de verdad. Suaves y maquillados con un color solo un poco más claro que su piel, lo suficiente como para tener una mirada alerta y despierta.

—Caramba, vale. ¿Vigilancia de un esposo infiel? —pregunta.

—Naturalmente —dice Jen con tranquilidad—. Sí. —Apuntala la mentira—. Los tribunales se mostrarán más fácilmente a favor de la esposa si podemos demostrar el adulterio. —Lo cual es estricta y legalmente correcto, aunque en condiciones normales Jen nunca llega a esos extremos.

—De acuerdo. —Natalia coge libreta y bolígrafo y se dispone a marcharse.

—Si tienes algún problema cuando intentes localizarlo, llámame —dice Jen.

Jen se esfuerza por hacer cualquier trabajo mientras Natalia está ausente, aunque supone que en realidad no importa. Se concentra en archivar sin parar planillas de controles horarios mientras espera.

Natalia llega a la una del mediodía, casi dos horas después de haberse ido. Lleva un bloc de notas de color azul y un bolígrafo de Eagles con el logotipo que el padre de Jen diseñó hace años. Su peinado sigue absolutamente inmaculado.

—Me he comprado una Coca-Cola. Espero que no haya ningún problema —dice.

Jen sufre una punzada de culpabilidad. Es un encargo muy sórdido para darle a una becaria en su primer día de trabajo, y ni siquiera se ha parado a explicarle cómo iba lo de los gastos.

—Ay, Dios mío, claro que no —dice Jen.

Saca del bolso un billete de diez libras y se lo da.

—¿Lo…, lo meto en el sistema?

—El sistema soy yo —responde en tono cortante Jen—. No te preocupes.

—De acuerdo —dice Natalia.

De repente, Jen se siente como una psicópata por haber enviado a una becaria nueva a espiar a su esposo. Es la conducta desesperada de una persona inestable, de alguien que abusa de su poder. Aleja esos pensamientos de su cabeza. Es por el bien de todos.

—Bien —dice Natalia—. Él, Kelly, se ha visto con una mujer. La llama Nic. Aunque no creo que estén liados.

Nicola Williams. Una y otra vez. Incluso conociendo su aspecto, sigue sin encontrar nada sobre ella en Internet.

—¿No?

—No daba esa sensación. Era más bien una reunión de negocios.

Jen traga saliva.

—Entendido —dice—. Continúa.

—Parecía que estaban iniciando de nuevo algún tipo de acuerdo. Es difícil saber qué. Posiblemente trabajan para alguien que se llama Joe… No sé. Kelly no quiere hacerlo. Nic quiere que lo haga, parece que… a lo mejor cree que él le debe algo. Daba la impresión de que había mucha historia entre ellos. No sé…

—De acuerdo. ¿Y ese tal Joe no estaba presente?

—No…, pero decía todo el rato que estaba dentro. Aunque la verdad es que no entendí mucho qué querían decir con eso porque los que estaban allí dentro eran ellos.

Natalia hace una pausa con la pluma sobre el papel, hojea el cuaderno, repasa hojas y hojas de anotaciones inmaculadas. Joder, piensa Jen. Natalia estudió en Oxford, y en Marlborough College antes que eso. Y, aun así…, no sabe qué significa «dentro». Esas criaturas. Esas criaturas ingenuas.

—Y creo que eso es todo. Hablaron mucho sobre el trabajo que tenían que hacer para Joe, pero sin mencionar detalles —finaliza Natalia.

Dentro.

Jen levanta el dedo y busca en Internet: «Joseph Jones cárcel». La información sobre aquel hombre ha estado siempre allí, escondida entre nombres tan comunes como el suyo. Fue puesto en libertad la semana anterior de la cárcel de Altcourse y fue condenado veinte años atrás en uno de los juicios más importantes de su tipo.

Posesión de sustancias ilegales de clase A con intenciones de distribución, delito de robo, delito de falsificación, delito de lesiones corporales graves incluido en la Sección 18. Y la lista de delitos sigue y sigue. Drogas, blanqueo de dinero, atracos, robo de coches, robo con allanamiento de morada, violencia. Tantos delitos como gotas de neblina hay en la calle cuando Todd lo asesina. Jen lee mientras Natalia sigue allí, de pie y en silencio. Poco a poco se va quedando paralizada, al pensar en todo lo que aquello puede significar para su esposo, y para su hijo.

—Gracias —le dice en voz baja a Natalia pasados unos segundos—. Un gran trabajo.

—Es una lástima que no estuviera engañándola —dice Natalia—. Si eso hubiera servido de algo. Porque, de hecho, ha mencionado lo mucho que amaba a su mujer.

Jen aparta la vista del ordenador, también de Natalia, y mira por la ventana, hacia la calle, con los ojos llenos de lágrimas.

—¿Ha dicho eso? —musita.

—Sí. Simplemente ha dicho que amaba a su esposa. Sin contexto, en realidad, en medio de todo ese tema de Joe.

Jen asiente, se vuelve de nuevo hacia Natalia y se pregunta qué pasaría si ahora impartiera una lección de sabiduría conociendo, como conoce, lo que le espera a Natalia en el futuro.

Pero conocer el futuro es peor que no conocerlo. ¿Verdad?

Día menos sesenta y cinco, 17:05 horas

Jen está encontrando consuelo en ir a trabajar entre semana. En llevar a cabo —poco a poco— las tareas que la aguardan cada día en concreto. En septiembre, estuvo haciendo investigaciones financieras antes de un juicio con Natalia. Y en agosto, ha estado redactando una recomendación sobre protección infantil, un tema que queda un poco apartado de su área de especialización, pero placentero, de todos modos, a pesar de que el trabajo desaparezca cada día que pasa. Tiene una becaria llamada Chance, que en septiembre se marchará a un bufete de la competencia, un hecho que Jen se esfuerza ahora en ignorar.

A las cinco y cinco suena el teléfono fijo.

—Soy yo —dice Valerie, la recepcionista—. Hay un hombre en recepción. Lo sé, lo sé, sé que estás agobiada.

Jen parpadea.

—¿Lo estoy?

No se siente en absoluto agobiada. Tiene la recomendación sobre protección infantil a medias y una taza de té en la mesa. Y muchas ganas de volver a casa y ver a Todd, que está haciendo galletas y le va enviando fotos de los distintos sabores. Recuerda que le quedan deliciosas, con lo que las ganas van en aumento. Un pequeño refugio de paz en su jodido mundo al revés.

—Rakesh me ha dicho que estás con lo de protección infantil ayer y hoy, y ya sé que...

—Sí —dice débilmente Jen.

Lo recuerda. La recomendación le había llevado una cantidad tremenda de tiempo. Semanas. El cliente la había llamado dos veces, la segunda para preguntarle si podía adelantarle una simple nota. En el mundo legal era muy complicado reunir el tiempo necesario para llevar a cabo trabajos extensos. Llamadas, correos, horrendas e inesperadas citas en el calendario de Outlook. Al final, había decidido bloquear todas las llamadas para concentrarse en ello. ¡Incluso había cerrado con llave la puerta del despacho! Toda una diva.

—¿Quién es? —pregunta Jen—. ¿Quién es ese hombre que está en recepción?

—Dice que se llama Jones.

Se le queda la boca seca de repente. Se humedece los labios con la lengua. Vaya. Mira lo que se le pasó por alto.

Es veinticinco de agosto. Y Joseph Jones está ahí fuera y pregunta por ella.

En el vestíbulo enmoquetado en color claro, Joseph se vuelve en cuanto la ve llegar. Detrás del mostrador de recepción, la palabra «EAGLES» aparece escrita en letras mayúsculas. Las luces, que funcionan con temporizador, se han apagado, excepto una, que lo ilumina solo a él.

—Buscaba a Kelly —dice.

Jen hace una pausa antes de hablar y sus pasos se ralentizan mientras cruza el vestíbulo en dirección a él.

—¿Kelly Brotherhood? —pregunta ella.

Algo atraviesa las facciones de aquel hombre cuando la mira a los ojos, aunque Jen no sabe interpretar qué es. Es mayor de lo que le pareció aquella primera noche, la noche que lo vio en Eshe Road North. Tiene más de cincuenta, probablemente. Tatuajes en los nudillos. Ojos silíceos. Lenguaje corporal preparado, como el gato que se dispone a atacar. Elegante y grácil.

—Sí. —Levanta ambas manos—. Un viejo amigo.

La confirmación le provoca a Jen una sensación física que le estremece el pecho. Joseph fue condenado a veinte años. Debió de conocer a Kelly antes de la cárcel.

—¿Qué tipo de amigo? —dice Jen, incapaz de resistir la tentación de preguntar.

Aunque, por dentro, está pensando que Joseph también la conoce a ella. Que sabía que tenía que venir al bufete para localizar a Kelly.

Joseph le sonríe, una sonrisa tan veloz que no puede ser genuina.

—Uno importante.

—Me sorprende que lo busque aquí —replica Jen.

—He estado fuera. Pero eso da igual. Quería recomenzar algo.

Se aleja de ella. Lleva una camiseta blanca, de tela fina y barata, que transparenta un tatuaje que le ocupa la totalidad de la espalda: unas alas de ángel que se expanden hasta los omoplatos.

—¿Recomenzar qué?

Pero Jones la ignora, se marcha y la puerta del vestíbulo se cierra a sus espaldas. Jen descansa las manos en el mostrador de recepción, esforzándose por respirar, esforzándose por pensar.

Joseph fue puesto en libertad hace apenas unos días. Y ha venido aquí casi de inmediato. Jen tiene claro, aquel día aislado de su extraña segunda vida, que la puesta en libertad de Joseph Jones puso algo en movimiento. Algo que sucede en el futuro, inalcanzable por el momento, por mucho que lo intente. Algo que implica a todas las personas que la rodean. A Todd, a Kelly, y ahora también a ella, probablemente. ¿Por qué si no habría venido a Eagles? Un espantoso elenco de *dramatis personae*. Una lista negra de traiciones.

Día menos ciento cinco, 08:55 horas

Un sábado a mediados de julio. Fuera hace un día perfecto, el cielo es tan azul que parece una bola de cristal que pudiera hacerse añicos. Son las nueve menos cinco de la mañana y Jen está estacionando en el aparcamiento de la prisión de Altcourse.

En cuanto se ha dado cuenta del día que era y de que Joseph estaría aún dentro, se ha inventado una excusa para Kelly y Todd, que estaban riéndose a más no poder con *Saturday Kitchen* —ha dicho que tenía un *brunch* con un cliente—, y se ha ido. Para su consternación, nadie se ha sorprendido. Jen ha pasado toda su vida haciendo cosas por los demás: viendo clientes exigentes cuando lo que quería era ir a ver a Todd a su clase de natación. Viendo la clase de natación de Todd cuando lo que quería era estar tumbada leyendo un libro. La costumbre maternal de toda una vida, sentirse culpable fuera cual fuese su elección.

Todd no ha conocido aún a Clio, tampoco ha empezado a relacionarse más con Connor. Entonces, ¿qué?, ¿eran todo pistas falsas, ahora que ha retrocedido más allá de todos esos acontecimientos?

La prisión de Altcourse parece un polígono industrial, un pueblo raro totalmente independiente de su entorno. Jen solo ha estado aquí en una ocasión, como parte de su formación. Más allá de eso, nunca ha practicado el derecho penal. A su padre le resultaba tan repulsiva la idea de hacer negocio con criminales que nunca se dedicaron a ello. Hacer dinero con los divorcios le resulta a Jen vagamente desagradable, pero es lo que hay. Todo el mundo tiene que ganarse la vida, y el desamor es más ubicuo que el crimen.

Jen entra en el vestíbulo de la cárcel, pensando en lo fortuito que resulta que Joseph esté de nuevo en la cárcel y que las horas de visita estén limitadas y estructuradas en días laborables, pero en cambio sean ilimitadas e informales los fines de semana, de modo que cualquier visitante sin autorización previa pueda presentarse y solicitar una visita con cualquier interno un sábado. Hoy.

Es como si ella lo supiera.

Fuera llueve, una lluvia de mediados de verano; los medios de comunicación la han bautizado como «tormenta Richard». Cada vez que alguien entra en recepción, se filtra también el olor a hierba mojada. El calzado de los visitantes deja huellas de agua en el suelo que una hastiada limpiadora friega periódicamente, llevándose una mano a la cadera y colocando cada vez más triángulos amarillos con la leyenda «SUELO MOJADO».

La recepción es moderna, recuerda la de una clínica privada. Un mostrador enorme domina la totalidad del espacio. Detrás, un hombre clica un ratón y atiende llamadas sin levantar la voz.

Detrás del mostrador hay una pizarra con horarios. Y al otro lado de una puerta con un letrero que indica «CANTINA (Área Segura 2)», Jen capta una discusión que va subiendo de volumen.

—Dijiste que podía pedirlas con sabor a beicon ahumado, no a sal y vinagre —está diciendo un hombre.

—Lo sé, pero, Liam...

—¡Lo he dejado jodidamente claro! —vocifera el hombre.

Jen se encoge. El poder de una bolsa de patatas fritas.

Durante un segundo, solo un segundo, desea confesarlo todo, allí mismo, en aquel vestíbulo. Gritar y chillar. Cometer un crimen. Comprometerse con ella misma. Decirle a todo el mundo que está viajando en el tiempo y que la seden y la encierren, y luego convertirse en la reina del lugar y controlar la situación.

—Solicitudes aquí —dice de repente el recepcionista.

Se levanta y le pasa un formulario a Jen, que lo rellena.

—Estará encantado de recibirla —le informa el recepcionista después de dos llamadas y varios minutos más—. El centro de visitantes es por allí.

Señala en dirección al interior, al otro lado de unas puertas dobles, hacia las entrañas del edificio, y le entrega a Jen un pase temporal sin cinta ni imperdible para sujetarlo.

Empuja el frío panel metálico de las puertas y entra en un pasillo flanqueado por dos guardias de seguridad. Huele a desinfectante y a sudor. Los suelos de vinilo tienen los perfiles de caucho. Las múltiples puertas poseen múltiples cerraduras.

La recibe un guardia de seguridad con una placa impresa con el nombre de «LLOYD». Alguien, con bolígrafo, ha escrito debajo «¡Gordo!». El hombre le pide que le muestre el bolso, verifica el contenido sumergiendo una mano diestra en el interior, como un médico que lleva a cabo una palpación grotesca, y lo pasa a continuación por un escáner similar a los de los aeropuertos. Le indica a Jen que extienda los brazos; cuando lo hace, la cachea, evitando el contacto visual.

—Guarde el teléfono ahí —dice, y Jen lo guarda en una de las taquillas azules que le indica.

Cruzan otras puertas dobles, que el guardia de seguridad abre con un mando a distancia. Pasan por debajo de un calefactor colocado sobre el umbral de la puerta y que le calienta por un instante la cabeza y los hombros, y entran.

El centro de visitantes es una sala destartalada, grande y cuadrada, con la moqueta característica de los edificios públicos, en azul y rojo descolorido, sillas de plástico de color negro y mesas minúsculas. La pared del fondo la ocupan ventanas desde el suelo hasta el techo. Gruesas gotas de lluvia golpean los cristales y el tejado y hacen temblar las claraboyas. La sala ya está llena.

A Jen le resulta menos fácil de lo que imaginaba distinguir entre prisioneros y visitantes. El aspecto es parecido al de cualquier otra sala de reuniones concurrida. Ve una pareja sentada, aunque separada, a ambos lados de una mesa, sin que sus manos se encuentren del todo. Sin tocarse, incondicionalmente, pero lo más cerca que las limitaciones de las normas permiten. En otra mesa, una niña quiere tocar a su padre, su mano se flexiona como una estrella remota y centelleante, pero la madre se lo impide, la atrae contra su cuerpo.

Jen piensa en su padre. Se despidió de él en la morgue. Llegó tarde. La imagen de su padre yaciendo allí durante seis horas, muerto, solo, continúa clavada en ella. En la morgue, al final, el calor de su mano había logrado calentar la de su padre, y había acercado la frente a la de él en un acto inútil de fingimiento.

Jen reconoce fácilmente a Joseph Jones. Está sentado solo en una mesa que ocupa el centro exacto de la sala. Las orejas de elfo, el pelo oscuro. La perilla. Su piel exhibe la palidez del prisionero que mencionan las novelas. No es solo una falta de bronceado, sino de algo más. Ese color que adquiere la gente cuando tiene la gripe, cuando no ha dormido, cuando sufre.

Ha estado en casa de este hombre. Lo ha visto morir. Y ahora, ella está aquí, a punto de descubrir quién es, después de todo.

—Hola —saluda Jen con voz temblorosa en cuanto se sienta.

Piensa en todos sus crímenes. Atracos. Tráfico de drogas. Agresiones. Empieza a sentir un hormigueo en brazos y piernas.

La silla cambia de forma bajo su peso. Es de esas sillas de plástico que se pliegan para poder apilarlas contra la pared.

—La mujer de Kelly —dice. Se tira de los puños de su sudadera azul marino para cubrirse las manos, haciendo tiempo.

De modo que la conoce, a pesar de que no se han visto nunca. Jen ve que tiene un diente de oro. El hombre la mira a los ojos.

—Jen —remata, dejando descansar la lengua contra los dientes al pronunciar la «n».

Se ha quedado completamente fría, y completamente en calma. La ansiedad frenética del misterio, de la anticipación, se ha evaporado. El fusible ha saltado y ahora no siente nada. La sala se ha paralizado, es como una fotografía descolorida. Tranquila y borrosa. Está a punto de pasar algo; lo intuye.

—He... —empieza.

—Jen, el amor de la vida de Kelly.

Jen no dice nada e intenta serenarse, pero lo que hace es pensar en lo desvergonzada que ha sido. Inspeccionando cosas que no eran suyas, siguiendo a gente, escondiéndose, escuchando a hurtadillas. Y mira dónde la ha llevado todo eso. Aquí, a una cárcel, a mezclarse con criminales, a ver coches patrulla por todas partes, a un bebé desaparecido. Le arde la piel de puro miedo, como si mil ojos de tigre estuvieran mirándola: ella es la presa.

—¿Cómo es que lo conoce? —pregunta, y traga saliva.

—Nos conocemos desde hace mucho tiempo.

Joseph no dice nada más. Cruza las piernas por debajo de la mesa y las estira hasta que los pies se sitúan debajo de la silla de ella. Es un gesto deliberado para marcar territorio. Jen quiere apartarse, pero no lo hace.

Fuera, la luz se oscurece, las nubes son de color azul Prusia; es como si alguien hubiera tocado un interruptor para atenuar la luz. Joseph la sorprende mirando.

—La tormenta Richard —dice, rascándose la barba—. Va a ser gorda.

—¿Sí? —pregunta débilmente Jen.

—Oh, sí. A los asesinos que corren por aquí les encantan las tormentas. —Hace un gesto para abarcar la sala—. Les da caña.

Qué extraño que quiera diferenciarse del resto de los prisioneros, piensa Jen. No puede evitar darse cuenta de ese detalle.

—Dígame cuánto es «mucho tiempo» —lo presiona.

Joseph se inclina sobre la mesa hacia ella.

—Mire, eso ya lo averiguará cuando yo salga de aquí. Confío en empezar de nuevo —dice, lo mismo que le dijo en el vestíbulo del bufete.

Hace otro gesto, frotando el pulgar con los dedos, la señal de dinero, o tal vez solo un tic. Jen no lo identifica, quizá simplemente haya imaginado el movimiento. Ha durado menos de un segundo. El resto del cuerpo permanece por completo y espeluznantemente inmóvil.

—¿Dónde se conocieron?

—Creo que Kelly es el hombre más indicado para responder a esa pregunta —contesta Joseph—. ¿No le parece?

Joseph se rasca uno de los tatuajes que lleva en la mano, sin mover para nada la cabeza, solo mirándola. Fuera se ha levantado viento. Una bolsa de plástico vuela como un globo.

—Jen —dice Joseph, repitiendo su nombre. Como si estuviera jugando con ella—. Jen.

—¿Qué?

—Tengo una pregunta, antes de que me vaya.

—De acuerdo.

—Y es la siguiente: Jen…, ¿cómo es posible que no lo supiera? —Joseph ladea la cabeza como un pájaro. Está loco, piensa Jen. Este hombre que sabe quién es ella está completamente loco—. Aunque yo pensaba que sí lo sabía.

Un rayo ilumina el cielo, un destello de una décima de segundo. Un parpadeo y se te pasa por alto.

—¿Saber qué?

Jen mira fijamente a Joseph mientras la sala parece encogerse a su alrededor. Y cuando el trueno rasga el cielo, se inclina más hacia ella, le indica con un gesto que siga su ejemplo, con la mano izquierda vuelta hacia arriba sobre la mesa como un escarabajo vuelto del revés, los dedos haciendo gestos de atracción hacia su cuerpo. Jen se inclina a regañadientes sobre la mesa.

—Pregúnteme qué hacíamos.

—¿Qué?

—Robos. Tráfico. Atracos. Eso es lo que hacíamos.

La lista de delitos de Joseph.

Jen parpadea y echa rápidamente la cabeza hacia atrás.

—Pero usted está aquí y él no.

—Ah —dice Joseph—. Bienvenida a la banda.

El miedo, la comprensión y el horror azotan la cabeza de Jen como el vendaval del exterior. ¿Es esto lo que sabe? ¿En algún rincón profundo y oscuro de su interior?

Kelly.

Un hombre de familia.

Con pocos amigos.

Introvertido.

Difícil de conocer.

Oscuro a veces.

No viaja.

No le gustan las fiestas.

No ha tenido nunca una nómina. Pasa desapercibido.

Se aleja de sus amigas en los encuentros de la escuela.

Siempre con dinero suficiente para vivir.

Ese lado oscuro. Ese lado oscuro que tiene, ese humor ácido como un limón que impide la intimidad. ¿Acaso no es esa la historia más vieja del mundo? El humor, el parloteo, como mecanismo de defensa.

El modo en que a veces no se compromete a las cosas, no se explaya en sus ideas. No, no, no. No quiere vivir en Liverpool. No quiere trabajar para otro. No quiere viajar. No quiere volar en avión.

Joseph esboza una mueca.

—Mire, no voy a cantar —dice—. No soy un soplón. Pregúntele a su marido.

Se levanta, da así por terminada la conversación. Jen, sin importarle que puedan estar mirándola, permite que las lágrimas se le acumulen en los ojos cuando mira fijamente el espacio vacío que Joseph acaba de dejar.

Intenta serenarse y nota entonces un levísimo toque en el hombro. Salta del susto. Joseph tiene la boca pegada a su oído.

—Estoy seguro de que averiguará el alcance de todo esto —murmura, y se acercan los guardias para llevárselo escoltado de allí.

Jen se pone a temblar, como si corriera por la sala una corriente helada, pero no es así: lo único que puede sentir es el aliento de aquel hombre en su oído, en su cabeza, mientras fuera la tormenta brama con fuerza.

Día menos ciento cuarenta y cuatro, 18:30 horas

—Vaya, ha sido de locos —le dice animadamente Todd a Jen, atropellándose al hablar. Jen está sentada en el sofá de dos plazas que tienen encajado junto al ventanal del salón y piensa en que su marido está metido en el crimen organizado—. Lo de la destilación fraccionada ni siquiera ha salido. Todos los trabajos habían girado sobre ese tema y pensábamos que sería la pregunta principal, y luego resulta que nada de nada. —Juega con el collar de Enrique VIII, que está tumbado feliz en su regazo—. Nunca es como te lo esperas, ¿verdad? —Cambia de postura, incapaz de mantenerse quieto, y el gato salta al suelo.

En el alféizar hay tres velas encendidas.

Jen asiente y sonríe a su hijo.

Lo primero en lo que se ha fijado esta mañana ha sido en que su teléfono era distinto. Lo ha cogido con torpeza. Era más voluminoso, más grande que ese móvil de perfil tan fino que se compró a primeros de julio. Mierda, mierda, mierda, ha pensado. Ha sabido que había dado un buen salto hacia atrás antes incluso de comprobar la fecha.

Era junio. El rosal del jardín de la casa de enfrente estaba en plena floración cuando ha mirado por la ventana del dormitorio, gruesos ramos de olorosas flores a punto de caer. ¿Cómo es posible que fuera junio? ¿Dónde acabaría todo esto? ¿En la nada? ¿En el

222

nacimiento, en la muerte? Y —un pensamiento más oscuro si cabe— es demasiado tarde para poder matarlo ella, como sugirió Kelly hace tantísimos días. Él está dentro.

Lo primero en lo que ha pensado Jen mientras se vestía con otra ropa, con ropa que dio hace varios meses, ha sido en quién es Kelly para Joseph. Y en cómo debió de ir todo: ¿Joseph sale de la cárcel, se presenta en el bufete para localizar a su «viejo amigo» Kelly, Todd empieza a salir con Clio, no le gusta lo que descubre que están haciendo Joseph y Kelly, y entonces mata a Joseph? Sería posible, aunque poco probable; esta ha sido su conclusión. Le parece una motivación muy débil para cometer un asesinato. Y deja muchas cosas pendientes de explicación: Ryan Hiles, el bebé desaparecido, Nicola Williams, la conversación oculta entre Kelly y Todd. Lo que Joseph sabe sobre Kelly.

Mira a Todd, sentado bajo la luz de la lámpara con el pantalón cubierto de pelos de gato.

—Lo habrás hecho genial —dice Jen, con voz ronca.

—¡La verdad es que me he divertido! Jed dice que estoy como una cabra. —Está exaltado. Por la sensación de alivio, por las endorfinas que siguen al estrés y por algo más, quizá también. Algo que en otoño no está. Cierto desenfado—. ¿Acaso seré un sádico?… ¿Qué pasa? —pregunta, deteniéndose y mirando al otro lado de la habitación hacia ella.

—No eres ningún sádico —dice Jen.

Pero incluso ella escucha su propia voz impregnada de tristeza. Echa de menos esto. La normalidad, los días seguidos, el vivir sin ir hacia atrás. Ni siquiera sabe por qué se ha despertado precisamente en el día de hoy, el siete de junio. Todd no ha conocido aún a Clio. Joseph está encerrado. ¿Por qué hoy? Descansa la cara en la palma de la mano.

—Me pregunto si sacaré un sobresaliente —dice Todd, pensativo—. Quizá me quede solo en el notable.

Sacará un sobresaliente.

Hacía muy poco, Todd había llegado a casa feliz porque habían fabricado «bolas saltarinas de polímero». «¿Qué dices que has hecho de polímero?», había comentado Kelly. Todd había dudado un instante y había acabado sacando una bola de la mochila. «Ten una», había dicho con despreocupación, confiado pese a haberla robado de la escuela. No le habían dado importancia al hecho porque les había parecido divertido. Todd estaba tan interesado en la química que también era posible que le hubieran dado permiso para llevársela. Tal vez fueran esas cosas las que habían acabado llevando a Todd por el mal camino. Jen nunca le había dado muchas vueltas al tipo de madre que era, aunque quizá fuera demasiado relajada y hubiera antepuesto siempre hablar a imponer una disciplina. Además, la capacidad intelectual de Todd la había llevado equivocadamente a pensar que nunca sería un rebelde. Pero todos los chicos son rebeldes, incluso los buenos; lo que pasa es que tienen una forma distinta de rebelarse.

Jen mira a su hermoso hijo y piensa en todo lo que el Todd del futuro se perderá. La universidad, el matrimonio, algún plan de formación para graduados con otros genios. ¿Qué le espera en cambio? Prisión preventiva, un juicio, la cárcel. Cuando salga, habrá cumplido ya los treinta y cinco. Y será consciente, siempre, de que ha acabado con una vida, por la razón errónea que sea.

—¿Piensas pedir tú o lo hago yo? —dice Todd, plantándole delante de las narices la pantalla del teléfono con la aplicación abierta del Domino's.

Deben de haber acordado que pedirían comida.

—Esperemos mejor a que llegue papá.

Se acerca Enrique VIII y salta a la falda de Jen. Está también más delgado, piensa con remordimiento.

Todd pone cara de desmesurada perplejidad, una mueca de sorpresa de dibujos animados.

—Vale, como quieras —dice—. Papá no está, pero vale. Lo que tú digas, Jen.

—¿No está? —replica ella bruscamente—. Ya sé que corro el riesgo de que me acuses de estar haciéndome vieja —añade, con una sonrisa estática—, pero ¿podrías recordarme dónde está?

—Es Pentecostés.

—Oh —dice Jen.

Nota que su boca esboza la forma de una «O» redonda y grande. Kelly se ausenta siempre el fin de semana de Pentecostés para ir de *camping* con sus viejos amigos del colegio. Una salida que lleva practicando desde siempre. Jen no conoce a los amigos en cuestión, algo sobre lo que se había preguntado a menudo, pero a lo que Kelly le había dado una explicación sencilla: «Oh, no son de aquí, solo los veo ese fin de semana. Si quieres que te sea franco, te morirías de aburrimiento».

—*Pizza* para dos, pues —le dice a Todd, aunque en realidad está pensando: ahí tienes el porqué. Por qué hoy, entre todos los días que han ido pasando.

Gracias a Dios. Gracias a Dios que esta mañana ha activado la función de localización en el iPhone de Kelly, igual que hace ahora todas las mañanas. Cuando lo ha mirado antes, estaba en Liverpool, pero volverá a comprobarlo.

—Deja que elija yo. —Ella saca el teléfono para fingir que va a pedir las *pizzas* cuando en realidad se dispone a comprobar la localización de su marido.

Kelly va de *camping* al distrito de los Lagos. Al lago Windermere. Al mismo sitio cada año.

Pero mira. Aquí está su punto azul. Y no está precisamente en los Lagos. Sino en una casa en Salford.

Jen mira a su hijo, que está atento a la pantalla de su teléfono con cara de concentración.

—Todd —dice, encogiéndose al pronunciar la palabra. Su bebé, que acaba de superar un examen y espera poder disfrutar de una *pizza* en compañía de su madre, se merece algo mejor. Todd levanta la cabeza, sorprendido—. ¿Te va muy mal que vaya un momento al despacho? Una cosa rápida, y después paso a por las *pizzas*.

Todd enarca las cejas con perplejidad, pero agita la mano, restándole importancia.

—No pasa nada, tranquila —dice—. No te preocupes. Voy a hacer una inmersión en H_2O. Un ejercicio conocido por los simples mortales como darse un baño.

Jen ríe para sus adentros y se frota los ojos cuando se levanta y abandona el salón. ¿Es lo correcto hacer lo que va a hacer? ¿Desatender a Todd, nada menos, en busca de respuestas? Pero tiene que averiguarlo, eso seguro.

Decide ir en taxi para así poder llegar de incógnito.

—¡No tardaré! —le grita a Todd al salir.

Ha abierto el grifo para llenar la bañera y no oye su respuesta. Cuando llega a los pies de la escalera duda, dividida entre sus distintos deberes. Pero, al fin y al cabo, lo hace todo por él, se dice en el momento en que la aplicación de Uber vibra en el teléfono para avisarla de que el coche está a un minuto de casa. Todo es para salvarlo, para salvar a su maravilloso hijo.

—¡Pide extra de beicon en la mía! —grita Todd.

—¡Vale!

Espera en la calle a que llegue el coche.

Es pleno verano. Geranios, guisantes de olor y rosas llenan los jardines de los vecinos. Huele como una perfumería. El aire es caliente. Llueve un poco, una llovizna fina, pero no le importa. Hay humedad, como en un baño de vapor.

Arranca un pétalo de una peonía de la esquina, en el único retazo minúsculo de tierra que se toman la molestia de mantener. En su día fue blanco, pero ahora luce un marrón intenso en los bordes, como un periódico viejo, aunque sigue oliendo a deliciosa e intensa vainilla.

Dirige la vista hacia su casa dormida, con una luz encendida detrás de la ventana de cristal esmerilado del baño, y piensa en su hijo y su *pizza*. Habrá un día en que lo entenderá.

Cuando el Uber llega, piensa de repente en lo mucho que ha confiado siempre en su marido. En lo mucho que se ha fiado de él. De *camping* con unos amigos a los que nunca ha visto. Jamás dudó de él, ni una sola vez.

Tira del tirador frío de plástico del Uber y la saluda Eri, un hombre de mediana edad con barba y una gorra de béisbol. El coche desprende un olor dulzón, a ambientador artificial y a chicle.

Le entrega un fajo de billetes de veinte que ha sacado del cajón de emergencias de la cocina, el papel es suave y seco como los pétalos de la peonía.

—Estoy siguiendo a alguien —dice.

—Vaya.

Eri se queda mirando los billetes y finalmente los coge.

—Le pagaré también lo de la aplicación. Tenemos que ir vigilando esto. —Le enseña el teléfono—. Si el punto azul se mueve, tendremos que... cambiar de dirección.

—Entendido —dice Eri—. Como en las películas —añade, cruzando una mirada con ella a través del retrovisor.

—Umm... —Jen se sienta detrás, descansa la cabeza contra el cristal frío y ve pasar la calle. Una mujer en un coche negro siguiendo a su marido. La historia más vieja del mundo, aunque con un giro especial—. Como en las películas —repite.

«*Call of Duty* te espera», le dice Todd en un mensaje de texto.

Dios, ¿no es gracioso, piensa Jen, mientras las luces de Merseyside corren por su lado como estrellas de colores, cómo puedes llegar a olvidarte de fases enteras de tu vida? La fase de *Call of Duty* de la PS5. Con dos mandos que tenían que cambiar constantemente, de tanto que jugaban. Estaban enganchados. Cuando jugaban, se disparaban los unos a los otros por todas las esquinas de la casa. «¡Aquí Black Ops!», le decía Todd entrando en la cocina y sujetando en la mano un *walkie-talkie* imaginario.

Jen se pregunta, al tiempo que circulan por la autopista y los carteles iluminados azules pasan por encima de sus cabezas como si estuvieran volando, si fue una irresponsable por dejar jugar a su hijo a aquel juego y hacer caso omiso a las advertencias sobre videojuegos violentos. A ellos eso no les pasaría, pensaba. Había sido excesivamente permisiva. Aunque tenía que serlo. Criada por un abogado, había querido enseñar a un niño a relajarse y divertirse…, pero ¿se habría excedido?

El punto de Kelly se encuentra al final de una calle estrecha, cerca de la salida de Salford. Eri conduce con diligencia, sin decir nada.

Y justo cuando Jen empieza a plantearse si ha sido buena idea, Eri dice:

—No se la ve muy feliz.

—No. No lo estoy.

Eri apaga la radio. El aire es caliente, el coche un capullo de seda iluminado.

—¿Está siguiendo a su marido?

—¿Cómo lo sabe?

Eri la mira a través del retrovisor y saca una segunda chocolatina Wrigley's. Le ofrece a Jen, que declina la invitación.

—Normalmente es así —responde.

Jen cierra la boca, amparándose en la quinta enmienda y su derecho a guardar silencio. En condiciones normales charlaría tranquilamente, intentaría que el taxista se sintiese cómodo a pesar de ser fisgón, pero hoy no. Llegan a una rotonda, toman la segunda salida y están en la campiña. El camino estrecho no está iluminado, ni siquiera asfaltado. Barro, nada más. A Jen se le eriza el vello de los brazos a medida que van avanzando. A través del aire acondicionado se filtran en el vehículo los olores del campo en verano. Balas de heno. Lluvia sobre suelos calientes después de una larga sequía.

—A lo mejor tendría que buscar un papel en las películas —dice alegremente Eri—. El de seguidor de maridos.

—A lo mejor.

Enfilan lo que parece un camino privado; una leve fractura no indicada en Google Maps.

—¿Vamos hasta el final? —pregunta Eri.

Se quita la gorra de béisbol. Su cabello sería grueso en su día, pero ahora es fino, y los mechones se rizan y se le pegan a la cabeza, como si fuese un bebé después del baño.

Al ver que Jen no contesta, Eri detiene el coche. Están a menos de cien metros del punto de Kelly. Jen sabe que debería salir, pero duda. Quiere disfrutar estos últimos momentos hasta… hasta que pase algo.

Eri ha apagado las luces del coche y los ojos de Jen tienen que acostumbrarse al camino iluminado tan solo por el crepúsculo. El camino traza una curva a la izquierda, luego otra a la derecha. El cielo, con el solsticio de verano tan cerca, brilla como una madreperla. Los árboles están frondosos, desgreñados, con las hojas de uno rozándose con las de los otros.

De pronto, los focos de un coche barren el cielo como rayos láser.

—Está dentro de ese coche —dice Eri.

Da rápidamente marcha atrás para apartarse del camino. Jen mira el teléfono y ve que el punto azul empieza a moverse.

Kelly pasa por su lado y se pierde en la distancia, sin haberse percatado de su presencia.

—¿Lo seguimos? —pregunta Eri.

—No. Mejor…, quiero ver dónde estaba, qué hay al final de este camino.

Sin decir palabra, Eri se pone en marcha. El camino serpentea hacia un lado y hacia otro, las curvas oscurecen lo que pueda haber al final. Jen espera encontrarse con uno de esos lugares donde se celebran bodas, un castillo, una mansión señorial, pero lo que se empieza a vislumbrar es un pequeño grupo de viviendas de ínfima calidad, un edificio tras otro. Siete casas repartidas alrededor de un camino de acceso de gravilla. Eri detiene el coche. Son casas viejas construidas en piedra. En cuatro de ellas se ve luz en las ventanas; el resto está a oscuras.

Una está más desvencijada que las demás. Faltan algunas tejas del tejado. La anticuada puerta de madera de la entrada se tambalea y parece que esté casi podrida. Una de las ventanas en voladizo del primer piso está tapiada y luce una pintada en espray rosa en la que puede leerse «QAnon». Eri guarda silencio mientras Jen observa. Esa es la casa. Está segura. Es la única sin un coche aparcado delante.

—No tengo ni idea de qué es esto —dice Jen.

—Se ve chungo, la verdad.

La cabeza de Jen echa humo. Un lugar donde trapichear. Un escondite. Un lugar donde cortar droga. Un lugar donde asesinar gente. Un lugar donde ocultar niños desaparecidos, policías muertos... Podría ser cualquier cosa. Y nada bueno.

—Me dijo que se iba de *camping* —le dice en voz baja a Eri en vez de todo eso.

—Y a lo mejor es cierto. Se ve como muy al aire libre —comenta Eri, con una carcajada.

—Al distrito de los Lagos.

—Oh.

—¿Puede esperar aquí? —pregunta Jen, que ya está abriendo la puerta—. Tengo que ir a mirar.

—Por supuesto —responde Eri, aunque su expresión se ha vuelto más cautelosa.

Su amigo fugaz, el chófer de Uber, la persona a la que le ha confesado más cosas. Lo mira por encima del hombro mientras camina. Ha encendido la luz del interior del coche, una bola de luz en la penumbra.

Camina con cuidado por el camino de gravilla. El ambiente en el exterior es ambiente de vacaciones. Olores de verano, el sonido de los grillos.

De pronto, desea estar de vuelta allí, en el descansillo con la calabaza, viendo cómo Todd asesina a un hombre. Y dejar que suceda. Aceptarlo. Permitir que cumpla su condena. Después, podrá tener una vida. Desea, por primera vez, tapar la herida que ha abierto. Dejar de descubrir sus profundidades. Seguir adelante.

Camina en la oscuridad hacia la casa y prueba a abrir la puerta de entrada, pero está cerrada. La casa en cuestión se encuentra un poco separada de las demás. No hay límites marcados de ningún tipo, ni vallas, ni jardín delantero o trasero. El vecino ha podado su césped dibujando una línea recta arbitraria. Después de esa línea empieza la zona asilvestrada de la casa: ortigas, malas hierbas, dos gigantes lupinos rosas que asienten y se balancean a merced de la brisa.

Jen empuja la portezuela del buzón y la abre. Le recuerda el que tenían en la casa donde se crio. Nota rigidez y frialdad bajo los dedos, y piensa en su padre, en el día en que murió y en que no consiguió llegar a tiempo.

A través del buzón ve un recibidor de estilo anticuado. Baldosas de cerámica irregulares. Supone que Kelly ha recogido el correo del suelo y lo ha dejado en la mesita que se ve al fondo.

En el rótulo que hay junto a la puerta, sobre el enlucido, puede leerse «Sándalo». En la casita contigua, «Laurel». La casa es minúscula, dos habitaciones como mucho. Jen la rodea siguiendo el sentido de las agujas del reloj. En la parte de atrás hay dos puertas corredizas que dan acceso al exterior, con un cristal con manchas de moho.

Una mesa de comedor de madera oscura se asienta sobre una moqueta verde azulada, como las de las casas de muñecas. No hay sillas. Una cocina a la izquierda, vacía, sin nada en las superficies, ni siquiera un hervidor. Presiona las manos contra la frente para apoyarla en las puertas de cristal y mirar dentro, y los dedos se le quedan verdosos. La casa no está cuidada, pero tampoco está abandonada; tal vez la hayan desocupado recientemente.

Da media vuelta para volver a la parte delantera. Las ventanas del salón tienen parteluz, los cuadraditos forman círculos distorsionados de vidrio soplado. El salón está conservado como un museo o un plató cinematográfico. En el centro, un tresillo de color rosa, con los brazos cubiertos por lo que en su día fueran pañitos blancos de encaje. Encima de la mesa de centro solo hay un mando a distancia, colocado en diagonal. Una librería llena, en la que no puede distinguir nada. Dos copas de champán cubiertas de polvo en la estantería superior. Se dispone a dejar de fisgonear cuando ve algo justo en el centro de su ángulo de visión: el inconfundible dorso de terciopelo de un marco doble de fotografías, justo aquí, en el alféizar de la ventana, entre cadáveres de moscas panza arriba. Por culpa de la distorsión del cristal casi lo pasa por alto. Cambia un poco de posición para poder verlo mejor.

El aire parece suavizarse y detenerse cuando consigue enfocarlo, es como si las moléculas del universo se paralizaran a su alrededor. Esto no es buscar una aguja en el pajar. Esto no es locura.

Aquí está.

Es una fotografía de Kelly —es Kelly, sin la menor duda— con esa sonrisilla cauta. Está mucho más joven, tendrá unos veinte años, y posa de pie al lado de otra persona. Un hombre con la cabeza rapada. Tienen los brazos entrelazados. El marco está cubierto de polvo y Jen está a poco más de un palmo de él, pero ve de todos modos que se parecen. Los ojos. Y también algo que resulta intangible. Ese parecido que hay entre familiares y que no es tan evidente. La estructura ósea, la forma de la frente, la postura: el modo en el que su cuerpo comprime todo su potencial, como los corredores en los tacos de salida.

¿Y quién es él? ¿Quién es ese desconocido que se parece a su esposo? Kelly dice que no le quedan familiares con vida: una cosa más que ella siempre ha creído. Piensa en ello mientras observa las imágenes de la fotografía. Porque una cosa es mentir sobre un conocido que ha estado en la cárcel. Y otra muy distinta es mentir sobre tu familia, sobre tus orígenes.

¿Y por qué tendría su marido una foto suya aquí si esta casa fuera el escenario de algo muy turbio? De ser un lugar así, no la tendría. Por supuesto que no. Porque tonto no es.

Echa a andar de nuevo hacia el Uber. Tiene los ojos de Kelly. Tiene los ojos de Todd. No puede dejar de pensar en eso. Tres pares de ojos azul marino. Su marido, su hijo y alguien más. Alguien a quien no conoce, a quien no podrá encontrar. Porque, aun en el caso de que consiguiera entrar en la casa y coger la fotografía, mañana ya no la tendría consigo.

Eri está jugando a algún juego de plataformas en el móvil; lo sujeta en horizontal y va presionando la pantalla mientras suena una musiquilla.

—Lo siento —dice, y apaga la pantalla.

Jen se sienta delante, a su lado.

—¿Qué tal? —pregunta Eri, en el tono de voz que emplea quien cree que está obligado a preguntar.

—No sé. Está vacía.

Jen mira el teléfono y consulta de nuevo la aplicación de localización. Por lo que parece, Kelly se dirige al distrito de los Lagos, donde dijo que iría. Aunque no mencionó que antes pasaría por aquí, por esta casa abandonada.

—¿Quién es el propietario?

—Espere un momento —dice Jen.

Por tres libras, el Registro de la Propiedad te brinda la posibilidad de averiguar quién es el propietario de cualquier cosa. Jen introduce la dirección y busca en el registro. El propietario es el ducado de Lancaster. Es decir, la Corona. Las propiedades no reclamadas acaban pasando a manos de la Corona. Esta es la primera lección que aprende cualquier abogado de la propiedad. Jen deja el teléfono en su regazo y mira la casa.

—¿Le importa si fumo? —pregunta Eri mientras baja la ventanilla.

—Adelante.

Le da al mechero dos veces, y el coche queda brevemente iluminado. Él fuma y ella piensa. El cigarrillo huele al pasado: a veranos en terrazas de bares, a esperas en estaciones de tren, a los muelles por la noche.

—Deberíamos irnos —dice Jen.

—¿Por qué no se lo dice? —pregunta Eri, y sus pómulos se resaltan cuando aspira el cigarrillo.

—No. Se limitaría a mentirme.

Viajan en silencio; Jen, sin parar de pensar en los dos hombres de la fotografía. Su marido y alguien más. Alguien que se parece a él. ¿Qué significa todo esto?

Cuando Jen llega a casa, encuentra dos cajas de *pizza* en la encimera de la cocina. Una vacía y la otra llena. Todd se ha comido la suya sin esperarla. Debe de haberlas pedido él... solo.

Ryan

Ryan está haciendo flexiones en el suelo mugriento de una sala de estar. Las pelusas y la suciedad se le pegan en la palma de las manos. Está haciendo gimnasia aquí por dos razones: la primera, porque ya no puede ir al gimnasio, y la segunda, porque no puede, no puede de ninguna manera, quitarse al bebé desaparecido de la cabeza.

Además de lo del gimnasio, Ryan apenas puede hacer nada de lo que normalmente hacía. No puede volver a casa para ver a su familia. No puede salir con amigos. Ni siquiera puede regresar a su antiguo lugar de residencia...

Todo ha sucedido muy rápido.

Se mudó anoche aquí, un pequeño estudio situado en Wallasey. Tiene que vivir aquí, comer aquí, dormir aquí. Hay dos estancias: un cuarto de baño y todo lo demás comprimido en un solo espacio. Muy frugal todo, la verdad. Un sofá que se convierte en cama. Unos armarios de cocina en la pared del fondo. Un televisor, una línea de teléfono. ¿Qué más podría necesitar? No le importa. Es excitante. Mejor aún, es temporal.

Llegó anoche, a la una de la mañana, asegurándose de que no lo siguiera nadie, y entró en el estudio con la llave que le dieron en comisaría. Y, en cuanto se descolgó la mochila del hombro para dejarla sobre la sucia moqueta, soltó el aire y pensó: «Aquí estoy».

Leo se lo había explicado con todo lujo de detalles el día anterior, en el armario.

—Queremos que te infiltres en este grupo, Ry, ahora mismo —le había dicho Leo—. Hoy. —Lo había mirado a los ojos y no había interrumpido el contacto visual ni un milisegundo, sin pestañear siquiera, nada—. La leyenda que estábamos preparando… eres tú.

—De acuerdo —había dicho Ryan, tragando saliva.

Y todo había quedado claro. De pronto. El tablero de corcho. El tablero era una entrada. Todas las preguntas sobre su historial, sobre su hermano, sobre lo que sabía…

Era lo que quería, había intentado decirse. Quería una carrera profesional interesante. Pero…, guau, trabajar como infiltrado. Interceptar una banda. De pronto, le habría gustado conocer la tasa de mortalidad de la policía secreta. Las probabilidades. Sus posibilidades.

—Tú no hablas como un agente de policía —le había dicho Leo. Y a continuación había aclarado lo que acababa de decir—: Y eso era lo que queríamos.

—Entiendo —había dicho Ryan, sin saber si reír o llorar.

¿De modo que era candidato a policía secreta porque no tenía nada que ver con un policía normal? Si incluso la había cagado con lo del alfabeto, había recordado entonces. Se había mordido el labio. Y una sensación triste se había apoderado de él, como si acabara de engullir una bebida caliente y melancólica.

—Mira, lo que quiero decir es que, mientras que un agente de policía normal diría «¿Puede este caballero facilitarme un poco de cocaína de alta calidad?», tú dirías «¿Tienes un pico, chaval?».

Ryan había estallado en carcajadas.

—He exagerado para añadirle dramatismo. Pero la verdad es que has hecho un trabajo de inteligencia de puta madre. Ese tablero. Oro puro —había dicho con cariño Leo.

—Gracias.

Ahora, Ryan está a punto de ser presentado al grupo de crimen organizado por un colega que ya está metido, su hombre de dentro.

Suena el teléfono.

—¿Todo listo? —dice Leo.

—Sí, creo que sí.

Mira hacia el gélido exterior. Es el final del invierno. Los árboles han quedado reducidos a hombres palo. Los cielos son lúgubres, blancos, sin color. El clima es lacustre, no se toma la molestia de hacer nada: ni sol, ni lluvia, nada.

—Recuerda, tres consejos.

—¿Sí?

Ryan se vuelve para quedarse de cara a la sala de estar.

—Uno: mantente en tu papel absolutamente en todo momento, incluso si piensas que te han descubierto. Es mejor que la gente sospeche que eres un poli a que tú se lo confirmes.

—Entendido.

Ryan traga saliva. Está nervioso. Lo reconoce. Todo es muy guay y eso, pero ¿qué pasa si lo adivinan? ¿Qué pasa si todo está listo para que caigan en la trampa y él lo fastidia?

—Dos: a cada instante, los criminales sospechan de la presencia de brigadas antidroga en sus filas. Y tú deberías sospechar también. Tendrías que sentirte tremendamente ofendido si te acusan de ser uno de ellos, y acusar además a otros de serlo.

—Lo haré. Ningún problema con todo eso —dice Ryan con sinceridad.

Sabe que lo están enviando muy arriba para intentar infiltrarse entre la gente que le pasa a la banda el soplo de las casas que estarán vacías. No en el círculo de la droga, sino en el círculo de los robos.

—Tres: haz el puto favor de no decírselo nunca a nadie.

—Tomo nota. Aunque, de hecho, ese debería ser el número uno —dice Ryan.

Leo suelta una carcajada, y Ryan se siente realizado y feliz.

* * *

Ryan tiene en la mano el teléfono con un mensaje que mira una y otra vez: «Cross Street 2». Va vestido completamente de negro, tal y como le han ordenado.

El texto le ha llegado tal y como Angela, la persona de dentro que es su contacto, le ha dicho que le llegaría. Desde un número oculto. Y esto es lo que están intentando averiguar: ¿quién consigue las direcciones y cómo?

Ryan no había visto nunca a Angela, según manda el protocolo: nadie se ve nunca con los agentes infiltrados en activo. Angela lleva cuatro meses metida en un proyecto cuyo objetivo es conocer el brazo de la banda que gestiona los robos, y hasta el momento ha hecho un buen trabajo. Ha robado cuatro coches y ya conoce a Ezra, que trabaja en el puerto. En ese tiempo, no ha puesto ni una sola vez el pie en comisaría, por si acaso alguien la veía.

Ryan conoció a Angela hace unas noches, un encuentro organizado desde lejos por Leo. Intercambiaron unas palabras delante de un establecimiento de la cadena One Stop. Angela es organizada y seria, resiste sus chistes, aunque la molesten. Ayer presentó a la banda a Ryan, su «primo» y un «ladrón con experiencia», para apuntalar su propia valía y también para intentar que Ryan entre por arriba. Para que consiga conocer a la persona que está detrás de toda la labor de inteligencia de la banda, no solo a los esbirros.

Y la primera tarea de Ryan para demostrar lo que vale es esta: ir a la dirección que le han pasado por teléfono y robar el coche.

Tan fácil y tan difícil a la vez.

Son más de las dos de la mañana. Brilla la luna, un balón luminoso lanzado al cielo que se mantiene allí durante la noche y vuelve a caer.

La casa que tiene enfrente está dormida. Los propietarios se hallan ausentes, se han ido al distrito de los Lagos. La luz del pasillo es la única encendida y, evidentemente, está programada con un temporizador. Y por si con eso no quedara lo bastante claro, el césped está descuidado: un dato revelador de que los dueños están de vacaciones.

Ryan no se lo piensa. Lo hace y ya está. Abre el buzón. Y está de suerte: será sencillo, las llaves están a su alcance. Saca un palo largo, pesca las llaves y se las mete en el bolsillo. Después de ponerse los guantes, abre el coche, entra y lo saca marcha atrás por el camino de acceso a la casa sin encender el motor. Si la policía acaba encontrando el coche y elabora un informe forense, la unidad de la policía secreta revelará que fue él, Ryan, en realidad. Uno de los chicos buenos; inmune ante cualquier acusación.

Empieza con la siguiente tarea en una calle oscura cercana. Le tiemblan las manos. No ha cambiado nunca las matrículas de un coche. La policía ha dado por sentado que sabía hacerlo, pero siempre ha sido nefasto en mecánica, bricolaje y ese tipo de cosas. Es incapaz de intuir cómo se ensamblan las partes. Se le caen al suelo dos tornillos diminutos, que ruedan por la calzada y se confunden enseguida con el asfalto.

—Mierda —dice.

Se arrodilla para intentar localizarlos palpando el suelo.

Cambiar las matrículas del coche le lleva cuarenta minutos y encima se hace un corte, en la palma de la mano, con el canto afilado de la matrícula. Pero ya está hecho. Ya ha cometido otro delito.

Conduce hasta el puerto y espera, tal y como le han ordenado, a que Ezra quede libre; se acerca a poca velocidad hasta él, sale del coche y le entrega las llaves.

—Perfecto —dice Ezra.

Y entonces allí, en la frialdad del puerto, Ryan se pone nervioso. «Imagínate, imagínate, imagínate», es en lo único que puede pensar. Imagínate que Ezra se da cuenta de quién es. Ryan no corre peligro de ser arrestado, pero sin lugar a dudas corre peligro de que acaben matándolo.

—Estupendo —responde Ryan.

Cuando extiende el brazo para darle una palmada en el hombro a Ezra, le tiembla la mano. Lo disimula tensando la mandíbula hacia un lado, un síntoma habitual de quien va de cocaína hasta las cejas. Mejor que Ezra piense que es eso, que va hasta arriba de cocaína, como los colegas de su hermano.

Ryan mira más allá de Ezra, hacia los buques cargueros y las grúas de colores vivos que se perfilan contra el cielo nocturno.

Ezra lo mira a los ojos. Y es como si entre ellos pasara algo, aunque Ryan no sabe qué es. Le flojean las piernas y lo disimula saltando sobre un pie y luego sobre el otro.

—¿La primera vez? —pregunta con cautela Ezra.

—Sí. La primera de muchas.

Ryan se balancea sobre los talones. Lo matarán. Por mucha protección policial que tenga, por mucho piso franco al que pueda ir si se descubre su tapadera: esa gente lo matará si se enteran de quién es. Deja de pensar en eso. Deja de una vez de pensar en eso.

—Esta semana hemos hecho cuarenta —dice Ezra.

—¿Cuarenta coches?

—Ajá.

Joder. Ryan resopla con fuerza. La escala de este asunto es mayor de la que se imaginaba.

—¿Te has hecho daño en la mano? —le pregunta Ezra.

—Sí, pero no es nada —responde Ryan—. Con la matrícula.

—¡Yo antes me he hecho lo mismo haciendo bricolaje! —exclama Ezra, mostrándole a Ryan la mano.

—Vaya —dice Ryan, que no puede parar de pensar.

—Tendrías que ponerte Betadine —comenta Ezra, como si fueran dos niños, no hombres pertenecientes a una banda de crimen organizado.

Puto Betadine.

Día menos quinientos treinta y uno, 08:40 horas

Es mayo, pero mayo del año anterior. No puede ser, no puede haber retrocedido tanto en el tiempo. Tiene que hablar con Andy. Preguntarle qué hacer para detener esto. Para ralentizarlo.

Jen baja la escalera y, únicamente por la luz y los sonidos que hay en la casa —Kelly cocinando, Todd parloteando—, adivina que es fin de semana. Se detiene al llegar al penúltimo peldaño, solo para escuchar la conversación fluida entre su marido y su hijo.

—Eso querría decir «no interesado», que no le interesa una cosa, indiferente —está explicando Todd—. Pero yo me refiero a «sin interés», es decir, imparcial, como cuando no tienes ningún interés en algo.

—Oh, muchas gracias, enciclopedia —dice Kelly—. Porque, de hecho, quería decir imparcial.

—¡No es verdad! —exclama Todd, y ambos estallan en carcajadas.

Jen entra en la cocina.

—Buenos días, preciosa —dice Kelly tranquilamente.

Le da la vuelta a una tortita. La escena es de lo más normal. Pero… la fotografía. Tiene un familiar, en algún lado, del que no le ha hablado nunca.

Mirarlo es doloroso, es como mirar un eclipse. Jen nota que está entrecerrando los ojos para protegerse.

—¿Qué pasa? —pregunta Kelly otra vez.

La mirada de Jen se desplaza hacia Todd. Es un niño, un adolescente. Pies y manos enormes, orejas grandes, dientes saltones que aún no se han ubicado por completo en su sitio. Cuatro puntitos en las mejillas. Ni pizca de vello facial. Es bajito.

Se acerca a Kelly, que sigue volteando tortitas.

—¿Así que estás diciendo que eres imparcial con respecto a mi videojuego? —le pregunta Todd a Kelly.

El pelo negro de Kelly captura la luz del sol cuando echa más masa de tortita a la sartén.

—Sí, eso quería decir.

—Me huele a trola.

—De acuerdo, vale. —Kelly levanta las manos—. Gracias por la lección. Quería decir que no me despierta interés. Mocoso.

Todd ríe, una risilla aguda de niño.

—Solo imagina que hubieseis tenido dos como yo. Un tocapelotas por partida doble —dice Todd.

—Sí —contesta Kelly, y su expresión se vuelve antigua y enigmática solo por un segundo. Siempre quiso tener otro hijo.

—Contigo es más que suficiente —le dice Jen a Todd.

—¡Anda! Aquí todos somos hijos únicos —dice Todd, que coge un plátano y lo pela—. Nunca se me había ocurrido.

Jen observa con atención a Kelly. ¿Es esta la conversación? ¿Es por esto por lo que ha despertado en este día?

Pero Kelly no dice nada y sigue entretenido en la cocina.

—Pues sí, lo somos —dice despreocupadamente al cabo de un par de segundos.

Jen mira el jardín. Mayo. Mayo de 2021. Le parece increíble. El sol de primera hora de la mañana se filtra en el interior, rayos proyectados desde el cielo. El viejo cobertizo sigue todavía allí, el que tenían antes de comprar la caseta azul. Jen se pregunta si alguien más podría adivinar que es un día de hace dos mayos, solo por el modo en el que la luz se proyecta sobre la hierba.

—Bueno, me voy a la ducha —dice ella.

Sube a lo más alto de la casa, donde toma asiento en el centro de su cama de matrimonio y utiliza un teléfono que tenía hace mucho tiempo para buscar en Google el número de Andy y llamarlo.

—Andy Vettese.

Jen le suelta rápidamente su rollo habitual. Las fechas, las conversaciones que ya han mantenido. Andy la escucha como siempre hace, con un silencio misantrópico aunque ávido, cree Jen. Le cuenta lo del Penny Jameson en el futuro. Andy dice que se ha postulado para ello.

Por lo que parece, la cree.

—Muy bien, Jen. Ahora, dispare. ¿Qué quería preguntarme?

—Es que... Es que estoy dieciocho meses antes de los hechos. —Jen intenta reconducir su atención hacia el motivo de su llamada.

—¿Tienen alguna cosa en común los días que está reviviendo?

—A veces..., siempre aprendo algo nuevo. Pero... —Acomoda el teléfono entre el hombro y el oído y se frota las piernas con la mano. Se está helando de frío. Lleva las uñas pintadas con un pintaúñas muy viejo, un color melocotón con el que pasó por una fase de enamoramiento pero que ahora no le gusta nada—. Hay muchas cosas que deberían haber servido para impedirlo, pero no lo han impedido.

—A lo mejor no se trata de impedirlo.

—¿Qué?

—Me está diciendo que es un mal tipo, ¿no? Ese tal Joseph. A lo mejor no habría que impedir su asesinato.

—Continúe.

—Lo que quiero decir es que, si lo impide, parece que tendrá usted otro problema.

—¿Qué?

—A lo mejor no se trata de impedirlo, sino de entenderlo. Para poder defenderlo. ¿Me explico? Si conoce el porqué, podría exponerlo ante los tribunales.

Los oídos de Jen tiemblan cuando Andy deja de hablar. A lo mejor, a lo mejor. Al fin y al cabo, es abogada.

—Sí. Para argumentar que fue en defensa propia o el resultado de una provocación.

—Exactamente.

A Jen le gustaría poder volver al día cero, solo una vez, para poder verlo todo de nuevo sabiendo lo que sabe ahora.

—No sé si en el futuro le habré dicho esto, pero a mis aspirantes a viajeros en el tiempo siempre les digo lo mismo: si os ponéis en contacto conmigo en el pasado, decidme que sabéis que mi amigo imaginario del colegio se llamaba George. Es un dato que nadie conoce, aparte de los viajeros en el tiempo a los que se lo he contado. Hasta el momento, nadie ha venido a decírmelo.

—Pues yo se lo diré —dice Jen, conmovida por esa información tan personal. Por esa pista, por ese atajo, por ese truco.

Le da las gracias y se despide de él.

—Cuando usted quiera —dice Andy—. Hablamos ayer.

Jen esboza una sonrisa débil y triste, cuelga y piensa en hoy. Es todo lo que tiene, al fin y al cabo.

Hoy. Mayo de 2021.

Mayo de 2021. Algo empieza a filtrarse en su conciencia, como una fina neblina que va formándose en el horizonte.

La golpea como la golpean a veces ciertos pensamientos. Llega sin previo aviso. Mira el teléfono. Sí. Está en lo cierto. Es dieciséis de mayo de 2021.

Es entonces cuando cae.

Es como un golpe bajo, tan violento que la derriba por un instante: hoy es el día en el que muere su padre.

Jen finge estar resistiéndose a la necesidad de hacerlo. No está viajando en el tiempo para ver a su padre, para corregir uno de los peores errores de su vida, se dice, mientras se alisa el pelo. No lo está haciendo para poder despedirse de él. Está aquí para salvar a su hijo.

Pero lleva toda la mañana pensando en esa despedida en la morgue, solo ella y el cuerpo muerto de su padre, la sensación de su mano fría y seca en la de ella, el alma ya en otro lugar.

Todd está jugando a *Crash Team Racing Nitro-Fueled* —el juego de moda en aquel momento— mientras ella, nerviosa, no puede parar de cruzar y descruzar las piernas. Al final, Todd le pregunta: «¿Qué te pasa?», y ella se levanta y se va para dejarlo tranquilo.

Busca a Kelly en el teléfono en cuanto sale al pasillo. No hay nada, ni un solo rastro de él en Internet. Introduce su nombre en una página web de datos genealógicos, pero le salen cientos de resultados repartidos por toda Gran Bretaña. Busca una fotografía de Kelly y la sube para ver si encuentra alguna imagen relacionada, pero no aparece nada.

Sube las escaleras. Kelly está liado con la contabilidad.

—Tengo como patrocinador a Microsoft —le dice él.

Una taza de café sobre un posavasos. Una sonrisilla en la cara. Cuando Jen se acerca, Kelly mueve levemente el ordenador hacia un lado. Esta vez se percata del gesto. Debió de pasársele por alto la vez anterior.

A lo mejor tiene otra fuente de ingresos en algún lado. Drogas, policías muertos, crimen. ¿Tiene más dinero del que debería tener un pintor decorador? La verdad es que no. No mucho, no cree. Nada de lo que ella se haya percatado…, aunque ¿se habría percatado de ser así? De pronto le viene a la cabeza un recuerdo. Kelly donó dinero a la beneficencia un par de años atrás. Un montón, varios cientos de libras. No se lo comentó previamente, y cuando ella se lo mencionó, le explicó que había hecho una donación filantrópica anónima gracias a un buen trabajo que le había entrado. Jen se había molestado, de esa forma intangible que una se molesta cuando tu marido te miente, aunque sea por una buena causa. La mentira no había sido mayor que eso, lo cual no quitaba que hubiera sido una mentira.

—Oye, ya sé que es una pregunta extraña —dice, como sin darle importancia—, pero ¿tienes algún pariente con vida? Ya sabes, algún primo, aunque sea lejano…

Kelly frunce el ceño.

—No. Mis padres eran hijos únicos —responde rápidamente.

—¿Ni siquiera un pariente muy lejano, de otra generación, tal vez?

—No. ¿Por qué?

—Porque me he dado cuenta de que nunca te he preguntado por tu familia en un sentido más amplio. Y me ha venido a la cabeza un recuerdo de haber visto una foto antigua tuya. Estabas con un hombre que tenía tus ojos. Más fornido que tú. Pero los mismos ojos. El pelo más claro.

Es como si el cuerpo entero de Kelly reaccionara a la frase y lo disimula levantándose de repente.

—Ni idea —dice—. No creo ni que tenga fotografías antiguas. Ya me conoces. Soy poco sentimental.

Jen asiente, lo observa y piensa en lo falso que es lo que acaba de decir. Para nada es poco sentimental.

—Debo de habérmelo imaginado —concluye.

Son solo los ojos. A lo mejor el que aparece en la fotografía no es más que un amigo.

Jen mira esos iris azules y de pronto se siente más sola de lo que se ha sentido en toda su vida. Se supone que tiene cuarenta y tres años, pero aquí tiene cuarenta y dos. Se supone que es otoño, pero en realidad está en primavera, dieciocho meses antes. Y su marido no es quien dice ser, independientemente de la zona horaria en la que se encuentre.

Y su padre está vivo.

Su padre, que la ama de forma incondicional, aunque sea a su manera. E igual que tiene la sensación de que debe revisar su manera de ser madre para poder salvar a su hijo, quiere también, ahora, acompañar a la persona que la crio.

—Voy a ir a ver a mi padre —comenta.

Lo dice sin venir a cuento. No puede resistir la tentación. Necesita sentir la mano caliente de su padre entre las suyas. Necesita ver cómo se sirve la cerveza y los cacahuetes junto a los que encuentra la muerte. No se quedará. Solo... Solo le dirá que lo quiere. Y después se irá.

—Estupendo —dice Kelly—. Pásatelo bien —añade, mientras ella corre escaleras abajo—. Salúdalo de mi parte.

Kelly y su padre siempre han tenido una relación cordial, aunque nunca íntima. Jen pensaba que Kelly buscaría una figura paterna, que adoptaría de buena gana la suya, pero, en realidad, hizo lo contrario y siempre mantuvo a Ken a cierta distancia, como hace con toda la gente.

Llama a su padre desde el coche, con parte de su cerebro pensando aún que no le responderá.

Pero le responde, claro. Lo cual demuestra a Jen, más que cualquier otra cosa, que esto está ocurriendo de verdad. Que es verdad.

—Qué agradable sorpresa —le dice el padre de Jen.

Está ahí, al otro extremo de la línea. Ha vuelto de la muerte. Su voz... refinada, reservada, pero suavizada por el humor con la edad. Jen se acurruca junto a ella como un animal en cautividad que percibe una brisa después de muchísimo tiempo.

—¿Cómo va todo? Había pensado en pasar a verte un momento —dice Jen con voz entrecortada.

—Estupendo. Encenderé el hervidor.

Jen cierra los ojos ante la frase que ha oído centenares de miles de veces, pero que hacía dieciocho meses que no escuchaba.

—Vale —dice.

—Perfecto. —Se le oye feliz. Esta solo, viejo, moribundo, aunque él aún no lo sabe.

Todo lo que Jen sabe le está diciendo a gritos que no debería estar aquí. En cualquier película todo esto quedaría muy claro. Solo debería intentar cambiar aquellas cosas susceptibles de impedir el crimen, ¿no? No ser avariciosa, no ser egoísta y querer alterar también otras cosas. Jugar a ser Dios.

Pero no puede resistir la tentación.

Su padre vive en una casa de estilo victoriano con una fachada de simetría perfecta y tres pisos de altura, incluyendo la remodelación de la buhardilla. Ventanas de guillotina a ambos lados de la puerta, marcos de madera oscura. Anticuada, pero encantadora. Igual que él.

Lo mira, maravillada, cuando le abre la puerta y con un gesto la invita a pasar. Ese brazo. Con vitalidad, con sangre caliente, unido al cuerpo vivo de su padre.

—¿Qué pasa? —pregunta, con cierta perplejidad dibujada en sus facciones.

—Oh, nada —responde Jen—. Que…, que estoy teniendo un día raro, simplemente eso.

Su padre siguió viviendo en su casa de toda la vida después de que su madre falleciera. Había insistido en ello y Jen no había tenido a nadie que la ayudara a convencerlo de lo contrario. La vida del hijo único. Le dijo que no pasaba nada, aunque tuviera tantas escaleras, que eso le ayudaría a que sus cañerías internas funcionasen correctamente. Y, al final, no habían sido ni sus cañerías ni las escaleras lo que lo había matado.

—¿Y cómo es eso?

—Nada, no es nada —contesta Jen, negando con la cabeza y siguiéndolo por un pasillo que, por alguna razón, ahora ya como mujer adulta, le parece más estrecho.

Siempre que Jen viene a esta casa la embarga un sentimiento muy concreto. Una especie de nostalgia que queda fuera de su alcance por muy poco, que está cubierta con una fina capa de polvo, la sensación de que podría aferrarse al pasado si se esforzara lo suficiente en hacerlo. Y ahora está aquí, en la primavera del año antes de que su hijo se convierta en un asesino, el día del fallecimiento de su padre, aunque no lo parezca.

—¿Estás segura? —dice su padre.

Una mirada hacia atrás mientras cruzan el desgastado salón. Moqueta de color verde salvia aspirada con meticulosidad, pero con los bordes de un tono gris negruzco. No se había dado cuenta nunca de ese detalle. Tal vez haya heredado de él su desdén por las tareas del hogar.

Una alfombra gris con motivos geométricos sobre la moqueta. Objetos de decoración que llevan décadas instalados en las estanterías de madera oscura que sobresalen por encima de chimeneas y radiadores.

El padre de Jen enciende la luz de la cocina aun siendo de día. Un fluorescente zumba y cobra vida.

—¿Se ha solucionado el caso Morris versus Morris? —pregunta, enarcando las cejas. Usa «versus» como si fuera una «y», igual que hacen todos los abogados.

—No sé... —Duda. No lo recuerda en absoluto, evidentemente.

—¡Jen! ¡Dijiste que se cerraría!

Jen ladea la cabeza y se queda mirándolo. Esto lo había olvidado. ¿Acaso el dolor, al final, no acaba incorporando todos estos enfados familiares? En su momento, una conversación de aquel tipo la habría molestado, en cambio hoy no. Está contenta porque está aquí, sobre el terreno, no desterrada por la muerte.

—Lo siento... Estoy cansada.

—Tienes cuatro días antes de que lo desestimen —dice.

De repente, gracias a que puede ver las cosas en retrospectiva, entiende exactamente de dónde pueden venir parte de sus inseguridades: de aquí. En su vida adulta, se ha alejado de personas como su padre, ha entablado amistad con gente misantrópica, como Rakesh, como Pauline. Como Kelly, de casado. Le permiten ser ella, ser su verdadero yo.

—Lo sé, todo irá bien. Lo cerraremos el lunes —asegura.

—¿Qué opina el cliente de la oferta?

—Oh, no me acuerdo. —Agita la mano con ganas de que termine aquella conversación.

La verdad es que trabajar juntos no era idílico. A veces, como ahora, resultaba duro. Su padre, centrado, consagrado al trabajo, riguroso en el detalle. Jen, centrada también, pero más en ayudar a la gente que en otra cosa.

Recuerda perfectamente haber asistido con él a una importante reunión para establecer un acuerdo amistoso, y cómo resoplaba su padre cada vez que veía que ella no tenía un formulario u otro. Recuerda también que le envió un mensaje de texto a Pauline diciendo: «Mi padre es gilipollas», a lo que esta le respondió con emoticonos. Casi se echa a reír ahora pensando en aquel día, qué sabor más agridulce. Con nuestros padres siempre somos niños.

—Lo siento, no estoy durmiendo muy bien —dice, mirándolo a los ojos—. El lunes estaré mejor. Te lo prometo.

—Te veo... No sé. Sí. Te veo como cuando Todd era pequeño y no descansabas nunca.

Jen esboza una media sonrisa.

—Recuerdo bien aquellos tiempos.

—Cuando tienes un bebé, estás tan cansado que podrías dormir en cualquier parte —dice pensativo.

Y así de sopetón, como un prisma visto al trasluz, muestra otra faceta de sí mismo. Siempre había sido competitivo, contenido, pero en los años previos a su muerte se había dulcificado un poco, había empezado a permitirse sentir, a revelar una versión rezumante, pastosa de sí mismo; un abuelo mejor que el padre que había sido. Tuvieron tan poco tiempo para estar juntos...

—Una vez, cuando eras un bebé, me quedé dormido en un semáforo.

—Nunca me lo contaste —dice Jen.

Nota un escalofrío en la espalda, como si por algún lado hubiera una ventana abierta que dejara entrar aire frío. ¿Qué está haciendo aquí? Averiguando cosas que nunca podrá olvidar.

—Nunca te lo dije —replica su padre—. Nadie quiere que sus hijos piensen que son una carga.

Pronuncia esta segunda frase con dificultad evidente y, cuando la termina, se muerde el labio y la mira. Están en el comedor, la estancia situada entre el salón y la cocina. La luz del exterior es bellísima e ilumina un haz de polvo delante de las puertas de acceso al jardín.

—Ya, a mí me pasa lo mismo con Todd.

—Tener un bebé es duro. Nadie te lo cuenta.

El padre de Jen se encoge de hombros, aparentemente satisfecho por estar pasando lo que considera un día normal en compañía de su hija.

—¿E iba yo también en el coche?

—No. ¡No! —exclama, con una carcajada—. Estaba de camino al trabajo. Dios, esos días con una recién nacida eran... distintos. A veces pensé incluso en llamar a las autoridades y decirles: «¿Saben ustedes lo complicado que es tener un recién nacido?».

—Yo pensaba que mamá se ocupaba de todo.

El padre de Jen esboza una mueca y niega con la cabeza.

—Temo decirte que la pequeña Jen se apoderaba de la casa entera con sus gritos.

Jen parpadea mientras lo ve entrar en la cocina, donde pone el hervidor meticulosamente en los fogones, tal y como hace siempre. Lo llena hasta arriba —que le den al planeta—, y a continuación, con mano temblorosa, lo tapa con cuidado. Hacía mucho tiempo que no veía ese hervidor. Vendieron la casa hace un año y ella apenas conservó nada de su contenido.

La cocina huele a antiguo. A tanino y almizcle, un poco como una caravana.

—¿Y a qué viene esa falta de sueño?

—Tuve una riña con Kelly —responde, lo cual supone que es cierto.

Mueve la mano, restándole importancia, pero se le llenan los ojos de lágrimas. Aún está pensando en lo del semáforo. Hay que ver las cosas que llegamos a hacer por nuestros hijos.

Su padre no dice nada, simplemente deja que Jen siga hablando, allí de pie, sobre las baldosas gastadas del suelo. Lo mira a los ojos, unos ojos que son exactamente iguales que los de ella. Todd no tiene esos ojos, esos ojos castaños. Todd tiene los ojos de Kelly. Ese es el trato que haces cuando tienes hijos con alguien.

—¿Qué pasó? —pregunta su padre.

Es una frase que jamás habría pronunciado veinte años atrás. El hervidor empieza a burbujear, a balancearse levemente sobre el fogón. Su padre continúa observándola, ignorando el hervidor, como si fuese un temblor lejano.

—Nada, la típica pelea conyugal —responde Jen con voz ahogada.

¿Qué otra cosa puede decir? ¿Contarle toda la historia, desde el día cero hasta aquí, el día menos quinientos, más o menos?

Su padre se apoya en la encimera, delante de ella. Es la misma cocina de siempre. Estilo años ochenta, formica de color blanco roto, madera de roble falsa. El acabado gastado resulta reconfortante. Armarios con copas de cristal que él ya no utiliza. Una bandeja de plástico con motivos florales que alberga cada noche una comida preparada.

—Kelly ha estado mintiéndome.

—¿Sobre qué?

—Está metido en algo turbio. Y quizá lo haya estado siempre.

Su padre espera un segundo, entonces emite un sonido, más que pronunciar una palabra.

—¿Cómo? —Se lleva una mano a la boca. Manchas de la edad. Jen se siente aliviada al ver que siguen aún aquí, en este presente relativo—. ¿De qué tipo?

—No lo sé. Se ve con un criminal, creo —responde.

Los ojos de su padre se oscurecen.

—Kelly es una buena persona —dice con rotundidad.

—Lo sé. Pero tú nunca…, bueno, ya sabes.

—¿Qué?

—Que no creo que sea igual que tú... ¿Os gustasteis vosotros de verdad alguna vez?

—Es bueno contigo —contesta él, esquivando la pregunta.

Jen ríe con tristeza.

—Lo sé.

Piensa de nuevo en la casa y en la fotografía. Pero no logra descifrarlo, ni tan siquiera logra descifrar cómo descifrarlo. Es un misterio total.

—¿Te acuerdas del primer día en el que se presentó en el bufete? —pregunta su padre.

—Por supuesto —responde de inmediato Jen. Pero eso es lo único que quiere decir. Marzo pertenece a Kelly y a ella, por mucho que el recuerdo haya ido quedando erosionado. Para ellos fue muy importante que él se lo tatuara en la piel solo unos meses después. No le contó de antemano que iba a hacerse aquel tatuaje. Desapareció de golpe a mitad del día y volvió a casa sin decir nada. Y ella no lo descubrió hasta que lo desnudó; era un legado compartido—. ¿Recuerdas la de teclas distintas que tocábamos por aquel entonces?

Eran los primeros tiempos del bufete, cuando su padre la hizo entrar como becaria: la mejor receta para la disfunción, si es que la hubo alguna vez. Su padre se había formado en un bufete de lo que se conoce como el «Círculo mágico», pero quería tener bufete propio y con ese objetivo se instaló en Liverpool, con la cabeza llena a rebosar de fusiones, adquisiciones y ambición. Cuando su madre murió —de cáncer en los noventa—, fundó Eagles. Jen nunca llegó a entender por qué eligió el nombre de Eagles, y no Legal Eagles.

En aquellos primeros tiempos, aceptaban cualquier caso que les cayera e iban con frecuencia más allá de los límites de su especialidad para evitar retrasarse en el pago del alquiler. Se dedicaban tanto a los poderes de representación como al traspaso de propiedades inmobiliarias o a demandas por lesiones.

—Sí, recuerdo bien cuando redactaba codicilos con el libro de texto en las rodillas, bajo la mesa para que no se viera —dice el padre de Jen con una carcajada.

Jen sonríe con tristeza.

—¿Te acuerdas de todo aquel lío de las viviendas en régimen de multipropiedad? —comenta Jen, feliz recordando todo aquello.

—¿Y eso qué es? —replica su padre, con un tono algo extraño. Como si estuviera actuando, como si alguien estuviera mirándolo.

—Sí, ¿no te acuerdas de que nos dedicábamos a la gestión de viviendas en régimen de multipropiedad, que era una locura, y que teníamos que mantener un listado para saber qué periodo le correspondía a cada propietario?

—¿Hacíamos eso?

—¡Pues claro que lo hacíamos! —exclama Jen, confusa por un momento.

Su padre posee una habilidad fenomenal para recordar hechos del pasado, pero ya no debe de tener la memoria que imaginaba.

—No creo. Pero sí que eran otros tiempos, ¿verdad? —dice su padre—. Las *pizzas* en el despacho...

Jen asiente.

—Y tanto que lo eran —dice ella, aunque sea mentira.

—Y después, fue un poco como si todo eso se viniera abajo, ¿a que sí?

—Sí.

Jen recuerda la primavera que conoció a Kelly. El bufete había empezado por fin a ganar dinero. Había ganado varios casos importantes. Contrataron una secretaria y a Patricia, para la contabilidad. Y ahora, hay que verlo: un centenar de empleados.

—¿Te quedas a cenar? —pregunta su padre, sirviendo dos tazas de té.

Jen duda y lo observa. Son las cuatro de la tarde. Le quedan entre tres y nueve horas de vida. Sus miradas se cruzan. Acepta la taza humeante sin decir nada y bebe un poco para ganar tiempo. Sabe que no debe hacerlo. Que debe aferrarse a lo que se supone que tiene que hacer. Que no debe jugar a la lotería. Que no hay que matar a Hitler. Que no hay que desviarse.

Pero su boca se abre para pronunciar una respuesta distinta.

—Me encantaría —dice, tan bajito que confía en que el universo, y no solo él, no la haya oído, que no haya testigos, que todo quede en una comunicación privada de hija a padre.

Quiere dejar de estar sola, aunque sea únicamente por un rato, quiere dejar de dar vueltas a una infinidad de pistas incomprensibles, quiere dejar de no poder avanzar y solo retroceder en el tiempo, solo hacia atrás, solo hacia atrás, de jugar a las serpientes y escaleras solo con serpientes.

—¿Qué cenamos? —pregunta Jen.

Su padre se encoge de hombros, feliz.

—Cualquier cosa —dice—. Estar con otra persona hace que todo parezca como más oficial, ¿verdad? Aunque solo cenemos una tostada con alubias.

Jen entiende perfectamente bien esa sensación.

Son las siete y cinco. Jen y su padre han puesto en el horno un pastel de pescado que lleva congelado «Dios sabe cuánto tiempo». Debería marcharse, debería marcharse, no para de pensar, su cerebro racional que le implora sin cesar con un razonamiento imbuido por el pánico, pero los pies de su padre —enfundados en zapatillas— están cruzados a la altura de los tobillos y acaba de poner el programa *Super Sunday,* y está tan cerca del momento que no puede dejarlo allí solo, no puede, no puede.

—Podríamos meter en el horno también un poco de pan de ajo —propone su padre—. Últimamente, creo que podría comer por Inglaterra entera. Tu madre odiaba el ajo. Decía que durante el embarazo había comido demasiado.

—¿Decía eso? —replica Jen, levantándose—. Ya lo meteré yo.

—Dios, no sabes cómo aborrezco *Super Sunday.* Es vacuo.

Empieza a hacer *zapping.*

—Podríamos ver *Ley y orden* y así criticamos el caso —sugiere Jen por encima del hombro.

—Ya que lo dices… —responde su padre, navegando por el menú de la cadena Sky—. Tráeme también una cerveza. Y unos cacahuetes para picar mientras esperamos.

El vello de la nuca de Jen empieza a erizarse, uno tras otro, como pequeños centinelas.

—Voy —dice.

Se sumerge en el silencio de la cocina y pone el pan de ajo en el horno. La bombilla del interior le ilumina los pies tapados con calcetines.

La cerveza está enfriándose en la puerta de la nevera.

—¡Sírvete lo que quieras! —dice su padre.

Jen encuentra los cacahuetes en un armario donde parece que haya de todo —zumo de naranja, dos aguacates, pasas bañadas de chocolate, bolsitas de té, galletas Mint Club— y se los lleva.

—No sabía que mamá comiese ajo estando embarazada.

—Sí, en grandes cantidades. Incluso crudo, a veces. Le metía varios dientes de ajo a un pollo asado y se los comía uno a uno —le explica su padre.

Jen se lo imagina. Una mujer que se fue tan pronto, comiendo dientes de ajo en la cocina, los dedos grasientos, Jen en su vientre. Todd en el de Jen. Todd en potencia, claro.

—Luego decía que se había pasado. Decíamos siempre —coge con una sola mano la cerveza y los cacahuetes, un movimiento hábil. Está sanísimo— que, si teníamos otro, durante el embarazo no comería sus comidas favoritas para que luego no dejaran de gustarle.

Se inclina hacia delante y enciende el fuego. No lo encontraron con la chimenea de gas encendida, ni con un pan de ajo ni un pastel de pescado en el horno. Todo eso son cambios hechos por Jen.

Se enciende con facilidad, de izquierda a derecha, como las palabras que van apareciendo en una hoja escrita a máquina. La estancia se llena de inmediato con el olor suave y caliente del gas.

Jen se sienta a su lado, en un taburete con el asiento bordado por su madre y que su padre ha conservado, sin nada que picar ni beber, solo mirándolo. Esperando.

¿Qué decirle a alguien cuando sabes que van a ser las últimas palabras que le dirijas? No…, no…, no te marchas, ¿verdad? La ansiedad se apodera de ella igual que el fuego que su padre acaba de encender, bañándola en sudor. No podía irse. ¿Cómo iba a dejarlo allí solo?

¿Y si con ello pudiera impedirlo? ¿De algún modo?

—Pero no tuvisteis más hijos —le dice a su padre, en lugar de interrumpir la conversación, en lugar de marcharse, en lugar de encontrar la manera de despedirse de él, ahora y para toda la eternidad.

—Nunca encontramos el momento adecuado, y luego ya se hizo tarde —replica simplemente. Abre la botella de cerveza—. El derecho… te roba muchas cosas, ¿verdad? Le das un poco y… Siempre pensé que la de Kelly era la mejor idea: no dejar nunca que el trabajo interfiera demasiado en tu vida.

—A saber qué ideas tiene Kelly —dice Jen con tensión, y su padre parece incómodo.

—Tiene las ideas correctas —contesta él en voz baja.

Una sensación extraña y clarividente se apodera de Jen. Es casi como… Es casi como si su padre supiera que iba a morir, es como si se dispusiera a revelarle algo. Una clave. Una pieza del rompecabezas. Un fragmento de sabiduría en el lecho de muerte que ella pudiera utilizar. Una cara del prisma que sigue aún en la oscuridad.

Se hace el silencio entre ellos, la chimenea de gas es el único sonido perceptible, como una lluvia lejana. Emite un calor tan intenso que el aire titila. Jen piensa que podría quedarse allí eternamente, en el evocador salón de la casa de su padre, con un pan de ajo en el horno.

Entonces es cuando sucede. Jen lo ve cernerse sobre su padre como una nube de tormenta. Los cacahuetes y la cerveza están a su lado, tal y como dijeron. El sudor es la primera señal, una capa lechosa que le cubre la frente, como si hubiera estado caminando bajo una lluvia fina.

—Oh, ay —dice, llenando de aire las mejillas—. ¿Jen?

Jen experimenta una oleada de pánico. No pensaba que fuera a ser así. Creía que había sido repentino.

Su padre se lleva una mano al estómago, esboza una mueca de dolor y le clava la mirada.

—Jen…, no me encuentro bien —dice con voz ansiosa, como cuando Todd era pequeño y se cayó, y lo que hizo fue mirarla primero a ella para ver cómo se sentía él; su espejo maternal. Y ahora está aquí, en el momento final de la vida de su padre, con los papeles cambiados.

—Papá —dice, una palabra que lleva décadas sin pronunciar.

—Jen…, llama a emergencias, por favor —dice. Sus ojos castaños, como los de ella, la miran, implorantes.

Jen saca el teléfono. No duda. No duda en absoluto. La posibilidad de que haya otra alternativa es una ilusión.

Día menos setecientos ochenta y tres, 08:00 horas

Jen está en septiembre del año anterior. Se reorienta y piensa en anoche, en su padre, en cómo la miraba acostado en la cama del hospital. Cálido y vivo. Y ahora se encuentra antes de todo esto, y él vuelve a estar vivo, aunque no porque ella lo haya salvado. Se pregunta si, cuando consiga avanzar de nuevo en el tiempo, habrá podido salvarlo y si su padre estará allí, en el futuro, con vida.

En un rincón de su dormitorio hay una montaña de regalos envueltos en azul y blanco. Vaya. Debe de ser el cumpleaños de Todd, su decimosexto cumpleaños. ¿Qué puede albergar el día de su cumpleaños que ayude a explicar por qué cometió un crimen? Piensa en lo que Andy le dijo, en que quizá no se trate de impedirlo, sino de defenderlo ante los tribunales.

Mira los regalos, envueltos la noche anterior, en el pasado; en un ayer al que quizá no vuelva nunca. Son juegos de la PlayStation y un Apple Watch. El reloj es un regalo muy caro, pero ella quiso comprárselo y recuerda que se moría de ganas de ver la cara que pondría Todd al verlo. Saldrán luego a cenar, al Wagamama, simplemente, nada especial. Hace frío. Aquel año, el tiempo cambió antes y el otoño empezó casi de la noche a la mañana.

Se pone a cuatro patas en el suelo para examinar los regalos de Todd. Los dos paquetitos blandos son calcetines. Este rectángulo es el Apple Watch... Dispone los demás en orden sobre el parqué y los observa, perpleja. Ese pequeñito y redondo de allí parece un protector labial. Pero seguro que no. No tiene ni idea de qué es. Es incapaz de recordarlo.

Espera que todo le guste.

Carga con los regalos y baja para llamar a la puerta de la habitación de Todd.

—Pasa —dice en un tono de voz desconcertado.

Sí. Claro. Por supuesto. Jen empezó a llamar a la puerta de la habitación de Todd el año anterior. El año próximo. Bueno, el año que sea.

—¡Feliz cumpleaños! —exclama, empujando el pomo de la puerta con la montaña de regalos.

—Espera, espera que llegue yo —dice Kelly, que sube corriendo por la escalera con una bandeja con dos cafés y un zumo.

Al otro lado del ventanal, por detrás de él, el cielo muestra un perfecto azul otoñal. Como si nada inapropiado hubiera pasado, o fuera a pasar.

Todd lleva un pijama de color verde claro y está sentado en la cama con el pelo alborotado, un pelo igual que el de Kelly. Jen se para en la puerta y lo observa. Dieciséis años. Un niño, en realidad, no más. Tan inocente, tan perfectamente inocente, que le duele el corazón al mirarlo.

A pesar de ser su cumpleaños, Todd tiene que ir a clase y, mientras él se prepara, Jen ve que hoy tiene programado un juicio; en la agenda de cualquier abogado matrimonialista un juicio con todas las de la ley es un hecho excepcional. Se trata de Addenbrokes contra Addenbrokes, un caso que le estuvo robando la vida durante el año anterior. Una pareja que llevaba casada más de cuarenta años, que seguían riéndose mutuamente de sus propios chistes, pero la esposa no había podido superar la infidelidad del cliente de Jen. Andrew estaba tan arrepentido que incluso resultaba doloroso. De haber estado en la posición en la que ahora se encontraba Jen, a buen seguro que habría sido la única cosa que habría querido cambiar de su pasado.

Baja por la escalera, la casa vuelve a estar vacía. No puede asistir a un juicio. Y da igual. No se despertará en mañana. ¿Qué puede pasar si no va?

Suena el teléfono justo cuando está planteándose todo esto. Andrew.

—¿Está ya de camino? —le pregunta.

Siente un hormigueo. No es que, según la teoría de Andy, esté viviendo en el pasado sin que sus actos tengan consecuencias, sino que no está siendo testigo directo de los efectos que luego en el futuro tienen sus actos. Más allá del día de hoy, por lo menos.

—Es que... —empieza a decir. No soporta la idea de hacerle esto a aquel hombre.

—Es... Es hoy, ¿verdad?

No es porque vayan a echarla, en algún momento del futuro, si hoy no se presenta. No es tampoco porque ya conozca el resultado: Andrew pierde el juicio. Es porque sabe que ese hombre tiene el corazón destrozado, y porque está triste y desconsolado, como todos sus clientes, como ella. Y, por lo tanto, igual que ha hecho mil veces antes con mil clientes más, le dice que estará allí en diez minutos.

El edificio de los juzgados de Liverpool tiene un aire provinciano, pero no por ello deja de ser imponente. Jen apenas viene por aquí; como la mayoría de los abogados, intenta llegar pronto a un acuerdo, lo cual sucede a menudo, antes de que entren en juego la acritud y los tribunales. Pero no fue el caso de Andrew y su esposa. El principal punto de desencuentro era un sustancioso fondo de pensiones que tenía fecha de vencimiento al año siguiente. Jen recuerda que le sorprendió mucho que Andrew no cediera al respecto, pero había que tener en cuenta que muchas personas que han cometido un acto de traición o han sido traicionadas no se comportan de forma racional. Es quizá la única lección importante que ha aprendido a lo largo de su carrera profesional.

—Mire —le dice a Andrew, después de saludar al abogado de la parte contraria; por suerte, se enfrentará a alguien a quien recuerda—. Vamos a perder el caso.

En condiciones normales nunca diría una cosa así. Tan directa, tan pesimista. Pero es la verdad, sabe que es verdad.

—Si yo fuera el juez, fallaría a favor de su esposa —dice.

—Oh, perfecto, estupendo, siempre es bueno saber que está usted de mi lado —replica con acidez Andrew.

Va a cumplir sesenta y cinco, pero se mantiene joven, juega al *squash* tres veces por semana y al tenis los otros días. Está solo, no se ha vuelto a ver con la otra mujer desde que sucedió aquello, después de lo cual se lo confesó todo a su esposa. A veces, Jen se pregunta si habría perdonado a Andrew de ser ella Dorothy. Probablemente, aunque para Jen, que tiene muy presente el estado anímico de su cliente, su disfunción, es fácil decirlo sabiendo que sigue con las fotografías de Dorothy repartidas por toda la casa.

Acompaña a Andrew a una de las salas que flanquea el pasillo de los juzgados. Está llena de polvo y helada, como si no se hubiera abierto en semanas. Los fluorescentes zumban cuando los enciende.

—Creo que debería usted hacer algún tipo de oferta final —le propone a Andrew.

Le cuesta un poco convencerlo, pero, al final, después de que Jen le exponga con insistencia el argumento imparcial de que acabará pagando más dinero por costas de juicio que lo que está intentando ahorrarse, Andrew hace una oferta por el setenta y cinco por ciento del fondo de pensiones. Jen la presenta en la sala donde la esposa aguarda. Cree que será suficiente.

Dorothy está con sus abogados. Es una mujer menuda, con buena planta y un maquillaje estupendo, con un físico que insinúa una gran fortaleza enérgica, una de esas mujeres de sesenta y cinco años que se recorre quince kilómetros cualquier día festivo.

—Setenta y cinco por ciento del Aviva —le dice Jen al abogado de la parte contraria, un hombre llamado Jacob que fue compañero de estudios de Jen.

Por aquel entonces, Jacob comía lo mismo cada día (*nuggets* de pollo y patatas fritas) y sacó un cuarenta y nueve por ciento en el examen de derecho de familia. A Jen no le gustaría nada que aquel hombre la representara, y cae en la cuenta de que la mayoría de las profesiones están probablemente llenas de gente de este estilo.

Jacob mira a Dorothy arqueando las cejas. Es evidente que han acordado previamente un umbral de aceptación, puesto que Dorothy, con las manos unidas sobre la mesa, responde con un gesto de asentimiento. Firma enseguida la sentencia de separación de mutuo acuerdo que ha redactado con meticulosidad Jen, que se siente satisfecha por haber conseguido que todo saliera mucho mejor para unos y otros. Cuando, sin que sean ni siquiera las diez de la mañana, se dirige de nuevo a la sala donde espera Andrew, ve que, junto a la firma, Dorothy ha escrito una pequeña nota. Andrew la mira, y el papel captura el temblor de sus manos mientras lo sostiene. Jen intenta fingir que no está también leyendo, pero ve que pone simplemente: «Gracias x».

De camino al bufete, Jen se pregunta si esto los ayudará en el futuro de algún modo, tanto a ellos como a ella. Ha hecho un pequeño cambio, pequeñísimo. Y probablemente no habrá servido de nada —¿cómo va a servir de algo?— el próximo día que se despierte, que será, a buen seguro, antes de haber realizado el cambio en cuestión.

Justo cuando se dispone a sentarse en el despacho, el teléfono vibra con el aviso de un mensaje. Es de Kelly. «¿Qué tal el juicio? x». Lo lee, pero no lo contesta. A continuación le envía una foto. «Café para uno», dice al pie, una taza de café para llevar de Starbucks sujetándola con la mano, con el tatuaje de la muñeca expuesto. El fondo es borroso, pero Jen lo reconoce. Es un rincón de la casa, de la casa abandonada que Kelly visitó en Pentecostés. La misma gravilla del camino de acceso y los mismos ladrillos. Está otra vez allí, y justo ahora. Es tan atrevido que piensa que ella no se dará cuenta; piensa que ella no ha estado nunca allí.

Y ella está aquí. Recibe el mensaje en su despacho, porque ha salido antes de los juzgados. Debe de haber una razón.

Va a ver a Rakesh. Camina sin zapatos por los pasillos, con los pies enfundados en medias, igual que ha hecho cien veces antes. Rakesh se ve más joven y huele aún a humo de tabaco.

Le da la dirección.

—Esta casa, Sándalo, pasó en su día a la categoría de *bona vacantia* —dice. Propiedad que pasa a manos de la Corona—. ¿Hay alguna forma de averiguar quién era anteriormente el propietario?

—Ah, *bona vacantia*…, veo que quieres ponerme a prueba —replica Rakesh, con una sonrisa. Ahora tiene los dientes más blancos—. Supongo que podrías mirar en el epítome que lleva el nombre *bona vacantia,* espera —dice, y empieza a teclear.

Jen se alegra de estar en el pasado con él, aquí en este despacho. Rakesh siempre ha sido mucho mejor que ella en el ámbito de la teoría del derecho. Tendría que habérselo consultado hace siglos.

—Por lo que parece, están en fase de ver a quién traspasarla, puesto que el beneficiario falleció —dice Rakesh—. Hiles. H-I-L-E-S.

De repente, es como si el pecho de Jen estallara. Hiles. Ryan Hiles. Tiene que ser él. El policía. El policía muerto. Que ya estaba muerto ahora, hace mucho tiempo. ¿Qué significará todo esto? Se esfuerza en pensar en la conexión que puede haber entre Todd, un policía muerto y el asesinato de Joseph Jones. Tal vez su defensa sea esa: buscar justicia. Suena a locura, incluso para Jen. Pero ha retrocedido tantísimo en el tiempo...

—Pero... miré hace poco y no encontré nada. Su fallecimiento no consta en el registro general de nacimientos, defunciones y matrimonios.

Rakesh teclea con rapidez y mira la pantalla.

—No, no aparece. Pero está muerto, eso está claro. El registro de la propiedad hace hincapié en lo del acta de defunción.

—¿Cuándo murió? —pregunta Jen, mientras le pasan por la cabeza teorías descabelladas.

—No lo dice. Pero el acta de defunción se puede comprar por tres libras. ¿Lo hago? ¿En qué fichero la guardo?

—No te molestes —dice Jen, agotada—. Tardaría demasiado.

—Tarda solo dos días, no más.

—De verdad, no es necesario.

Cuando sale del despacho de Rakesh, pasa por delante del de su padre. Está al teléfono con la puerta entreabierta. Asoma la cabeza y él mueve la mano para saludarla. Lleva camisa blanca y chaleco gris; no parece un hombre al que solo le quedan seis meses de vida. La última vez que lo vio estaba en el hospital. Y ahora no puede dejar de mirarlo, sano y bronceado. Lo oye decir al teléfono: «Lo siento, pero nuestra contabilidad se inicia en 2005. Tuvimos una inundación».

Dios, es verdad. Las inundaciones de 2005. Jen estaba de baja por maternidad, ni siquiera fue a ayudarlo. Se le humedecen los ojos al pensarlo. Descansa la mano en el umbral de la puerta un segundo más de la cuenta y su padre hace un gesto de impaciencia para despedirla, un gesto tan propio de él que Jen no puede evitar soltar una carcajada lagrimosa y agridulce.

Todd está comiendo edamame con ajo y sal de chile. Pela las vainas con habilidad, se las lleva a la boca y, entretanto, no para de hablar. Kelly está recostado en la silla, simplemente escuchándolo.

—La cuestión es —dice Todd, engullendo un haba de soja— que Trump está loco de verdad, además de ser republicano.

El corazón de Jen se hincha de orgullo y a la vez parece ligero como una pluma, una espiral de algodón de azúcar en su pecho. Mira a su hijo. Sabe en qué hombre se convertirá, al menos hasta que se produzca el asesinato, y vislumbra aquí las semillas. En los dos años posteriores a este cumpleaños, Todd aprenderá muchas más cosas sobre política norteamericana y llegará a superar con creces los conocimientos de su madre. El año siguiente verán juntos *El ala oeste de la Casa Blanca,* y él pondrá en pausa la serie de vez en cuando para aclararle a ella el proceso electoral, mientras que ella la pondrá en pausa para aclararle a él las cuestiones amorosas. Se había olvidado por completo de eso. El pasado desaparece en el horizonte como la niebla, pero ahora está aquí, capaz de volver a vivirlo, de poder tamizarlo.

—Evidentemente, volverán a votarlo —dice Todd, metiéndose otra haba en la boca—. Gracias a todo esto de las *fake news,* ¿no? Cualquier cosa negativa sobre Trump es ahora una *fake news.* Un genio, en cierto sentido.

Baja la mano por debajo de la mesa para jugar con los cordones verde fluorescente de las zapatillas. Es lo que había en la cajita redonda. Jen se ha quedado tan sorprendida como él.

—No es ningún genio. Es un cerdo —dice Kelly, sin alterarse—. Pero estoy de acuerdo, saldrá reelegido.

Jen disimula una sonrisa.

—Os apuesto cien libras a que no sale —dice—. Y a que gana Biden.

—¿¿Biden?? ¿Joe Biden? —Todd parpadea—. ¿El viejo ese?

—Sí. ¿Apostamos? —dice Jen.

Todd se echa a reír. Le cae el pelo sobre la cara.

—Vale, apostamos —contesta.

—Y bien —le dice Jen a su hijo—. ¿Cuál va a ser tu deseo cuando soples las velas?

Todd esconde la cabeza entre las manos y la mira entre los dedos. Jen se acuerda de cuando le cortaba las uñas siendo un bebé. A Todd le daban miedo las tijeritas. Y entonces ella, aun sin necesidad de tener que hacerlo, se cortaba primero las suyas para demostrarle que no pasaba nada.

—No, no quiero ni pastel ni ceremonia —dice mientras se ruboriza, aunque está encantado, Jen lo percibe como si los sentimientos de su hijo fueran también los de ella. Madre e hijo son como una cremallera que se va separando a medida que pasan los años. Por eso ahora están más cerca el uno del otro que en 2022.

—De acuerdo, pero solo si nos dices tu deseo —propone Jen.

—Un deseo de cumpleaños no es para ir contándolo por ahí —replica Todd enseguida.

Dios mío, su piel. No tiene ni rastro de vello facial. Sus emociones burbujean cerca de la superficie, ese rubor, esa sonrisa turbada pero feliz, la superstición que envuelve el tema de los deseos. Es antes de que aprendiera a enterrarlo todo, a ser tan hombre.

—¿Qué pasa? —pregunta Todd, mirándola con curiosidad.

—Es que se te ve tan… mayor —dice, un sentimiento que es justo lo contrario de lo que está pensando.

Todd agita la mano para restarle importancia, pero está encantado. Los ojos de Jen se llenan de lágrimas.

—Venga, no empieces con tus lágrimas de cocodrilo —dice Todd en tono desenfadado.

—Es tan raro este sitio —dice Kelly, actuando siempre como un diplomático evasivo. Jen lo mira a los ojos. Ese azul marino. Son tan suyos. También es posible que la persona que aparece en la foto… También es posible que no tenga esos ojos, que no sean exactamente así. A lo mejor se ha equivocado. Kelly se recuesta en el asiento y abre las manos—. Parece… No sé. Un comedor escolar. ¿Por qué están tan pegadas las mesas entre sí?

Llega el plato principal. Pollo al curri *katsu* para Jen, lo único que le gusta de la carta.

—Me encantaría que me contases tu deseo —le dice a Todd.

—Solo si me prometes que seguirá haciéndose realidad —contesta Todd y a la vez arponea un *dumpling* con el palillo.

Había insistido en utilizar los palillos, Jen lo recuerda ahora. En la versión anterior de este día, Jen se había reído de él. Pero hoy no lo hace, porque piensa en lo que Todd le contó sobre ciencia la otra noche, mientras cenaban. Sobre las cosas que le importan.

—Te lo prometo.

—Pues simplemente… que todo vaya bien —dice Todd—. Sacarme la ESO. Seguir trabajando duro. Acabar convirtiéndome en algo.

—¿Y eso qué sería? —pregunta Jen con cariño y sin dejar de mirarlo a los ojos bajo la dura luz artificial.

Está pálido. El ambiente huele al beso del ajo al entrar en contacto con la sartén y Jen piensa de inmediato en su padre y en el pan de ajo en el horno.

Se encoge de hombros, un niño bañado por el resplandor del interés parental, feliz de que lo vean pensando, soñando, deseando.

—Científico —responde Todd—. Algo científico. Me gustaría poder salvar la Tierra en un futuro. Me gustaría cambiar el mundo.

—Lo sé —dice en voz baja Jen. ¿Cómo pudo en su día reírse de esto?

—Me parece muy encomiable —dice Kelly—. Muy guay, de verdad.

—No intento ser guay —responde Todd.

—Ya sé que la palabra ha quedado anticuada, perdona.

—No pasa nada —dice Todd, y Kelly ríe con su risa fácil.

Entonces, cuando levanta la vista y lo distrae alguna cosa que hay detrás de ellos, su expresión cambia por completo.

—Oh, disculpad, tengo que coger esta llamada —comenta Kelly mientras se pone de repente en pie.

Se lleva el teléfono al oído y la camiseta se le levanta con el movimiento, dejando al descubierto su fina cintura. Se marcha al otro extremo del restaurante, donde no puedan oírlo. Jen observa el teléfono, observa la cara de Kelly mientras habla. Está segura de que no ha sonado, de que la pantalla no se ha iluminado.

Vuelve la cabeza y mira detrás de ella.

Nicola Williams está sentada dos mesas más atrás. Jen está segura de que es ella, aunque su aspecto sea completamente distinto, con el pelo suelto y una blusa de lo más glamurosa. Comparte un tazón de *noodles* con un hombre y no para de reír.

El calor recorre de arriba abajo la espalda de Jen. Eso es. Eso es. Kelly se fue. Dejó a medias la comida de cumpleaños. Un tema urgente de trabajo, dijo. Su mirada se dirige de nuevo hacia él, cuando vuelve a la mesa después de una llamada telefónica que ha durado solo diez segundos.

—Trabajo —explica. Está encorvado, sin mirarlos directamente. Y sin mirar a Nicola, eso está claro—. Lo siento mucho…, un cliente que ha vuelto antes de tiempo y quiere hablar sobre un trabajo… ¿Os importa si…?

—No, no —dice Todd, siempre razonable, siempre afable, hasta que mata. Agita la mano y de pronto vuelve a parecer un hombre, en esa tierra de nadie que se extiende entre la infancia y la edad adulta—. Por supuesto que no. Ve. Ya me comeré yo lo tuyo.

—¡Es su cumpleaños! —Jen intenta ganar tiempo.

—No pasa nada.

—Acuérdate de mí cuando ganes el Nobel —le pide Kelly a Todd, diciéndoles adiós con la mano a los dos.

Jen se levanta. Tiene que hacer algo.

—Nicola —dice en voz alta. Nicola no la mira, no hace nada en absoluto, sigue comiendo *noodles*—. ¿Nicola? —repite Jen, dirigiendo la voz hacia la otra mesa.

Kelly ha dejado de andar y está girando lentamente sobre sí mismo, observa con atención a Jen.

Nicola esboza una mueca, desconcertada, y niega con la cabeza.

—¿Conoce a mi marido? —Jen señala a Kelly.

Las miradas de Nicola y Kelly se cruzan, pero no hay nada. Ningún tipo de reconocimiento. O son mentirosos de primera, o no se han conocido aún, o esta mujer no es Nicola. Jen se acerca a ella. Dios, no lo es. Solo la ha visto a través de la puerta del club de *snooker*. Y ahora, mirando bien a esa mujer, está segura de que no es ella. Va mucho más acicalada, el pelo es distinto, el maquillaje y la ropa que lleva son mucho más cuidados.

—Disculpe, perdón. La he confundido con otra persona —dice Jen, turbada.

Kelly se acerca de nuevo a la mesa.

—¿Qué pasa? —pregunta sin levantar la voz y apoyando las manos sobre el mantel.

Hay algo del lado erróneo de la asertividad en todo esto. Está cruzando el límite para pasar a mostrarse amenazadoramente enfadado.

—Lo siento, pensaba que la conocías —se disculpa Jen, pese a no haber conocido jamás a ninguna amiga de Kelly.

—Pues no —dice él, y espera a que Jen continúe. Aunque al ver que no dice nada, se marcha.

Jen debe de haberse equivocado. Nicola no debe de ser la razón de su ausencia.

—¿Te entristece que se haya ido? —le pregunta a Todd.

Todd se encoge de hombros, pero no es un gesto desdeñoso. Jen piensa que sinceramente no le ha molestado.

—No —responde.

—Mejor.

—La que se va normalmente eres tú —añade en voz baja.

Jen levanta la cabeza de repente, sorprendida. Tal vez no esté aquí para observar la conducta de Kelly.

Estudia con detenimiento a Todd, que tiene la mirada fija en la mesa. Piensa en lo que Andy le dijo sobre el subconsciente. Cuando afirmó que las pistas no siempre son lo más obvio.

Le viene a la cabeza la conversación sobre el trabajo de ciencias de Todd. ¿Qué fue lo que le dijo? «Normalmente no prestas atención a mis cosas». Piensa en las cajas de *pizza* de la otra noche, una vacía, la otra llena. En cómo lo dejó solo. En que es posible que todo esto sea algo más profundo, mucho más profundo que una cuestión de crimen organizado, maridos mentirosos y asesinatos. A lo mejor Kelly es una pista falsa. Ella está aquí, presente en el cumpleaños de Todd, siendo la que está ausente tan a menudo. ¿Qué lleva a alguien a cometer un crimen? Tal vez tenga que ver con cómo se ha comportado ella como madre. Al fin y al cabo, ¿no es cierto que todos los actos de un niño comienzan con su madre?

Jen y Todd llevan más de dos horas en la mesa y están molestando claramente al personal, que no para de preguntarles si quieren algo más. Fuera, ya se ha puesto el sol y el cielo ha adquirido una tonalidad ciruela. Todd se ha comido dos púdines, que ha pedido uno detrás de otro. «¿Cuándo se puede hacer esto sino el día de tu cumpleaños?», ha dicho, esperanzado, y Jen lo ha dejado pedirlos.

—Te estás haciendo mayor —dice ahora.

Se sumerge con fluidez en el papel de madre de un hijo de menos edad. Es innato, le dijeron siempre. Era algo que vivía dentro de ella. Aunque ella nunca pensó que tuviera. Le llevó mucho tiempo adaptarse. El nacimiento fue un caos, los años de bebé tan tensos, tan cargados, que Jen tenía la sensación de estar inmersa en un remolino, siempre con algo que hacer. Todos los clichés habían resultado ser ciertos: tazas de té por beber repartidas por toda la casa, amigos olvidados, carrera profesional pendiente de un hilo.

Y Jen lo había enterrado. La vergüenza de no haberse enamorado perdidamente de su bebé, que había llegado a su vida como la explosión de una granada. Había vivido junto a aquella deficiencia, se había acostumbrado a ella. Luego, años más tarde, seguía sintiendo la vergüenza, aunque también mucho amor.

Recuerda un día, mientras esperaba a que su hijo saliera de su pequeña aula, Todd tendría cinco o seis años, en que tuvo la sensación de que acababa de beberse una copa de champán. La efervescencia por la emoción de ver simplemente a su pequeño.

El amor, el amor verdadero, debería haber eclipsado la vergüenza, pero la maternidad está tan rodeada de opiniones que nunca llegó a desaparecer. Acceder a la vergüenza es muy fácil: en la puerta de la escuela, en la visita al médico, en las redes sociales. No consigue desprenderse de ella. Y tampoco debería hacerlo. «Normalmente no prestas atención a mis cosas».

—¿Vamos? —pregunta Todd, moviendo el pulgar en dirección a la puerta, indica que quiere irse.

—Siento lo de papá —dice Jen.

Sobre el rostro de Todd se cierne una sombra, como una nube que tapa el sol.

—No…, ya he dicho que no pasaba nada —responde, sinceramente perplejo, pero sin levantarse.

—Y siento si no he sido… la madre de tus sueños.

—Oh, por favor, mamá.

Todd gira la mano por encima de la mesa, un gesto que indica que lo deje correr. Con dieciséis años, ya ha aprendido a esquivar los golpes.

—Digamos que… —Jen se interrumpe, no sabe cómo expresarlo.

—¿Qué? —Todd ablanda la expresión y baja el tono.

—Tuve un sueño… —dice Jen. Un sueño es quizá el mejor camino para adentrarse en todo este lío—. Sobre el futuro.

—Muy bien —dice Todd, aunque sin que sus palabras estén imbuidas de su sarcasmo habitual. Parece sentir curiosidad, preocupación, quizá. Juega con el tenedor que ha utilizado para el pudin de chocolate.

—¿Quieres un té?

Se encoge de hombros.

—Vale.

Piden el té a la fastidiada camarera, que se lo sirve rápido, con las bolsitas todavía sumergiéndose en el líquido. Todd presiona la suya con un palillo.

—En el sueño —continúa con cautela Jen—, tú eras mayor y nos habíamos distanciado.

—Ya —dice Todd, y su mano cruza la mesa en dirección a la de ella, como solía hacer, sí, sí, como solía hacer cuando aún era medio niño.

—Tú habías cometido un crimen. Y me quedé preguntándome...

—¡Yo nunca haría eso! —exclama Todd, y el cuerpo le hace un movimiento violento mientras se echa a reír caóticamente, como un adolescente típico.

—Ya lo sé. Pero... todo puede cambiar. Por eso quería preguntarte... si querrías que entre nosotros cambiara alguna cosa.

—No.

Todd arruga la cara de ese modo tan suyo. La primera vez que puso esa cara fue cuando probó una fresa con ocho meses. Jen sabía, en el fondo, que eso lo había heredado de ella. Pero no fue consciente de que ella también hacía ese gesto hasta que lo vio a él hacerlo. «¡Esa es mi cara!», había pensado, maravillada. La había visto alguna vez en fotos, pero solo la reconoció de verdad cuando él hizo ese gesto; su reflejo.

Gracias a algún tipo de sensor, las luces del techo empiezan a apagarse y su espacio, en medio del local, queda iluminado por un foco, como si estuvieran representando una obra de teatro. Solo ellos dos, en el sótano de un centro comercial, adonde han acudido para celebrar el cumpleaños. Sus actos posteriores deben de empezar aquí: con ella, con su madre.

—¿No?

—Eres humana.

Lo dice tan sencillamente que es como si algo en lo más profundo del cuerpo de Jen diera un vuelco, la misma sensación que

273

experimentaba cuando él estaba a punto de nacer, su bebé, arropado en su vientre, dando vueltas como un barrilito, caliente, seguro y feliz.

—No te tendría de ninguna otra manera, mamá —dice.

Todd pone las manos sobre la mesa y le indica con un gesto que es hora de marcharse. La conversación se ha acabado. No, piensa Jen, observándolo con atención, porque él desee dar por terminada la discusión, sino porque ni siquiera cree que lo que acaba de producirse sea una discusión importante.

Van a buscar el coche y, en ese momento, Jen está a punto de contárselo. Que no ha sido un sueño. Que es real, que es el futuro y que está haciendo todo lo posible para salvarlo, para salvar a su bebé, de un destino gris, de un crimen, de un cuchillo, de la sangre, de una acusación de asesinato. Pero no la creería. Nadie la creería. Basta con mirarlo. Con las mejillas sonrosadas por el frío, con un leve rastro de chocolate en las comisuras de los labios, como cuando era pequeño y ella quería deshabituarlo de muchas cosas, pero principalmente de la golosina favorita de los dos: las galletas Bourbon. Comían tantas...

Casi espera poder regresar a aquel entonces, más lejos incluso. A lo mejor no está relacionado directamente con Kelly, sino con cómo Todd reacciona a lo que quiera que su padre haya hecho.

—Es de locos pensar que en su día podía llevarte en brazos. Mira lo enorme que estás ahora. —Jen lo mira.

—Te apuesto lo que quieras a que ahora el que podría llevarte en brazos soy yo.

—Seguro que perdería la apuesta.

El brazo de Todd descansa en los hombros de ella, el de ella rodea la cintura de su hijo. Y mientras caminan hacia el coche, Jen piensa que esta es posiblemente la última vez que se abrazaron. Está casi segura de que, a partir de esa edad, Todd ya no ha vuelto a abrazarla así. A partir de ahora será demasiado guay para hacer estas cosas. La primera vez que ella caminó con él en su cumpleaños, aquí, esta noche, ella no sabía que esta sería la última vez.

* * *

Una voz abajo. Jen estaba casi dormida, pero no del todo, evidentemente. Se levanta y camina en silencio, pasa por delante del ventanal de la escalera, baja, baja, baja, y se adentra en la casa. Kelly se encuentra en el estudio, que se abre al pasillo, y Jen se detiene a escuchar.

Está al teléfono.

—Sí, de acuerdo —dice—. En cuanto lo veas por la mañana, dile a Joe que lo he llamado, ¿entendido?

Joe.

Pero no puede ser que esté hablando con la cárcel. No da la sensación de que esté hablando con ninguna entidad oficial. Y es muy tarde, además. Debe de ser algún conocido mutuo.

—Sí, exacto —responde—. No quiero que piense que no me importa. —Lo dice con mucho cuidado, como si estuviera escogiendo lentamente las palabras, como el aficionado que toca muy despacio los distintos acordes en una guitarra—. No me gustaría echar a perder veinte años de relación comercial.

Jen se sienta en el peldaño inferior de la escalera. Veinte años.

Estas dos palabras son importantes por partida doble. Una traición, pero también una profecía de lo lejos que podría tener que retroceder en el tiempo.

Día menos mil noventa y cinco, 06:55 horas

Jen tiene un iPhone XR, piensa. Es un bloque enorme de forma rectangular. Está encima de la colcha y ella lo observa anonadada. Lo cambió —lo recuerda con claridad— porque de pronto dejó de conectarse con el *bluetooth* del coche y no podía hablar con los clientes más necesitados cuando volvía a casa del trabajo.

Verifica la fecha. Treinta de octubre de 2019. Miércoles. Tres años antes. Casi exactamente tres años antes.

Baja y se prepara un té. La casa está silenciosa y vacía. Todd no se ha levantado aún. Kelly no está, aun siendo tan temprano.

El roble ha recuperado todo su esplendor otoñal. A los pies del árbol han brotado tres setas. Abre la puerta. El suelo desprende ese olor a ahumado y a húmedo que anuncia que el invierno empieza a poner lentamente su motor en marcha.

Sorbe el té, descalza en el umbral de la puerta que da al jardín, y se pregunta si volverá a ver algún día el mes de noviembre de 2022. El vapor de la taza le empaña la visión.

Está enfadada, también obsesionada por lo que supuestamente tiene que averiguar sobre su marido o sobre su hijo.

Kelly había sido un padre natural. Porque Kelly es natural en todo, nunca se ha visto acosado por un exceso de pensamientos, por el rencor, por la culpa. Quería al bebé que habían creado, y eso era todo. Jen había observado su transformación con interés. «Esa sonrisa hace que todo merezca la pena», le había dicho Kelly un día a las cuatro de la mañana, con la luna iluminando el cielo, a una hora en la que solo estaban despiertos los bebés y las lechuzas.

Pero el sacrificio es un concepto distinto para hombres y mujeres. ¿Qué es, exactamente, lo que merece la pena? Kelly no había visto cómo cambiaba su cuerpo, ni que sus pezones se agrietaran como un plato roto. Ahora, Jen comprende que es cierto que todo ha merecido la pena, pero a veces se pregunta si es porque parte de las cosas que perdió por el camino le han sido devueltas. El sueño. El tiempo.

Y ahí es donde podría habitar el daño, piensa, si es que de alguna manera ha sido ella la causa de que dentro de Todd suceda alguna cosa, algo de lo que está convencida. Jen nunca ha sido una madre segura de sí misma y sabe, en el fondo de su ser, que algo debe de haber sucedido. Tal vez durante los primeros años de vida de Todd. Un día, cuando Todd tenía cuatro años, se le pasó por completo ir a recogerlo a la guardería, pensando que Kelly se encargaba de ello. Todd se quedó esperando con la funcionaria de turno delante de la puerta cerrada de la guardería. Y ahora, inmersa en un húmedo otoño, se estremece solo de pensarlo. ¿Podría ser ese tipo de cosas lo que haya llevado a su hijo a pensar, en un momento mucho más avanzado de su vida, que tiene que ser él quien solucione lo que quiera en que anda metido su padre? A lo mejor no se trata de Kelly, sino de la respuesta de Todd.

—¡Espero que ya estés lista! —grita Todd desde arriba con una voz bamboleante, todavía con gallos—. Ya ha llegado por fin.

Jen nota que en el estómago se le dispara la ansiedad. No tiene ni idea de qué pasa hoy y no tiene ni idea de qué espera su hijo de ella. Debe de tener quince años. Por Dios.

Llega Todd, un desconocido en la cocina de casa. Un fantasma. El pasado, la historia de Jen. Todd es un niño, parece como si tuviera diez años. Tuvo un desarrollo tardío. Lo había olvidado. Toda la preocupación que le supuso su crecimiento, borrada, esfumada, en cuanto el asunto se corrigió por sí solo. Pegó el estirón poco antes de cumplir los dieciséis, de pronto fue como si creciera cada noche mientras dormía. Hormonas, dolores del crecimiento, cambio de voz, y unos brazos flacos que se alargaron antes de que le diera tiempo a rellenarlos. Y ahora, aquí está, antes de que pasara todo eso. Su pequeño Todd.

—Es hoy —dice Jen.

Su mente funciona a toda velocidad. Octubre, octubre, octubre. No tiene ni idea. No es su cumpleaños. No es una fecha importante en ningún sentido. Pero es evidente que lo es. Para él.

—Anda, vístete —dice Todd. Y entonces añade, feliz—: Yo también voy a vestirme.

Jen es consciente de que no puede preguntarle adónde van, que no puede darle a entender que lo ha olvidado.

Todd se vuelve hacia ella como siempre hacía. Salen al pasillo y Jen le rodea los hombros huesudos con el brazo, con la esperanza encendiéndole la columna entera, como si alguien acabara de raspar una cerilla. Tiene que ser esto. Tiene que serlo. Está siendo conducida a salidas importantes que ha hecho con su hijo.

Quedarse con Todd en el Wagamama aquella fría noche de otoño del día de su cumpleaños fue lo que tenía que hacer. El amor hacia un niño nunca es excesivo. Y por eso Jen está consiguiendo ahora lo que siempre quiso: una segunda oportunidad para poder ser madre.

—¿Qué crees que debería ponerme? —le pregunta, a la espera de obtener alguna pista.

—Elegante pero informal, sin lugar a dudas —contesta Todd, como un niño actor.

Todd la sigue escaleras arriba. Su forma de caminar es distinta, con las zancadas torpes de un niño que no se siente todavía cómodo en su cuerpo.

—Elegante pero informal —repite Jen.

Todd entra con ella en su habitación y se dirige sin prisas al cuarto de baño para ducharse. Oh, sí, claro, pasó por una fase en la que, sin motivo aparente, prefería ducharse aquí. Un detalle más del ritmo de la vida familiar, igual que Enrique VIII encuentra un lugar favorito para dormir y va cambiándolo cada pocos meses. Con quince años, Todd pasaba bastante de la intimidad. También llegó con cierto retraso a la vergüenza del adolescente. Jen recuerda cómo le preocupaba que siempre dejara la puerta del baño abierta y que no sabía muy bien cómo abordar el tema. Pero pronto, como tantas otras cosas, el asunto se solucionó por sí solo y Todd empezó a utilizar el otro cuarto de baño y a cerrar con pestillo la puerta.

—¡Utilizo esta toalla! —grita Todd.

—¡Vale! —replica Jen—. Claro.

Sale al descansillo con la esperanza de encontrar a Kelly, pero no hay indicios de que esté en casa. El coche no está en el camino de acceso. Sus zapatillas deportivas tampoco se ven por ningún lado. Es muy temprano. ¿Se habrá ido a trabajar o…? Cuando Jen se ha despertado, ya no estaba y no ha tenido oportunidad de activar el localizador en el teléfono.

Jen acaricia la pintura de las paredes de su cuarto. Sigue pintado en color magnolia, antes de que pintaran encima de gris y luego pusieran las alfombras nuevas: está viviendo las reformas de la casa al revés.

En el teléfono no encuentra nada que le indique por qué hoy es una fecha señalada. Mira el correo, pero tampoco encuentra nada. Se dispone a bajar a la cocina para ver si hay alguna nota pegada en la nevera con imanes, cuando Todd empieza a hablar.

—¡Aunque —grita desde la ducha, para hacerse oír— el NEC es enorme! ¡Así que a lo mejor irías más cómoda con zapatillas!

Eso es. La Feria de Ciencias que se celebra en el NEC. Un día de salida estupendo. Caramelos en la autopista, risas, chocolate caliente de vuelta a casa. A Jen la ciencia la aburre increíblemente, pero confía en disimularlo bien. Aunque es evidente que nunca lo consigue.

* * *

—La verdad es que es de lo más previsible —dice Todd, mientras observa sin ninguna pasión un tubo de ensayo humeante. Pies grandes, pelo alborotado, una sonrisa encubierta. Finge que no se está divirtiendo, pero por dentro hierve de emoción—. ¿Qué esperaban obtener del CO_2 sólido?

—Pues a mí me parece magia —reconoce Jen.

Su hijo se encoge de hombros. Siguen deambulando por el pabellón enmoquetado de azul y visitando los diversos estands. Está abarrotado, y el techo alto no ayuda a compensar la claustrofobia, el calor artificial, la dicotomía de la gente que quiere estar aquí y que se ve inevitablemente emparejada con la gente que no quiere estar, quien se entrega a la causa, quien la ama.

A Jen le duele la espalda, igual que la primera vez que vivió este día. Recuerda que ella quería ir a la tienda, a la cafetería, que había prestado más atención al teléfono que a la muestra científica y a su hijo. Sin embargo, esta vez no presta atención a nada externo.

—Eso de ahí tiene buena pinta —dice Todd, señalando.

Han instalado una marquesina al fondo de la sala de exposiciones. Un hombre vestido con chaqueta reflectante se encarga de la gestión. Y, entre la muchedumbre que camina lentamente y se detiene a cada momento para toquetear los objetos expuestos o comprar latas de refresco en los distintos puestos de avituallamiento, Jen divisa el rótulo: «La ciencia del mundo que nos rodea».

Todd echa a andar hacia allí y Jen lo sigue. Va directo hacia una muestra relacionada con el espacio exterior y ella dirige sus pasos hacia una sección que lleva por título: «Cosas con las que jugar».

—¿Alguna cosa que le interese? —le pregunta desde detrás de un mostrador blanco una mujer vestida con camiseta azul.

En la mesa hay expuestos pequeños artilugios. Un objeto que parece una bola de cristal, que, según reza el cartel, se llama radiómetro. El péndulo de Newton. Un reloj gigante con todas las zonas horarias del mundo.

Jen se muere de calor, tiene las venas de las manos hinchadas. Hay demasiada gente aquí dentro, en este espacio inmensamente blanco. Se siente como Mike Teavee. Busca con la mirada a Todd, que continúa con unos auriculares puestos y partiéndose de risa. Lleva colgada al hombro una bolsa con folletos y regalos. En nada, cogerá unos caramelos de menta, que se comerán entre los dos meses después.

—No, gracias —le responde a la mujer, alejándose de los estrafalarios juguetes científicos.

Gira sobre sí misma trazando un círculo lento y observa los distintos estands. Está segura, segurísima, de que aquí podría averiguar alguna cosa.

Entonces es cuando lo ve. En un estand muy concurrido que se anuncia como «El lugar equivocado, en el momento equivocado». Andy. Es Andy, un Andy más joven, más delgado y —lo más interesante de todo— también más sonriente. Está repartiendo folletos.

—Forma parte de mi investigación sobre la memoria —le explica a una mujer con dos niños gemelos.

Jen coge un folleto. Cuando Andy la mira, no pasa nada. Ni siquiera una sombra de duda. Por supuesto.

—¿Sobre la memoria? —dice Jen.

—Sí, y más concretamente sobre su almacenamiento. Sobre cómo, en personas con buena memoria, ese almacenamiento está muy bien organizado.

—¿Estudia la memoria subconsciente? —le pregunta. No tenía ni idea de que Andy hubiera empezado así. No se lo había mencionado nunca. Ella no se lo había preguntado nunca—. ¿O —señala entonces el cartel— el tiempo?

—Es lo mismo, ¿no? —responde con una leve sonrisa—. El pasado es memoria, ¿verdad?

De pronto, sola entre la muchedumbre, en el pasado, Jen tiene la sensación de estar casi al final. Sabe, de manera instintiva, que será la última vez que verá a Andy. Que el horripilante pasado se precipita hacia ella.

Coge uno de los cuestionarios y apoya los codos sobre el mostrador.

—Nos conocemos —le dice.

Andy se queda confuso.

—Disculpe, pero yo no...

—Nos conocemos en el futuro —continúa Jen.

Aunque, de pronto, piensa que es poco probable que vaya a ser así. Porque según la teoría de Andy, el día que resuelva todo esto, sea cuando sea ese día, todo se reproducirá a partir de ahí, borrándolo todo, borrando todo este viaje hacia atrás, que en realidad no habrá sido más que una investigación del pasado. En consecuencia, sería mejor decir que no se han conocido nunca. Resulta gracioso. Sus verdades son las mismas, aquí en el NEC, varios años atrás.

Jen levanta la mano para tranquilizarlo.

—Yo siempre le formulo las mismas preguntas, y espero que a veces sus respuestas sean diferentes.

Andy la observa, parpadeando, y lentamente le coge el papel. Sigue mirándola. Su barba es más oscura y tupida. Está más delgado. No lleva alianza de boda. Jen piensa en todas las cosas que podría contarle, en los pocos detalles que sabe sobre su vida en el futuro. Si se lo contara, tal vez no se dedicaría a estudiar los bucles temporales. Tal vez cambiaría por completo el futuro de Andy, aunque no pudiera hacer que ese cambio se mantuviera.

Entonces es cuando juega el as que guarda bajo la manga.

—Me dijo usted... en el futuro... que le dijera que su amigo imaginario se llamaba George.

Y antes de que termine la frase, Andy la interrumpe y coge aire.

—George —repite, maravillado—. Es lo que les digo a los...

—A los viajeros en el tiempo, lo sé —susurra Jen, mientras se le eriza el vello.

Magia. Esto es magia.

—¿En qué puedo ayudarla?

Jen se lo vuelve a explicar todo. Ha perdido la cuenta del número de veces que ha repetido esta historia. Andy la escucha con atención. Su cara tiene menos arrugas, parece también menos gruñón.

—A veces —dice Andy con amabilidad cuando Jen termina su explicación—, las emociones que acompañan el vivir algo por primera vez nos impiden ver la realidad, ¿verdad? —Se rasca la barba—. Si pudiera volver atrás... Si pudiera situarme a cierta distancia y ser realmente testigo de los hechos de mi vida, si supiera cómo van a evolucionar...

Jen se queda mirando a Andy, a esta versión más joven, menos cansada y más sentimental de él.

—A lo mejor es eso... —dice.

Ser testigo de su propia vida, y de todos sus detalles, desde cierta distancia. Tal vez sea eso todo lo que necesita saber.

—Aunque me pregunto —reflexiona Andy— cómo pudo crear la fuerza necesaria para poder entrar en un bucle temporal. Tendría que ser...

—Lo sé —dice ella rápidamente—. Una fuerza sobrehumana. Eso sigue siendo un misterio.

Se despide de él con un saludo, da media vuelta y echa a andar hacia su hijo y hacia el camino que están recorriendo juntos. Aquí, en el pasado, siente que ya está casi a punto.

Todd se quita los auriculares. Le indica con señas que se acerque y le ofrece un caramelo.

—$C_{10}H_{20}O$ —dice, aplastando uno—. Es la fórmula química del mentol.

—¿Cómo lo sabes? —pregunta Jen.

Adora a su hijo. Lo rodea por los hombros con el brazo y él la mira, sorprendido. Ojalá se pudieran quedar aquí, en su niñez, juntos, sin nada más.

—Simplemente lo sé. Es decir, solo tiene un átomo menos de oxígeno que el ácido decanoico —dice feliz, como si eso fuera una explicación.

Es justo el tipo de frase que habría hecho reír a Jen. «Gracias por la aclaración», habría dicho. Puede que lo hubiera dicho, pero hoy no lo hace. La chanza es capaz de esconder los peores pecados. Hay quien ríe para ocultar su vergüenza, quien ríe en lugar de decir: «Me siento incómodo y diminuto». De pronto, piensa en Kelly. En ese humor fácil que siempre han compartido. Pero ¿cuándo le ha contado Kelly cómo se sentía? Si lo observase con imparcialidad, ¿qué vería?

Y aunque tener estos conocimientos sobre Todd, esta compasión, no sirva para impedir el crimen, Jen se alegra de sentirla. Se alegra de que su hijo le revelara su verdad aquella noche en la cocina, cuando le dijo que la física era lo más importante para él.

—¿Qué piensas de los viajes en el tiempo? —le pregunta.

—Pienso que son totalmente posibles —responde.

—¿Sí?

—Dicen que si el tiempo es lineal es solo por la relación causa-efecto.

—Me parece que tendrás que bajar un par de niveles para que yo lo entienda.

—Es una forma de pensar que… —La mira a la cara. Enarca las cejas cuando pasan por delante de un puesto de dónuts. Jen responde con un gesto de asentimiento y se incorporan a la cola—. Da igual —termina.

—No, de verdad.

—Te resultaría aburrido. Lo sé. En nada se te empezarán a poner los ojos vidriosos.

—No, de verdad que no —dice precipitadamente Jen—. Tú no me aburres nunca. Explicas las cosas muy bien.

Todd cobra vida.

—De acuerdo, pues. El tiempo no es más que una forma de pensar que somos agentes libres. Que nuestros actos tienen causa y efecto. Esto es lo que nos lleva a pensar que el tiempo fluye en una sola dirección, como un río.

—¿Y no es así?

Todd se encoge de hombros y la mira.

—Eso no lo sabe nadie —responde.

Y al instante Jen siente lástima por la Jen del pasado, e incluso más lástima por el Todd del pasado. Se siente mal por haber decidido que esta parte en concreto de la relación con su hijo, la relación intelectual, no era accesible para ella. Cuando ahora resulta que ella sabe más que nadie sobre el concepto del tiempo no lineal.

—Como la paradoja del sesgo cognitivo —continúa, después de comprar los dónuts—. Todo el mundo piensa que sabe lo que va a pasar. La gente dice: «¡Yo ya sabía que esto iba a pasar!», cuando, en realidad, lo dicen independientemente de cuál sea el resultado. Porque nuestro cerebro es tan bueno que considera todas las posibilidades. Siempre lo sabemos, pase lo que pase.

Jen reflexiona sobre eso. Intenta digerirlo. Todd sería capaz de resolver su propio crimen en tan solo cinco segundos. Es muy inteligente. Y aquí lo tiene ahora, un niño todavía, con una cabeza que aún no se ha visto contaminada por los convencionalismos. Entre todos los seres del mundo, es la persona ideal con la que mantener esta conversación. ¿Qué probabilidades había de que fuera así?

Al final, decide decir simplemente eso.

—Eres tan inteligente, Toddy...

Pasan por delante de un estand de material médico, test para la diabetes, electrocardiógrafos, otro estand que gira en torno a la importancia de la realización del TAC de la aorta abdominal.

—¿Quieres que te hagan un escáner de la aorta? —pregunta Todd en broma. Pero Jen sabe que la ha oído, sabe que se lo ha tomado como un cumplido. Y que por eso dice a continuación—: Cuando descubra algún nuevo compuesto químico, seguro que dirás: «¡Yo ya sabía que esto iba a pasar!».

Jen se echa a reír.

—Probablemente.

Todd abre los dónuts.

—¿Quieres uno entero o solo un mordisco? —pregunta.

Entonces, por alguna razón, Jen recuerda este preciso momento. La otra vez rechazó la oferta. Estaba a régimen. Eso es. Y la verdad es que lleva unos vaqueros de talla cuarenta. Nada que ver con la que lleva en 2022.

—Un mordisco, por favor —responde allí, en un pasillo abarrotado del NEC con su hijo, que le ofrece un trocito de masa azucarada.

La gente pasa dando empujones a su lado, pero a ellos les da igual. Jen le da un mordisco al dónut sin que él lo suelte, como un animal, y Todd ríe, arqueando las cejas, y la sonrisa se ensancha hasta quedar suspendida en el tiempo, fija en su mirada.

Ryan

Ryan le entrega a Ezra el tercer coche en otras tantas semanas. Es noche cerrada, entre las tres y las cuatro. Está hecho polvo. No ha podido acostarse, así que apenas consigue dormir. Le pesan los brazos y las piernas y tiene frío, le tiembla todo el cuerpo.

—Muchas gracias —le dice Ezra.

Y entonces, justo cuando está a punto de marcharse, llega Angela, su colega.

—Ajá —comenta Ezra.

Angela le sonríe a Ryan. Una sonrisa cautelosa. Una sonrisa que dice: «Nos conocemos, pero no estamos compinchados». Viste un pantalón de chándal, va sin maquillaje y lleva el pelo recogido en una cola de caballo que deja a la vista las raíces canosas.

—Tengo un Mercedes para ti —le dice a Ezra—. Un poco complicado porque la llave no estaba a mano y he tenido que entrar. He roto la ventanita de la parte superior del aseo con un martillo.

Ezra se acaricia la barba.

—Vale, vale…, pero los propietarios no estaban, ¿no? —Trata el asunto como si fuese un director de oficina simpático, no un criminal, y, con diligencia, tacha el coche de la lista de su libreta—. ¿Matriculado?

—Sí —dice Angela—. Sin alarma.

Es una noche muy fría. Marzo, pero sigue helando y el ambiente está congelado como el de una pista de hielo. A Ryan le escuecen los ojos. Poco a poco empieza a darse cuenta de que estar infiltrado es a veces —como sucede con la mayoría de los trabajos— tedioso, fastidioso y tremendamente agotador.

—Sí, resulta increíble que haya tanta gente que no la conecta cuando se va de vacaciones —explica Ezra, aunque su tono de voz va en descenso, es oscuro, irónico, quizá. Como si estuviese contándose un chiste.

Angela no es tonta, así que cambia el rumbo de la conversación, aunque a Ryan le gustaría poder presionarlo y preguntarle: «¿Cómo sabías que estaban fuera?».

—Bueno, el caso es que está muy bien —dice Angela—. Casi nuevo.

—Los Mercedes gustan mucho en Oriente Medio —responde Ezra.

Es hombre de pocas palabras. Ryan reconoce enseguida ese perfil. Kelly era similar. No mostraba nunca sus cartas. Daba explicaciones lo suficientemente creíbles como para no invitar a preguntas y nunca revelaba más de lo necesario. Ni siquiera te dabas cuenta de que te esquivaba casi siempre, de que no te daba respuestas, y eso siempre riendo; luego te decías «¡Pero espera un momento!». Se puede aprender mucho de él.

—¿Tienes ya los mensajes para mañana? —pregunta Ezra. Otra cosa de trabajar infiltrado: las líneas que separan el trabajo y el papel que estás representando son muy confusas. Se supone que Ryan no está de turno mañana, pero ¿qué puede decir?—. Lo siento, ¿no trabajas mañana?

—No.

—Sois buenos chicos, los dos —dice Ezra.

Y Ryan piensa que resulta gracioso que, en el fondo, la afirmación que acaba de hacer Ezra es del todo cierta, aunque no en el sentido que él se imagina.

—Me encanta esto —dice Ryan—. Es el dinero más fácil que he ganado en toda mi vida. ¿Te imaginas tener un puto trabajo normal en el que encima tienes que dar la mitad de lo que ganas al recaudador de impuestos?

Ezra emite un sonido que se encuentra entre un gruñido y una carcajada.

—Sí, fichando para entrar y después fichando otra vez para salir. La Seguridad Social. Sin segundas residencias en Marbella —dice.

Marbella. Más información secreta. Podrían seguirle la pista al dinero con el que adquirió esa propiedad.

—Exactamente.

—Esos gilipollas ricos no necesitan sus segundos coches —añade Ezra. Ryan rasca el suelo con el pie. Durante el tiempo que lleva en la policía ha aprendido el poder que puede llegar a tener el silencio, y ahora lo ejerce por vez primera. Adivina que Ezra está a punto de decir algo importante—. Pero vaya circo que se montó con lo del bebé.

Ryan mantiene el rostro totalmente inexpresivo, aunque nota que el cuerpo le empieza a dar saltos de alegría pensando en lo que está por llegar.

—Y que lo digas —dice con delicadeza Angela—. Manzanas podridas, ¿verdad?

—¡Ja! ¡Manzanas! —eclama Ezra—. A veces dices cosas raras.

Ryan esboza una mueca, apenas detectable para Ezra, Ryan espera.

—Dos putos paganos —dice Ezra.

Paganos. Esbirros desleales, según el argot de las bandas. Es información que podría llevar a Ryan hacia arriba, hasta el pez gordo. Y lo que es más importante —al menos para Ryan—, hasta el bebé. Si pudiera encontrar al bebé y dejar que la banda siguiera a lo suyo, lo haría. No puede dormir pensando en la niña. Sola, asustada. Y a saber quién está custodiándola. Echando de menos a su madre. No puede, no puede ni pensarlo.

Echan a andar hacia los coches para que Ezra pueda inspeccionarlos. El suelo está lleno de cristales rotos y de colillas. Ryan piensa de nuevo en el riesgo que está corriendo. En la idea de que es un peligro al que ha accedido voluntariamente. De repente se pregunta, sin venir para nada a cuento, cuál será la tasa de fallecimientos de los agentes infiltrados, con qué frecuencia acaban pillándolos. Con qué frecuencia acaban excediéndose y sobrepasando los límites con tal de obtener información.

—Pero ¿cómo es que ni siquiera vieron al bebé? —pregunta.

Angela se rasca la nariz, una señal acordada entre ellos que indica que hay que moderarse, pero Ryan la ignora.

—Un par de putos idiotas, ¿no os parece? —replica Ezra, cada vez más animado—. Creo que no le dieron ni siquiera importancia. —Levanta las manos—. Y a mí tampoco me importa ese puto bebé. Lo que sí me importa es que esos putos macarras de la Unidad de Crímenes Mayores caigan sobre nosotros.

A Angela le debe de picar muchísimo la nariz, pero Ryan continúa formulando preguntas. No puede parar.

—Y entonces, al final, ¿el bebé zarpó también con el barco?

Han llegado ya a los coches, y Ezra descansa una mano sobre el capó. Vuelve la cabeza para poder ver bien a Ryan, una rotación lenta, como la de un animal. Al final, cuando sus ojos se encuentran, Ryan se topa con una mirada gélida y comprende que la ha cagado.

Pero resulta que no.

—¿Bromeas? —dice Ezra—. Por supuesto que no permití que metieran a ese bebé en el barco.

Ryan contiene la respiración. Están a punto, están al borde de algo. Y justo cuando se dispone a seguir preguntando, Angela levanta la mano. Nadie podría adivinar jamás qué significaba esa señal, a menos que lo supiera.

—Sí, claro, sabia decisión —dice Ryan.

Esta vez, su instinto se muestra de acuerdo con Angela. Aunque hay que ver hasta dónde le ha llevado ese instinto hasta el momento. Ahora podrá decirle a su responsable, que a su vez podrá decírselo a los de investigación criminal, que el bebé está en el país. Que no lo han enviado a Oriente Medio. Gracias a Dios.

Evidentemente, dejar de preguntar ha sido la decisión correcta, porque entonces dice Ezra:

—Mañana por la noche voy a ver al jefe.

—El cerebro —dice Ryan. Incluso está empezando a sonar distinto.

Está eliminando gradualmente el acento galés que heredó de su padre. Qué fácil sería perderse para siempre en este tipo de vida. Vivir, en sentido literal, la vida de otra identidad hasta convertirse en ella.

Ezra señala a Ryan. Hace tanto frío que le tiembla la mandíbula, el aire tiene esa sequedad similar al polvo de tiza que acompaña a la nieve.

—Deberías venir. —Mira entonces a Angela y se dirige a ella con el alias que utiliza como agente infiltrada—. Y tú también, Nicola.

Día menos mil seiscientos setenta y dos, 21:25 horas

Todd tiene trece años.

Es un niño de trece años y metro treinta y cinco de altura. Huele a galletas y a vida al aire libre. Está instalado en el asiento trasero de su antiguo coche, que cambiarán por un modelo mejor de aquí a unos años, dando patadas al asiento de Jen, una manía que entonces aborrecía y que ahora le despierta un sentimiento nostálgico. O algo así.

Es uno de abril. En cuanto Jen se ha despertado por la mañana, con el sol proyectando un charco amarillo en el suelo del pasillo, ha recordado este día. Este fin de semana. Es Domingo de Pascua.

Están de regreso después de pasar el fin de semana en un pueblo donde se celebraba una feria tradicional y donde también han cenado. Cosas sencillas, cosas de familia. Jen se ha dejado llevar durante gran parte del día, se ha reído con ganas de la conversación de su hijo, de las pullas ágiles de su marido.

La primera vez fue un fin de semana perfecto. El tiempo había acompañado. Habían pasado casi todo el tiempo al aire libre, con amigos, celebrando una barbacoa, una pequeña fiesta con su círculo más íntimo. Y el domingo, Jen recuerda perfectamente que, en este mismo trayecto en coche, Kelly la había mirado y le había dicho: «Y aún nos queda todo un día de vacaciones mañana».

Se pregunta con curiosidad por qué recordará tan bien esa frase en concreto. Hay días, imagina, que son más nítidos que los demás, más fáciles de recordar. Hay días, incluso los más importantes, como el de su boda, que se pierden en el recuerdo.

Ahora están de nuevo aquí. Jen recuerda que se pasó parte de aquel viaje en coche preocupada por haber hecho enfadar a su padre en el despacho el jueves por la noche, después de una discusión sobre la vista preliminar de un caso. Le gustaría poder extender el brazo hasta llegar al pasado y zarandear a aquella Jen. La vida es muy corta. Pasa volando. «Tu padre se morirá un día», le diría a aquella Jen, pero no puede hacerlo. Jen es, hoy, aquella Jen.

El coche está oscuro y tranquilo, la radio suena bajito y la calefacción está alta, como a ella le gusta. Le tira la piel. Había olvidado que la primera vez se habían quemado con el sol, y hoy han cometido el mismo error. Ese sol primaveral británico tan engañoso, la calefacción, el sol fundido.

El sol se ha puesto hace cinco minutos. El cielo, más allá de la autopista, tiene el rosa del agua de rosas.

Han estado discutiendo sobre el Brexit.

—Tienen que seguir adelante y ya está —añade ahora Todd, un punto de vista del que más adelante se retractará. «Tendrían que haberlo pensado mejor», dirá cuando empiecen a formarse colas en los puertos.

Ha sido un día de lo más agradable bajo el sol, y Jen no consigue entender por qué está aquí. En todas las demás ocasiones, siempre ha sido capaz de averiguar alguna cosa, una pista pequeña y confusa, algo para cambiar. Una pieza del misterio. Pero este día se ha desarrollado exactamente igual que la primera vez.

Mierda. Descansa la sien contra la ventanilla del lado del acompañante y cierra los ojos. Conduce Kelly. En el presente, conduce mucho menos. Había olvidado que casi siempre conducía él. Y en este momento, Kelly descansa de forma casual la mano sobre la rodilla de Jen.

Disfrutará de lo que queda de día. A lo mejor, si deja de intentar averiguar alguna cosa, acabará pasando algo.

—¿Puedo quedarme aún un rato despierto cuando lleguemos? —pregunta Todd desde atrás.

Jen abre los ojos y mira el reloj. Son poco más de las siete y media. No tiene ni idea de a qué hora se acostaba Todd cuando tenía trece años. Ese avance hacia la edad adulta está totalmente borroso. Mira a Kelly, enarcando las cejas.

Kelly se encoge de hombros.

—Sí, ¿por qué no? —responde.

—¿Podemos jugar a *Tomb Raider*?

—Claro.

Todd ríe, un suspiro de felicidad. Kelly mira a Jen.

—Eso es porque te gusta Lara Croft —le dice en voz baja a Kelly.

—Oh, sí, sabes que adoro las tetas virtuales.

—¿Qué? —dice Todd desde atrás.

Kelly sonríe.

—He dicho que aún nos queda todo un día de vacaciones mañana.

Jen le devuelve la sonrisa, en la oscuridad del coche, justo cuando coge la rampa para salir de la autopista.

—Cierto —dice en voz baja, con la esperanza de que él no detecte la nostalgia y la tristeza en su voz. Y también algo más.

Esas bromas que siempre mantienen entre ellos... tal vez sirvan para algo más de lo que pretenden. Tal vez sirvan para eludir asuntos más profundos. Jen piensa a veces que Kelly está tan ocupado riendo que no hace nada más. Como mostrar cómo se siente. ¿Cuál es el fondo sobre el que se cimienta tanta charla irónica? La familia que han formado es encantadora, justo lo que ella siempre quiso después de haber crecido tan reprimida. ¿Pero no podría ser también el humor otro tipo de represión?

Se ve una luz por el espejo retrovisor, un halo azul. Los ojos de Kelly se dirigen rápidamente hacia allí y se quedan iluminados, su mirada azul marino se vuelve aguamarina durante un solo segundo. Eso es... Jen empieza a recordar algo. ¿Qué fue? ¿Hubo un accidente o...? No, no..., los pararon. Eso es. Y no pasó nada, lo sabe; por eso el incidente quedó difuminado en el pasado con tanta facilidad. Recuerda que en aquel momento le entró el pánico. Y ahora mira: justo lo que dijo Andy. Se limitará a observar.

La mirada de Jen se desplaza hacia el velocímetro, pero Kelly circula por la salida de la autopista a cincuenta. Nunca corre. Nunca paga impuestos. Nunca viaja. Nunca acude a fiestas. Nunca conoce a nadie. En las cenas, permanece sentado sin decir nada.

—¡Es la poli! —exclama Todd, riendo en el asiento de atrás, tan inocente todavía.

La espalda de Jen se siente incómoda, como si tuviera una mirada hostil clavada en ella. Se vuelve para mirar a Todd, que de aquí a cuatro años y medio será arrestado por asesinato y aparentemente le traerá sin cuidado, que mostrará una mirada hastiada y distraída mientras lo esposan. Jen estira el brazo para presionarle la rodilla, que encaja en la palma de su mano a la perfección.

El coche patrulla apaga las luces y luego vuelve a encenderlas. Jen mira por el retrovisor. El agente que ocupa el asiento del conductor, vestido con un chaleco oscuro, señala de forma muy evidente hacia la izquierda.

—Está diciendo que nos paremos, supongo —le dice Jen a Kelly.

La policía hace indicaciones. Las luces azules se funden con el naranja.

—Sí, eso quieren —replica Kelly.

Pero su voz... Jen lo estudia. Tiene la mandíbula tensa. Los ojos fijos en el retrovisor. La mano se ha retirado de su rodilla. Su tono: furioso. No por la posibilidad de una multa por exceso de velocidad, sino por algo más. Por algo más importante. La primera vez no se percató de nada extraño; ella también estaba muy nerviosa. Pero ahora que está conservando la calma, lo nota. Esa rabia que a veces parece bullir bajo la superficie del ingenio cáustico de su marido.

Kelly gira el volante con violencia cuando llega al final de la rampa. Se desvía hacia la izquierda, hacia el área de servicio, y se detiene junto a la acera, con dos ruedas sobre ella y dos ruedas en la calzada, en un ángulo que desprende hostilidad, como un adolescente que no está dispuesto a cooperar.

Se acerca un agente por el lado del conductor. Tiene la cabeza redonda, totalmente calva, brillante bajo las luces intensas de la gasolinera de la salida. Su simetría, como la de un balón de fútbol, resulta satisfactoria. Lleva una cadena al cuello, grande, gruesa, como la de un perro de pelea.

—Buenas noches —saluda cuando Kelly baja la ventanilla.

El aire primaveral se filtra en el interior.

—Estamos haciendo controles aleatorios de alcoholemia debido a las vacaciones. ¿Le gustaría participar? —Luce una sonrisa expectante, pero no es una pregunta.

Los ojos de Kelly pasan del salpicadero al parabrisas, luego, finalmente, se posan en el policía. Jen observa todos y cada uno de sus movimientos.

—Por supuesto —responde, saliendo del coche.

Ve que saca la cartera del bolsillo posterior del vaquero y la tira. Un movimiento totalmente fluido. Cae y se desliza en el asiento como un escarabajo hasta quedar disimulada por la oscuridad del coche. Excepto para ella.

—¿Van a arrestarme? —dice Kelly mientras Jen piensa con impaciencia.

El policía le da las gracias y Kelly, con las manos en las caderas, sopla el alcoholímetro en el margen de la carretera mientras siguen pasando coches. Cuando conduce, Kelly no bebe nunca, ni siquiera una jarra de cerveza. Por eso Jen no se preocupó en absoluto la primera vez. Por eso Jen no recordaba el incidente. Sin embargo, ahora está aquí. Y tiene que haber un motivo por el que está aquí. Una vez más, todo señala a su marido.

—¿Por qué hacen soplar a la gente de modo aleatorio? —pregunta Todd.

—Oh, pues porque hay muchos idiotas a los que les gusta beber los días de fiesta y luego se ponen al volante.

Kelly entra de nuevo en el coche y sube la ventanilla. Debe de haberse sentado encima de la cartera. No puede ser cómodo, pero su cara no dice nada. Absolutamente nada. Lanza a Jen una mirada rápida y tranquila.

—Dios, ¿pero acaso ese tío no se ha enterado de que no está en la policía de Los Ángeles? —dice.

—¿No te ha dado un poco de miedo que nos pararan? —pregunta Jen—. A mí siempre me aterra la posibilidad de haber hecho algo mal.

—Para nada —dice Kelly sin alterarse.

Jen se muerde el labio. Sentada en el asiento del coche, se siente como una espectadora de su propio matrimonio. ¿Cuándo fue la última vez que Kelly le dijo que algo le había molestado? ¿Le había dicho alguna vez que algo le molestara? De pronto, le entra calor. ¿Qué es lo que no deja dormir a este hombre por las noches? ¿Qué es lo que le enoja? ¿De qué se arrepentirá cuando esté en su lecho de muerte? De pronto descubre, sentada al lado del hombre al que ha prometido amar eternamente, que no es capaz de responder ni a una sola de esas preguntas.

Jen está en pijama, sentada con las piernas cruzadas en el sofá de terciopelo. Hay una vieja lámpara encendida, una que desecharán pocos años después. Esta noche, Jen se alegra de estar aquí, en el pasado, en un entorno confortable que no sabía que echaba tanto de menos.

Tiene en la mano la cartera de Kelly. De cuero marrón, gastada por los bordes como una novela manoseada. En su interior está la tarjeta de la cuenta corriente que tienen conjunta. Eso es: no tiene tarjetas de crédito a su nombre, tampoco tarjetas de débito. Tres monedas de una libra, la llave para abrir la taquilla del gimnasio y el carné de conducir.

Jen se reparte el contenido sobre el regazo y se queda mirándolo. Son cosas muy normales. ¿Qué esperaba encontrar? ¿Qué objeto ilegal iba a guardar alguien en su cartera?

Estudia el carné. El holograma… No está del todo segura. Salta del sofá para ir a buscar su carné de conducir y los coloca uno al lado del otro. ¿Son iguales los hologramas? Los acerca a la luz. No. No son exactamente iguales, no. El suyo es…, es como más plano.

Con el teléfono, hace una búsqueda en Google de «carné de conducir falsificado». «La mejor forma de adivinarlo —dice un artículo— es observando bien el holograma. No es fácil replicarlo». Y acompañan el artículo dos fotografías: una de un carné de conducir auténtico y otra de un carné falso.

El holograma falso es exactamente igual que el del carné de Kelly.

No puede más. No puede seguir averiguando cosas que desearía poder olvidar. Apaga la lámpara y se queda sentada a oscuras en el salón, con el consuelo de su viejo sofá y con el carné de conducir falsificado de su marido en las manos.

Día menos cinco mil cuatrocientos veintiséis, 07:00 horas

Jen está en una cama distinta. Lo sabe del mismo modo que sabe que apenas son las siete de la mañana, del mismo modo que antes de entrar en una sala sabe que dentro han estado discutiendo o del mismo modo que sabe que un coche por delante de ella está a punto de arrancar. Microemociones, ¿no se llaman así? La capacidad que tiene el ser humano de detectar pequeños cambios. No se puede explicar. Simplemente, se sabe. Imagina que Todd diría que es la paradoja del sesgo cognitivo.

La luz se ve diferente. Ese es el primer indicio. En el ventanal de la escalera no hay persianas. La habitación está bañada en una luz grisácea, filtrada de forma borrosa a través de unas cortinas.

Debe de ser invierno. Nota un radiador encendido; huele el metal caliente y percibe la mezcla del calor artificial con el frío por encima de la cama.

El colchón también es distinto. Viejo y con bultos, de cuando tenían menos dinero. Resulta gracioso lo rápido que te acostumbras a tener dinero. Parece fácil. Te olvidas de cómo era la vida sin él, de cómo era dormir en colchones malos y ahorrar para poder comprar algún día comida para llevar.

Está sola. Sigue tumbada bajo la luz grisácea, parpadea y suelta todo el aire, le da miedo seguir mirando.

Se palpa el costado, por debajo de la colcha. Sí. Los huesos de la cadera sobresalen. Es mucho más joven.

Bien. Se arma de valor y sale de la cama. La moqueta. La reconoce al instante. La moqueta la orienta enseguida. Está en su casa favorita. La casa diminuta y solitaria del valle. Siente un escalofrío. Estará a solas con un hombre cuya identidad sabe que es falsa.

Busca un teléfono móvil y se alegra al descubrir que hay uno esperándola. Inspira hondo y mira la fecha. Quince años atrás. 2007. Veintiuno de diciembre. Jen se siente enferma. Es una putada. Es una putada tremenda. Tiene un niño de tres años. Y ella tiene veintiocho. Un salto atrás de gigante. ¿Qué sentido tiene pasar de los trece años a los tres?

De pronto, siente una rabia tremenda por todo lo que le está pasando. Se acerca a la ventana, deseosa de subirla, de gritarle al aire campestre, de hacer algo, lo que sea, y... Vaya. Ahí está. Su paisaje favorito. Está todavía en su fase nómada con Kelly, desconectada de todo, antes de que Todd necesitara ir a la escuela. En la casita del valle, una casa que parecía un hotel del Monopoly, donde jamás veían a nadie.

¿Y si fue esto? ¿Y si fue que este tipo de vida era mala para él? Tanto aislamiento. Descansa la cabeza en el cristal de la ventana, en vez de abrirla y ponerse a gritar. ¿Cómo demonios puede saberlo? No tiene ni una puta pista. Su aliento furioso empaña la ventana. Dame una pista, piensa, mirando el vaho. Pero el vaho se esfuma y Jen observa el exterior. Contempla la belleza del inhóspito paisaje, marrón sepia invernal. Las colinas se ven viejas, ajadas. Una campiña auténtica, salvaje, sin alterar por la mano del hombre, hierba crecida, rubia, playera. Adoraba aquel lugar, y ahora está de vuelta.

Se pone una bata por encima de un pijama a cuadros que ni siquiera recuerda que tenía. Oye a Todd y Kelly en el salón. Hablan bajito. Jen aún no está preparada para verlos.

Su cuerpo recuerda la disposición del bungaló. Se dirige hacia la derecha, hacia el baño, antes de pasar a verlos. Necesita antes verse a sí misma. Saber qué puede esperar.

Observa la pequeña luz de led que hay sobre el espejo. Por instinto, levanta la mano para tirar de la cuerdecilla. Sabe que se le resistirá, que está dura, que, más adelante, acabará rompiéndose. Y con un ping queda iluminada.

Es la Jen de las fotografías. Es la Jen del día de la boda. Jen ha vuelto a mirar con frecuencia a aquella Jen, y piensa con nostalgia que no sabía lo estupenda que estaba entonces. Se había fijado en su nariz potente, en su pelo alborotado, pero mira: una piel transparente y luminosa. Pómulos. Juventud. Eso no puede fingirse. Cuando la cara está en reposo, no muestra ni una sola arruga. Se lleva una mano a la piel, que cede como masa de pan, esponjosa y repleta de colágeno, nada que ver con el papel cebolla que le espera a los cuarenta.

Jen se vuelve hacia la puerta. Sigue oyéndolos. Sabe que están en el salón, bajo la media luz de mediados de diciembre.

—¿Jen? —la llama Kelly.

—Sí —responde ella, con una voz más aguda y más ligera que la de 2022.

—¡Quiere que vengas! —dice Kelly, con la voz impregnada por una sensación de agobio que Jen recuerda muy bien.

Estaban inmersos en ello, en las exigencias que conlleva ser padres de un niño pequeño. A la Jen de ahora le cuesta recordar por qué era todo tan difícil, no recuerda los detalles exactos. Solo que lo era. Solo que los músculos de las pantorrillas le dolían un montón cuando se acostaba por las noches. Solo que veía constantemente las pruebas de lo difícil que era: la tostada en la tostadora, sin comer, olvidada en medio del caos. Tender a medianoche una colada que siempre olía a húmedo por pasarse muchísimo tiempo metida en la lavadora. Inventos raros para hacerles la vida más fácil: un día, llegaron a encerrar la tele en el corralito del niño para impedir que Todd la apagara constantemente…, cosas que sabían que eran una locura, pero que hacían de todos modos. Cosas que hacían simplemente para salir adelante.

—Estoy aquí —dice, apagando la luz del cuarto de baño y saliendo al pasillo.

Y allí están. La mirada de Jen se desplaza hasta Todd, el Todd de sus recuerdos. Su hijo, de tres años, que no levantaba ni un palmo del suelo, con la cara de Jen, los ojos de Kelly, sus manitas rollizas extendidas hacia ella.

—Todd el renacuajo —dice con su apodo viniéndole sin problemas a la cabeza—. ¡Ya estás en pie!

—Lleva despierto desde las cinco —comenta Kelly, echándose el pelo hacia atrás.

La mira, enarcando las cejas. Jen se queda sorprendida al percatarse de las entradas que tiene en la actualidad en comparación. Y le sorprenden también más cosas. Tiene el rostro más infantil. Le parece menos atractivo en la veintena que ahora que ya ha superado los cuarenta. Y está más gordo. Por aquel entonces comían mucha comida basura, no hacían ejercicio. Cualquier tiempo que tuvieran para ellos se lo ganaban con el sudor de su frente y era tan precioso que lo pasaban sentados en silencio sin hacer nada.

—Vuelve a la cama, si quieres —le ofrece ella.

Jen recorre el pasillo hasta la puerta. El frío entra por debajo, una corriente gélida. Quiere ver bien el paisaje. Sus manos —tan jóvenes, tan libres de arrugas— recuerdan el truco que consistía en abrir la cerradura Yale y presionar el pomo al mismo tiempo. Abre y —¡ah!— descubre su valle.

—Es tu día de hacerte la remolona —dice Kelly, por detrás de ella.

Sí, tiene razón. Alternaban religiosamente los días para descansar más en la cama.

—No pasa nada —dice Jen, con la despreocupación de alguien que está aquí solo para pasar el día; una canguro, una niñera, alguien que puede devolver el bebé.

En el exterior está todo helado. Tienen una corona colgada en la puerta y la acaricia sin pensar. Las botas de agua fuera, un porche de piedra. Botellas de leche; tenían un lechero de los de antes. Y luego, el valle. Dos colinas que se encuentran formando una «X». Empolvadas por el frío, como azúcar glas. Aquí fuera huele deliciosamente a humo, pino y hielo, a mentol, es como si acabaran de limpiar el aire.

Satisfecha, cierra la puerta y se vuelve hacia Todd, que viene hacia ella. Cuando llega a su lado, se inclina hacia él y Todd descansa la cara en su hombro, un movimiento tan fluido como el de un baile que ha quedado olvidado en el tiempo. El cuerpo de Jen lo recuerda, recuerda a su bebé, lo recuerda en todos sus aspectos. Con tres años, con quince, con diecisiete y como un criminal. Y a todos los ama.

—Vuelve a la cama —dice y mira a Kelly.

Kelly le ofrece una cariñosa media sonrisa.

—Me siento como si me hubieran lanzado desde un cañón, no solo como si acabara de despertarme —dice, bostezando y desperezándose.

Pero no vuelve a la cama. Como sucede con casi todo lo relacionado con ser padres, Kelly deseaba apoyo, ser comprendido, y no que ella se hiciera cargo de Todd. Se deja caer en el sofá.

Jen se vuelve hacia su hijo. Hacia la persona a la que hoy, el día más corto del año 2007, tiene que ayudar para que cuando el reloj vuelva a su lugar, a 2022, no asesine a nadie.

El salón está repleto de juguetes que había olvidado por completo. El camioncito amarillo de los helados. El garaje Fisher-Price, heredado de sus padres. En el rincón hay un árbol de Navidad con lucecitas. Uno viejo, artificial, que en la actualidad aún debe de estar en la buhardilla de Crosby. La habitación está en penumbra, iluminada solo por las guirnaldas de luces.

—Vamos —dice Jen, apartándose de Todd para mirarlo, vestido con un pantalón de peto minúsculo. Él le devuelve la mirada sin decir nada, de esa manera tan tierna y tan suya. Ojos oscuros, nariz respingona, mejillas sonrosadas, una expresión de empollón. Jen le muestra una pieza de madera y Todd la coge, muy serio, y la tira al instante al suelo—. ¿Las apilamos? —pregunta.

Todd estira el brazo, muy muy despacio.

—Esto es más tenso que una negociación con rehenes —dice Kelly.

—¿Qué es lo que dicen? ¿Que los niños no juegan y van a trabajar?

—¡Ja! Eso.

—De pequeña estaba obsesionada con los bloques de madera.

—¿Sí? —Kelly se recuesta en el sofá y descansa las piernas en uno de los brazos. Cierra los ojos—. Siempre había pensado que te gustarían más... No sé. Las tarjetas didácticas. Como te gusta tanto aprender...

—Pues no, la verdad —replica Jen—. Me llevó mucho tiempo aprender a leer.

—No me lo creo. Los abogados, siempre tan locuaces... Sois todos iguales —dice Kelly, arrastrando las palabras, y Jen sonríe, sorprendida.

Por aquel entonces era más mordaz. En 2022 sigue siendo seco, pero, en esta época, Kelly hablaba siempre como si estuviera resentido con el mundo. Lo había olvidado. Había olvidado lo mucho que se quejaba del trabajo, que había tenido varias ideas para emprender negocios y las había abandonado todas. Que daba la impresión de que quería tener éxito y siempre acababa acobardándose.

—¿Y qué podría haber en esas tarjetas didácticas, por ejemplo? —pregunta Jen.

—Una definición de la jurisprudencia para principiantes..., cosas que habría que saber a los dos años, como tarde.

—Claro. Y a ver, explícame tú esa definición, Kelly, ya que tienes... —Jen duda—. ¿Veintiocho?

—Serás muy buena en lenguaje, pero no tanto en matemáticas —dice Kelly, veloz como un rayo—. Veintinueve. ¿Ya has olvidado la edad que tengo?

—Ya me conoces.

Todd se echa a reír de repente, sin venir a cuento, y aplaude a Kelly.

—Sí, sí —le dice a Kelly.

—¿Y cuál era el tuyo? —pregunta Jen, pensando en cómo se sintió en el coche cuando los pararon, e intentando alcanzar esa parte de él que quizá nunca ha conocido.

—¿Mi qué?

—Tu juguete favorito.

—No me acuerdo.

Kelly cambia de posición en el sofá, sin abrir todavía los ojos.

—¿Qué querías ser de mayor?

Kelly se sienta, se apoya sobre un codo y abre los ojos para mirarla con ironía, con una indisponibilidad emocional reflejada en sus facciones. ¿Cómo es posible que a Jen se le pasara todo esto por alto?

—¿Por qué lo preguntas?

—Por nada en concreto. Nunca me lo has contado. Y estamos tan lejos de donde te criaste… ¿Sabes? Creo que nunca he conocido a nadie de tu gente de entonces.

—Están todos muy lejos. Mi madre siempre quiso que fuese directivo —dice, cambiando de tema—. ¿No te parece gracioso?

—¿Directivo de qué?

Jen está apilando bloques de madera delante de Todd, que tiene las manos unidas con impaciencia, pero en realidad está pensando en lo evasivo que puede llegar a ser Kelly.

—De lo que fuese. Eso es lo que quería. Después de que nuestro padre se largase a tomar…, después de que desapareciese —dice, corrigiéndose y mirando de reojo a Todd—, lo único que quería era que tuviésemos estabilidad. Un trabajo de oficina aburrido. Vacaciones anuales. Una hipoteca para un pisito.

—E hiciste justo lo contrario —comenta Jen, aunque por dentro está pensando: «nuestro padre». Nuestro padre. El hombre de la fotografía con los ojos de Kelly. Sabía que lo del parecido no habían sido imaginaciones suyas. Parpadea, sorprendida.

Kelly evita su mirada.

—Sí.

—¿Has dicho «nuestro padre»?

—No, «mi».

—Has dicho «nuestro».

—No.

Jen suspira. Si sigue preguntando, acabará poniéndose a la defensiva. Tendrá que probar otra cosa.

—Ojalá Todd hubiera podido conocer a tu madre —dice con cariño—. Y a la mía.

—Sí.

—¿Cuántos años dijiste que tenías cuando ella murió? —lanza Jen, preguntándose por qué lo que acaba de decir le parece peligroso, tentativo. Este hombre es su marido, por el amor de Dios.

—Veinte.

—¿Y la última vez que viste a tu padre tenías…?

—A saber. ¿Tres? ¿Cinco?

—Debió de ser tan…, ser hijo único, luego quedarse sin padres.

—Sí.

—¿Crees que yo le habría gustado a tu madre? ¿Y Todd?

—Pues claro. Mira. Creo que voy a aceptar esa oferta —dice—. La cama me llama.

Se levanta del sofá y la besa, en la boca, lo único que no ha cambiado entre 2007 y la actualidad, y se marcha a la cama dejando a Jen a solas con Todd.

Alguna cosa empuja a Jen a dejar a Todd en el salón con los bloques de madera y seguir a Kelly por el pasillo enmoquetado de color marrón mortecino.

Llega a su dormitorio, atenta en todo momento por si oye que Todd hace alguna cosa, y se para junto a la puerta.

Kelly no está en el cuarto. O, al menos, no lo ve. En la penumbra, abre con cuidado la puerta y entra. Nada.

¿Dónde estará?

Cruza la habitación. La lucecita del cuarto de baño está encendida. ¿Se habrá olvidado antes de apagarla? Y justo cuando empieza a preguntarse qué hacer, escucha un sonido. Un sonido apagado, angustiado, como de alguien que intenta contener algo en su interior.

Kelly está allí dentro. Jen se acerca a la puerta del baño y mira. Y ahí está su marido veinteañero, sentado sobre la tapa del inodoro, llorando. La única vez que Jen lo ha visto llorar.

—¿Kelly? —dice.

Él se sobresalta y se seca rápido los ojos con los puños. Los dorsos de las manos quedan mojados. Es igual que Todd cuando llora. Con el labio inferior tembloroso. A Jen le pesa de repente todo el cuerpo y la invade la tristeza al ver que Kelly intenta disimular.

—Tengo un resfriado tan grande que me lloran los ojos —se excusa Kelly.

Es una mentira ridícula. Jen se pregunta cuántas mentiras le habrá contado. Y por qué.

Pero míralo ahora, piensa con tristeza. Es la misma mirada. Es la misma mirada que Kelly le dirige quince años después, cuando su hijo comete un asesinato. De congoja.

—¿Qué pasa?

—No, nada, de verdad, es este maldito resfriado. Espero que para Navidad se me haya pasado.

—¿Es por tu madre? —pregunta Jen en voz baja.

—¿Está bien Todd? ¿Está…?

—Está en el salón, está bien.

Jen cruza el minúsculo cuarto de baño y se acerca a Kelly. Él se queda donde está, sentado sobre la tapa del inodoro. Jen se sitúa a su lado, le acaricia la espalda y lo atrae hacia ella. Y, para su sorpresa, Kelly se deja hacer, le rodea las piernas con el brazo y descansa la cabeza contra el pecho de ella.

—Tranquilo, no es nada —le dice Jen con cariño, igual que le hablaría a Todd—. No pasa nada por estar así.

—Es solo este…

—El resfriado de Navidad, lo sé —lo interrumpe Jen, dejándolo que viva con su mentira, sea la que sea. Dejando que él se la crea. Entonces le viene a la cabeza algo que Kelly le dijo en 2022, cuando hablaban sobre una pareja en proceso de divorcio. «Evitar el dolor tiene un valor incalculable para algunos».

Kelly la suelta pasados unos minutos. Mira a Jen cuando se aleja para ir a ver qué tal sigue Todd y, entonces, le dirige una sola frase:

—La echo de menos…, a mi madre.

Parece como si le costase mucho; el cuerpo se le convulsiona cuando la pronuncia.

Jen asiente rápidamente. Ahí está. Algo que su marido, por algún motivo que desconoce, nunca ha sido capaz de mostrarle.

—Lo sé —dice. Y lo sabe, porque también a ella le falta su madre—. Gracias por decírmelo —añade.

Kelly esboza una sonrisa lacrimosa; su pelo negro sale disparado por todas partes. Sus ojos se ven especialmente azules. Y aquí, de nuevo en el pasado, se transmite entre ellos alguna cosa. Algo más sustancial que cualquier cosa que haya sucedido antes. Algo que Jen ni siquiera puede identificar, pero que ayuda a encender en su interior la esperanza de que Kelly no es lo que parece ser. Que sea así, por favor.

Jen vuelve con Todd. El salón es anticuado. Moqueta verde, gastada, mobiliario de madera oscura. Tiene también un olor muy concreto. Un olor reconfortante y casero: a azúcar de canela, a galletas, a vela recién apagada. Jen imagina que una versión alternativa de ella estuvo cocinando algo en el horno la noche anterior. Le resulta gracioso la importancia que le daba a esas cosas por aquel entonces. Ir a ver las luces de Navidad, hornear y preparar la casita de jengibre. Y puf. Todo desaparece en la historia causando solo estrés y sin dejar huella alguna, como una pisada en la arena que el mar se lleva rápidamente. Durante toda su vida ha estado preocupada por cómo debían ser las cosas. Por mantener las apariencias. Por tenerlo todo, la casa con la calabaza esculpida para que todo el mundo supiera que la habían esculpido. ¿Y todo eso para qué?

Todd juega con sus cochecitos un rato, luego corretea hasta el otro extremo de la estancia.

—No, Toddy, eso no —dice Jen cuando lo ve que mete la cabeza en el cubo de basura.

Todd no le hace caso y saca del cubo dos bolas de papel de aluminio, quizá de un KitKat. Jen se siente decepcionada al ver cómo estalla tan fácilmente aun estando solo un día con él.

—Es mío —dice Todd. La taladra con una mirada herida desde el otro lado de la sala—. Más —añade, y vuelve a sumergirse en el cubo.

Está prácticamente bocabajo, con la cabeza en el fondo del cubo y los pies levantándose casi del suelo.

—Lo siento mucho, pero no, Todd —dice Jen—. Ven con mamá.

Todd se vuelve hacia ella en el segundo en que oye salir de sus labios la primera sílaba, como una flor que se gira hacia su sol, y la mira. Y de pronto, como si se hubiese encendido una luz, Jen lo sabe. Lo sabe en sus entrañas, en lo más profundo de su ser.

Lo sabe por cómo los ojos de Todd capturan la luz invernal azulada de primera hora de la mañana.

La culpa no es de ella.

La culpa no es de él.

Sabe que ha sido una buena madre para su hijo. Lo sabe por esos ojos. Iluminados por el amor. Iluminados por el amor que siente hacia ella. Se derrumba en el sofá.

Siempre ha hecho todo lo que ha podido. E incluso cuando no lo hizo, la culpabilidad es la mayor prueba de ello: siempre quiso hacer lo mejor para él, para su bebé.

Se trata de la paradoja del sesgo cognitivo que esta misma personita le dará a conocer en una década: ella creía que sabía que todo esto pasaría, se culpó a sí misma de todo. Pensó que su hijo había cometido un asesinato por no haber tenido una relación excelente con ella. Pero no es así. Era una ilusión. Y este es el momento, el momento en el que Jen comprende que no tiene nada que ver con esto. Que no tiene que ver para nada con la infancia de Todd.

—Ven, Toddy —lo llama.

Al instante, Todd suelta las bolas de papel de aluminio y corre hacia ella, su madre.

Ryan

Ryan va a conocer por fin al hombre responsable de toda la operación. Al pez gordo. A quien tiene centenares de esbirros, de socios, a quien gestiona múltiples operaciones. Los robos de coches, la droga, el bebé robado... Ellos no son más que una parte minúscula de todo el engranaje.

Ryan no sabe por qué las casas que roban están siempre vacías, ni siquiera sabe aún adónde ha ido a parar la pequeña Eve, pero está averiguándolo. Ahora, aquí, muerto de frío y caminando en dirección a un almacén de Birkenhead, está a punto de infiltrarse hasta lo más alto.

Ezra ha dado instrucciones a Angela y a Ryan para que se reúnan con él aquí, a las ocho en punto de la tarde. Después de conocer al jefe, te dan trabajos mejores, trabajos más importantes. Y, en consecuencia, Ryan dispondrá también de mejor información. Por primera vez, Ryan lleva un micrófono encima, y cruza los dedos y se encomienda a la ayuda divina para que el gran jefe no decida registrarlo. Leo dice que no lo hará, dice que si no hay confianza el gran jefe no te recibe. «Y si se atreve a insinuarlo —le dijo anoche Leo por teléfono—, te pones hecho una fiera y te muestras tan ofendido que le entrará incluso el tembleque».

«Que le den», había dicho Ryan. No era el tipo de frase que utilizaría normalmente. Pero a veces tiene la sensación de que está convirtiéndose en la persona que finge ser. Más oscuro, más volátil.

Ryan y Angela caminan en silencio unos minutos más, viendo cómo cargan y descargan coches en los barcos, viendo el ir y venir de la gente. Pero a medida que se acercan al almacén, su lenguaje corporal cambia. Angela se transforma en Nicola, Ryan lo ve con sus propios ojos; su paso se convierte en un contoneo arrogante, sus maneras cambian.

Ryan no sabe en qué cambia su lenguaje corporal, solo sabe que lo hace.

El almacén no tiene ningún rótulo. Está cerrado, el lugar perfecto para llevar a cabo este tipo de asuntos. Ryan confía en que la acústica sea buena para que el equipo lo escuche todo bien, para que puedan reunir evidencias incriminatorias.

Siguiendo las instrucciones, Ryan llama dos veces a la puerta cerrada con una persiana verde y espera. Angela está temblando. No está tan entera como parecía de entrada. Ryan cree que simplemente está tan cagada de miedo como él. Por supuesto, se le ha pasado por la cabeza lo que podría ser esto: una trampa. Que podrían pillarlos. Que podrían estar acabados. Pero por alguna razón, a Ryan no le importa. Y cuando piensa que sí que le importa, piensa en ella, en la pequeña Eve, perdida y sola, no en alta mar, pero perdida y sola igualmente.

—Entrad —dice una voz desde la esquina.

Ryan y Angela van hacia allí, doblan la esquina y encuentran una puerta entreabierta, lo bastante como para que la luz de seguridad exterior ilumine una porción del almacén.

El espacio está vacío, no son más que hileras e hileras de estanterías hasta el techo que no contienen absolutamente nada. En medio de la gigantesca sala hay un hombre alto, más joven de lo que Ryan se esperaba. No se mueve en absoluto, solo está allí de pie, con los brazos cruzados, vestido de negro por completo. Tiene pelo oscuro y lleva perilla.

—Los dos mosqueteros —dice. Tira al suelo lo que le queda de un cigarrillo, que brilla de color ambarino a sus pies durante unos segundos antes de apagarse—. Tengo un trabajo para vosotros:

necesito que hagáis una lista de propiedades vacías. Ahora mismo os envío una dirección.

El teléfono de tarjeta prepago de Ryan suena casi al instante al recibir un mensaje de texto de una sola línea. Es una dirección en una de las calles principales de Liverpool.

Eso es. El responsable de todo esto va a confiarles cómo consigue la información sobre los coches que puede robar.

—Esperad a recibir más instrucciones —les dice el hombre.

—Guay, gracias, colega —responde Ryan, alterando la cadencia natural de su voz.

El hombre echa la cabeza hacia atrás.

—¿De dónde eres?

—De Manchester.

El hombre hace un gesto de impaciencia.

—Antes de eso.

—Siempre viví en Manchester, pero tuve un padre galés —explica Ryan.

Es la verdad; decidieron seguir con eso antes que fingir un acento distinto.

—¿Y tú? —le pregunta el hombre a Angela.

—De por aquí —responde ella, en un *scouse* perfecto, a pesar de ser de Leigh.

Los agentes infiltrados no suelen ser del lugar. Hay demasiado riesgo de que alguien pudiera conocerlos y destapar su identidad.

El hombre cruza el almacén en dirección a ellos, sus botas negras aplastan la suciedad y la mugre del suelo.

—Soy Joseph —dice, tendiéndole la mano a Ryan y a continuación a Angela.

—Nicola —dice ella.

Joseph levanta las manos.

—Os daré mi advertencia habitual. Si me dais una puñalada trapera. Si dais el soplo. Si sois de la Secreta. Si metéis la gamba. Cumpliré mi condena. Luego…, saldré y os mataré. ¿Entendido?

313

—Perfectamente —dice Ryan.

—En ese caso, chócala.

—Kelly —dice Ryan cuando le estrecha la mano a Joseph—. Encantado de conocerte.

Kelly. El alias que Ryan había elegido.

«Algo que te haga volver la cabeza —le había aconsejado Leo—. Algo que te resulte familiar. Es la primera prueba a la que te someterán para comprobar que no eres un poli. Gritarán tu nombre en un bar para ver si giras la cabeza».

«Siempre responderé al nombre de mi hermano», había replicado Ryan en voz baja.

Y había pensado en aquella noche, en la noche en que su hermano no pudo más porque andaba metido hasta el cuello, debía demasiado dinero, demasiados favores. La noche en que su hermano se ahorcó. Lo encontraron demasiado tarde, por media hora, les dijo después el forense. Lo hizo en la buhardilla. No quería que lo encontraran.

Día menos seis mil novecientos noventa y ocho, 08:00 horas

Jen está en una casita adosada, con dos habitaciones en la planta baja y otras dos en la planta de arriba, que Kelly y ella alquilaron durante un año. No tuvieron ninguna conexión emocional con aquella casa. Jen apenas la recuerda. Es solo ahora, al mirar el techo con manchas de humedad, cuando recuerda que en su día vivió allí.

Jen no está todavía embarazada y, por lo tanto, Todd no ha nacido aún. Lo cual le da a entender que todo este misterio solo puede girar en torno a una persona.

—¿Lopez? —grita Kelly desde los pies de la escalera.

Jen experimenta una oleada de emoción. Había olvidado por completo que Kelly había pasado por una fase durante la cual la llamaba así. De Jen había pasado a Jenny, luego a «Jenny from the Block», por la canción, y después a Lopez.

—¿Kelly? —dice Jen.

—¡Estás despierta!

—Lo estoy.

—Oye —dice él, con ese tono tan suyo, con ese tono autoritario y a la vez precavido—. Hoy tengo algo.

—¿El qué?

—Una conferencia que durará todo el día.

En la cabeza de Jen se revuelve una sensación difusa. ¿Qué tipo de pintor decorador acude en el último momento a una conferencia? Un pintor decorador en el que confiaba, supone.

—Vale —dice, pero cuando se levanta de la cama nota que el suelo se ha vuelto inestable, como si fueran arenas movedizas.

—¿Estarás todo el día fuera?

—Sí —responde distraídamente Kelly.

—Vale.

—Parece que hayas visto un fantasma.

Los ojos de Kelly son los mismos de siempre, pero poco más. Está delgadísimo. Resulta casi elegante.

—Estoy bien —dice con voz débil Jen, mirándolo—. No te preocupes, ve.

—¿Estás segura?

—Segurísima.

Jen no duda ni un instante en seguir a Kelly. Intuye que está precipitándose hacia el momento de averiguarlo todo.

Y aquí está, en el asiento trasero de un taxi. En el pasado era mucho más complicado llamar a un taxi. Tiene teléfono móvil, pero es un armatoste viejo cuyos números se iluminan en color verde neón y cantan cuando los tocas. Un teléfono que parece de juguete.

—¿Podemos parar aquí? —dice Jen.

Kelly ha aparcado en el centro de Liverpool, en un lugar prohibido, sobre una doble línea amarilla. Su coche lleva aún la matriculación antigua. Jen no era consciente de lo mucho que han cambiado los coches. Es cuadrado, parece muy grande. No puede dejar de mirarlo, ni dejar de mirarlo a él. Se siente como una alienígena.

Kelly mira a derecha e izquierda mientras extiende sus largas piernas para salir. La verificación parece algo habitual, un tic. Sus ojos azules escudriñan la calle de arriba abajo.

Jen permanece en el taxi negro, cobijada en la parte posterior del vehículo, detrás de una ventanilla sucia, resulta prácticamente invisible.

—Tendré que ponerme pronto en movimiento —dice el taxista.

—Solo cinco minutos, solo cinco, por favor. Tengo que ver algo y ya está —le explica ella.

El taxista no le responde y, con un gesto cargado de intención, saca una novela. John Grisham, con las páginas sobadas. Deja el motor en marcha. Oh, qué tiempos aquellos en los que la gente leía novelas para pasar el rato.

—Lo siento, no será mucho tiempo —añade Jen.

Entonces piensa en todas las cosas que podría contarle a este hombre sobre el futuro. El Brexit. La pandemia. Nadie la creería. Es alucinante. Dos décadas enteras metidas aquí, dentro de un taxi.

Kelly rodea la parte posterior de su coche. Otea el horizonte como hace todavía de vez en cuando hoy en día. Jen nunca le había dado muchas vueltas a este gesto hasta que se ha visto obligada a observar a su marido de esta manera. Lleva el pelo engominado, algo levantado por delante.

Un conductor toca el claxon y dirige aspavientos al taxi cuando pasa por su lado. Baja la ventanilla.

—¡Muévete! —vocifera el hombre.

El taxista pone la primera.

—Un segundo, por favor, por favor —suplica Jen.

Si sale del coche, Kelly la verá y no habrá servido de nada.

Kelly abre el maletero con una mano y saca algo del interior. Es grande y de color granate, algún tipo de tejido doblado. ¿Unas cortinas, quizá? Jen apoya la frente en el mugriento cristal del taxi y fuerza la vista. Es un portatrajes. Jen lo reconoce de hace años. Kelly solo viste de traje muy de vez en cuando. Para funerales, para bodas. El portatrajes estaba colgado de una percha en el fondo del armario.

—Lo que tú digas, preciosa —dice el taxista, y Jen se limita a asentir.

Kelly desaparece por una calle secundaria, caminando con un paso estudiadamente desenfadado que Jen sabe que es falso. Acabará perdiéndolo.

—Tengo que irme —grita.

Saca la cartera del bolso, intentando entretanto no perderlo de vista. Mientras cuenta el dinero que ha sacado del cajón de la cocina —un cajón distinto, una cocina distinta, unos billetes distintos—, les pita otro coche.

—Espere un momento —dice el taxista.

—Tengo que irme, necesito salir —contesta Jen, gritando casi.

—Estamos bloqueando un carril bus.

—¡Necesito salir! —brama Jen.

Forcejea con el tirador de la puerta mientras el claxon del otro coche sigue sonando. Se pregunta qué pasaría si sale corriendo y se va sin pagar. No es más que un taxi. No es ningún crimen.

Deposita un montón de billetes en una bandeja plateada en la que incluso hay una colilla —Dios, sí, por aquel entonces la gente fumaba en todas partes— y sale del taxi.

Corre hacia la calle secundaria. Kelly ha llegado casi al final de la manzana. Jen lo encontraría siempre entre una multitud, igual que encontraría a Todd, igual que encuentra su propio nombre en un listado.

Entonces, Kelly gira bruscamente hacia la izquierda y entra en un *pub* llamado The Sundance. Sigue con el portatrajes colgado del brazo, de modo que Jen se asegura el tiro y decide quedarse cerca, en la acera.

Se para delante de un Woolworths, con ese rótulo en rojo y blanco que tan familiar le resulta. En cinco años irán a la quiebra. Es el pasado reciente, en realidad, pero no le da esa impresión. Dentro: los suelos brillantes con aspecto plástico, el material de papelería. Podría quedarse aquí toda la eternidad, mirando el interior a través del escaparate, maravillándose de cómo pasa el tiempo, viendo cómo los compradores navideños eligen juegos y chucherías, contemplando los cambios que han arrasado el mundo a lo largo de los últimos veinte años, las cosas que se han perdido y las que se han ganado. Acerca la mano al cristal, igual que hizo al inicio de todo esto, y espera.

Reflejado detrás de ella, ve que Kelly sale del *pub*. Se ha vestido con el traje y lleva la bolsa colgada del brazo. El pelo recién engominado. Relucientes zapatos negros.

Aparece una mujer, como salida de la nada, tal vez de otro *pub*, tal vez de un callejón. Jen ve que se acerca a Kelly. Fuerza la vista. Es Nicola.

—¿Qué tal? —le dice Kelly.

—Bien. Aunque… quieren conocer todos los métodos.

Kelly suelta una carcajada.

—Eso no podemos contárselo.

—Lo sé. Ya se lo he dicho. Al juez no le ha gustado mucho. Buena suerte, de verdad. Y llámame, ya sabes. Si…, en el futuro. Alguna vez quieres volver.

Nicola deja a Kelly allí, en plena calle, sin decir nada más.

Jen, invisible entre la muchedumbre, se queda mirando a Kelly y piensa en el mensaje de texto que le envía a Nicola de aquí a veinte años, pidiéndole ayuda. En el hecho de que ella le pide alguna cosa a cambio.

Jen sigue a Kelly manteniendo una distancia de seguridad, agradecida de estar en el centro de Liverpool y no en Crosby. La moda la deja maravillada: vaqueros acampanados, blusas de estilo bohemio que exponen la piel al último sol del verano, en septiembre, así como los coches y las tiendas anticuadas; es como si el mundo hubiese pasado por un filtro *vintage*. A Jen le da la impresión de que Kelly camina decidido, pero también ansioso. Con la cabeza alta, como un ciervo perseguido o un león en persecución, no sabría muy bien cuál de los dos.

Continúa por una calle adoquinada, pasa por delante de establecimientos de marcas que han sobrevivido y otras que no los últimos veinte años: Debenhams, Blockbuster. Entra en un centro comercial potentemente iluminado repleto de joyerías, sale por el otro lado. Izquierda, derecha. Enfila una calle flanqueada por contenedores de basura de tamaño industrial. Jen se retrasa un poco más.

El ritmo de Kelly se ralentiza al llegar a una calle peatonal con adoquines grises. Está rodeado de edificios altos. Su cuerpo se vuelve por completo en dirección a uno de ellos y avanza hacia allí, abre la puerta y desaparece.

Jen no necesita consultar el mapa ni leer rótulos. Ella, abogado, conoce ese edificio muy bien. ¿Y cómo no? Es el edificio que alberga el Tribunal de la Corona en Liverpool.

Las farolas del exterior están anticuadas, con bombillas esféricas y blancas, como perlas. En 2003, el edificio no muestra cambios con respecto a su aspecto actual. Una estructura cuboide de estilo años setenta, revestimiento en marrón oscuro, ventanas con cristales tintados. Un escudo en relieve en la fachada. Por una vez, Jen se alegra de tener un sistema judicial que no cambia nunca, chirriante, antiguo y rancio.

Espera al sol unos minutos, luego entra detrás de Kelly, empujando las dobles puertas de cristal que dan acceso al edificio.

Va directa a consultar los listados, satisfecha de tener conocimientos legales. Están colgados en el vestíbulo en un tablón de anuncios, cuatro hojas de papel sujetas por una única chincheta, un sistema que probablemente siga en uso hoy en día.

Sabe lo que está buscando, sabe lo que encontrará.

Las fechas coinciden. No se había percatado de ello al viajar en el tiempo. La noticia archivada. La lista de cargos contra él.

Y ahí está. Apenas tiene que buscar.

«La Corona vs. Joseph Jones. Sala Uno».

Así es la vida vivida al revés. Pasaron cosas de las que Jen no tenía ni idea, pasaron por delante de ella tan inocuamente como si fueran coches.

Se dirige a la sala uno y toma asiento en la galería del público. Huele a tetera rancia, a libros viejos, a polvo y a cera. La galería está llena; un juicio de alto nivel del que en su día no estuvo al corriente. ¿Y por qué debería haberlo estado?

Ha perdido a Kelly. No tiene ni idea de en calidad de qué asiste al juicio. Como amigo de Joseph Jones, se imagina, esbozando una mueca de dolor; como cómplice.

La bancada de la galería pública está dispuesta igual que bancos de iglesia.

—Todos en pie —empieza el secretario, con las gafas en precario equilibrio sobre la punta de la nariz y una toga que barre el suelo cubierto con moqueta barata.

Jen se siente incómoda ante la pompa y la circunstancia que envuelve el sistema judicial al que ha dedicado su vida. Se pone en pie cuando entra el juez. Inclina la cabeza en un acto reflejo.

El acusado, esposado, hace su entrada escoltado por un guardia de seguridad que lleva un arete en la oreja, y toma asiento en el banquillo.

Joseph Jones. Joven, un Joseph Jones de treinta años. Qué extraño resulta verlo ahora y conocer —tal y como están las cosas— la fecha de su muerte, piensa Jen, mientras observa esas orejas de elfo tan características, la perilla, los hombros estrechos, casi de niño. Podría ser el hijo de cualquiera. Podría ser Todd.

El juez se dirige al tribunal:

—Hemos terminado previamente la audiencia con el segundo testigo de la acusación, el Testigo A, y ahora llamaremos al tercero —dice simplemente.

El juicio ya está en marcha. Es lo que deduce Jen. De modo que la «conferencia» de última hora de Kelly debe de haber sido una citación para acudir aquí como testigo. En los juicios nunca se sabe qué día vas a necesitar la presencia de un testigo, no lo sabes hasta que el testigo anterior termina.

—Gracias, señoría —responde una abogada. Una mujer con

gafas de montura gruesa estilo retro. La peluca deja al descubierto sus raíces claras. Jen se había olvidado de que estaba en el pasado hasta que ha visto esas gafas NHS. Se parecen mucho a las que llevan hoy en día los niños; la moda es de lo más gracioso, la verdad—. Ayer oímos la declaración de Grace Elincourt, empleada de HSBC, que confirmó que Joseph Jones ingresaba y retiraba con regularidad grandes sumas de dinero en una cuenta bancaria de empresa. —Mira directamente al jurado—. Y antes hemos oído al Testigo A explicando que Joseph Jones daba también regularmente instrucciones a sus esbirros para que robaran coches. Y para corroborar todo esto, el Estado llama ahora al siguiente testigo, para lo cual debemos solicitar de nuevo que el jurado y los presentes en la galería pública se ausenten temporalmente.

La cabeza de Jen echa humo. Solicitar la retirada temporal del público presente en la galería y de los miembros del jurado puede significar muy pocas cosas: problemas probatorios, cuestiones de ley y procedimiento, argumentos de admisibilidad.

También testigos anónimos.

Se marcha todo el mundo, excepto los abogados. Jen es de las últimas en salir. Observa a la gente, que seguro tiene, igual que ella, algún tipo de interés en el resultado del caso, que se acerca a las máquinas para tomarse un café, que habla. Igual que sucede siempre en los tribunales. Con la única diferencia de que se ven menos teléfonos móviles.

Sale y se queda en los peldaños de acceso al edificio, deseosa de contemplar esta instantánea del mundo en 2003. Observa los coches, recién salidos de fábrica, pero con aspecto anticuado, también con matrículas antiguas, de las que empezaban con N, de las que empezaban con P. Sale un abogado y se queda a su lado, fumando pensativo. Los edificios son los mismos. El mismo cielo, el mismo sol. Conoció a Kelly justo el mes de marzo de aquel año; su relación apenas tiene seis meses.

Gira sobre sí misma dibujando un lento círculo. Nadie lo sabe. Nadie lo sabe. El mundo no sabe cuánto está cambiando.

—El jurado puede volver a entrar a la sala uno —dice un ujier desde el vestíbulo.

Jen entra enseguida, pero sus ojos otean el horizonte de la ciudad un segundo más. Está a punto de descubrir algo. Algo que en el futuro nunca podrá saber.

Después de estar un rato bajo el resplandor del sol de septiembre, sus ojos tardan un segundo en acostumbrarse a la luz de la sala, pero, pasado un momento, ve lo que se esperaba: el banquillo de los testigos ha cambiado. Está protegido por una cortina negra.

—El Testigo B —anuncia la abogada con una voz alta y clara como el agua de un manantial— es un agente de policía infiltrado. Su anonimato —añade, dirigiéndose al jurado— tiene como objetivo salvaguardar los métodos y el trabajo tanto de él mismo como de la policía en general, así como preservar su seguridad. Me dirijo, pues, al Testigo B. No es necesario que facilite su nombre para que conste. ¿Cómo desea realizar su juramento? ¿Jura o promete?

Quienquiera que sea quien está detrás de las cortinas no dice nada. La abogada espera, pero después de que el silencio se prolongue en exceso en la sala, se aproxima a las cortinas y entra. Jen contiene la respiración. Seguro, segurísimo, que quien está allí detrás no es su marido.

La abogada sale pasado un segundo y se dirige al banquillo. Jen capta una discusión en voz baja.

—Quiere que su voz permanezca en el anonimato. Tiene acento. Hicimos una solicitud formal —está diciendo la abogada.

Jen no alcanza a oír toda la conversación. Solo frases sueltas. Y entiende de qué están hablando única y exclusivamente porque es abogada.

—Pero, señoría, en interés de una justicia transparente... —dice el otro abogado.

El debate continúa en forma de murmullos y Jen aguza el oído para oír lo que dicen.

—En una audiencia pública es importante ser escuchado de viva voz —anuncia el juez pasados unos minutos.

—Testigo B, ¿su juramento? —dice la abogada.

Pero, espera un momento…, este testigo es un testigo de la acusación, no de la defensa. De modo que…

Jen escucha un suspiro. Un suspiro de cabreo muy pero que muy característico. Luego, una sola palabra: «Prometo».

Tres sílabas. Y ahí está. Lo que Jen ya sabía: Kelly es el Testigo B.

Se había equivocado por completo. Kelly no está implicado en el crimen. Ha estado intentando impedirlo.

Día menos seis mil novecientos noventa y ocho, 11:00 horas

—Trabajé con él, sí —dice la voz de Kelly—, durante varios meses el año pasado.

Habla disimulando su acento galés, suena suave como madera lijada. Jen está segura de que solo ella reconocería que es él. Gracias a los giros verbales que solo se captan después de veinte años de matrimonio.

—¿Y cuál era su papel?

Las preguntas continúan mientras Jen intenta digerirlo todo. La realidad se reitera en su cabeza como las ondas sísmicas después de un terremoto. Es agente de policía. ¿Era agente de policía?

Su mirada asciende hacia las pequeñas ventanas de lo alto de la sala.

Nunca se lo contó. Nunca se lo contó, nunca se lo contó, nunca se lo contó. Toda su vida es una mentira.

Los pensamientos se agolpan alrededor de Jen como una multitud de reporteros formulando preguntas. ¿Cómo es posible que le haya escondido esto? ¿Kelly? ¿Su despreocupado, alegre y fiable marido? Un hecho que, además, ni siquiera explica nada. ¿Por qué están viendo las repercusiones de esta mentira veinte años después? ¿Por qué está implicado Todd?

Nunca se lo contó. Nunca se lo contó.

Jen descansa la frente sobre las manos.

¿Pero acaso no es esta verdad más aceptable que la otra? Tal vez, aunque tanto si es una cosa como si es la otra, sigue siendo una mentira.

—Me ordenaron infiltrarme en la banda de crimen organizado que dirigía el acusado —dice Kelly sin emoción.

Dios mío, esto es de locos. Es una locura.

—¿Y cuándo lo dejó?

Kelly carraspea para aclararse la garganta antes de continuar.

—Cuando el bebé fue robado.

—Señoría —dice al instante el abogado de la defensa, un hombre mayor, poniéndose en pie—. Aténgase, por favor, al asunto del que aquí se trata.

—Cuando dos de sus esbirros robaron un bebé como parte de la operativa de la cadena de suministro del acusado —aclara con mordacidad Kelly.

—Señoría… —repite el defensor.

—Testigo B, le pedimos con mucho respeto que se atenga al asunto que estamos tratando aquí. Esto no es un juicio por secuestro.

—Nunca encontramos a los autores —continúa Kelly—. Pero el acusado lo sabe.

—Señoría…

—Testigo B —insiste el juez, claramente exasperado.

—De acuerdo —dice Kelly.

Jen sabe que está apretando los dientes, que debajo de sus pómulos habrán aparecido hoyuelos. Kelly hace una pausa, y Jen sabe también que debe de estar pasándose una mano por el pelo. Incluso este Kelly, al que hace veinte años que no ve. Incluso este Kelly, al que en este momento solo lleva seis meses amando. Este Kelly, que ha sido un mentiroso desde el primer día. Pintor decorador desde que tenía dieciséis años. Con ambos progenitores fallecidos. Que nunca fue a la universidad, que dejó la escuela cuando acabó la enseñanza secundaria. ¿Cuánta verdad hay en todo esto? ¿Cómo es posible que sea policía? ¿Por qué no se lo dijo?

Jen lo habría entendido. Ser policía secreto no es ningún crimen.

Se siente incómoda en la galería pública, cambia de postura y piensa en cómo le gustaría poder interrogarlo junto con los demás abogados.

—Tenía órdenes de averiguar la identidad del acusado —dice Kelly—. Y lo hice empezando por el nivel más bajo de la banda. Por motivos relacionados con mi anonimato, no puedo detallar nada más sobre cuál era mi papel.

—¿Qué tipo de trabajos llevó a cabo para el acusado?

—Por motivos relacionados con mi anonimato, no puedo detallar nada más sobre cuál era mi papel.

—¿Qué vio usted que hiciera directamente el acusado?

—Por motivos...

La abogada suspira, claramente enojada. Se quita las gafas, las limpia teatralmente con la toga y se las vuelve a poner. Con qué finalidad, Jen no tiene ni idea.

—Lo que sí puedo decirle es lo que no hice —continúa Kelly, con un tono de voz que Jen sabe muy bien que siempre precede algo inútil.

—¿Sí? —dice la abogada.

—Nunca encontré a las personas a las que Joseph daba instrucciones para cometer actos criminales. Instrucciones que dieron como resultado el secuestro de la pequeña Eve.

—Bien.

El abogado de la defensa se levanta de repente. El juez les indica con un gesto que se ha terminado y lanza una mirada a las problemáticas cortinas negras.

—El jurado puede retirarse —dice.

Todo el mundo sale de nuevo al vestíbulo y, al cabo de diez minutos, un ujier confirma que el caso queda suspendido hasta el día siguiente. Jen se queda boquiabierta.

—¿Qué? —dice.

—Continuaremos mañana —le explica el ujier, a modo de despedida.

Jen se queda plantada en el vestíbulo mientras el gentío da vueltas a su alrededor como un banco de peces.

Ella no tiene un mañana, piensa con desesperación. El mañana no llega nunca para ella.

Kelly se queda blanco cuando ve a Jen de pie junto al coche.

Las mejillas se le hunden. Los labios se le ponen blancos. Sus ojos miran rápidamente a derecha e izquierda y luego le sonríe, en un intento de salvar la situación. Jen observa al hombre que se convertirá en su marido, mintiéndole. El traje está arrugado, lleva la chaqueta colgada del brazo. Parece como si estuviese enfermo, se le ve pálido y joven, casi un niño, muy parecido a Todd.

—He visto tu testimonio —dice simplemente Jen—. Estaba en la galería pública.

Su cuerpo desea llorar y ser consolado por el hombre al que ha amado más de la mitad de su vida. El hombre al que siempre volvería.

—Yo...

Mira calle arriba, mira después el sol, y luego le indica con un gesto el coche.

—¿Es cierto? —pregunta Jen.

Durante la pausa en la que Kelly considera qué verdades contar y cuáles ocultar, Jen intenta ordenar los hechos en su cabeza para que corran hacia delante, no hacia atrás, pero le resulta imposible pensar. Su cerebro se ha convertido en un mar de hechos dispares. A lo mejor todo termina aquí, se dice. Podría cortar con Kelly. Pero hay muchas preguntas sin respuesta. Y de algún modo sabe, quizá gracias a Andy, que todavía no es el momento.

Entran en el coche. El ambiente exterior es bochornoso, los asientos están calientes. Enciende el motor y circula, a toda velocidad, para salir de Liverpool. Todavía no ha dicho nada.

—¿Kelly? —dice Jen. No le gusta nada tener que instarle a que hable—. En serio...

Se obliga a recordarse que solo llevan seis meses de relación. Que él no conoce el futuro que crean juntos. Que no sabe que llevan veinte años felices y siguen. De un modo u otro. Que desconoce la importancia de lo que se está jugando, de lo que está poniendo en peligro.

Kelly no dice nada. Llega a un cruce y sus ojos se desplazan hacia el retrovisor.

—Eres policía secreto.

Asiente, solo una vez, un movimiento hacia abajo de su cabeza.

—Sí.

—¿Eras policía secreto cuando me conociste?

—Sí.

—¿Y te llamas Kelly?

Tarda un segundo en responder.

—No.

Traga saliva, y su nuez de Adán sube y baja.

—¿Cómo…? ¿Cómo pudiste?

La cabeza de Jen gira vertiginosamente, da vueltas y vueltas en el espacio, en la oscuridad. Es incapaz de hilvanar una frase.

—Me has mentido… —dice muy despacio.

—Es confidencial.

Jen tiene tantas preguntas que no sabe por dónde empezar. Está intentando casar dos cosas que simplemente no casan.

Kelly parece que vaya a echarse a llorar. Tiene los ojos rojos. La mirada fija en el horizonte. Jen lo conoce. Sabe cuándo se siente infeliz.

—Mi verdadero nombre es Ryan —dice en voz baja—. Kelly era… alguien a quien conocí.

Ryan. Las cosas empiezan a cuadrar.

—¿Cómo…? —empieza a decir Jen, intentando estructurarlo correctamente—. ¿Cómo pretendías… vivir como Kelly?

Kelly cambia de posición, incómodo.

—No…, no lo sé.

—¿Matando a Ryan? ¿Fingiendo su muerte?

Se vuelve hacia ella, sorprendido.

—No, pero qué dices. No lo sé... No sé qué voy a hacer al respecto.

Jen aparta la vista y mira por la ventanilla. Las evasivas típicas de Kelly. Ignorar el problema. Entonces, cuando surge de repente de la nada..., control de daños. La casa abandonada, Sándalo, cobra mucho más sentido. Gina pensaba que Ryan Hiles estaba muerto porque la casa había pasado a la Corona, lo mismo que averiguó Rakesh. Pero no había más constancia de la muerte de Ryan Hiles. Ahora parece evidente. Un acta de defunción falsa, adquirida con el único propósito de presentarla ante el Registro de la Propiedad para asegurarse de que la casa no pasaba a su nombre y evitar de este modo que pudieran seguirle la pista y desenmascararlo. Pero no hizo nada más, no registró su propia muerte de ninguna otra manera que pudiera haber atraído indagaciones, que hubiera exigido más documentos, más cosas que no podía proporcionar: un cadáver, para empezar. Era cubrir una herida gigantesca con una tirita.

Su madre debía de haber muerto recientemente en la actualidad. Sándalo estaba empezando a quedar abandonada justo ahora. Jen supone que, el día que lo descubrió llorando en el baño, cuando Todd tenía tres años, su madre debía de estar viva y Kelly la echaba de menos.

Kelly la mira.

—Dejé la policía —dice—. El año pasado. Seguí siendo Kelly porque...

—¿Por qué? —pregunta Jen.

—Porque te conocí a ti.

—Pero podrías haber... ¿No podrías habérmelo contado? ¿O elegir un nuevo nombre?

—Joseph Jones cree que soy un criminal llamado Kelly —le explica con un hilo de voz, tan bajito que Jen se ve obligada a forzar

330

el oído—. Si altero cualquier cosa, o si se lo digo a alguien, podría acabar enterándose de que nunca fui Kelly. Sería la pista más clara de que soy de la Secreta. Por eso… Por eso seguí igual.

—¿Siendo un criminal?

—Eso es lo que cree él, pero no lo soy. No estoy haciendo nada malo. Decidí que lo mejor era esconderme a la vista de todo el mundo. Todo irá mejor cuando lo condenen —añade, con remordimiento, pero Jen sabe que no será así.

Cualquier sentencia tiene un final y, para entonces, será demasiado tarde. Ryan se ha convertido de verdad en Kelly.

—¿Y qué haría la policía si lo supiera?

—Arrestarme, probablemente, porque no he acatado su autoridad. Fraude por falsa representación. Tal vez incluso podrían demandarme, diciendo que estaba haciéndome pasar por policía, acusarme de mala conducta en un cargo público.

Jen está acalorada y presa del pánico. La bola es mucho más grande de lo que imaginaba. Cierra los ojos. Lo arrestarían no solo por fraude, sino también por los crímenes que comete en 2022 para conservar su tapadera. No habrá ningún tipo de inmunidad que lo proteja. Será considerado un criminal.

—Cuando estuvimos viajando…, no querías volver. Querías quedarte en la casita, en medio de nada. ¿Era por él?

—Sí. Joseph sabía…, sabía que dos de sus esbirros lo habían delatado. Un hombre y una mujer.

Nicola.

—¿Por qué no me lo contaste nunca? —pregunta Jen.

Kelly aparta la mirada.

—Es confidencial —dice en voz baja.

—Pero… es que…

No puede decir las cosas que desea decir. ¿Se aplica la confidencialidad entre amantes? ¿Por qué consideró que era aceptable escondérselo toda la vida? Porque aún no ha vivido toda la vida con ella.

—¿Pensabas contármelo algún día? —pregunta Jen.

—Por supuesto que pensaba contártelo —responde Kelly—. Estoy haciéndolo.

Jen se fija en el uso de distintos tiempos verbales. Ella habla en pasado. Él en futuro.

Pero es una mentira. Jen ha vivido con ella.

La última pieza del rompecabezas encaja al fin en su lugar, en el orden correcto, de delante hacia atrás, como tenía que ser. Jen lo visualiza mentalmente.

—¿Puedo preguntar...? —dice, pensando en lo que Kelly acaba de explicarle sobre Joseph.

—¿Sí?

—Cuando Joseph salga de la cárcel, si descubriera que tú fuiste el poli que lo delató, ¿qué crees que haría?

—No lo descubrirá. La cortina... Camuflaron mi voz. Éramos muchos trabajando para él. La escala de la operación...

—Pero imagina que, de un modo u otro, lo descubre. ¿Qué haría entonces?

Kelly hace una pausa antes de hablar.

—Vendría y me mataría.

Día menos seis mil novecientos noventa y ocho, 23:00 horas

Es tarde. Jen está en la bañera. Está impaciente por irse a dormir y despertarse en otro lugar mañana.

En su estómago se revuelve la confusión.

Infiltrado. Infiltrado. Una palabra fea y enorme a la vez que retumba como un latido bajo su esternón. Ahí tiene el porqué. Jamás un trabajo como empleado. Jamás redes sociales. Jamás fiestas.

Kelly lleva veinte años viviendo bajo una identidad falsa.

Pero ¿por qué no se lo contó nunca?

Cree tenerlo todo ensamblado en el orden correcto. Ojalá pudiera consultarlo con Andy, pero a estas alturas ni siquiera se habrá graduado aún. No puede ayudarla.

Mira la ventana con cristal esmerilado sin dejar de pensar.

Kelly se infiltró en esa banda. Las pruebas que reunió sirvieron para enviar a Joseph a la cárcel. Veinte años más tarde, Joseph es puesto en libertad y se presenta en el bufete preguntando por Kelly, y lo hace porque intenta poner otra vez en marcha su organización criminal, con la participación de sus antiguos integrantes. Si Kelly se negara a obedecer a Joseph, este sospecharía que él fue el policía infiltrado que lo delató. Si obedeciera, se convertiría en un criminal de verdad. Es una situación en la que Kelly jamás sale ganando. Y puesto que Joseph ha estado encerrado veinte años en la cárcel por los crímenes que cometió junto a muchos de sus esbirros, podría hacerles chantaje si no obedecen: podría entregarlos a la justicia. Solo que, además, a Kelly lo tiene más cogido que a cualquier otro, de un modo del que Joseph ni siquiera es consciente: si denunciara a Kelly por los crímenes que cometió en el pasado, la policía acabaría descubriendo que Kelly sigue viviendo bajo su identidad falsa. Ilegalmente. O, lo que es peor, que estaba cometiendo delitos sin la autorización de la policía.

De ahí ese paquete, el que contenía la llave del coche robado. Kelly se vio obligado a obedecer. Todd estaba presente cuando tuvo lugar el reencuentro, igual que Clio, y se enamoraron. Kelly le dijo a Todd que no le contara a Jen que conocía a Joseph, luego le pidió también que cortara con Clio. Aquella noche, en el jardín, debió de confesárselo todo, debió de explicarle a Todd quién era en realidad. «La cosa más jodida que me ha pasado en la vida», había dicho. Debió de enseñarle su antigua placa de policía, el cartel. Jen se imagina perfectamente la conversación en el dormitorio de Todd. A su hijo escondiendo la placa, el teléfono, el cartel, para que ella no lo viera.

Kelly había empezado a trabajar otra vez para Joseph, pero, en el momento en que creyó que Joseph tal vez sabía que él era el policía que lo había enviado a la cárcel, se puso desesperadamente en contacto con Nicola para pedirle ayuda. Quien resulta que no es una criminal, sino una mujer que también estuvo infiltrada en la banda por aquel entonces. Una policía. Kelly debió de encontrarse entre la espada y la pared. Temiendo por su vida, sincerarse con Nicola debió de ser la opción menos mala.

A cambio de su silencio, y pensando en el riesgo que corrían de que Joseph los descubriera, Nicola le pidió un favor a Kelly. Y ese favor debió de ser que Kelly pasara información a la policía sobre los nuevos delitos que estaba cometiendo Joseph. Es posible que Nicola diera los pasos necesarios para que Kelly tuviera protección, y esa sería la razón por la cual Jen vio tantos coches patrulla circulando. Tal vez por eso llegaron tan pronto aquella noche, mucho antes que la ambulancia. Estaban esperando intervenir, aunque fue demasiado tarde, demasiado tarde.

De un modo u otro, Joseph debió de producirle algún tipo de herida a Nicola dos noches antes de que Todd cometiera el crimen. El delito de lesiones corporales graves incluido en la Sección 18 del que Jen oyó hablar en la comisaría. Joseph debió de descubrir su tapadera. Fuera de la cárcel, estaría observando muy de cerca a todos sus contactos en busca de indicios de que no fueran quienes decían ser. Y descubrir que ella era policía debió de resultarle más fácil, puesto que Nicola nunca abandonó el Cuerpo. Por eso Nicola tenía un aspecto tan distinto en Wagamama; por que no estaba en su papel de infiltrada en la banda.

Y descubrir quién era Nicola debió de conducir a Joseph directo hasta Kelly. De manera que Joseph descubre quién es Kelly y viene a por él en plena noche, a finales de octubre. ¿Y no iba armado? ¿No metió la mano en el bolsillo para sacar un arma?

La policía se presentó casi inmediatamente después de que se produjera el asesinato. Lo más probable es que supieran que allí se estaba cociendo algo.

Entonces traicionaron a Kelly: arrestaron a Todd. Aun cuando Kelly le había pedido ayuda a Nicola. No es de extrañar que estuviera tan furioso en la comisaría.

¿Y Todd? Ahora que Jen conoce todo lo que ha pasado, la explicación es muy simple. Todd quiso proteger a su padre. Por lo tanto, al enterarse de lo de Nicola, compró un cuchillo. De camino de vuelta a casa, reconoció a Joseph, vio que iba armado y le entró el pánico. Y entonces hizo lo único que podía hacer: proteger a su padre a cualquier precio.

Ryan

Welbeck Street, 718.

Es la dirección que Joseph ha pasado a Ryan y a Angela. Están listos para ir hacia allí. Angela montará guardia fuera y Ryan entrará. Después, el resto del equipo arrestará a Joseph ahora que Angela y Ryan pueden identificarlo. Joseph ha confiado en Ryan y en Angela y, como resultado, tienen suficientes pruebas para poder incriminarlo. El mensaje de texto, las evidencias que aportan Ryan y Angela…, todo ello bastará para demostrar que dirige una organización criminal, será suficiente para encerrarlo un montón de años.

Lo único que falta es el bebé. Que sigue desaparecido.

Mientras van de camino hacia allí, aparece otro mensaje:

> Id a la dirección que os facilité en el anterior mensaje y decid que estáis allí para ofrecer trabajos de pintura y decoración. Y cuando estéis en el despacho del propietario, decid que os envío yo. JJ.

Ryan se vuelve hacia Angela.

—Ya lo tenemos —dice—. Así es como consigue las direcciones de casas vacías. A través de esta oficina. Lo tenemos. Lo tenemos de una puta vez.

—Lo sé —responde Angela, emocionada—. Lo sé.

Ambos siguen caminando por las calles bajo la lluvia de marzo, Ryan pensando en su hermano, y también en el viejo Sandy. Pensando en que ha cambiado el mundo. Solo un poco. Con su pequeña aportación.

Ryan parpadea para impedir que sus ojos dejen constancia de esta emoción a la que es incapaz de ponerle un nombre. Llegan a la dirección. Nicola se aparta, inmersa por completo en su personaje, y deja que Ryan entre en el edificio. Un bufete de abogados, al parecer. Gente acomodada.

Hay una mujer sentada en la recepción. Es guapa. Con una cascada de pelo oscuro, ojos enormes.

—¿Necesitan algún trabajo de pintura o decoración? —pregunta, con una sonrisa grande y esperanzada.

—¿Esto qué es? ¿Una oferta espontánea de decoración? —exclama la chica, con una carcajada.

Y con aquella carcajada, algo se revuelve en el estómago de Ryan. No esperaba esto. Imaginaba que la chica estaría metida en el ajo. Que entendería la contraseña.

—¿Eh? Pues sí —responde.

—Pues ahora mismo vamos a retirar todos los muebles para apartarlos de la pared, ¿te parece? Para seguir con nuestro trabajo mientras tú pintas.

—De acuerdo, si tú te animas yo también —replica con facilidad.

—Estamos servidos, gracias —contesta la chica—. Pero si alguna vez se nos ocurre de pronto que queremos cambiar la decoración, ya tenemos a nuestro hombre.

La chica lo ignora a continuación y se concentra en la pantalla.

—¿Podría hablar con el propietario? —pregunta Ryan.

—¿Y cómo sabes que la propietaria no soy yo?

—Vale, ¿eres tú?

—No.

Se sostienen mutuamente la mirada un segundo y luego estallan en carcajadas.

—Pues encantado de conocerte, no-propietaria —dice Ryan.

—Lo mismo digo, decorador-espontáneo.

La chica le sonríe, como si se conocieran, y grita entonces, por encima del hombro:

—¡Papá! Aquí fuera preguntan por ti. —Después lanza una mirada a Ryan cuando este se dispone a entrar en el despacho de su padre—. Me llamo Jen.

—Kelly.

Día menos siete mil ciento cincuenta y siete, 11:00 horas

Jen abre los ojos. Por favor, que sea 2022. Pero sabe que no lo es.

Los huesos de las caderas. Un teléfono antiguo. Una cama muy muy antigua. Dios, es esa cama baja con los laterales de madera. Suelta todo el aire que contiene en los pulmones. Aún no se ha acabado.

Se sienta y se frota los ojos. Sí. Es su piso, su primer piso. El que se compró cuando empezó a trabajar. Dio una entrada de tres mil libras; una cantidad de risa en 2022.

Tiene una sola habitación. Se levanta y sigue el trillado camino que marca la ajada moqueta marrón para salir al pasillo y entrar luego al salón. Lo ha decorado con un aire bohemio: una cortina floreada separa el salón de la cocina, cojines de color granate cubren el alféizar de la ventana para disimular la humedad. Lo observa, maravillada. Casi se había olvidado de todo esto.

La luz matinal se filtra a través de los cristales sucios de las ventanas.

Mira el teléfono, pero no tiene fecha. Enciende el televisor, sintoniza las noticias y luego mira el teletexto. Santo cielo, ¿todo eso tenían que hacer para saber qué día era? Es veintiséis de marzo de 2003, once de la mañana.

Es seis meses antes del día anterior, y es el día después de la fecha en que conoció a Kelly. Hoy es el día de su primera cita oficial.

Mira el teléfono, aunque apenas sirve de nada. Puede enviar mensajes, hacer llamadas y jugar a la Serpiente. Mira los SMS. Encuentra el último mensaje de Kelly en el hilo de una conversación con un hombre que aparece en sus contactos como «Tío bueno pintor decorador». El hombre que no sabía que acabaría convirtiéndose en su marido. «Café Taco, 17:30? A la salida del trabajo? xx». Está escrito en letra mayúscula y anticuada, en una pantalla que se ilumina con ese verde neón típico de las calculadoras.

Su respuesta debe de estar en un hilo aparte, no son mensajes seguidos. Todo muy antiguo.

Va a los mensajes enviados. «Vale», le había respondido, toda una tesis sobre lenguaje informal. No recuerda haberse obsesionado por ello, pero seguro que lo haría.

Es tarde. Por aquellos tiempos se daba atracones de dormir y atracones de beber. Tiene resaca. No recuerda qué hizo la noche después de conocer a Kelly, pero imagina que debió de haber alcohol de por medio. Acaricia las superficies de la cocina —mármol falso— y examina sus posesiones: libros de derecho y también muchas novelas de bolsillo con mujeres con taconazos en la portada. Velas en vasitos y metidas en botellas de vino. Dos pantalones de vestir tirados por el suelo, acompañados con sus respectivas bragas y calcetines.

Se da una ducha prolongada y le sorprende ver entre las baldosas tanta porquería. Resulta gracioso cómo te acabas acostumbrando a las cosas. Está segura de que ni siquiera le daba importancia cuando vivía aquí. Que simplemente toleraba el moho en los alféizares de las ventanas, el ruido constante del exterior, del mismo modo que tenía que pensar bien en qué se gastaba cada penique.

Cuando sale de la ducha, se envuelve en una toalla y va directa a encender el ordenador de sobremesa. Entre el calor y las nubes de vapor se le ha ocurrido una cosa y quiere mirarla.

Presiona el botón esponjoso del ordenador y espera a que se encienda, mientras las gotas de agua de la ducha le resbalan por la nariz y caen a la moqueta, donde se acaba de sentar.

Mientras el monitor cobra vida, piensa... Cuando era becaria, tenía una buena amiga que se llamaba Alison. Jen se pregunta si fue por eso por lo que le vino tan rápidamente aquel nombre a la boca semanas atrás. Alison trabajaba en una compañía cercana. Solían quedar para comer al mediodía, se compraban un bocadillo o una ensalada en Pret. Alison acabaría olvidándose del derecho. Más adelante, entró a trabajar en una empresa como secretaria, un puesto para el que estaba cualificada más que de sobra, y Jen había seguido con lo mismo, divorciando parejas, después de lo cual habían perdido el contacto, lo que sucede a menudo cuando una amistad se basa única y exclusivamente en un interés común.

Resulta rarísimo estar de nuevo aquí. Saber que podría marcar ahora mismo el número de Alison y ponerse al día de todo. Qué segmentada llega a ser la vida. Se divide tan fácilmente en amistades, direcciones y fases vitales que parece eterna, aunque las cosas nunca, jamás, duran mucho. Vestir de traje. Andar siempre con la bolsa de los pañales. Enamorarse.

Jen parpadea mientras Windows XP empieza a cargarse ante sus ojos. Dios, todo parece sacado de una película de *hackers* de hace un montón de años. Localiza Explorer con cierta dificultad. Su Internet funciona por marcación y tiene que conectarse. Cuando por fin consigue entrar en Ask Jeeves, teclea: «Bebé desaparecido, Liverpool».

Y ahí la tiene. Eve Green. Desapareció hace un par de meses porque estaba en el asiento trasero de un coche que fue robado. Por eso la investigadora privada no encontró nada: la pequeña desapareció veinte años atrás. Kelly estuvo implicado en el desmantelamiento de la banda criminal que la robó, pero nunca llegaron a encontrar al bebé. Kelly conservó el cartel. Debió de enseñárselo a Todd cuando le contó toda su historia. Por eso el teléfono de prepago, el cartel y la placa acabaron en la habitación de Todd. Y Kelly comentó con Nicola que nunca había sido encontrada.

A Jen se le revuelve el estómago. Un bebé desaparecido, desaparecido desde hace veinte años.

Contempla Liverpool desde la ventana, una ciudad brumosa bajo el sol invernal, e intenta asimilar en qué situación se encuentra. Su padre está vivo. Su mejor amiga es Alison. En el futuro, se casa con Kelly, el hombre con quien esta noche tendrá su primera cita y con quien luego tendrá un hijo, al que llamarán Todd.

Piensa en el bebé desaparecido, en Todd, en Kelly, en una organización criminal integrada por gente mala y gente infiltrada que a veces es ambas cosas. Y, por encima de todo esto, piensa en cómo impedirlo.

El rompecabezas está todavía incompleto. Es evidente que esto no se ha acabado porque ella sigue aquí, en el pasado lejano, con cosas todavía pendientes de hacer, pendientes de solventar, de comprender.

Necesitada de consuelo, Jen se acerca al espejo y deja caer la toalla al suelo; se siente incapaz de resistir la tentación de ver su cuerpo de veinticuatro años. Maldita sea, piensa, dos décadas demasiado tarde. ¡Si era como una adolescente! Aunque, como todo el mundo, no lo valoró hasta que ya fue demasiado tarde.

A las cinco cuarenta, haciéndose de rogar, Kelly entra en la cafetería. Jen sabe, porque lo conoce desde hace veinte años, que está nervioso. Va vestido en tela vaquera con dos tonalidades, clara y oscura, elegante sin el más mínimo esfuerzo, como siempre ha sido, con el pelo ligeramente levantado por delante. Pero su mirada es asustadiza, como la de un cervatillo, y se seca la mano en los vaqueros antes de acercarse a la mesa.

Jen se levanta para saludarlo. Su cuerpo es tan delgado, tan ligero, que tiene la sensación de haber estado nadando bajo el agua y acabar de emerger a la superficie. Tropieza con menos cosas. Es como… si ocupara menos espacio. Y se siente flexible, cargada con una energía ilimitada; la resaca ha desaparecido en cuestión de minutos, con solo un café y un poco de sol.

Kelly se inclina para darle un beso en la mejilla. Huele a savia. Ese olor, ese olor, ese olor. Lo había olvidado. Una loción para después del afeitado anticuada, un desodorante, el detergente de la colada…, algo. Había olvidado su olor y, de repente, aquí está, en 2003, en una cafetería, con él, con el hombre del que se enamorará.

Lo mira, sus ojos jóvenes se clavan en los de él, y tiene que hacer un esfuerzo para contener un mar de lágrimas. «Lo conseguimos —le gustaría poder decirle—. Una vez. En un universo, llegamos hasta 2022, y seguimos teniendo sexo, seguimos saliendo juntos. Y tenemos un chico maravilloso, divertido y cerebrito que se llama Todd».

Pero antes de todo esto, me mientes.

Kelly no dice nada como saludo. Típico de él. Ahora entiende la necesidad de ser reservado. Porque es un mentiroso. Pero su mirada le recorre el cuerpo de arriba abajo y ella, igualmente, se pone nerviosa.

—¿Café?

—Claro.

Jen juega con las bolsitas de azúcar que hay en la mesa. Sweet'n Low de color rosa. En la carta de bebidas hay café, té, poleo menta y zumo de naranja. Nada que se asemeje a los *macchiatos* de 2022. El ventanal que da a la calle está iluminado con lucecitas de Navidad, aun estando a finales de marzo. El resto es de lo más normal. Mesas de formica, suelos de linóleo. El olor a frito y a tabaco, el sonido de una caja registradora. La gente firmando recibos de pago con tarjeta. 2003 no tiene la clase de 2022. No hay nada, excepto las luces de Navidad, que están allí simplemente porque son bonitas. No hay cuadros en las paredes ni plantas decorativas. Solo las mesas, las paredes blancas y él.

Está en la cola, con el peso del cuerpo descansando sobre una cadera, cuerpo delgado, rostro inescrutable, un enigma.

—Siento el retraso —dice cuando se acerca con dos tacitas con sus platitos, pasadísimas de moda.

Toma asiento delante de ella y, con todo el atrevimiento, su futuro marido roza con la rodilla la de ella, como por accidente, pero la deja allí. Y el gesto provoca en Jen la misma sensación que la primera vez, por mucho que sepa con todo detalle qué se siente al besarlo, al amarlo, al follarlo, al hacer un hijo con él. Kelly siempre la ha excitado.

—Y bien —dice Kelly, una frase tan cargada como un arma de fuego—. ¿Quién es Jen?

Jen nota el calor de su rodilla, observa cómo sus manos elegantes abren un sobrecito de azúcar con el que ella estaba jugando hace tan solo un momento. Siempre ha ejercido sobre ella el mismo efecto. En su presencia, no puede pensar con claridad.

Jen baja la vista. Es un infiltrado. No se llama Kelly. ¿Por qué nunca, jamás, en estos veinte años, se lo ha contado? Es lo que no alcanza a comprender. La respuesta tiene que estar ahí, en algún lado, más allá de esas luces de Navidad, pero aún no la ha encontrado. Se pregunta si, cuando lo haga, el bucle temporal tocará a su fin. Y, de no ser así, qué tendrá que hacer para detenerlo.

—No hay gran cosa que contar —responde, mirando hacia la calle, hacia el mundo de 2003. Y pensando también en la flagrante verdad que ha estado intentando ignorar: a menos que Jen y Kelly se enamoren, Todd jamás existirá.

—¿Y quién es Kelly? —pregunta ella entonces.

Piensa, de pronto, en la calabaza que le compró, simplemente porque ella quería una. En el fregadero de porcelana que le trajo él aquel día. En lo mucho que pasa de todo y de todo el mundo en el futuro. Algo que resulta tanto una inspiración como ligeramente peligroso. Kelly la excita. Estuvieron tan bien juntos. Están tan bien juntos. Pero los cimientos son estos: mentiras. El borde de un precipicio que se desmorona.

Kelly deja que la sonrisa se extienda por sus facciones mientras la mira, mordiéndose el labio inferior.

—Kelly es un tipo de lo más aburrido que en estos momentos tiene una cita con una mujer que está de lo más buena.

—Así que estoy buena.

—Intento mantener la serenidad.

—Sin conseguirlo.

Kelly levanta las manos y se echa a reír.

—Cierto. Creo que la serenidad la dejé olvidada en la puerta de tu bufete.

—Lo de la pintura, entonces…, era un ardid.

Su expresión se oscurece un instante.

—No…, pero ahora lo de decorar el bufete de tu padre me importa una mierda.

—¿Cómo es que te metiste en esto?

—Bueno, nunca he querido ser parte del sistema —responde.

Jen recuerda a la perfección esta frase, el efecto que tuvo sobre ella, que precisamente formaba parte del sistema. Le pareció emocionante. Pero ahora la satura, la confunde. No entiende dónde termina Ryan y dónde empieza Kelly. Si las cosas de las que se enamoró son el verdadero él.

—¿A qué parte del derecho te dedicas?

—Soy becaria, así que hago de todo. Soy la chica de los recados.

Kelly asiente una sola vez.

—¿Fotocopias?

—Fotocopias. Preparar té. Rellenar formularios.

Otro poco de café, más miradas a los ojos.

—¿Te gusta?

—Me gusta la gente. Quiero ayudar a la gente.

Los ojos de él se iluminan al oír eso.

—Yo también —dice en voz baja. Y algo parece cambiar entre ellos—. Me gusta eso —añade—. ¿Y andas muy metida en la gestión del bufete o…?

—Apenas nada.

Jen recuerda que se sintió halagada por esas preguntas, por su capacidad de saber escuchar, algo excepcional entre los jóvenes, pero hoy tiene una sensación distinta al respecto.

Kelly cruza las piernas a la altura de los tobillos y su rodilla se retira con el cambio. La ausencia de contacto, a pesar de todo, la deja fría.

Lo mira. Entre ellos saltan chispas, ascuas que salen disparadas de una hoguera que solo ellos pueden ver.

—Nunca he querido tener un trabajo importante, una gran casa, esas cosas —añade él.

Jen baja la vista, sonriendo. Es tan de Kelly decir eso, esa actitud, esa confianza, esa agudeza, que se encuentra flotando. Durante la mayor parte de su matrimonio, han sido pobres pero felices.

—Cuéntame el caso más interesante que has tenido —le pide Kelly.

Y Jen también se acuerda de esto. De que le contó algún caso de divorcio. Y de que él la escuchó todo el rato, sinceramente interesado. O eso, al menos, le pareció.

—Oh, no voy a aburrirte con eso.

—Vale, pues cuéntame dónde quieres estar de aquí a diez años.

Jen lo mira, hipnotizada. «Contigo —piensa simplemente—. Con tu antiguo yo».

¿Pero acaso no ha sido siempre —ay, Dios, ¿en qué está pensando?—, pero acaso no ha sido siempre un buen marido? Fiel, honesto, sexi, divertido, atento. Lo ha sido.

La rodilla vuelve a estar ahí. Avanza el pie y mueve la rodilla hacia ella. Las entrañas de Jen se encienden de inmediato, como una cerilla que prende con solo rozar la lija de la caja.

Y mientras en el exterior la tarde se vuelve cada vez más negra, la lluvia cada vez más intensa y el ambiente de la cafetería cada vez más cargado, ellos charlan sobre todo. Los medios de comunicación. Tocan brevemente la infancia de Kelly —«hijo único, padres fallecidos, solo yo y mi brocha»— y comentan dónde vive Jen. Hablan sobre sus animales favoritos —los de él son las nutrias—, también sobre si creen en el matrimonio.

Hablan sobre política y religión, sobre gatos y perros, y de que él es una persona diurna y ella un ave nocturna.

—Lo mejor siempre pasa por la noche —dice ella.

—Lo mejor es un café a las seis de la mañana. Y no admito discusiones.

—Las seis de la mañana es plena noche para mí.

—Pues quédate despierta hasta entonces. Conmigo.

Se acercan cada vez más el uno al otro, todo lo cerca que la mesa les permite. Ella le explica que quiere tener un gato gordo al que pondrá por nombre Enrique VIII, sin que Kelly tenga idea de que lo acabarán teniendo, y él se echa a reír tantísimo que mueve incluso la mesa.

—¿Y cómo se llamará entonces su heredero? ¿Enrique IX?

Hablan sobre sus lugares de vacaciones favoritos —para él Cornualles, odia volar en avión— y sobre lo que comerían de estar en el corredor de la muerte, comida china los dos.

—Bueno —dice él alrededor de las diez de la noche—. Una infancia dura, supongo. Me gustaría darles a mis hijos algo mejor.

—Así que hijos, ¿eh?

Y ahí está. Una de las muchas capas de Kelly que al menos Jen sabe que es verdadera.

—Bueno, sí —dice—. No sé, supongo que es lo que se dice siempre cuando se habla de criar a la siguiente generación. Enseñarles las cosas que nuestros padres no nos enseñaron.

—Me alegro de que dejemos de hablar de cosas sin importancia.

—A mí me gusta hablar de cosas importantes.

—¿Y ayer viniste solo…, por casualidad? ¿Por trabajo? —pregunta Jen, que quiere comprender, totalmente, el origen de su historia. Porque había ido a ver a su padre, pero se había marchado solo cinco minutos después.

—No. Es que resulta —dice, como si quisiera obtener algo de ella, con expresión expectante— que tu padre y yo tenemos un conocido mutuo. Joseph Jones. A lo mejor lo conoces también.

De pronto es como si acabara de explotar una bomba en alguna parte, o esa es la sensación que tiene Jen. ¿Así que su padre conocía a ese cabrón de Joseph Jones? El mundo se detiene por completo durante una milésima de segundo.

—No, no lo conozco —responde, casi en un susurro—. Mi padre trata con todo el mundo.

Y es como si acabara de pinchar un globo. Los hombros de Kelly descienden, tal vez simplemente porque se siente aliviado. Busca la mano de ella. De forma automática, ella le permite que se la coja. Pero su cabeza funciona mientras tanto a toda velocidad. ¿Así que su padre conocía a Joseph Jones? ¿Qué quiere decir esto? ¿Que su padre es…? ¿Es qué? Si Jen fuera un personaje de cómic, tendría sobre ella una burbuja repleta de signos de interrogación.

Los dedos de Kelly tocan el piano en su muñeca.

—¿Nos vamos de aquí? —pregunta.

Salen de la cafetería y se quedan fuera, bajo la lluvia de marzo. Las calles están mojadas, la luz de las farolas se refleja en el pavimento, que adquiere un tono dorado. Kelly la atrae hacia él, en la misma puerta del café, posa una mano en su espalda, sus labios están a escasa distancia de los de ella.

Pero esta vez no besa a Kelly. No le pide que vaya a su casa, donde se pasarían la noche charlando en la cama.

Se inventa una excusa. Y la expresión de él es de decepción.

Se marcha calle abajo y le dice adiós con la mano, incluso de espaldas, porque sabe que ella estará todavía mirándolo.

Jen se queda en medio de la calle, sola, como ha hecho miles de veces desde que todo esto empezó. Cruza los brazos y presiona su propio cuerpo, pensando en cómo salvar a su hijo y pensando, también, que nadie la salvará a ella, que nadie puede hacerlo, ni siquiera su padre, ni, muy en especial, su marido.

Ryan

Está metido hasta el cuello.

Ryan está en la habitación de Jen. Es muy temprano. Ella sigue durmiendo, tiene el cabello esparcido sobre la almohada, como el de una sirena. Es la segunda noche seguida que pasa con ella, no ha vuelto a su apartamento desde que anteayer quedaron en la cafetería.

Y no se quiere marchar.

Ese es el problema.

Joseph le ha enviado hoy un mensaje preguntándole qué tal iba. Se acabará enterando de que ha estado en casa de Jen. La cabeza de Ryan no para de dar vueltas, intentando pensar qué debe hacer. Control de daños. Está concentrado en esto.

—Veo que no bromeabas cuando dijiste que eras ave diurna —murmura Jen, poniéndose de lado.

Está desnuda. Sus pechos se mueven con ella y se los tapa con la colcha.

—Lo siento —dice con voz ronca.

Está investigando a su padre. Está investigando a su padre. Jen cree que se llama Kelly. «Esto no funcionará, jamás». Jen abre de pronto los ojos y lo mira fijamente. Se incorpora en la cama y le sonríe, una sonrisa lenta, feliz, como si no pudiera creer que él está allí.

—No te vayas —le dice ella, con atrevimiento.

Ella está desnuda; él, vestido.

—Es que…

«Esto no funcionará, jamás».

—Quédate aquí conmigo.

Dobla entonces la esquina de la colcha, invitándolo a volver a la cama.

«Esto tiene que funcionar».

—Debería irme.

—Kelly —dice Jen, y a Ryan le encanta cómo suena ese nombre para él. Es viejo y nuevo, todo a la vez—. La vida es demasiado larga para trabajar.

La vida es demasiado larga. Una frase inteligente. De pie, se sujeta la cabeza entre las manos, como si estuviera loco. La ama. La ama, mierda.

La vida es demasiado larga para trabajar.

Tiene razón.

Tiene toda la razón. De pronto, vuelve a estar desnudo y de nuevo en la cama con ella.

—¿Aún no te gustan las mañanas?

—Me gustan las mañanas contigo.

Ryan ha estado despierto toda la noche, la tercera noche seguida. Por fin está de vuelta en casa, en su apartamento. Hoy ha conseguido separar su cuerpo del de ella, casi a medianoche, fingiendo que estaba cansado, para poder regresar aquí, donde ha pasado la noche entera en la cocina, sentado en la mesa de contrachapado, tomándose un café tras otro.

No puede pensar en otra cosa que no sea Jen. Jen…, también en qué hacer con Jen. «Durmiendo con el enemigo, por lo que veo», decía el mensaje que Joseph le ha enviado antes. Un mensaje grosero, reducible, que se lo ha removido todo, como si solo se tratara de sexo. Ryan se ha quedado mirándolo un buen rato antes de responder, intentando decidir qué hacer.

Y ha tomado su decisión a las 00:59 de la madrugada. Se había olvidado de que el reloj se adelantaba una hora, que a la 01:00 de la noche serían las 02:00, y ha tomado su decisión.

Dejar la policía, o perderla.

Al final, ha pensado, en su asqueroso apartamento, con su identificación falsa sobre la mesa, tampoco es que fuera una decisión.

Está esperando debajo de la farola de la esquina de Cross Street, pasando el peso de un pie al otro y repitiéndose que no tiene otra elección. Ninguna. Está helado de frío y le tiemblan las manos por el exceso de adrenalina.

Ryan está enamorado.

Ryan ya no quiere cambiar el mundo. Ryan quiere estar con Jen. Jen, cuyo padre es un facilitador del grupo de crimen organizado que está investigando.

Jen, que cree que se llama Kelly, que sus padres murieron, que dejó los estudios con dieciséis años.

Jen, cuyos ojos brillan como si estuviera llorando de tanto reír. Jen, que en su primera cita le dijo que pensaba que las nutrias eran tontas, que también quería niños, que siempre había querido ayudar a la gente, cuyo cuerpo encaja con el suyo como si siempre hubiera estado allí, como si formara parte de él. Jen, que dice que come demasiado, que besa como si hubiera sido inventada única y exclusivamente para besarlo a él.

El cabrón de su padre. Su padre ha estado suministrándole a Joseph Jones una lista de propiedades vacías que este ha estado utilizando para enviar a sus esbirros a robar coches. Coordinaba las estancias en viviendas de vacaciones en régimen de multipropiedad y mantenía un registro para saber qué semana le correspondía a cada propietario. Así sabía cuándo era más probable que la gente estuviera fuera, que dejara la casa vacía. Un crimen de lo más simple, nacido de la información del día a día a la que los abogados tienen acceso.

Ryan se pasa ambas manos por el pelo y levanta la vista hacia el cielo. Quiere gritar, pero no puede.

Aparece el hombre. Un socio de un socio de un socio. Confía en que la relación de este tipo con Joseph esté lo suficientemente alejada, aunque nunca se sabe.

El desconocido es fornido, bajito, con calva incipiente.

—Trae la bolsa —dice.

Puede que Ryan vuelva a Cross Street, pero esta vez está aquí por motivos distintos. Le pasa la bolsa de dinero al desconocido.

El hombre lo cuenta, esboza una sonrisa voraz y le pasa un sobrecito arrugado que se saca del bolsillo posterior del vaquero. Ryan lo coge y se marcha, impulsado solo por el pánico. No mira hacia atrás.

Ryan entra en el bufete cuando sabe que Jen ha salido. Kenneth está allí, en su despacho, y levanta la cabeza, sorprendido, cuando oye llegar a Kelly.

—Tengo que decirle algo y necesito que me escuche. —Kelly traga saliva, solo una vez. Se parece a Jen. Tiene la misma fina estructura ósea—. Y que nunca salga de estas cuatro paredes —añade Ryan.

—Entendido.

Las manos de Kenneth tiemblan cuando deja de lado el contrato que está leyendo y centra totalmente su atención en Ryan. Ryan se inclina sobre la mesa para estrecharle la mano a Kenneth. El contacto es firme y seco.

—Soy policía. Joseph será arrestado cualquier día de estos. Forma parte de una banda de crimen organizado muy amplia y ocupa el puesto más alto, como estoy seguro que sabe.

—No..., yo...

—Si lo pone sobre aviso, haré que lo enchironen a usted.

Ryan no ha hablado nunca así, pero cree que debe hacerlo. Tiene que hacer todo lo posible para desvincularse del tema.

Kenneth se queda mirándolo.

—¿Qué quiere?

—Que me cuente cómo se metió en esto.

—Kelly, yo…, yo nunca he… Todo empezó de la manera más fácil.

—¿Cómo? —Ryan se cruza de brazos.

—No podía pagar las facturas —responde Kenneth en voz baja—. No podía, literalmente. Nos íbamos a la quiebra. Defendí a Joseph, hace años, en la parte civil de un caso de estafa. Vino al bufete a liquidar el anticipo y vio las facturas pendientes. Dijo que podía ayudarme. Lo ingeniamos entre los dos. Yo, por aquel entonces, me ocupaba de la gestión de la compraventa de viviendas en régimen de multipropiedad y tenía una lista de qué semana le correspondía a cada propietario. Inventé un calendario que mostraba los periodos en los que los propietarios estaban en la vivienda en multipropiedad y no en su vivienda habitual. Casi siempre funcionó. La mayoría de ellos tenían dos coches, razón por la cual dejaban uno de ellos en casa, normalmente el coche deportivo, más caro y menos práctico. Solo muy de vez en cuando no pasaban el periodo que les correspondía en la vivienda en multipropiedad, o pasaban esa opción a algún conocido. Y si lo hacían, los cacos se largaban. A mí me daban el diez por ciento del valor del coche.

—Pues sus actos tuvieron como consecuencia el robo de un bebé.

—Yo no estaba al… No sabía que iban a probar a entrar también en la casa de al lado —tartamudea.

—Ha estado aceptando encantado las ganancias de todos esos actos delictivos.

—Para pagar las facturas.

—¿Lo sabe Jen?

—¡Por Dios, no! —exclama Kenneth, y Ryan cree que dice la verdad.

—No puede saberlo nunca —dice Ryan—. Nunca puede saber que usted ha estado haciendo esto.

—No. De acuerdo —dice secamente Kenneth.

—Ni puede saber todo esto sobre mí. Quiero…, quiero estar con ella.

Kenneth parpadea, sorprendido, y Ryan espera, sin decir nada. Guarda un as en la manga.

—Si cumple, lo sacaré de esto.

—De acuerdo —musita Kenneth—. De acuerdo. ¿Cómo tengo que…?

—Líbrese de todos sus libros contables. Quémelos. Échelos al mar. Lo que sea.

—Sí…, entendido.

—Una sola palabra…, y está muerto.

—Entendido.

—Bien.

—Antes de que se vaya con mi hija —dice Kenneth, que también, claramente, se guardaba un as en la manga—, cuénteme algo sobre usted. Sobre su yo real. Y cuénteme por qué quiere estar con ella. Porque, si no lo hace, cantaré sin ningún problema, y llegaré hasta el fondo. Por ella.

—No es para mí —dice Ryan en el despacho de Leo.

Ha estado muy pocas veces allí, siempre se reunían en el armario de él. Y el despacho de Leo resulta ofensivamente grande. Con espacio suficiente para dos.

—Ya sabes —prosigue—, las mentiras, el engaño. La policía, en general. No me gustaba nada lo de atender las llamadas de emergencia y no me gusta nada esto —dice.

Su voz se rompe al pronunciar la última palabra, porque para nada es la verdad. Es la mentira más grande que ha dicho desde que le mintió a Jen con respecto a su nombre. Su nombre y su profesión, algo tan nuevo, pero que parece ya que vaya unido. Es como si se hubiese despedido por completo de su auténtico yo. Se pregunta qué diría Leo si le contase la verdad. Pero no puede correr ese riesgo. No le permitirían seguir viviendo como Kelly. Es la identidad de la policía, creada por la institución para incorporar a Ryan al mundo criminal. Este tipo de identidades falsas quedan destruidas en cuanto han cumplido su objetivo. Mantenerlas significaría exponer a la policía a demandas, a acusaciones penales, incluso a la venganza de los criminales.

Le harían confesar. Y el riesgo para él, y para Jen, sería total.

No tiene otra alternativa. Tiene que salir de la policía. Y tiene que hacerlo antes de que ella se entere. Ella se ha vuelto más importante que él. Eso es amor, supone Ryan. Siempre supo que un día se enamoraría locamente… Es de ese tipo de personas, ¿no? Pero nunca imaginó que las cosas se desarrollarían así. Tiene que seguir siendo Kelly.

Mira a su mentor y amigo, y se revuelve por dentro por las mentiras que está contándole.

—Tengo que decirte que me siento muy decepcionado —responde Leo con sinceridad.

—Lo sé. Gracias —dice Ryan.

Y duda, por un segundo. Se pregunta si está haciendo lo correcto. Pero es la policía… o ella. Su decisión cristaliza como el barro cuando se endurece. No hay otra salida.

—Bueno, pues… —Leo hace una pausa, y Ryan piensa que se dispone a intentar convencerlo, pero tal vez al final cambia de idea, porque simplemente lo mira a los ojos y dice—: Sí. Lo entiendo. Tendrá que ser efectivo de inmediato, dejas de ser policía infiltrado.

—Lo sé.

—Siento mucho que no saliese bien, Ryan.

—Yo también.

—¿Tienes idea de adónde irás y de qué piensas hacer?

Ryan observa la mesa inmaculada de Leo. La pregunta es suficiente para que sus facciones esbocen una sonrisa irónica. Supone que no le quedará otro remedio que ser pintor decorador, lo que ha dicho que es.

—No, ya se me ocurrirá algo, imagino.

—¿Estás dispuesto todavía a acudir a testificar? Tu trabajo ha sido… valiosísimo.

Ryan mira a Leo. Nota que su mirada es gélida.

—Lo sé —dice Leo—. Sé que no hemos encontrado a Eve.

—Sí —dice Ryan.

Eso lo deja hecho polvo. Tal vez si no hubiera conocido a Jen. Tal vez las cosas no se hubieran producido así. Tal vez podría haber seguido más tiempo. Pero no lo hará. No ahora que la ha conocido. Es hombre muerto, para siempre. Y feliz de serlo.

—La hija… del bufete —añade rápidamente—, estoy seguro de que no sabe nada. Y el padre…, la verdad es que no es más que un pueblerino paleto.

—¿Tú crees?

—Concéntrate en Joseph. Ni siquiera estoy seguro de que el padre supiera la relevancia de proporcionar las direcciones —asegura Ryan, mintiendo.

—Tu testimonio será muy útil…

—Lo daré… si no persigues al padre. Solo a Joseph. Y a sus esbirros.

—Hablaré con los de arriba —dice despacio Leo, que parece comprender que Ryan está negociando, aunque ni siquiera sabe por qué.

—De acuerdo.

Un problema resuelto. Se saldrá con la suya. Lo único que debe hacer ahora es convertirse en otra persona.

—Pero, oye…, le echaremos el guante al pez gordo. Y le caerán veinte años.

—Sí, claro —acepta Ryan con tristeza, levantándose de la silla—. Aunque, en cierto sentido, no habrá merecido la pena. Por lo del bebé.

—Lo entiendo —dice amigablemente Leo.

Son cosas que deben de pasar constantemente, sobre todo con los infiltrados. Leo extiende la mano y Ryan deposita en ella todo lo que lo convirtió en una «leyenda». El pasaporte y el carné de conducir emitidos por la policía con el nombre de Kelly. Lo deja todo.

—Sí. Mira, Ry, no creo que fuera a hacerlo de volver a tener de nuevo la oportunidad —dice Leo, aceptando los documentos.

Sus palabras dejan a Ryan parado.

—¿En serio? —dice.

—Sí. Lo que quiero decir es que eso no es vida, la verdad. Si te paras a pensar, ¿qué diferencia hay entre fingir ser un criminal y serlo realmente?

Ryan no responde la pregunta retórica y se queda mirando a Leo, que le indica la puerta pasados unos segundos.

—*Adieu* —dice en voz baja Leo cuando Ryan se marcha.

Ryan siempre había querido cambiar el mundo, pero eso ya no le importa. Tal vez sea un amargado, pero, de repente, se siente devorado por un sistema sobre el que ni siquiera había reflexionado a fondo antes de incorporarse a él. De ahora en adelante, se promete Ryan, le importará una mierda lo que los demás piensen de él: sociedad, jefes, quien sea. No permitirá que nadie lo conozca. Y solo permitirá que una única persona acceda a su interior: ella.

Entra en su armario para despedirse de él. Dejará aquí, en comisaría, prácticamente todas sus cosas. Lo único que se llevará son los talismanes de los que no soporta la idea de separarse. Su placa y el cartel del bebé desaparecido. Son objetos demasiado valiosos para desprenderse de ellos.

Los conservará toda la vida con él. Sea él quien sea.

Cuando se va, piensa en el sobre acolchado que tiene guardado debajo del asiento del acompañante de su coche. Contiene una identificación falsa, que adquirió la noche anterior de manos de un criminal. No le queda más remedio que convertirse en Kelly. Cualquier otra cosa lo delataría. Joseph sabe que Jen le gusta. No puede estar con ella convertido en otra persona. No hay vuelta atrás: se ha sumergido en la identidad de Kelly, un criminal de poca monta, y a partir de ahora tendrá que vivir con ello.

Kelly Brotherhood: el apellido que eligió cuando se infiltró en la banda como Kelly, el criminal.

Brotherhood. Hermandad. En honor al verdadero Kelly.

Piensa en lo que Leo le comentó en su día sobre los jefes de las bandas de crimen organizado. Que no viajan, que no pagan impuestos.

En consecuencia, no viajará al extranjero, no pasará por los escáneres de ningún aeropuerto, por si acaso lo detuvieran. Pero puede vivir. Amor. Matrimonio.

Entre lágrimas le comunica su decisión a su madre. Y luego, cuando Joseph es arrestado, les dice a un par de esbirros que los llamará cuando esté de vuelta, pero que, de momento, intentará pasar desapercibido una temporada. Después de todo eso, se hace un tatuaje. La piel le tira y le escuece, le arde mientras la aguja le marca la piel para siempre. Su muñeca queda mancillada, marcada con su decisión, tomada precipitadamente en plena noche, cuando se adelantaron los relojes, una decisión de la que sabe que nunca se arrepentirá. La fecha en la que se enamoró de ella, la fecha en la que se convirtió en quien es.

Día menos siete mil ciento cincuenta y ocho, 12:00 horas

Es el día en que Jen conoce a Kelly. Siempre ha recordado esta fecha, el día en que el atractivo desconocido entró en el bufete. Pero hoy, mientras está sentada trabajando con un ordenador de sobremesa enorme de 2003, espera verlo por primera vez.

Tiene esa sensación tan del mes de marzo. Pasándolo bien al sol y riendo con él. Siempre se sentirá así, pase lo que pase. Sea quien sea él. Sean cuales sean los motivos que se esconden detrás de su traición, sus secretos, sus mentiras.

Nunca le gustó trabajar en la recepción del bufete de su padre —la gente siempre pensaba que era una secretaria—, pero hoy le gusta poder disfrutar de sus vistas privilegiadas. Los ventanales. La calle principal, con el desalentador cielo de marzo. El silencio de la recepción, antiguo, envolvente y suyo.

—Jen —dice su padre, saliendo al vestíbulo.

Se vuelve hacia él. Tiene cuarenta y cinco años. Corpulento. Grande, feliz, sano. Resulta insoportable. Tanto su juventud como su traición. Su conexión con Joseph. Cuando ella lo visitó, en 2021, cuando tomó el pan de ajo con él, debía de saberlo..., debía de saber en qué había andado metido Kelly. ¿Seguro?

—Tenemos que tener archivada la Parte Ocho a las cuatro —dice.

—Sí, claro, claro —replica Jen, sin tener ni idea de a qué se refiere su padre. Y mientras finge que teclea en el gigantesco y anticuado ordenador, se percata de que fuera hay movimiento.

Y allí está. Es Kelly. Intenta pasar desapercibido, pero, como ella lo conoce, lo ve. Destaca.

Y él la está mirando. Intentando disimular que la está mirando. Lleva una sudadera con capucha, la misma chaqueta vaquera que se pondrá mañana para su primera cita. Ese pelo...

—¿Jen? —la llama su padre—. ¿La Parte Ocho?

Pero Kelly está entrando. Asoma la cabeza por la puerta entreabierta. Y con él entra una ráfaga de aire de marzo. Nunca les gustó tener la puerta cerrada, no querían disuadir a los clientes.

—Hola —saluda Kelly. Su marido, que no conoce todavía el nombre de Jen. Cuyas motivaciones Jen todavía no conoce—. ¿Me preguntaba si estarían interesados en algún trabajo de pintura y decoración?

Están volviendo de comer en el *pub*. Comparten el paraguas. El hombro de Kelly se ha rozado con el de ella varias veces.

—Es tardísimo.

—Soy una mala influencia.

En la recepción reina el silencio. Solo se oye el zumbido de su ordenador y, en las profundidades del edificio, a su padre al teléfono.

—¿Un té? —le pregunta a Kelly.

Él parpadea; no se lo esperaba, pero asiente de todos modos.

—Por supuesto.

Jen entra en la minúscula cocina que hay al lado de la recepción, aunque esta vez espera, y lo observa. Entonces es cuando Kelly lo hace: hace lo que Jen sabe que hará y, aun sabiéndolo, le parte el corazón ser testigo de ello. Despacio, Kelly rodea la mesa de trabajo. Es bueno. La cabeza inclinada. Las manos moviéndose muy levemente mientras sus dedos actúan con delicadeza. A menos que estés fijándote en sus manos ni te enterarías.

Jen lo deja continuar. Y sigue observándolo mientras se toma su tiempo para preparar el té. Ve que abre un poco un cajón... Dios. Tantos años atrás, e hizo esto. El corazón le va a mil por hora.

Saca un papel del cajón y lo guarda enseguida, después de mirarlo.

El padre de Jen sale de su despacho justo cuando empieza a plantearse que quizá lleva demasiado rato preparando el té. Ve que le dirige un gesto a Kelly y Jen decide esperar y aguzar el oído.

—Gracias por la lista —le dice Kelly en voz baja a su padre—. Me preguntaba por esta propiedad en concreto, por este número que aparece aquí... ¿Es un ocho o un seis?

—Ah —dice el padre de Jen, con toda la educación del mundo y en absoluto sorprendido. Se palpa el traje en un gesto inútil, tratando de localizar sus gafas—. Un seis.

—Entendido, gracias —replica Kelly. Está mirando el papel.

Jen traga saliva. Las viviendas en régimen de multipropiedad que su padre fingió que no recordaba. Su padre, facilitador de una banda de crimen organizado. Su marido, investigándolo.

El que era malo era su padre. Tiene la sensación de que el mundo empieza a girar vertiginosamente. Su padre. Un abogado corrupto.

Y Kelly lo estaba investigando. Todas esas preguntas de la primera cita. Su intensidad, parte del origen de su historia, del modo en que se enamoraron.

Resulta que no fue nada de eso.

—¿Qué era todo eso?

Jen ha salido a entregar unos documentos a otro bufete para enfriar los ánimos, para pensar cómo actuar. Ahora está de vuelta y dispuesta a preguntarle a su padre mientras pueda.

—Nada.

—¿Nada? ¿Qué había en ese papel que estabais mirando? ¿Eran direcciones?

Su padre elude mirarla.

—¿De casas vacías? —insinúa.

—Se trata de un pequeño proyecto paralelo.

Mira hacia otro lado. Pero no es tonto. Adivina qué le preguntará Jen acto seguido y se dirige a la ventana para cerrar la persiana. A continuación, pasa rozándola de camino a cerrar la puerta.

—¿Y en qué consiste? ¿En vender datos? ¿A… delincuentes? —dice Jen—. Si no me lo cuentas tú, se lo preguntaré a Kelly.

El padre de Jen está examinando un archivador y se vuelve entonces hacia ella.

—Mira… —empieza a decir—. Dudo que Kelly te lo contara —responde finalmente.

Jen se sienta en el sillón que hay en una esquina.

—No podíamos ni pagar el alquiler —explica su padre, casi tartamudeando—. Pensé…, no es más que información. De gente que amaña demandas por traumatismo cervical tras un accidente, por ejemplo.

—Pero no tiene nada que ver con traumatismos cervicales.

—No.

—Creía que eras un abogado de lo más honesto.

—Lo era.

—Pero, hasta…

—El dinero, Jen. —La fuerza de la frase lo hace tambalearse, solo levemente—. Fue una mala decisión. Pero en cuanto empiezas a trabajar con gente así…, no puedes zafarte. Me arrepiento cada día de ello.

—Deberías.

La mirada de su padre se clava en ella. La conversación le está resultando humillante. Tal vez lo más raro de viajar al pasado sea ver los cambios que experimentan las personas. Kelly, que pasa de la oscuridad de 2022 al desenfado y la ingenuidad de 2003. Su padre, que pasa de la franqueza a la represión.

—¿Recuerdas que antes de que empezaras a trabajar aquí no podíamos pagar el alquiler? ¿Que hablamos con el propietario para convencerlo de que nos alargase el periodo de pago? Redactaste tú misma el contrato cuando estabas en la universidad.

El primer contrato de su vida. Por supuesto que lo recuerda.

—Sí.

—Bien, pues después de eso, vino a verme un antiguo cliente. Y... Jen, me hizo una oferta que no pude rechazar. Pasarle esos nombres y direcciones nos ayudó a mantenernos a flote durante años. Sirvió para pagar tu curso de práctica jurídica. Está pagando tu formación.

—Y están robando a gente.

—¿Cómo te has enterado?

—Eso carece de importancia.

Casi desea decirle que no se ha enterado, piensa, mirando a su padre, consciente de que en el futuro eso nunca podrá saberlo. Pero comprender que Kelly descubrió este secreto oscuro en el seno de su familia y no se lo dijo nunca... Es un gesto de bondad. Kelly mantuvo en secreto su identidad, su transformación.

Porque la ama. Y porque un día de 2003 entró en el bufete, se enamoró perdidamente de ella y no quiso mirar atrás.

Día menos siete mil doscientos treinta, 08:00 horas

Cuando se despierta, Jen está otra vez en el piso. Parpadea y mira la ventana y los cojines de color granate que cubren el alféizar. Se tapa los ojos con el brazo.

Está aquí.

Se tumba hacia un lado en su cama individual. Sigue en el pasado.

Kelly lo hizo porque la quería.

Y ha estado mintiéndole veinte años.

¿Qué otra cosa podía hacer?

No es quien dice ser.

Lo abandonó todo. Por ella.

Nunca le ha dicho que su padre era un corrupto.

¿Por qué sigue aquí? Sale de la habitación y se dirige a la pequeña cocina. Está inundada por el sol de enero de primera hora de la mañana. Aún no ha conocido a Kelly. Su número no consta todavía en su teléfono.

Es un infiltrado. Y está investigando a su padre. Por eso no se lo contó nunca.

Por eso la alerta, en el futuro, sobre investigarlo.

Por eso Joseph se presenta en el bufete, para buscar a Kelly, para empezar de nuevo, y para averiguar quién de sus antiguos socios no era lo que dijo ser. Por eso, en 2022, Kelly le dice a Jen que corre peligro, que debería dejar de investigar: porque Joseph dio por sentado que Jen sabía a qué se dedicaba su padre. Y así se lo hizo saber en la cárcel cuando fue a visitarlo.

Se acerca a la ventana que da a la calle, llena ya de gente trajeada que va a trabajar. Su futuro marido está allí, trabajando como policía, sin conocerla aún.

Se aparta del sol. Es doce de enero.

La fecha de la noticia que vio al salir de la ducha.

Hoy es el día de la desaparición de Eve.

Esta noche es la noche en que fue robada.

Jen sube al autobús para ir a la comisaría de policía de Merseyside, en Birkenhead.

Desde el exterior es igual que la comisaría de Crosby. Un edificio de los años sesenta. Una puerta giratoria le proporciona acceso a un vestíbulo bien iluminado. Más grande que Crosby, pero con el mismo aspecto cansado, con las mismas hileras de sillas atornilladas entre sí. Piensa en aquella noche, cuando se sentaron en unas sillas iguales que estas, hace unas semanas, aunque a muchos años de distancia en el futuro. Piensa en la rabia de Kelly.

Se imagina que desaparecer debe de ser fácil. Dejar la policía, viajar en una furgoneta cámper con la mujer que amas. Instalarse en las afueras de Liverpool. No viajar nunca. Casarse utilizando un pasaporte falso que nunca nadie verificará. Deben de hacerlo miles de personas, por motivos más o menos honorables que los de Kelly. En Crosby, Jen nunca se ha tropezado con alguien que conociera de su infancia. Se pregunta si Kelly habrá estado a punto alguna vez de tener uno de esos encontronazos. El mundo es un lugar muy grande.

Una recepcionista con las cejas depiladas muy finas y la línea de agua del ojo maquillada como hacía todo el mundo en 2003 está tecleando en uno de esos ordenadores tan voluminosos.

—Necesito hablar con un agente —dice Jen—. Se llama Kelly o Ryan.

—¿Para qué?

—Tengo un chivatazo. Sobre una organización criminal en la que está infiltrado —contesta Jen.

Mientras habla, un hombre abre la puerta. Es mayor, más de cincuenta, con canas en las sienes.

Su rostro esboza una expresión de sorpresa.

—¿Kelly? —pregunta.

—Necesito hablar con Kelly. Sé que es un policía infiltrado.

—Será mejor que pase —dice el hombre. Le tiende una mano—. Me llamo Leo.

Kelly está sentado delante de Jen en una sala de interrogatorios y no sabe quién es ella. Es una locura, pero es verdad. Para él, no se conocen de nada.

—Miren —está explicando con paciencia Jen—. No puedo decirles cómo lo sé. Pero hay una casa en la que quieren entrar a robar esta noche…, pretenden robar dos coches.

Les da la dirección de Eve Green, que conoce por el artículo que sale posteriormente en la prensa, y Leo y Kelly la anotan.

Es la misma dirección —con solo un dígito distinto— que aparecía en la hoja de su padre. Greenwood Avenue 125.

—Gracias —dice Kelly, empleando un tono muy profesional. Pero sus ojos azules se quedan posados en ella—. ¿Ninguna información sobre de dónde ha salido esto?

Jane lo mira a los ojos.

—Lo siento, no puedo decírselo.

—Sí, claro, por supuesto —contesta Kelly, ignorándola como si fuera una desconocida—, nos aseguraremos de verificarlo. —Una sonrisa cautelosa fija en su cara.

Jen lo mira, se pregunta dónde está el punto de unión entre él

—este Ryan— y su Kelly. Si apareció después o siempre estuvo allí, en lo más hondo de su persona. De pronto, en aquella comisaría, mirando al hombre que lleva veinte años amando, se pregunta si todo eso es relevante. ¿A alguien le importa cómo o por qué nos hemos convertido en quienes somos? Oscuro, reservado, gracioso. Lo que sea. ¿O lo que importa es quiénes somos?

—¿Lo mirarán?

—Sí, por supuesto —dice tranquilamente—. La vida es demasiado larga para no hacer caso a un chivatazo.

Jen espera en la calle donde aquella noche sucede todo. Está sentada en el interior de un coche que es un viejo cacharro y se pregunta cómo pudo hacer aquello su padre: proporcionar información a delincuentes, escondérselo todo a ella, permitir que se casara con un policía infiltrado...

Empieza a llover, gotas de primavera que caen de manera irregular sobre el techo del coche. Piensa también en lo que dijo su padre la noche que murió. Que Kelly tenía las ideas correctas. ¿Por qué diría eso si no creía que Kelly fuera un buen hombre? Porque tal vez lo supiera. Porque tal vez Kelly se lo hubiera contado.

Le viene de pronto una idea a la cabeza. El cartel que vio en el NEC y al que no le dio importancia. El TAC de la aorta abdominal. La enfermedad que mató a su padre podía preverse. Se pregunta si la tecnología ya existirá. De ser así, podría hacerlo: llamar a su padre y decirle que se hiciera ese TAC. Salvar más de una vida esta noche.

Apoya el codo en la ventana del coche y descansa la cara sobre la palma de la mano. Pero sabe, en el fondo de su corazón, que no es lo correcto.

Piensa en cómo su padre le pidió que preparase aquel pan de ajo. Más feliz que todas las cosas. Piensa también en su madre, que falleció mucho antes que él. Tal vez el momento en el que se fue su padre fuera el momento adecuado. No se puede salvar a todo el mundo. No se puede.

Es posible que se despertara el día del fallecimiento de su padre solo para poder ir a hablar con él y enterarse de alguna cosa sobre las viviendas en régimen de multipropiedad. Debió de ser por eso. Por nada más, aunque Jen sigue con la sensación de que aún queda algo inconcluso.

La policía tiene el 123 de Greenwood Avenue rodeado de coches de incógnito.

Finalmente, hacia las once y media de la noche, llegan. Dos adolescentes, poco más que niños, de la edad de Todd. Salen del coche, vestidos completamente de negro, parecen arañas, y Jen los ve entrar en la casa.

Y aun sabiendo lo que va a pasar, se queda sobrecogida. Porque ella, Jen, de cuarenta y tres años, está aquí presente dentro del cuerpo de una Jen mucho más joven, viendo que están pasando cosas que sabía que pasarían, las cosas que ha averiguado, a pesar de no haber creído nunca que podría verlas, que sería capaz de ello.

Observa cómo sacan las llaves del interior del buzón. Sabe que se está acercando el final. Sabe que, independientemente de cómo termine el día, este va a ser el último.

Puntual como un reloj, una mujer de aspecto agotado y con un bebé en brazos sale de la casa contigua al 125. Deposita el bebé, que no para de llorar, en la sillita del coche y se palpa los bolsillos. Duda un instante, mientras observa la calle tranquila. No se percata de que hay un coche mal aparcado. No se percata del robo que se está produciendo en la casa de al lado, de los dos chicos vestidos de negro que andan camuflados entre las sombras.

Justo en ese momento: azul. Una explosión de luz tan azul que parece como si la escena se estuviera desarrollando bajo un filtro de saturación.

Hay policías por todas partes, salen de coches, de detrás de los arbustos y las casas, y arrestan a los adolescentes.

Jen oye que alguien les lee sus derechos. Piensa en Kelly, ausente para quedar protegido. Todavía no ha hecho nada que exija su testimonio como infiltrado. No se ha convertido aún en el Testigo B ni en nada de todo en lo que se convertirá después de eso. Todavía no ha conocido a Jen tal y como la conocerá.

La mujer con el bebé no se ha movido del camino de acceso a su casa, se ha limitado a observar la escena, con Eve en brazos, sin tener ni idea de la bala que acaba de esquivar; sigue allí... Pensamos solo en las cosas malas que ocurren y nunca en aquellas que, por suerte, nos pasan de largo.

Jen cierra los ojos, apoya la cabeza sobre el volante y desea dormir. Está casi a punto. Percibe un conocimiento profundo, asentado en la base de todo, tal y como Andy le dijo que sucedería. Había vivido su vida una vez, y todo se le había pasado por alto, pero su mente, que es sabia, su subconsciente, sabía muchas cosas.

Está casi a punto.

Es casi la una de la madrugada cuando la policía estaciona detrás de la comisaría de Merseyside, donde Jen está esperando. Y también Kelly. Justo como Jen imaginaba.

La luna ilumina la noche, el cielo está despejado y Jen está a punto de irse. Lo sabe.

Kelly y Leo salen de un coche sin identificación policial. Leo entra de inmediato en su coche, pero Kelly no. Camina despacio hacia la comisaría, su aliento se transforma en vaho en la noche invernal. Saca un teléfono móvil, seguramente para llamar a un taxi y volver a casa.

Jen sale del coche antes de que a Kelly le dé tiempo a marcar. Solo se han visto una vez, hoy mismo, y la incertidumbre cubre sus facciones. Confusión combinada con alegría: es puro Todd.

—Hola. Nos hemos conocido antes —dice Jen, corriendo en dirección al que hace veinte años que es su marido.

369

—Ah, sí —dice Kelly, frunciendo el entrecejo—. ¿Estás bien?

—Sí —responde sin aliento Jen. Está muy lejos en el pasado y tiene que disparar una flecha hacia el futuro. La más mínima alteración y errará el blanco—. Solo quería saber si… los ladrones, mi chivatazo, ¿habéis podido pillarlos?

—Sí —responde con cautela.

Guarda el teléfono en el bolsillo, pero su cuerpo delgado le da la espalda.

La frialdad la para en seco y se queda inmóvil bajo la llovizna de enero, casi idéntica a la neblina de octubre. No la conoce, piensa, mirándolo. Este hombre que tanto ha amado y con el que tanto ha reído, del que se ha quedado embarazada, con el que ha contraído matrimonio, con el que ha compartido una cama. No la conoce. En absoluto. Está delante del Kelly receloso, el que siempre saluda así a los desconocidos. Ahora, en el pasado, no tiene nada de lo que recelar, pero se muestra igualmente así. Sigue siendo él. Jen tenía razón. Sigue siendo él. El hombre que ama.

—Me alegro mucho de que los hayáis pillado.

La curiosidad puede con él.

—¿Cómo te enteraste?

—No puedo revelar mis fuentes —responde Jen, justo el tipo de comentario irónico que a él le gusta.

El rostro de Kelly se relaja con una sonrisa.

—Preguntaste por mí. Dijiste que querías hablar con Ryan o con Kelly.

—Sí. Lo sé.

—Se supone que nadie conoce la relación entre esos dos nombres. Quiero decir que yo mismo apenas sabía que…

Jen se encoge de hombros y levanta las manos.

—Como te he dicho, no puedo revelar mis fuentes.

Se está quedando empapada bajo la fría llovizna.

—Ja, vale. Hemos intervenido muy pronto. Y creemos que el pez gordo se ha largado. El arresto de sus esbirros ha levantado la alarma y se ha ido.

Joseph. Joseph se ha largado. ¿No debía tener cuidado con una cosa: las consecuencias no previstas? ¿Pero acaso no ha hecho lo correcto siempre que ha podido? No ha jugado a la lotería. Ni siquiera ha salvado a su padre, aun teniendo la oportunidad de hacerlo. Ha dejado que estas cosas pasaran. Se envuelve con el abrigo y se acerca un poco a Kelly, confiando en que sea lo correcto.

—Creo que habéis hecho lo correcto —dice en voz baja, con tristeza, pensando en la pequeña Eve. Pensando en que nunca vemos las cosas que pasan por nuestro lado y de las que nos libramos por los pelos, que no consiguen dar en el blanco, flechas que solo nos rozan la piel.

Aún no ha llamado al taxi. Su mirada descansa en ella. Y ella la conoce, conoce bien esa mirada.

Kelly enarca una ceja. Y entonces la pronuncia, la frase que lo cambia todo:

—Sé que suena a puto cliché, pero ¿te conozco de algo? ¿De antes de hoy?

Jen no puede evitar una carcajada.

—Todavía no —responde, y la ironía que caracteriza el trato con su marido fluye con la facilidad de siempre.

Y en medio del aparcamiento, lo mira a los ojos. Kelly se enamoró tan perdidamente de Jen que dejó atrás toda su vida por ella. Su nombre. Su madre. Su identidad. Jen no cree que haya estado fingiendo durante todo su matrimonio. Cree que siempre ha estado intentando no hacerlo.

—Me llamo Ryan, por cierto. ¿Y tú?

—Jen.

Y este es el momento. Jen lo sabe. Está preparada. Cierra los ojos, como si se estuviera durmiendo. Y se va. Y todo queda borrado, como sospechaba.

Día cero

A la 01:59 vuelve a ser la 01:00. Jen Hiles está en el descansillo de la escalera.

La calabaza está allí. Todo está allí. Siente todavía en la piel la neblina fantasma de la noche de enero, siente todavía los ojos de su marido posados en ella.

Su marido sale del dormitorio.

—¿Va todo bien? —pregunta.

—Háblame del día en el que nos conocimos —replica ella, dejándose abrazar.

—¿Qué? —dice él, adormilado.

—Vuelve a contármelo —le pide ella, con la urgencia de quien está jugándose la vida en la cuerda floja.

—Veamos… Viniste a comisaría…

La incredulidad la deja boquiabierta. Lo ha hecho. Ha vivido todos estos veinte años con él, con Ryan.

—¿Soy abogada? —pregunta.

—Eh…, pues sí. Tengo que dormir. Mañana estoy de guardia.

Es policía. Jen cierra los ojos de puro placer. Su marido será más feliz. Ya no se sentirá frustrado, ya no sentirá que le falta algo.

—Es la hostia de tarde —se queja.

Pero sigue siendo él.

—¿Está vivo mi padre? —pregunta Jen.

—Pero ¿qué te ha pasado?

—Dímelo, por favor.

—No —responde él, entonces es cuando Jen lo entiende.

El pequeño corte en la mano, salvar a su padre. Nada de todo esto ha perdurado. Andy tenía razón: los acontecimientos se desarrollaron a partir de aquel día lluvioso de enero de hace casi veinte años, borrando todos los otros cambios que ella fue haciendo a lo largo del camino. Cambios que realizó tan solo porque le proporcionaron la información necesaria para regresar al lugar correcto, en el momento correcto, y solucionarlo todo.

—¿Hola? —dice Todd desde abajo.

El corazón de Jen se ilumina como una alborada, un amanecer que irrumpe sobre sus vidas. Es Todd. Está en casa. Está en casa y los llama desde abajo. No anda deambulando por la calle, cuchillo en mano.

—¿Aún estáis levantados? —pregunta Todd—. ¡Ahí junto a la ventana parece que vayáis a posar para una foto guarra!

Kelly ríe a carcajadas.

—¿Ryan? —dice Jen.

—¿Ummm? —dice él, sin darle importancia, aunque, para Jen, que responda a ese nombre lo confirma todo.

Se queda mirándolo. Los ojos azul oscuro de siempre. El cuerpo delgado de siempre. Un tatuaje donde lo único que puede leerse es «Jen».

De modo que no lograron echarle el guante a Joseph, aunque tampoco robaron el bebé. Junto al ventanal, Jen reflexiona un segundo sobre todo ello. Hay cosas que se ganan y hay cosas que se pierden. Los delincuentes trafican con drogas, armas, información. Siempre roban y mienten. Cazarlos a todos es imposible, pero sí se puede salvar al inocente. Y, de todos modos, ¿sirvieron aquellos veinte años de cárcel para enseñarle alguna lección a Joseph?

Mira a su marido y a su hijo, que sube las escaleras de dos en dos. ¿Y no es un precio que merezca la pena pagar?

Jen nota una punzada de preocupación en algún rincón de su cabeza. ¿Cómo va a responder ella a todo esto, a este periodo tan extraño de su vida que ha pasado reviviéndola?

—¿Va todo bien? —dice Todd, interrumpiendo sus pensamientos.

—¿Dónde has estado? ¿Por ahí, con Clio?

—¿Quién es Clio? —pregunta Todd sin levantar la vista de su teléfono.

Claro. Joseph nunca se presenta a buscar a Kelly, por lo tanto Todd no conoce a Clio. Jen mira a su hijo. Le ha negado su primer amor. ¿Merecía también la pena pagar este precio?

—He soñado con que conocías a una chica que se llamaba Clio —dice, para asegurarse.

—Me parece que a Eve no le gustaría nada, ¿no crees?

—¿Eve? —dice de pronto Jen—. ¿Quién dices?

—Mi... —Todd mira de reojo a Kelly, que se encoge de hombros—. Mi novia.

—¿Cómo se apellida?

—¿Green...?

El bebé. El bebé robado que nunca fue robado. Jen tiene la sensación de estar a punto de vivir un huracán, es como si la brisa empezara a acariciar su pelo.

—¿Me dejas ver una foto?

Todd la mira como si fuese tonta y busca en la galería de fotos del móvil. Y allí está. Es Clio. Nada menos que Clio. Clio era el bebé robado. No es de extrañar que le sonara de algo cuando vio la foto del bebé. Aturdida, Jen extiende el brazo para coger el teléfono. Todd la deja hacer, sin problemas, sin secretos.

—¡Caray! —dice Jen, ampliando la foto para apreciar sus facciones.

—¿Es que no has visto nunca una mujer? —comenta con ironía Todd.

—Déjame mirar tranquila. —Jen estudia la imagen.

Veamos, pues. La pequeña Eve nunca fue robada. Jen lo evitó. Siguió con su madre, como Eve Green. Jen impidió que se conocieran de una manera, pero resulta que se conocieron de otra. Eve se enamoró de su hijo en 2022 igual que se enamoró siendo Clio, cuando fue robada y acabó viviendo con un pariente de Joseph. El destino.

Jen mira a su marido, a su hijo. Clio. Ryan. Eve. Kelly. Personas cuyos nombres han cambiado, pero cuyo amor ha perdurado pese a todo.

Jen extiende el brazo hacia Todd y su hijo se deja abrazar. Se quedan los tres allí, junto al ventanal. El ritmo de la respiración de Jen se ralentiza por fin.

Baja al cabo de unos minutos, solo para comprobar, solo para mirar. Descansa la mano en el pomo de la puerta.

La envuelve de repente una sensación extraña, como un rocío apenas perceptible. *Déjà vu.* ¿Qué ha sido eso? Sacude la cabeza. ¿Bebés robados y… bandas criminales? Parpadea, y la sensación se ha ido. Qué raro. Nunca tiene *déjà vu.*

Y en una noche tan normal, además.

Día más uno

Jen se despierta. Es treinta de octubre y, por alguna razón, de la que no está segura, tiene la sensación de tener toda la vida por delante.

—¿Hola? —le dice Todd en el descansillo mientras ella se cubre con un batín—. ¿Te encuentras bien?

—Pues claro —dice Jen.

Le duele la cabeza, pero nada más. Huele a comida abajo. Ryan debe de haber empezado a preparar el desayuno.

—Anoche me dijiste no sé qué chorrada rara. Pensabas que yo tenía una novia que se llamaba Clio.

—¿Quién es Clio? —dice Jen.

Epílogo

Día menos uno
La consecuencia inesperada

Durante los primeros minutos después de despertarse, Pauline lo ha olvidado todo.

Y entonces recuerda. El miedo se cierne sobre ella y salta de la cama como un cohete. Connor.

Llevaba meses sabiendo que esto pasaría. Ha estado mostrándose reservado, maleducado, taciturno. Ella ha estado esperándolo despierta a todas horas. Ha habido una serie de conductas que han ido escalando. Y ahora esto.

Todo empezó con el *déjà vu*. Anoche. Y después de eso, Connor fue arrestado. La policía dijo que había cometido delitos de todo tipo: drogas, robos, de todo. En estos últimos tiempos había estado relacionándose con un hombre llamado Joseph. Tenía toda una vida por delante, y ahora la ha echado a perder.

Tiene que llamar a un abogado. Necesita solucionar esto. Necesita hacer muchas cosas. Necesita llegar hasta el fondo y entender por qué lo ha hecho.

Sale al descansillo, dispuesta a encender el ordenador y buscar un abogado. Pero aquí está, su niño, en el descansillo.

—¿Oh? —le dice—. ¿Te han soltado?

—¿Quién?

—La policía.

—¿Qué policía? —dice Connor con una carcajada.

Y entonces es cuando Pauline lo ve. La fecha, en las noticias en la tele encendida en la habitación de él. Es treinta de octubre. ¿No fue ayer treinta? Está segura de que sí.

Fuerza histérica

La fuerza histérica es una manifestación de fuerza extrema en un ser humano, más allá de lo que se considera normal, que se produce generalmente en situaciones a vida o muerte y que sobre todo se manifiesta en madres. Ejemplos anecdóticos hablan de mujeres que levantan coches para rescatar a bebés recién nacidos, generando a veces un campo de fuerza enorme. Y existen también noticias de casos más sobrenaturales, como los bucles temporales, aunque hasta la fecha no han podido ser demostrados. Las personas que han experimentado este fenómeno suelen mencionar que un *déjà vu* acompaña los episodios de fuerza histérica.